FEMMES DE L'OMBRE

amazon crossing

HELEN BRYAN

FEMMES DE L'OMBRE

Traduit par Patricia Barbe-Girault

amazon crossing

Édition originale parue aux États-Unis en 2013
sous le titre *The Sisterhood,* Lake Union Publishing

Publié par
AmazonCrossing, Amazon Media EU Sàrl
5 rue Plaetis, L-2338, Luxembourg
Mai 2018

Adaptation de la couverture par :
Luca Dentale, Cristina Giubaldo / studio pym, Milano
Illustration : © David Drummond / CreateSpace

ISBN : 9781503938540

www.apub.com

Prologue

Extrait de la Chronique des Saintes-Sœurs de Jésus, couvent de Las Golondrinas, Andalousie, juin 1553

Il est minuit mais seules les orphelines dorment encore. Tout à l'heure, un messager est arrivé de la vallée pour mettre l'abbesse en garde. Telle la meute de loups encerclant un troupeau de moutons, le tribunal de l'Inquisition se rapproche. Leur arrivée n'est plus qu'une question de temps. Toutes, au couvent (de la plus jeune novice à la vieille sœur Augustina, qui est alitée), sont réveillées. Elles prient pour que la reine intervienne, ou qu'elles fassent preuve de courage dans le cas contraire. Nous devons suivre l'exemple de notre Fondatrice bien-aimée dans l'adversité.

Je soussignée, sœur Beatriz des Saintes-Sœurs de Jésus, servante de Dieu et scribe du couvent de Las Golondrinas, déclare que ceci est ma dernière entrée dans la Chronique que j'ai alimentée pendant plus de quarante ans. Avant l'aube, cette même Chronique et le médaillon de notre Fondatrice (les biens les plus précieux de notre ordre) seront emmenés pour empêcher l'Inquisition de s'en emparer et notre héritage de tomber dans l'oubli. L'intention de notre Fondatrice, qui nous a été révélée au fil du temps, était de les envoyer en Amérique hispanique, et nous prions pour qu'en accédant à son souhait, ils soient redécouverts un jour.

Depuis les débuts de la chrétienté, notre ordre est là pour attester d'une tradition féminine de la spiritualité, que les hommes ont réprimée et remplacée par des dogmes destinés à modeler la religion à leur image. Il y a plusieurs siècles, l'empereur Constantin a réuni le premier concile de Nicée, afin que les évêques se mettent d'accord sur la doctrine de l'Église. Par consensus, et curieusement, la mère de Jésus est devenue la Vierge, mère de Dieu – bien que Jésus n'ait jamais prétendu à la divinité et que, s'agissant de la virginité éternelle de Marie, notre Fondatrice est la preuve vivante du contraire.

Ces principes avancés par l'homme ont tout balayé, étouffant la voix des femmes qui était pourtant celle de la raison et de l'expérience. La résistance s'est transformée en hérésie, au mépris de la vérité. Les diaconesses qui avaient joué un rôle si important dans les prémices de la chrétienté ont vu leur autorité réduite, puis anéantie. Les ecclésiastiques n'ont mis guère de temps à se demander si la femme, à l'image de l'animal, possédait une âme. Sûrs et certains de leur suprématie spirituelle, ils n'ont eu aucun mal à se convaincre que la soumission forcée était le chemin à prendre.

Notre ordre s'est montré accommodant en apparence, mais il a continué à transmettre la vérité. Celle-ci a été conservée dans notre Évangile, un témoignage qui semble plus vital que jamais à présent.

Au sortir de la *Reconquista*, l'Inquisition a déclenché une vague de terreur religieuse, dans le but de renforcer la mainmise des monarques catholiques sur l'Espagne. De plus en plus, même dans le cercle familial, on surveille, on médit, on dénonce – qui incitant un voisin à en espionner un autre, ou les domestiques à le faire avec leurs maîtres ; qui signalant le malheureux qui tire les rideaux chez lui le vendredi, refuse de manger du porc, évite de mélanger viande et lait, cache un chandelier à neuf branches, prie en direction de La Mecque, jeûne lors du mois de ramadan ou célèbre Pessah. Quantité de gens sont accusés de crimes abominables, tout droit sortis d'imaginations enfiévrées, et emmenés de force aux autorités, à la salle de torture, au bûcher. Tout le monde est suspect. Tout le monde vit dans la crainte de se faire accuser.

Un franciscain fanatique, frère Ramon Sanchez, prétend que la Sainte Vierge lui est apparue et qu'elle pleurait, car des femmes juives et musulmanes en secret se font passer pour des religieuses et ourdissent des complots pour renverser le roi d'Espagne. Il jure ses grands dieux que Marie enjoint tous ceux qui l'aiment à rechercher activement et à détruire cette abomination, en purgeant les couvents que ces mécréantes profanent par leur simple présence. Tant de mal est fait au nom d'une femme, quand on y songe ! Certes par un fou, mais avec l'aide d'hommes ayant assurément toute leur raison.

À en croire les rumeurs, frère Ramon est aussi dément qu'ignorant, mélange redoutable s'il en est. Il ne sait ni lire ni écrire, a régulièrement des crises, jeûne sans discontinuer et son habit est maculé de sang à cause du cilice qu'il porte à la taille. Il hurle dans son sommeil, tourmenté par des démons qui tentent de le lui enlever. Pourtant, il exerce un étrange pouvoir sur ceux qu'il rencontre, parvient à exciter les foules et déclenche des cris d'approbation lorsqu'il parle dans ses sermons de « purifier » les couvents. L'abbesse est d'avis que la chance tournera bientôt pour lui : les jésuites ne se laisseront pas guider indéfiniment par un rustre. Mais pour l'heure, cet homme est aussi dangereux qu'une vipère au printemps.

Le Saint-Office de l'Inquisition a ainsi notifié à l'abbesse qu'une enquête allait être ouverte afin de déterminer si frère Ramon dit vrai. Leur tribunal a décidé de visiter tous les couvents d'Espagne, une tâche qui va prendre sans conteste plusieurs années. À chaque endroit on exigera que soit dressée une liste d'hérétiques potentiels, et qu'elle soit remise aux Inquisiteurs pour vérification.

Pour nous, la mort est encore préférable à une telle trahison. L'ordre obéit à des règles, édictées par notre Fondatrice, et la toute première exige de protéger les femmes de la violence des hommes. Notre communauté en était à ses balbutiements que des villageoises trouvaient déjà refuge chez nous lorsqu'elles se faisaient maltraiter. Nous avons décrété qu'il fallait exiger quelque chose de ces maris, un objet de valeur qu'ils nous donneraient en échange de leur épouse et de la promesse de mieux se conduire à l'avenir. Comme les habitants de la région avaient toujours considéré que nous possédions des pouvoirs singuliers, pour ne pas dire surnaturels, cette stratégie s'est révélée efficace.

Notre tâche s'est trouvée grandement facilitée par la vie recluse que nous menions. Les premières sœurs vivaient même dans des grottes, à flanc de montagne. Pendant des siècles, c'est à peine si l'Église a reconnu notre existence, si ce n'est pour envoyer de temps à autre un prêtre âgé, censé nous dire la messe – mais surtout, être pris en charge jusqu'à la fin de sa vie. Après la *Reconquista*, la reine Isabelle est venue en pèlerinage afin d'honorer un couvent chrétien qui avait tenu bon sous la férule des Maures. Plus que tout elle approuvait que nous vivions retirées du monde, croyant fermement que la solitude protégeait notre vertu et notre spiritualité. C'est ainsi qu'elle a eu la bonté de devenir notre bienfaitrice.

Le monde extérieur s'intéresse aussi à nous, mais pour des raisons bien plus coupables. La cour de la reine Isabelle a décidé de fonder un orphelinat au sein de notre couvent, afin d'y enfermer les fruits de leur débauche. Ceci a eu pour curieux effet de nous préserver de l'Inquisition, alors même que son pouvoir grandissait partout dans le pays.

La morale rigide des nobles a engendré quantité de victimes, les *escondidas*, qui sont les enfants illégitimes des courtisans et de leurs maîtresses aristocrates. Ces « filles cachées » sont parfois le résultat d'actes plus vils encore – des pères, des frères et des oncles ayant engrossé leurs propres filles, sœurs ou nièces. Les grands d'Espagne se doivent de dissimuler les conséquences de leur luxure s'ils ne veulent pas compromettre leur statut à la cour.

Ces pauvres enfants apparaissent comme par enchantement à notre porte, en général lorsqu'elles sont sevrées. D'après ce que l'on sait, quelqu'un de haut placé organise leur transfert, en passant par une série d'intermédiaires qui ne connaissent pas l'identité de la mère. Cette dernière ne sait jamais où va son bébé, si ce n'est qu'il s'agit d'un couvent situé très loin. Hormis les fondateurs de l'orphelinat, très peu de personnes seraient en mesure de suivre leur trace jusqu'ici.

Les *escondidas* apportent dans leurs bagages une dot religieuse, prix de la culpabilité de leurs parents. Elles ne connaissent d'autre vie que la nôtre, et en temps voulu, deviennent nonnes. La justification officielle est qu'en faisant don de ces enfants à Dieu, les parents expient leur péché. Mais la vérité est plus tragique, et c'est à cause d'elle que nous avons accepté : c'est bien souvent le seul moyen de sauver ces fillettes, qui sont des victimes impuissantes, aisément étouffées ou noyées tels des chatons encombrants.

Si la question des orphelines reste sensible, elle nous met moins en danger que les cinq filles arrivées au couvent par leurs propres moyens : Esperanza, Pia, Sanchia, Marisol et Luz. Si jamais l'Inquisition les trouve, elles seront soumises à des interrogatoires terribles qui révéleront que trois d'entre elles sont des « hérétiques », qu'une autre est chassée comme du gibier, car son existence menace la couronne d'Espagne et que la dernière, pauvre héritière, doit être cachée de son père à tout prix. Les quatre premières sont prêtes à partir en Amérique hispanique, afin d'y trouver refuge et si possible un mari. Luz, qui est si douée en broderie et a confectionné la nappe d'autel envoyée en cadeau à la reine, doit rester. Le voyage qu'elles entreprennent est périlleux, et elle ferait prendre des risques inutiles aux autres. Étant donné qu'elle ne parle pas, peut-être auront-ils pitié.

Peut-être.

Sœur Emmanuela servira de chaperon à nos quatre protégées. Étant une *beata*, elle n'est pas liée par le serment de l'Église qui nous empêche d'aller à l'étranger sans autorisation.

L'abbesse a décidé de répartir les risques entre sœur Emmanuela et Esperanza, qui est la plus âgée des filles et aussi mon assistante. Sœur Emmanuela portera le médaillon, mais la clé pour comprendre sa signification se trouve dans notre Évangile, lui-même recopié dans la Chronique, et c'est Esperanza qui en aura la charge. L'abbesse lui a donné pour mission d'y consigner le récit de leur périple, exactement comme je l'aurais fait, et je lui ai montré l'Évangile en latin dissimulé entre les pages du milieu. Elle est capable de le lire, mais plus encore elle saura comprendre qu'il renvoie aux croyances partagées par les juifs, les premiers chrétiens, et plus tard les musulmans ; et que celles-ci devraient constituer une base pour la paix, et non la persécution entre religions. Si un malheur devait arriver à cette Chronique, la mémoire d'Esperanza est tout aussi bonne, et elle a juré d'apprendre l'Évangile par cœur. Ainsi, elle pourra le réécrire si nécessaire.

Nous sommes à l'heure du départ et l'abbesse prie encore pour la délivrance, pour que la reine soit touchée par le cadeau de Luz et suspende la venue des Inquisiteurs. Mais il est trop tard pour espérer un miracle. Une *beata* accourt, si effrayée qu'elle en pleure. Elle nous informe qu'il y a des visiteurs à la porte, quand bien même le soleil n'est pas levé. L'effet de surprise est l'une de leurs tactiques préférées.

Je dis donc adieu à cette Chronique. Puisse-t-elle arriver à bon port, ainsi que le médaillon de notre Fondatrice, et – si Dieu le veut – revenir un jour en ce lieu sacré. Lecteurs, priez pour celles qui emportent ces trésors en sécurité, pour celles qui restent, pour celles qui reviendront peut-être, et pour l'âme de sœur Beatriz, scribe de Las Golondrinas.

La paix soit avec vous, par la grâce de Dieu et Sa miséricorde.

Deo gratias. Dieu est grand.

1.

Côte pacifique de l'Amérique du Sud, printemps 1983

Les premiers signes étaient apparus en décembre. À Noël, la mer était bien trop chaude et les pêcheurs ne prenaient plus que des poissons morts dans leurs filets. Des femmes angoissées se bousculaient à l'église pour implorer Dieu, la Vierge et tous les saints de calmer la colère d'*El Niño*. Les paysans s'accrochaient à la superstition selon laquelle nommer le phénomène météorologique d'après l'enfant Jésus aiderait à l'apaiser. Mais cette fois, *El Niño* était venu sous la forme du diable, *El Diablo*, et un jour il fit prendre de bien étranges couleurs au ciel de midi.

Les gens levèrent la tête avec inquiétude et se signèrent, murmurant des prières en voyant les nuages devenir noirs comme l'encre, le vent commencer à souffler et une pluie drue se mettre à tomber. Quand l'horizon se boucha totalement et que les bourrasques s'intensifièrent, tous renoncèrent à invoquer des dieux plus anciens pour prendre leurs enfants sous le bras et courir se mettre à l'abri.

L'ouragan, le pire depuis un siècle, fut surnommé par la suite *La Mano del Diablo* – « la main du diable ». Il s'abattit avec une violence inouïe. Les rafales firent claquer les volets, avant de les arracher et de les propulser dans les airs, puis de tout ce qu'elles purent emporter : toits, portes, arbres, vélos, voitures et même camions, fracassés comme de vulgaires jouets. Les grêlons qui s'abattirent étaient assez gros pour tuer poules, chèvres et nourrissons. Les hommes qui étaient aux champs furent soufflés comme des fétus de paille. Quant aux pauvres dans les bidonvilles, où auraient-ils pu aller ? Des coulées de boue charrièrent les cabanes légères avec leurs occupants, et des vagues immenses submergèrent les pêcheurs et leurs bateaux. Les habitants impuissants furent secoués, aspirés, jetés, écrasés, enterrés vivants, entraînés vers le large.

Après deux jours de vent assourdissant, d'effondrements de maisons et de glissements de terrain, il y eut une inquiétante accalmie, interrompue par les cris étouffés des survivants, les femmes hébétées parlant toutes seules, les hurlements d'enfants abandonnés, les glapissements d'animaux mutilés. On s'efforçait de comprendre ce qui était arrivé, en vain. Certains grattaient le sol à mains nues pour tenter de dégager leurs voisins coincés sous les décombres, mais à mesure que le temps passait, les appels à l'aide se firent de plus en plus faibles. Les secours se montrèrent d'une inefficacité affligeante, débarquant sans engins de déblaiement, ni chiens renifleurs. Les blessés se cassèrent la voix sans être repérés, et ceux qui eurent plus de chance moururent quand même, pour la plupart, par manque de nourriture, de couvertures et de médicaments.

Une semaine s'écoula avant qu'on rouvre l'aéroport, et à ce stade, l'odeur de la mort prenait à la gorge. Des journalistes arrivèrent du monde entier, avec les ONG internationales qui avaient pris du retard à cause de la paperasserie et du chaos ambiant. Lorsque les dons commencèrent à affluer, les reporters ne manquaient pas d'histoires poignantes à raconter pour alimenter l'élan de solidarité, même si les plus endurcis ne doutaient pas que la majeure partie des fonds serait détournée vers des comptes privés en Suisse.

Le neuvième jour, au milieu de toute cette désolation, il y eut enfin une bonne nouvelle. Une petite fille avait été retrouvée indemne par un navire de la marine qui faisait d'ultimes recherches le long de la côte.

Le jour déclinait et l'équipage avait quasiment abandonné tout espoir lorsqu'ils entendirent des cris. Cela avait continué toute la nuit, et ils n'avaient pas cessé de balayer des projecteurs sur l'eau où flottaient des cadavres gonflés. Enfin, à l'aube, ils repérèrent une barque coincée entre un amas de troncs et la carcasse d'une mule. Elle semblait vide, mais deux hommes descendirent vérifier, et l'instant d'après, ils appelaient à l'aide. La fillette, qui avait peut-être deux ou trois ans et était nue hormis une chaîne avec un pendentif enroulée plusieurs fois autour de son cou, était piégée sous des filets trop lourds pour qu'elle puisse les soulever. Cela paraissait incroyable qu'elle ait survécu au froid et à la faim, mais elle criait bel et bien – quand elle ne suçait pas son pouce.

L'histoire de la jeune survivante fit la une des journaux pendant quelques jours, avec des photos d'elle, de la barque, du médaillon et des deux matelots rayonnants. Mais tout va si vite dans le monde d'aujourd'hui que la presse passa rapidement à autre chose. Il y avait des reportages à faire ailleurs, sur des guerres et des célébrités en plein divorce. La petite fille fut envoyée à l'orphelinat du coin, et la preuve de son existence se résuma bientôt à quelques coupures de presse jaunies par le temps.

Dans l'ombre des Andes, printemps 1984

Un an après *La Mano del Diablo*, une guimbarde avec le mot « taxi » peint sur le côté se frayait un chemin dans la partie la plus ancienne de la capitale de la province, encore meurtrie par la catastrophe. Au bout d'un moment, les rues pleines de nids-de-poule devinrent trop étroites pour continuer en voiture. Le chauffeur s'arrêta et montra vaguement une direction à ses deux passagers.

— Elles ont dit que c'était dans la vieille ville, hasarda la femme, bien en chair, qui portait une jupe droite, un gilet assorti et des escarpins à petits talons. Ces bâtiments sont en ruine, ça doit être là, non ?

Son mari, un homme fort qui transpirait à grosses gouttes dans sa chemise à manches longues et sa veste à carreaux, passa autour du cou la sangle d'un appareil photo bon marché. Il l'avait acheté pour l'occasion, car on leur avait déconseillé d'emporter des objets de trop grande valeur. Détail incongru, il cala sous son bras un énorme ours en peluche orné d'un nœud papillon rose. Puis il prit sa femme par le coude d'un geste protecteur.

— Viens, Sarah-Lynn. Et tiens bien ton sac, marmonna-t-il en jetant un coup d'œil au chauffeur qui se roulait une cigarette, affalé sur son siège.

Les *Norte Americanos* ne passaient pas vraiment inaperçus, dans le quartier. Des hommes en maillot de corps et des femmes en robe ample à fleurs les observèrent depuis les balcons d'immeubles défraîchis et les abris de fortune qu'ils avaient aménagés sous des arcades en piteux état. Des enfants déguenillés au ventre protubérant s'agglutinèrent derrière un grillage en fer pour les regarder. Le couple dut se faufiler entre les immondices, les mules, les mendiants et les voitures pétaradantes, dont les chauffeurs s'insultaient copieusement en tapant sur la portière. Il fallut contourner une petite gargote qui vendait du poisson frit et des pains de maïs baptisés *arepas*. Une prostituée assise sur une chaise cassée devant une porte les interpella en espagnol, déclenchant des gloussements moqueurs parmi ses consœurs. Des femmes criaient, des bébés pleuraient, des galopins se faisaient gronder. Les rues empestaient la graisse, l'urine, le tabac froid, la sueur, les pots d'échappement, les poubelles, le fumier et la peur. Au loin, les sommets enneigés des Andes se détachaient dans le ciel bleu profond et donnaient une impression bienvenue de propreté.

Les Américains tournaient leur carte en tous sens, regardant autour d'eux sans s'occuper des curieux.

— Là ! Je le reconnais ! s'exclama Sarah-Lynn.

Elle montrait un clocher blanchi à la chaux, qui figurait sur une affiche de voyage célèbre dans les années 1970, lorsque les trains sillonnaient encore cette région reculée d'Amérique du Sud. À l'époque, les affaires des vendeurs de souvenirs marchaient bien avec leurs hirondelles en terre cuite, leurs bracelets de pacotille et leurs gourdes décorées dans le style indien.

Les touristes étaient partis depuis longtemps, mais quelques vieux pleins d'espoir étalaient encore leur camelote sur un tissu crasseux à l'ombre du couvent.

— *Hello* ! Souvenir, madame ? susurrèrent-ils d'un ton enjôleur.

— Pas de doute, Virgil, c'est le clocher. On dirait bien qu'on est arrivés… Mon Dieu, cette puanteur ! s'interrompit-elle en fronçant le nez lorsqu'un relent d'égout flotta dans leur direction.

L'homme ouvrit calmement son guide de voyage.

— Le plus vieux couvent d'Amérique latine, qui abrite les Saintes-Sœurs de Jésus des Andes, se nomme *El Convento de Las Golondrinas*, lut-il en insistant sur les mots en espagnol, qu'il apprenait depuis peu.

Il y avait de l'électricité dans l'air, et il avait le sentiment que cela pouvait dégénérer à tout moment ; son instinct lui dictait de ne surtout pas montrer de peur, ni de précipitation, sinon ces gens se jetteraient sur eux comme des vautours. Par conséquent il prit un air dégagé et fit mine de s'intéresser aux monuments, comme s'ils étaient de simples touristes.

— Et ces oiseaux, tu entends le vacarme qu'ils font ! Pas étonnant qu'il s'appelle le couvent des Hirondelles. *Las Golon… Golondrinas.*

Sentant les regards dans son dos, il se campa devant sa femme et tourna une page comme si tout allait bien dans le meilleur des mondes.

— D'après le guide, il y a une vieille superstition à leur sujet, à cause de cette manie qu'elles ont de revenir chaque année au même endroit. Dans l'ancien temps, les matelots s'en faisaient tatouer une sur le bras comme porte-bonheur, en espérant revenir sains et saufs à la maison. S'ils mouraient en mer, ils croyaient que les hirondelles voleraient jusqu'à eux et emporteraient l'âme des tatoués directement au ciel. C'est quelque chose, quand même, conclut-il en refusant toujours de se presser.

Il empoigna son petit Kodak et se mit à tripoter l'objectif.

— Ce couvent m'a tout l'air de faire le tour du pâté de maisons. Je me demande bien où est l'entrée ?

Sarah-Lynn replia la carte et chercha avec lui. Elle voyait bien que son mari n'en finissait plus de parler parce qu'il était anxieux. Elle comprenait ; elle aussi était à cran. Elle sursauta quand un vieillard édenté lui fourra sa marchandise sous le nez et répéta en grommelant :

— Pas cher ! Pas cher !

— Virgil, dis-lui qu'on ne veut rien lui acheter !

Il secoua fermement la tête en direction du vendeur et, prenant sa femme par le bras, la fit poser devant le portail qu'il avait enfin repéré.

— Avant l'arrivée des Espagnols, les Incas avaient bâti ici une sorte de maison réservée aux femmes qu'ils appelaient les Vierges du Soleil, ou un nom dans le genre. D'après la légende, il y avait un jardin à l'intérieur avec des fleurs, toutes en argent et en or.

Tout en prenant des photos il poursuivit son monologue d'une voix forte, mais sur le ton de la conversation.

— Ensuite les Espagnols ont débarqué, ils ont tout détruit, et ils se sont servis des pierres pour construire un couvent aux missionnaires venues d'Europe. Ils y ont ajouté une école, une infirmerie et un orphelinat. À l'époque, il y avait des tas de gosses illégitimes entre conquistadors et Indiennes. Les bonnes sœurs les recueillaient à la naissance et les baptisaient. Il y avait même une prison pour femmes, là-dedans…

— Je me fiche de ces détails, Virgil ! l'interrompit Sarah-Lynn, qui commençait à craquer. On est sur le point de rencontrer notre enfant pour la première fois et on n'a toujours pas décidé comment l'appeler !

— Je croyais qu'on avait dit que si c'était une fille, on lui donnait le prénom de ta mère. Et si c'était un garçon, Virgil Walker Junior.

— Sauf que Dieu nous a envoyé une petite fille et cela la rend d'autant plus spéciale, dit Sarah-Lynn en tapotant l'avant-bras de son mari, car elle savait qu'il aurait préféré un garçon. Mais pour l'instant, on doit trouver ce fichu portail !

— Il est juste derrière toi. Je prends encore quelques photos, on les mettra dans l'album que l'agence d'adoption nous a conseillé de faire pour elle. Je me dépêche. Il ne faudrait pas qu'elles croient qu'on a changé d'avis.

À l'intérieur du couvent, la Mère supérieure attendait à son bureau, devant un téléphone antédiluvien. La lumière du jour filtrait à travers les barreaux d'une haute fenêtre, et la pièce était remplie de meubles démodés en bois sculpté. Les murs étaient décorés de portraits de jeunes filles arborant bijoux, tenues élégantes et bouquet à la main, qui la regardaient fixement. Elles étaient mortes depuis longtemps. C'étaient des *monjas coronadas*, ou « nonnes couronnées », des adolescentes sur le point d'entrer au couvent. Pour les familles espagnoles aisées des XVIe et XVIIe siècles, avoir une fille promise au Christ était tout un symbole. Dans la *sala grande*, où les visiteurs étaient reçus, ces tableaux étaient accrochés sensiblement plus haut que ceux de leurs sœurs fiancées à de simples mortels. La coutume voulait que lorsque le grand jour arrivait, ils soient donnés en cadeau au couvent. Mère appréciait cette présence silencieuse, et il n'était pas rare qu'elle s'adresse à eux en pensée lorsqu'elle avait besoin de conseils.

En entendant l'horloge du petit salon sonner, elle se demanda si le couple d'Américains allait vraiment venir chercher Isabelita. Elle se tourna vers ses compagnes muettes, afin de débattre une énième fois de ce cas particulier d'adoption avec elles. Elle leur rappela qu'une autre guerre civile couvait – l'ordre avait eu vent d'atrocités commises par des paramilitaires entraînés à l'étranger et armés jusqu'aux dents. Elle leur rappela également la vision que sœur Rosario prétendait avoir eue l'année précédente, peu avant l'ouragan.

Sœur Rosario, qui était une petite écervelée, se pressait de traverser le cloître (car comme d'habitude elle était en retard pour les complies) lorsque cette « vision » l'avait stoppée net. Mère s'était montrée sceptique et l'avait bombardée de questions, persuadée que la jeune sœur allait lui décrire une statue de la Vierge datant de la Renaissance à laquelle elle vouait une affection particulière. Cette statue possédait sa propre chapelle dans l'église du couvent, bâtie par la veuve d'un conquistador pour conserver les restes de son mari. La lumière du jour coulait à flots par une fenêtre située en hauteur, renforçant l'impression de divin, et la madone aux cheveux blonds et au corps mince avait des étoiles dorées sur son habit bleu, une cape rouge bordée d'hermine, une couronne finement travaillée et des mules pointues aux pieds.

Cependant, sœur Rosario avait déclaré : « Elle était grande, avec des cheveux bruns qui lui tombaient sur les reins, et quelques mèches grises ici et là. Elle avait des yeux noirs, qui m'ont fixée sans détour. Très noirs. Des sourcils tellement épais qu'ils ne faisaient qu'un. Le vent du soir soufflait et sa grande cape ondulait derrière elle – on aurait dit qu'elle avait des ailes ! Elle m'a parlé d'une mise en garde, d'une promesse et d'une chose importante à se rappeler. Elle s'est exprimée d'une voix forte, comme le font les femmes lorsqu'elles entendent se faire écouter des hommes, qu'ils le veuillent ou non.

— Vraiment ?

Cette description ne ressemblait à aucune Vierge que Mère connaissait.

Sœur Rosario le lui avait confirmé d'un signe de tête énergique.

— Naturellement je suis tombée à genoux et j'ai commencé à réciter *Je vous salue Marie*, mais elle a levé la main pour demander le silence, expliquant que je devais l'écouter, car elle n'avait pas de temps à perdre. « Une tempête terrible va arriver, m'a-t-elle dit. Le ciel va se déchirer et l'ange de la mort déployer ses ailes au-dessus de nous. Mais une bénédiction viendra de la mer, quelque chose sera trouvé… Nous devons sauver quelque chose… » Malheureusement, sa voix a faibli et je n'ai pas entendu ce qu'elle a dit ensuite, alors elle a tapé du pied d'un air énervé, mais je crois que c'était parce qu'elle n'avait pas terminé et que…

— Elle a *tapé du pied*, ma sœur ? Peut-être étiez-vous en train de rêver ?

Poussant un soupir, Mère avait fermé les yeux pour tenter de chasser la migraine qui venait. Il n'était pas rare que les plus émotives prétendent avoir des visions, surtout lorsque la nourriture venait à manquer. En général, elles décrivaient sainte Thérèse d'Avila et des roses.

— Oh, non ! Je l'ai vue comme je vous vois, Mère. Sa cape était marron.

Sœur Rosario semblait presque déçue en donnant ce détail. Dans son ancienne vie, elle aimait les belles tenues.

— Un marron tout ce qu'il y a de plus ordinaire. J'aurais bien vu du bleu, ou peut-être un joli rose pâle, mais non… C'était du marron tirant vers le gris. Un tissu rêche, taché de blanc au niveau de l'ourlet comme si elle avait marché dans de la boue qui avait séché. Son corps a commencé à s'estomper mais elle parlait encore. Elle criait presque, seulement c'était de moins en moins audible. Elle a parlé de… « ces imbéciles d'hommes, et des Saintes-Sœurs de Jésus qui doivent protéger… Une chose – la Chronique ». C'est ça, protéger la Chronique ! Cela a un lien avec le don que va nous faire la mer.

— La Chronique ? Nous avons perdu sa trace il y a plus d'un demi-siècle. Comment pourrait-on la protéger ?

Mère était exaspérée. D'après la légende, ce volume très ancien provenait du couvent en Espagne où leur ordre avait été fondé, et il avait disparu pendant la guerre civile de 1932. Sœur Agnes, connue pour son étourderie, l'avait caché par précaution lorsque le couvent avait été pris d'assaut par des révolutionnaires, surexcités à l'idée de découvrir un trésor inca qui aurait été enfoui sous la crypte de la chapelle. Le robuste portail avait résisté cette fois-là, mais la funeste rumeur aussi et elle refaisait surface à intervalles réguliers. Pour Mère, ce n'était qu'une question de temps avant que cela ne recommence.

Après que l'armée avait écrasé la révolte l'année suivante, les religieuses avaient cherché la Chronique en vain et supplié Dieu de les aider. Mais la vieille sœur Agnes était morte sans se rappeler où elle l'avait dissimulée, répétant simplement que c'était un secret.

La Chronique n'étant plus là, les sœurs avaient transmis leurs traditions aux plus jeunes de façon orale, mais les années passant, elles se rappelaient de moins en moins de choses. Lorsque Mère était novice, seules les aînées se souvenaient encore de l'objet. Elles lui avaient expliqué qu'elle le reconnaîtrait aussitôt : c'était un volume très ancien relié en cuir, avec des pages en papier vélin et un oiseau doré dessiné en relief sur la couverture.

Mère avait demandé avec mauvaise humeur si la « vision » de sœur Rosario ne lui aurait pas révélé par hasard où se trouvait la Chronique, puisque c'était si important – mais non, évidemment. Fallait-il prendre cette « tempête » au sens littéral ou figuré ? S'agissait-il d'un vrai orage, ou bien de troubles politiques ? Et quel genre de bénédiction allait venir de la mer ? Qu'étaient-elles censées en conclure ? Sœur Rosario s'était contentée de hausser les épaules, contrite. Au désespoir, Mère l'avait renvoyée dans ses quartiers.

Quelques jours après, *La Mano del Diablo* avait répondu à la première question.

À l'orphelinat, religieuses et laïques préparèrent des lits et sortirent leurs maigres stocks de médicaments, de chemises de nuit, de sous-vêtements d'occasion et de pulls élimés pour les enfants qui ne tardèrent pas à affluer – amenés là par les équipes de secours, la police, l'armée, des voisins et même des inconnus.

Avec toutes ces arrivées, le couvent se retrouva bien vite à la limite de ses capacités. Fut un temps où il avait été riche, grâce aux biens apportés par les futures nonnes sous forme de terres, de mines d'or ou d'émeraudes, et de grosses sommes d'argent. Mais au fil des siècles, ses revenus avaient diminué en même temps que les vocations. Lorsque sœur Rosario, la dernière novice en date, était venue les supplier de la prendre, sa dot se résumait à deux misérables poules – tout ce qu'elle possédait au monde. C'est ainsi que cette nouvelle épreuve dut être affrontée par des sœurs toujours moins nombreuses et toujours plus âgées. Traumatisés, les petits pleuraient à longueur de journée. Ils faisaient pipi au lit, leur sommeil était ponctué de cauchemars. Ceux qui n'arrivaient pas à évacuer leur chagrin par les larmes auraient eu grand besoin d'un suivi psychologique, mais il n'y avait personne pour leur en donner. Sœur Rosario frotta les sols et récura les marmites, elle fit bouillir les draps, s'arrangea pour que les plus grands s'occupent des petits, coupa leur gruau avec de l'eau, puis se résigna à faire de même avec les derniers flacons de teinture d'iode, jusqu'à ce que le liquide ne soit plus rouge mais rose pâle.

Lorsque tout le monde fut au bord de l'épuisement, Mère imposa une heure de sieste après le déjeuner, aux enfants, aux sœurs, aux laïques et même à l'homme à tout faire du couvent.

Ce bref moment de tranquillité fut interrompu un après-midi par un bruit de pas précipités dans les couloirs.

— Mère ! cria sœur Rosario en courant, le chapelet volant à sa taille.

— Mère ! répéta d'une voix suraiguë l'aînée des sœurs, sœur Maria Gracia. La clé ! Venez, vite !

À son bureau, Mère se redressa d'un bond – elle s'était une nouvelle fois assoupie sur le livre de comptes. Le couvent était à court d'argent et la situation devenait préoccupante : le toit s'affaissait au-dessus du dortoir, les réserves s'amenuisaient et le prix des denrées augmentait tous les jours, les poussant inexorablement vers le point de rupture. Il n'était pas rare que les enfants aillent se coucher le ventre vide. Il n'y avait pas assez de couvertures et même si, pour se tenir chaud, ils se blottissaient les uns contre les autres, ils passaient la nuit à frissonner. Quant à s'habiller et à se chausser décemment… L'angoisse donnait toujours envie de dormir à Mère. Elle remonta ses lunettes qui avaient glissé et se fâcha :

— La sieste, enfin ! Pas la peine de courir ! C'est tout à fait inconvenant !

Elle avait tenté de prendre un air sévère, mais à vrai dire elle se demandait où elles trouvaient l'énergie.

— De quelle clé s'agit-il ?

Sœur Maria Gracia étant trop essoufflée, c'est sœur Rosario qui se chargea de répondre :

— Des marins, Mère… Deux, au parloir… Il faut ouvrir la porte du *locutio* !

Mère était abasourdie.

— Vous voulez ma clé pour *ouvrir* ? Mais vous savez bien que cette porte reste toujours fermée ! Elle symbolise notre isolement du monde extérieur, et…

— Justement, l'interrompit sœur Maria Gracia d'une voix sifflante, le monde nous a envoyé un cadeau !

Sœur Rosario le lui confirma d'un signe de tête grave.

— Oui, c'est exactement comme dans la vision que j'ai eue…

— Encore cette histoire ! la coupa Mère, pensant que la plus jeune sœur était une paysanne impressionnable et que la plus vieille perdait la tête. C'est alors que sœur Maria Gracia se pencha vers elle et lui murmura quelque chose à l'oreille.

Mère recula vivement.

— Deux marins ont amené une fillette qui porte *notre* médaillon ? Et la sœur portière est d'avis que je devrais venir ? C'est forcément une erreur !

Cependant, la sœur en question avait beau être âgée, rien ne lui échappait. Et cette vision commençait à prendre une tournure étonnante – d'autant que l'avertissement concernant l'ouragan était juste, il fallait bien l'admettre.

— Après trois cents ans, il y a très peu de chances qu'il s'agisse du nôtre. Mais quand bien même, par acquit de conscience…

Elle leur fit signe de la suivre et se dirigea d'un pas étonnamment rapide vers le parloir, tout en passant en revue les clés accrochées au lourd anneau qu'elle portait à la ceinture. Le temps d'arriver, elle en avait sélectionné une grande, rouillée et décorée d'une croix, ainsi que du symbole d'un oiseau à la queue fourchue. Elle l'inséra tant bien que mal dans la serrure.

Dehors, les marins observaient l'attroupement derrière la fameuse porte. La grille trembla, comme si quelqu'un de particulièrement impatient la secouait avec force. Une voix de femme marmonna ce qui ressemblait à un juron. Celui qui portait la jeune rescapée interrogea du regard son ami qui se contenta de hausser les épaules. Les bonnes sœurs se comportaient de façon bien curieuse.

Ils savaient qu'ils avaient fait le bon choix en venant à la porte dérobée où, depuis des centaines d'années, les bébés abandonnés étaient confiés à une religieuse par une trappe. Ils avaient frappé ; on avait répondu.

— Enlève-lui le pendentif, tu veux. Il ne faudrait pas que la chaîne s'accroche et l'étrangle, avait dit le premier.

Le second, obéissant, avait d'abord fait passer le bijou et laissé place à son ami lorsque la sœur portière avait poussé un cri, redonné la chaîne brusquement, déclaré que cet enfant devait être montré à Mère sans tarder et refermé la trappe.

Voilà à présent qu'ils entendaient une voix essoufflée dire :

— De l'huile des cuisines, Mère.

Puis une main pâle portant un fin anneau en or apparut et se mit à frotter la serrure avec un chiffon. Peu après, la grille fut ouverte dans un grincement assourdissant.

— Eh bien ? fit Mère d'un ton impérieux. C'était une femme grande et plus impressionnante que jamais, tant elle était émaciée. Depuis plusieurs jours, elle mangeait à peine, prétextant qu'elle jeûnait afin d'en laisser le plus possible aux enfants.

Les marins eurent un mouvement de recul en la voyant.

— On a pensé qu'il valait mieux l'amener ici ; on l'a retrouvée en mer il y a une semaine, commença le premier. Elle portait… Montre-leur, Juan.

Son compagnon brandit un pendentif verdâtre au bout d'une chaîne en or terni. Mère le prit pour l'examiner de près, puis le tourna encore et encore.

— Où… avez-vous eu… ceci ?

— Elle l'avait sur elle quand on l'a repêchée. Elle était toute seule dans une barque, et bien vivante alors que la mort rôdait partout. La chaîne avait été passée plusieurs fois autour de son cou, comme si quelqu'un espérait que ce bijou la sauverait. Et c'est ce qui a dû se produire – c'est un véritable miracle qu'elle ait survécu.

Mère continuait à scruter l'objet, car elle n'en croyait pas ses yeux. Des histoires à propos d'un médaillon très spécial avaient circulé au couvent pendant des siècles, même si l'objet lui-même avait disparu. Et voilà que celui-ci correspondait exactement à la description : une hirondelle d'un côté et la silhouette d'une femme de l'autre. Était-ce vraiment le bon ?

— *Deo gratias*, dit-elle enfin. Vous avez bien fait.

Elle prit la fillette et ordonna à sœur Maria Gracia de lui trouver des vêtements, puis de prendre quelques pièces dans le tronc des pauvres et d'envoyer une laïque lui chercher du lait.

Sœur Rosario tendit les bras en gazouillant. Mère lui donna la petite et reprit son inspection du médaillon. L'un des marins finit par se racler la gorge pour attirer son attention ; elle leva la tête vivement. Son instinct lui soufflait qu'il était impératif de laisser l'évêque en dehors de tout cela.

— Je vous en prie, n'allez pas parler de miracle, surtout ! Cela ne ferait qu'attirer les curieux ici, et nous sommes déjà débordées. Il s'agit simplement d'une petite orpheline de plus.

— Oui, Mère.

— Dieu vous bénisse, ajouta-t-elle d'un air distrait avant de refermer bruyamment la grille et de la verrouiller.

Une fois cela fait, elle prit appui sur un mur car elle sentait le lourd poids des responsabilités sur ses épaules. Par où commencer ?

— Que l'une de vous aille chercher le prêtre. L'enfant a peut-être été baptisée mais il n'y a aucune certitude. Nous la nommerons Isabella Salome. Surtout, ne parlez pas du médaillon.

Ensuite, Mère fit la seule chose qu'une religieuse pouvait faire. Elle retourna à son bureau, ferma la porte derrière elle et tomba à genoux sur le prie-Dieu qu'une de ses prédécesseures avait reçu en cadeau de l'épouse du vice-roi d'Espagne. Il était en bois massif, aussi immuable qu'un trône, et orné d'anges et de crânes humains élaborés dans le style du XVIIe siècle. Elle pria. Elle pria comme jamais, pour avoir l'inspiration et découvrir où la Chronique était cachée. Il était capital qu'elles la retrouvent – elle contenait toute leur histoire et était forcément quelque part… Elle ferma les yeux, s'agrippa fort au lutrin et sollicita tour à tour chaque saint en répétant : « Je vous en prie, je vous en prie, guidez-nous jusqu'à la Chronique… »

Soudain, elle eut la surprise de sentir bouger un panneau sur le côté. S'interrompant brusquement, elle se pencha pour examiner la zone en question. Elle appuya plus fort et il y eut un déclic lorsque le panneau s'ouvrit. Un compartiment secret ? D'une main hésitante, elle tâtonna à l'intérieur de ce qui aurait dû être creux, mais ne l'était pas. Elle se rendit alors compte que c'était parce qu'un objet y avait été enfoncé et qu'il prenait toute la place. Il était volumineux et enveloppé dans un tissu grossier.

Elle eut toutes les peines du monde à le sortir de la cavité. Osant à peine respirer, elle ôta une couche d'étoffe en laine huilée, puis une de soie desséchée. Après toutes ces années, elle posait enfin les yeux dessus : un grand et vieux volume relié en cuir, évoquant un livre de comptes, doté d'un fermoir piqué et, sur la couverture, un dessin à peine visible d'un oiseau doré à la queue fourchue. À l'intérieur se trouvaient des pages en papier vélin, si fines que l'on voyait à travers et noircies d'une écriture soignée, dans une encre devenue marron avec le temps mais étonnamment lisible. Mère vit que l'ouvrage était en espagnol, mais qu'au milieu, il y avait une partie en latin. L'Évangile ! « *Deo gratias*, murmura-t-elle. La cachette de sœur Agnes ! J'ai trouvé la Chronique ! »

Elle repensa à la vision de sœur Rosario, qui parlait d'une tempête suivie d'une « bénédiction ». Voilà qu'en l'espace de quelques heures, le médaillon et la Chronique leur étaient revenus. L'orpheline y était forcément pour quelque chose, mais quoi ? *Les voies du Seigneur sont impénétrables*, songea-t-elle, *il va falloir faire preuve de patience*. En attendant, il était impératif que cette nouvelle ne quitte pas le couvent. Elles auraient tous les ennuis du monde si cela s'ébruitait.

Malheureusement, les deux marins désobéirent à l'injonction qu'ils avaient reçue. Un journaliste américain qui s'ennuyait dans un bar les entendit parler d'une fillette mystérieusement rescapée et se dit que cela ferait une bonne histoire. Il entreprit de leur délier la langue avec de la cachaça et une somme d'argent qui représentait une fortune en comparaison de leur solde. Il prit note de tout ce qu'ils lui racontèrent, et son article sur le « pendentif miraculeux » de *La Mano del Diablo* fut repris pendant des mois par plusieurs agences de presse.

Comme Mère l'avait craint, l'évêque finit par avoir vent de l'histoire. Il écrivit un courrier lapidaire au couvent, dans lequel il rappelait que pendant des siècles des soupçons d'hérésie avaient plané au-dessus des Saintes-Sœurs de Jésus comme un nuage toxique, et qu'il comptait bien enquêter sur ce prétendu miracle afin d'en informer Rome. L'Église avait suffisamment de problèmes avec les prêtres accusés de pédophilie sans causer de scandale supplémentaire. Il ordonna à Mère de lui remettre ce pendentif sans délai. Il se chargerait de l'interrogatoire personnellement, puis enverrait Isabella au Vatican en même temps que son rapport et le bijou.

Mère s'efforça de gagner du temps. Elle répondit en termes flous, expliquant que depuis l'ouragan elles étaient accablées de travail, que tout était sens dessus dessous, et que partir en quête d'un petit objet serait comme chercher une aiguille dans une botte de foin. Pour semer le trouble, elle lui demanda de décrire le pendentif en question, afin d'être sûre de le reconnaître si elle tombait dessus. Enfin, elle protesta en disant qu'Isabella n'avait que trois ans et ne saurait être d'une grande aide lors d'une enquête formelle.

En réalité, elle n'avait aucune intention de se défaire du médaillon, ni de laisser partir la fillette. Mais elle ne pourrait pas repousser l'évêque indéfiniment et se demandait ce qu'il adviendrait ensuite.

La réponse à cette question arriva sous la forme d'un coup de fil de la part d'une association caritative américaine. Mère fut appelée par le directeur de *Christian Outreach* – qui regroupait des baptistes *du Sud*, lui précisa-t-il au téléphone. Cela ne lui disait pas grand-chose. Elle ne savait absolument pas ce qui distinguait une secte protestante d'une autre, simplement que leurs missionnaires avaient la réputation de distribuer les bibles comme si c'étaient des chewing-gums, et qu'ils faisaient toute une histoire en baptisant en masse leurs convertis dans des fleuves. Le directeur poursuivit en disant qu'ils lançaient un appel aux dons dans leurs églises, au profit des victimes de *La Mano del Diablo*. Mère accepterait-elle de recevoir un photographe pour prendre des clichés des orphelins ? *Christian Outreach* s'engageait à reverser une partie de l'argent récolté au couvent.

La Supérieure ne se fit pas prier pour accepter : la situation était devenue tellement critique qu'elle était obligée d'envoyer deux sœurs mendier sur la grand-place chaque matin. Encore mieux, le missionnaire dépêché sur place repéra aussitôt Isabelita, qui était jolie et surtout photogénique, avec ses grands yeux mélancoliques. Elle devint le visage de la campagne de solidarité.

Les baptistes du Sud se montrèrent généreux, et deux mois plus tard, Mère manqua de s'évanouir lorsqu'elle reçut un chèque dont le montant suffisait à refaire les stocks de la pharmacie ; à acheter l'équivalent d'une année de nourriture pour le couvent tout entier, sans compter des couvertures, des chaussures et des vêtements pour chaque enfant ; à réparer le toit du dortoir ; à payer des fournitures pour la classe, et même des jouets. Encore mieux, le petit mot qui l'accompagnait laissait entendre qu'un autre chèque, au moins, lui serait envoyé. Elle songea que si le Seigneur avait décidé d'envoyer de l'aide à travers des baptistes, elle n'y voyait pas d'objection. À vrai dire, cela venait plutôt confirmer sa conviction secrète selon laquelle le monde avait assez d'ennuis comme cela sans obliger en plus les gens à vénérer Dieu de la même façon. Devant le Trône éternel, il y avait de la place pour tous Ses serviteurs : baptistes, hindous, adventistes du septième jour, musulmans, juifs, catholiques. Bien entendu on était loin des enseignements de l'Église, ce qui signifiait que Mère peinait à faire entrer cette idée dans un cadre doctrinal reconnu. Même si elle n'y était jamais vraiment arrivée, et que l'évêque aurait été consterné de l'apprendre, elle ne s'en fiait pas moins à son opinion.

Puis le directeur de *Christian Outreach* rappela, cette fois pour annoncer qu'un couple d'Américains avait vu la photo d'Isabella lors d'un gala de bienfaisance, et qu'ils avaient eu un tel coup de cœur pour elle qu'ils souhaitaient l'adopter. Il précisa que suite à cet appel aux dons, l'Église baptiste avait réussi à faire pression sur Washington, afin que les lois en matière d'immigration soient temporairement assouplies, et les dossiers d'adoption accélérés. Mère demanda à y réfléchir.

Les religieuses se réunirent pour prendre une décision, et Mère leur fit comprendre ce qu'elle en pensait :

— Ni Isabelita, ni le médaillon, ni la Chronique ne sont en sécurité ici. Les marxistes sont en train de monter les paysans contre nous en leur faisant croire que pendant que le peuple meurt de faim, les églises regorgent de trésors datant des conquistadors et, pour couronner le tout, l'évêque est déterminé à impliquer le Vatican dans cette histoire. Rome a désigné un enquêteur officiel, et s'il apprend que nous avons aussi retrouvé la Chronique…

— Ils nous enverront l'Inquisition, marmonna sœur Rosario, qui était révoltée.

Mère poursuivit son plaidoyer en l'ignorant.

— Quel meilleur endroit où cacher notre *vrai* trésor que dans une bourgade américaine, avec Isabelita, où elle pourra grandir tranquillement parmi les protestants ? Je peux remplir son dossier de façon à brouiller les pistes. En outre, c'est très rare qu'une de nos orphelines soit adoptée aux États-Unis. Ce serait une grande chance pour elle.

Personne ne trouva rien à redire à cela. Hormis dans le cas où les filles se découvraient une vocation (cela faisait des années que ce n'était pas arrivé), le mieux que les sœurs puissent faire pour elles était de les lâcher dans la nature le jour de leurs seize ans avec une tenue toute neuve et une belle lettre de recommandation, en espérant que cela les aide à trouver une place comme domestique.

Les sœurs se posaient des tas de questions : si ce couple était digne de confiance, et comment Mère s'assurerait que le médaillon et la Chronique ne s'égareraient pas une fois sortis du couvent. Mère promit de demander à rencontrer ces gens avant de signer. Quant au reste, elle leur expliqua l'idée qu'elle avait eue, ce qui souleva des murmures d'approbation – mais tout dépendait des parents adoptifs.

À force de les attendre, la Mère supérieure en était presque arrivée à la conclusion que c'était un signe de Dieu et qu'Isabelita, la Chronique et le médaillon devaient rester là, lorsque sœur Rosario annonça que le señor et la señora Walker étaient arrivés.

Ces derniers dirent « *Gracias* » d'un air emprunté, et Virgil Walker sortit son guide de conversation dans le but de débiter une phrase dans un espagnol laborieux. Mère s'obligea à faire un sourire crispé et annonça :

— Je vous en prie, asseyez-vous. Nous pouvons parler en anglais.

Elle avait appris la langue dans sa jeunesse, et même si elle se sentait un peu rouillée elle avait eu l'occasion de la pratiquer lors de ses discussions téléphoniques avec *Christian Outreach*.

— Merci, madame, dit-il, visiblement soulagé. Je vous assure qu'on a essayé d'apprendre l'espagnol, on s'est même inscrits à un de ces cours intensifs, mais juste au moment où j'en ai le plus besoin, rien ne me vient.

Mère lui fit un autre sourire, moins crispé cette fois. Ce couple était aussi nerveux qu'elle. Cela la rassura, encore plus en voyant le gros ours en peluche qu'ils avaient apporté.

Elle baissa les yeux sur le dossier ouvert devant elle, même si elle connaissait son contenu par cœur. Sarah-Lynn et Virgil Walker, trente-sept et quarante ans, mariés depuis dix-huit ans, avaient essayé en vain d'avoir des enfants. La lettre du pasteur de leur église insistait sur le fait que c'étaient des gens bien, de bons chrétiens, que Mme Walker était une femme d'intérieur accomplie, membre d'un club de jardinage et très impliquée dans son cercle d'étude de la Bible. Celle de leur député affirmait qu'ils étaient des piliers de leur communauté. La dernière, envoyée par la Chambre de commerce de Laurel Run, en Géorgie, confirmait que Virgil Walker était un plombier florissant, qui possédait sa propre société et était un membre actif du Rotary Club. Mère avait regardé où la ville se situait dans l'atlas du couvent, qui datait de 1930 et représentait cet État divisé en comtés. Elle avait fini par trouver Laurel Run, un tout petit point dans le comté de Bonner, à l'est de celui de Fulton, où un point beaucoup plus gros indiquait Atlanta. Elle était à peu près certaine d'avoir entendu parler de cette ville.

— J'espère que vous nous avez trouvées sans trop de difficultés.

— Oui, madame, ne vous inquiétez pas. Et désolé pour le retard. On prenait des photos dehors. Les enfants adoptés grâce à ce programme sont censés recevoir chacun un album dans lequel on collera des souvenirs de l'endroit d'où ils viennent, pour plus tard.

En parlant de photos, Sarah-Lynn en a apporté quelques-unes de chez nous et de la chambre qu'on a aménagée pour notre petite fille.

Mme Walker ouvrit un grand sac en cuir assorti à ses chaussures et en sortit une enveloppe marron.

— Voici notre maison, annonça-t-elle en posant le premier cliché sur le bureau de Mère. Elle est de style ranch colonial, comme on appelle ça chez nous, et elle était neuve quand on l'a achetée il y a huit ans.

La demeure en bois et briques blanches, avec un perron orné de colonnes, un gazon impeccable et des plates-bandes pimpantes, était un petit palais.

— Je m'occupe de tout moi-même, précisa Sarah-Lynn en passant une main tremblante dans sa coiffure. Même du jardin. On a installé une balançoire et un bac à sable à l'arrière, pour que les enfants des voisins viennent s'amuser. Et voici sa chambre.

La pièce était fraîchement repeinte en rose tendre, avec un lit à baldaquin et des meubles gais décorés de fleurs aux couleurs vives. On aurait dit qu'ils avaient dévalisé un magasin de jouets tant il y avait de peluches, sans compter la grande maison de poupée dans un coin.

— J'espère que ça ira. On a dû faire vite, dès qu'on a eu le feu vert. J'ai oublié de prendre la salle de bains attenante, mais elle est dans les mêmes tons.

— C'est très joli, la rassura Mère. Sa propre salle de bains ?

— À présent, notre petite ville.

Les images s'enchaînèrent : des rues bordées d'arbres où les maisons étaient plus belles les unes que les autres, de l'église flambant neuve qu'ils fréquentaient, et du centre-ville qui dégageait une impression de calme et de sécurité avec ses vieux bâtiments, aux écoles du quartier, de la primaire au lycée. Tous deux ne doutaient pas qu'Isabelita ferait des études supérieures.

— On a un très bon centre universitaire en premier cycle, avec des enseignements à l'ancienne, signala Virgil. Et si elle souhaite continuer, il y a une faculté à cinquante kilomètres de chez nous. Sans parler d'Atlanta, où elle aura l'embarras du choix. Je suis ce qu'on pourrait appeler un self-made-man, mais nous voulons le meilleur pour notre fille !

— Mon mari est travailleur, enchaîna fièrement sa femme. Il est parti de rien, vous savez. Il a commencé comme plombier, et aujourd'hui son entreprise possède cinq succursales et travaille dans toute la région, jusqu'à Atlanta. Avec tous les logements en construction, en ce moment il a dix-huit employés sous ses ordres.

— Attendez, que je vous montre, renchérit Virgil en sortant de son portefeuille une carte de visite représentant une camionnette verte, avec écrit sur le côté en lettres élégantes : « ENGAGEZ UN POÈTE DE LA PLOMBERIE ». C'est un vieux copain à moi, prof de latin au lycée, qui a eu l'idée à cause de mon prénom.

— Chéri ! s'exclama Sarah-Lynn en lui donnant un coup de coude. Parle-lui de notre église.

— Eh bien, comme vous le savez, on est baptistes, on va à l'office le dimanche, et le mercredi on se réunit avec les fidèles pour dîner ensemble et prier.

Il parla ensuite de colonies de vacances, de l'équipe de baseball qu'il entraînait, et de jeannettes – des choses dont Mère n'avait jamais entendu parler, mais qui à l'évidence étaient des activités pour enfants.

Soudain il y eut des coups de feu au loin, puis une explosion. Ils semblaient plus proches que d'habitude. Les Américains sursautèrent sur leur siège.

Mère se pressa de rassembler les papiers et les coupures de presse.

— Voici ce que nous savons sur la petite Isabella. S'agissant de ses parents, nous ne pouvons faire que des conjectures, car en toute probabilité ils sont morts. Peut-être venaient-ils d'un village de pêcheurs le long de la côte, et ont-ils tenté de fuir l'ouragan.

Les Walker hochèrent gravement la tête et Virgil prit le dossier qu'elle lui tendait.

— L'agence d'adoption a lourdement insisté sur le fait que l'enfant doit connaître ses origines, encore plus quand il vient d'un pays étranger. Cela peut devenir un problème à l'âge adulte, sinon. Ne vous en faites pas, on fera ce qu'il faut.

— Bien, dit Mère en sortant un gros paquet d'un tiroir. Par ailleurs, étant donné qu'Isabelita a très peu de possessions, voici deux souvenirs du couvent. Le premier est un médaillon qu'elle portait le jour où elle a été sauvée. Vous le verrez en photo sur les articles que l'on a pu rassembler. Cela a été une heureuse surprise pour nous, car il se trouve que notre ordre en avait un tout à fait similaire, autrefois. Nous avons pensé qu'elle devrait le garder. Ce livre est aussi pour elle. Il est très ancien, il s'agit d'une sorte de registre où l'on consignait ce qui se passait au quotidien. Nos religieuses ont toujours été éduquées, et mettaient un point d'honneur à avoir un scribe. Isabelita souhaitera peut-être le lire un jour, si elle n'oublie pas l'espagnol. Il y a une partie en latin, mais je sais que les jeunes d'aujourd'hui ne l'apprennent plus comme à mon époque. Néanmoins, c'est tout ce que nous pouvons lui laisser. Avant que je ne consente à son adoption, vous devez me promettre solennellement de lui donner ces deux objets le jour de son seizième anniversaire.

Mère eut un pincement au cœur en disant cela, car elle regrettait amèrement de n'avoir pu étudier la Chronique comme elle l'aurait voulu. Plusieurs sœurs s'étaient attelées à la tâche ces derniers mois, mais Dieu seul savait où le vieux dictionnaire se trouvait. Aucune n'était assez bonne pour traduire sans, et de toute façon, il y avait tant à faire qu'elles n'avaient pas eu assez de temps, même pour les passages en espagnol.

— C'est merveilleux ! commenta Sarah-Lynn. Bien sûr que nous promettons, pas vrai, Virgil ?

— Naturellement, madame. Et si elle peut, elle prendra l'option latin au lycée. Ça aide à obtenir une bourse universitaire, alors les parents d'élèves tiennent à la conserver. On fera de notre mieux, vous avez ma parole, ajouta-t-il en tendant d'instinct la main pour conclure le marché.

Mère fut prise de court mais ne se laissa pas démonter et tendit la sienne en serrant aussi fort qu'elle put. Elle croyait cet homme.

— Très bien. J'approuve l'adoption, déclara-t-elle en confiant le paquet à Sarah-Lynn, qui murmura « *merci* ».

Puis elle fit sonner une clochette en argent. Sœur Rosario apparut si vite qu'elle avait dû rester derrière la porte à écouter.

— Amenez Isabelita, s'il vous plaît.

La sœur prit son temps. S'efforçant de faire la conversation, Mère montra aux Walker les portraits des *monjas coronadas*, précisa qu'ils étaient très anciens et qu'elle les aimait particulièrement, expliqua que les jours de fête, les orphelins étaient autorisés à venir les voir, à leur grande joie. La vie au couvent étant plutôt spartiate, une visite dans le bureau de la Mère supérieure pour entendre des histoires et admirer de beaux tableaux était un luxe apprécié. Ainsi, elle leur parlait de ces jeunes femmes extraordinaires qui se paraient de beaux habits, de bijoux et d'une couronne de reine, car elles se préparaient à entrer au couvent.

— Isabelita adore ces tableaux. Quand j'ai demandé pourquoi, elle m'a répondu que c'était parce qu'ils lui souriaient.

Mère en fit de même.

— Peut-être est-ce le cas. Mais les enfants aiment surtout ces occasions, car après ils ont droit à un chocolat chaud et à un gâteau à l'amande, comme celui qu'on offrait aux novices. Cela symbolise la douceur d'une vie consacrée à Dieu.

Voyant que les protestants en restaient pantois, Mère changea poliment de sujet.

— Que pourrais-je vous dire sur Isabelita, pour vous aider à mieux la connaître ? Elle est très sage, dit bien ses prières et range ses affaires. Elle est en bonne santé. Elle n'a jamais été malade et ne nous a jamais désobéi, hormis le jour où nous avons pu acheter des jouets grâce à la générosité de *Christian Outreach* – c'était une première pour nous, jusque-là nous n'avions pas les moyens de le faire. Dans son excitation à l'idée de posséder un livre de coloriages et des crayons de couleur, Isabelita a décoré les murs du dortoir et un certain nombre de missels avant qu'on puisse l'arrêter, observa Mère d'un air désolé.

— Oh, c'est trop mignon ! Elle était juste heureuse de pouvoir s'amuser comme tous les enfants ! s'exclama Sarah-Lynn.

— On a un nouveau réfrigérateur d'un blanc triste à mourir, il aurait bien besoin d'être décoré, plaisanta Virgil qui semblait aux anges. Je vais lui acheter le plus gros paquet de feutres que je pourrai trouver, et elle aura le droit de dessiner partout où elle veut.

On frappa à la porte et tous trois se tournèrent en chœur. Sœur Rosario avança en tenant la main d'une jolie fillette aux yeux d'un bleu étonnamment foncé et aux cheveux noirs emprisonnés dans des nattes. Elle portait une robe blanche rapiécée, des chaussettes de la même couleur et des sandales neuves. Mère songea à l'agneau pascal en la voyant, mais chassa vite cette pensée.

— *Buenas tardes*, Mère, dit l'enfant d'un air timide, ses longs cils baissés. *Buenas tardes*, répéta-t-elle en se tournant vers les Walker.

— Salut, toi, répondit Virgil avec un grand sourire.

— Ma petite fille chérie ! souffla Sarah-Lynn.

Mère fit signe à l'orpheline de venir près d'elle et lui prit le visage dans ses mains. Parlant en espagnol mais lentement, afin que les Américains la suivent, elle dit :

— Cet homme et cette femme, qui sont des gens très bien, se sentaient tristes parce qu'ils n'avaient pas d'enfants, alors ils t'ont choisie pour être leur fille. Tes parents te regardent depuis le ciel, ils veillent sur toi et ils sont heureux de voir que Dieu a envoyé M. et Mme Walker pour être ta nouvelle maman et ton nouveau papa. Tu vas quitter le couvent maintenant, et partir avec eux. Où que tu sois, nos prières seront toujours avec toi.

Isabella voyait bien que c'était sérieux. Lorsque Mère parlait, on l'écoutait. Elle hocha la tête docilement.

— Tu es une bonne petite fille, murmura-t-elle, avant de dévisser le bouchon d'un vieux stylo à plume. À présent, nous devons compléter certains éléments manquants. Le nom complet sur son certificat de baptême est : Maria Salome Isabella Luz de los Angeles. La « lumière des anges », c'est le nom de famille que nous donnons aux orphelines lorsqu'on ne connaît pas leur vrai nom. Mais que pensez-vous des prénoms ? Voulez-vous lui en donner d'autres ? proposa-t-elle en s'efforçant de prendre un air dégagé.

Virgil regarda sa femme. L'agence d'adoption avait bien souligné qu'il était important de respecter l'origine ethnique de l'enfant. Serait-ce vraiment déplacé de remplacer cette ribambelle de prénoms tous plus exotiques les uns que les autres ?

— Ils sont très jolis, répondit-il avec hésitation, mais peut-être un peu inhabituels. Il n'y a pas beaucoup de Salome, chez nous, sans doute à cause de Jean-Baptiste et de cette histoire de tête décapitée…

— Un prénom plus américain, dans ce cas ? Brenda, Marjorie, ou… Nancy ? suggéra Mère en se creusant la tête. Susan ?

Virgil se sentit soulagé.

— Tous sont bien, seulement on s'est toujours dit que si on avait un jour une fille, on l'appellerait Menina Ann Walker.

Mère leva la tête de ses papiers, surprise. Elle savait que c'était un mot castillan, et qu'historiquement une « ménine » était la dame d'honneur de la reine.

— Chez nous, la tradition veut qu'on appelle ses enfants d'après des parents proches. La mère de Sarah-Lynn s'appelait Menina. Elle est décédée peu de temps après notre mariage. Ann était le prénom de ma mère. Qu'en pensez-vous ?

— Menina Ann Walker, cela fait très américain. C'est parfait.

Mère s'appliqua pour signer le document officiel d'une écriture qu'elle avait pratiquée maintes fois, avec assez de volutes et de fioritures pour la rendre quasiment indéchiffrable.

— Il ne nous reste plus qu'un papier à remplir, pour les archives du couvent.

Dans la case « identité des parents adoptifs », elle écrivit « *Mary et John Smith, de Chicago* ». Ensuite elle reporta l'ancien nom d'Isabelita, ainsi que le nouveau, en tâchant d'être le plus illisible possible. Elle corsa le tout par une belle tache d'encre, et reposa son stylo à plume avec un air de satisfaction. Enfin, les Walker apposèrent leur signature partout, trop fébriles pour prendre le temps de lire, et encore moins de traduire. L'important, c'est qu'ils venaient de donner du fil à retordre à toute personne qui se mettrait en tête de retrouver la petite fille.

— Isabelita, à partir d'aujourd'hui tu as un nouveau nom, Menina Ann Walker. Dieu en a voulu ainsi, déclara-t-elle en espagnol, puis elle fronça les sourcils en direction de sœur Rosario, qui se tamponnait les yeux de manière suspecte.

Cette dernière laissa échapper un sanglot et se pencha pour serrer fort la fillette dans ses bras ; Mère en fit ensuite de même, avec raideur.

— Souviens-toi d'être sage, dit-elle avant de s'approcher pour lui murmurer à l'oreille. C'est très important d'être toujours sage. Que Dieu te bénisse et te garde. *Adios.*

— Soyez rassurées, dit Virgil. On va bien l'élever. Et on tiendra notre promesse.

Il s'agenouilla et tendit l'ours en peluche à Menina. Elle regarda Mère pour demander la permission, qui la lui donna d'un signe de tête. Elle fit alors un immense sourire et s'approcha du monsieur pour accepter le cadeau. Il la souleva du sol et susurra :

— Hé, mais qui est cette petite fille que je vois là ?

Menina gloussa et enfouit son visage dans la peluche.

— Ma chérie, Maman et Papa vont t'emmener manger une glace. *Helado*. Tu aimes *helado* ?

Elle acquiesça ; elle ne savait pas ce que ce mot signifiait, mais cela semblait être la réponse appropriée.

— Et après, on va monter dans un gros avion et partir loin d'ici. Notre famille rentre à la maison !

Sœur Rosario ouvrit la porte et les suivit en reniflant bruyamment. Mère écouta les bruits de leurs pas s'éloigner dans le couloir. De nouveau seule, elle regarda en direction des *monjas coronadas*. « Que Dieu la guide et la protège, mais je suis convaincue que nous avons fait ce qu'il fallait. *Deo gratias*, mes sœurs. *Deo gratias*. »

2.

Laurel Run, États-Unis, mars 2000

Le conseil que Mère avait donné à Menina perdura bien après que les souvenirs de sœur Rosario, et même du couvent, furent devenus flous.

« *Rappelle-toi d'être sage ! D'être toujours très sage !* »

Et elle l'avait été. Tout le monde, dans la petite ville de Laurel Run, s'accordait à dire que Menina Walker faisait honneur à ses parents adoptifs. Elle avait des résultats excellents depuis l'école primaire, était toujours polie, chantait à la chorale de l'Église baptiste, aidait sans qu'on ait besoin de le lui demander et avait fait partie de ces élèves à la « bonne » réputation, au lycée. Elle n'avait jamais fumé en cachette, ni essayé un joint, ni bu plus que de raison, ni couché avec un garçon au *drive-in*. Les autres mères, qui désespéraient de voir leurs ados se comporter décemment, se demandaient comment Sarah-Lynn avait réussi à l'élever aussi bien et la citaient en exemple auprès de leurs filles.

Celles-ci répondaient du tac au tac que ce n'était pas comme si Menina avait eu le choix. Elle avait longtemps été empotée, dépassant tout le monde en taille à partir du collège, souffrant de devoir porter un appareil dentaire, détestant être étiquetée comme une grosse tête, le chouchou des profs et un modèle à suivre. Le vilain petit canard s'était transformé en cygne seulement lors de son année de terminale, et à ce stade les garçons la voyaient comme la major de la promotion, non comme quelqu'un avec qui ils pourraient avoir envie de sortir.

Mais le fait est qu'à dix-neuf ans, elle était devenue d'une beauté saisissante. Grande, mince, les traits fins, elle avait la peau cuivrée et des cheveux noirs qui contrastaient avec ses yeux couleur saphir. De près, même si elle souriait facilement, on devinait à une certaine réserve dans ses manières et à une pointe de timidité dans sa voix que cette transformation était récente : elle n'y était pas encore habituée.

Elle-même avait encore du mal à croire à quel point elle avait changé, peu importe ce que le miroir ou ses parents lui disaient. Elle ne s'était jamais vraiment souciée de son physique. Tant mieux, car plus jeune elle en aurait souffert ; sans compter qu'au fond, elle savait pourquoi cette image d'intello lui collait à la peau. Des années plus tôt, elle avait appris que le meilleur antidote pour soulager l'impression d'être une fille quelconque, qu'on n'invitait jamais à entrer dans la bande, était de se plonger dans les livres. Le plus important est qu'elle faisait la fierté de ses parents en ramenant de bonnes notes et en ayant, année après année, la meilleure moyenne de la classe. Et puis, pour être tout à fait honnête, elle adorait l'école.

N'ayant rien de la fille populaire, elle avait pas mal de temps libre. Elle avait donc trouvé le moyen de le remplir efficacement.

Personne n'avait jamais dénigré ses origines, et ses parents avaient insisté pour qu'elle en soit fière. Lorsque Virgil lui avait donné le médaillon et le vieux livre le jour de ses seize ans, comme promis à la Mère supérieure, il avait fait un petit discours sur l'importance de cet héritage, et sa conviction que les parents biologiques de Menina lui avaient mis cette chaîne autour du cou en espérant qu'elle aurait le pouvoir de sauver leur enfant. Menina avait pris cela à cœur.

Cependant, elle avait compris très tôt qu'elle était privilégiée en tant qu'orpheline adoptée par les Walker. Elle était amèrement consciente des préjugés entretenus dans son entourage contre les Mexicains et les immigrés d'origine hispanique, avec leurs vieux pick-up cabossés remplis d'enfants en haillons et leur résignation à balayer dans les magasins, faire le plein d'essence à la station ou trimer sur les chantiers pour un salaire de misère. Par exemple, l'annonce de la construction d'un centre social en banlieue rencontra beaucoup de résistance, et une blague douteuse fit le tour du lycée. « Comment on appelle une latino ? Réponse : Madame propre, parce qu'elles sont toutes femmes de ménage. » Le jour où Menina l'entendit, cela la mit en colère. Le jour même, après les cours, elle allait à vélo à ce fameux centre social.

Elle trouva le bureau du directeur – une petite pièce sentant le plâtre, où des ouvriers accrochaient une plaque en cuivre remerciant la fondation « Pauline et Theodore Bonner II » pour son don – et lui proposa de devenir bénévole. C'est ainsi qu'elle se retrouva à enseigner l'anglais aux enfants et à aider, conseiller, orienter leurs parents pour des choses concrètes tels que l'accès aux soins et les bons alimentaires. Elle aimait se sentir utile et elle réapprit l'espagnol dans la foulée, même si en voulant faire un test avec le vieux livre du couvent, elle se sentit coincée. Les « s » étaient écrits comme des « f », et à première vue cela parlait uniquement de bonnes sœurs. Un registre, comme lui avaient dit ses parents. D'un intérêt limité, donc.

Lorsqu'il fut temps de penser à la fac, Menina préféra ne pas s'éloigner. Elle décrocha une bourse pour étudier l'histoire de l'art au centre universitaire de Holly Hill, réservé aux filles. Pour les vieilles dames de Laurel Run, c'était un choix on ne peut plus distingué qui faisait encore monter la jeune femme dans leur estime.

Holly Hill était un de ces anachronismes comme il en existe encore dans le sud des États-Unis. Fondé par deux intellectuelles pédantes à la fin du XIXe siècle sous le nom « d'académie féminine », il proposait des cours d'histoire et de sciences à une époque où l'on pensait que l'art floral, la broderie et quelques notions de français suffisaient à l'éducation des jeunes filles. Leur devise officieuse était « *Une femme capable de lire Cicéron sera capable de lire une recette de cuisine* », et aujourd'hui encore le latin était obligatoire pour y entrer. Menina avait été assez ringarde pour avouer qu'elle adorait cette matière. Mais plus important, grâce à d'anciennes étudiantes devenues riches, Holly Hill possédait à présent un département d'histoire de l'art réputé.

Être distinguée n'était pas sans avantages. À peine un semestre après avoir commencé la fac, elle attira l'attention du séduisant Theo Bonner, troisième du nom. Lorsque sa voiture de sport commença à se garer régulièrement devant la maison des Walker, cela fit le tour de la petite ville. Theo était le fils unique de l'une des plus vieilles familles fortunées de Géorgie. Avec l'argent qu'il avait sur son compte, il aurait pu se tourner les pouces, mais à la place il terminait des études de droit, projetait de travailler comme avocat commis d'office alors qu'il n'aurait eu aucun mal à se faire engager dans un cabinet prestigieux ; il avait la réputation d'être « un garçon ayant les pieds sur terre, qui allait faire de grandes choses. » Les spéculations allaient bon train sur sa future entrée en politique, car sa famille s'était impliquée en coulisses pendant des générations.

À une époque où plus personne ne craignait le scandale, et où les couples vivaient ensemble avant de se marier pour voir si cela collait entre eux, Theo se montra très traditionnel en demandant la main de Menina moins d'un an après leur rencontre. Aux déjeuners du club de jardinage, au cercle d'étude de la Bible et aux dîners du mercredi soir, les gens félicitaient Sarah-Lynn qui ne se lassait pas de raconter comment Theo était tombé sous le charme de leur petite Menina.

Un jour, elle était arrivée en retard au centre social et avait dû se résigner à donner son cours d'anglais avec le jean taché et le vieux sweat plein de trous qu'elle portait quand elle avait peinture à la fac. À sa grande honte, le directeur l'avait appelée et présentée comme sa bénévole la plus dévouée à Pauline et Theodore Bonner, qui étaient venus voir comment les choses allaient. Gênée, Menina avait serré la main d'un homme aux cheveux grisonnants, élégant, d'une femme mince et bien habillée, et enfin de leur fils, Theo Bonner III, venu informer les gens d'une permanence juridique gratuite à son université.

Theo était plus grand que Menina, bronzé, et séduisant par son côté vaguement débraillé. Il portait ses cheveux blondis par le soleil, trop longs, et une veste de sport élimée aux manches. Menina n'avait pas pu se défiler quand le directeur lui avait demandé de faire visiter les lieux aux Bonner, mais elle s'était sentie troublée par la présence de Theo, et incapable de résister à l'envie de le regarder en douce. Quelque chose chez ce garçon lui donnait l'impression d'avoir du courant électrique à la place du sang dans les veines. Elle s'était efforcée d'agir normalement, jusqu'à ce qu'il surprenne son manège, lui fasse un sourire et la gratifie d'un clin d'œil. Après leur départ, elle s'était maudite de ne pas avoir eu le temps de se changer – quelle impression elle avait dû faire, avec la touche qu'elle avait. Et puis elle s'était dit de ne pas être bête. Theo Bonner était trop bien pour elle.

Elle était tombée des nues quand il l'avait appelée une semaine après – expliquant qu'il avait soutiré son numéro au directeur – et l'avait invitée à dîner. L'année suivante, à Noël, Theo avait fait sa demande. Menina, des étoiles plein les yeux et amoureuse pour la première fois, avait le sentiment de vivre un rêve. Elle n'avait pas hésité une seconde à dire oui.

Les amies de Sarah-Lynn s'accordaient à croire que Menina en était arrivée là car elle avait suivi le conseil de sa mère en n'ayant pas de relations sexuelles avant le mariage. Après tout, leurs propres mères ne disaient-elles pas : « Un homme pensera toujours : pourquoi acheter la vache quand je peux avoir le lait gratuitement ? » Jolie, distinguée et méritante – les fans de Sarah-Lynn étaient comblées.

La seule qui ne l'était pas se nommait Becky Taliaferro, la meilleure amie de Menina, même si elle n'avait pas pu préciser le fond de sa pensée depuis qu'elle avait appris la nouvelle par téléphone. Becky trouvait Theo gentil, de toute évidence beau, et Menina donnait l'impression d'être amoureuse ; mais elle n'avait jamais eu d'aventure, alors que savait-elle des hommes au juste ? Sans compter que les deux amies avaient toujours eu comme projet de découvrir le monde après leurs études. Becky espérait franchement qu'elle n'allait pas finir femme au foyer, même riche – Menina était trop intelligente pour ça. Pas seulement à cause de ses notes, mais des idées qu'elle avait. Elle pensait vraiment beaucoup, voire tout le temps. C'était son truc, voilà tout.

Cependant Becky était loyale, et comme promis, elle serait la demoiselle d'honneur de Menina en juin. Il restait trois petits mois avant le mariage et elle était rentrée spécialement afin de choisir sa robe. Elles étaient toutes deux affalées sur des chaises longues dans la véranda des Walker, avec des verres de thé glacé et une assiette de cookies posée entre elles. Elles se sentaient bien dans cette pièce où l'on remisait le mobilier en rotin qui avait fait son temps, les coussins décolorés par le soleil et de vieux numéros de magazines. Elles avaient toujours aimé y jouer depuis le jour où les Taliaferro s'étaient installés dans la maison d'à côté. À sept ans, Becky était une casse-cou qui s'était lassée de rendre sa mère folle en ouvrant les cartons de déménagement et avait grimpé la clôture pour faire connaissance avec la voisine. C'est ainsi que Becky, la blonde coquine, et Menina, la brune timide, étaient devenues inséparables. Mme Taliaferro l'avait surnommée « Enfant de la lumière » car lorsqu'elles étaient ensemble, leur rebelle de fille se conduisait admirablement.

Enfants, elles avaient construit des tentes à l'aide de couvertures dans cette véranda, et y avaient fait des pique-niques les jours de pluie ; préadolescentes, elles avaient bravé l'interdit parental en s'essayant au spiritisme ; en terminale, c'est là qu'elles avaient rempli leur dossier de fac ensemble. À l'époque, Becky l'avait taquinée en disant qu'elle allait s'ennuyer ferme à Holly Hill, et Menina lui avait répondu « tant mieux », car l'idée de loger sur un campus énorme et de sortir tous les soirs – comme son amie allait le faire à l'université de Géorgie – lui donnait des sueurs froides.

Ni l'une ni l'autre n'auraient imaginé que la vie leur ferait prendre des voies différentes aussi rapidement. Si Menina s'était engagée dans celle du mariage, Becky avait saisi l'occasion d'élargir ses horizons. Abandonnant l'idée de devenir prof, elle avait surpris tout le monde en se faisant accepter à l'école de journalisme Grady où, entre deux amourettes, elle s'était concentrée avec un sérieux étonnant sur son futur métier de correspondante à l'étranger, comme ses idoles Marie Colvin et Christiane Amanpour. Pour qu'on la prenne au sérieux, elle avait compensé son joli minois, ses grands yeux bleus et ses boucles blondes en se faisant un piercing au nez, un tatouage sur l'épaule et en ne mettant plus que le blouson en cuir de son petit copain du moment. Tout cela – des études de journalisme aux fringues de motard – hérissait sa mère, bien entendu.

De retour dans leur repaire après si longtemps, il leur semblait tout bonnement impossible de parler de sujets aussi sérieux qu'un mariage et une carrière. Comment avaient-elles pu en arriver déjà à ce stade de leur vie ? Et puis Menina s'exclama :

— J'allais oublier ! Regarde, elle est belle, non ?

Et les fantômes de l'enfance s'évaporèrent. Elle avait tourné sa bague de fiançailles (un gros diamant flanqué de deux saphirs) pour lui faire la surprise. Elle remua les doigts de sa main gauche sous le nez de Becky. Les derniers rayons du soleil, qui filtraient à travers les fenêtres de la véranda, firent scintiller les pierres précieuses de mille feux.

— Oh, Enfant de la lumière ! s'écria Becky en se penchant pour l'observer de plus près. Elle est superbe ! C'est Theo qui l'a choisie, ou bien Maman Bonner a mis son grain de sel ?

— Non, c'est Theo. Il a pris des saphirs parce qu'ils étaient assortis à mes yeux ! Adorable, n'est-ce pas ? Mais « Maman Bonner », ça me fait bien rire ! Entre nous, ce serait plutôt « Maman Machiavel » ! Je l'ai bien compris, maintenant que je la fréquente. Je ne sais pas si tu te souviens, elle était citée dans cet article de *Vogue* l'an dernier, sur les femmes riches du Sud, impliquées en politique et qui tirent les ficelles en coulisses. C'est son portrait craché.

Becky prit un gâteau et se mit à le grignoter.

— Pourquoi elle a besoin de son fils pour faire ça ? Elle devrait se présenter aux élections elle-même.

— Elle minaude en disant que c'est un domaine réservé aux hommes, mais je pense plutôt qu'elle aime rester dans l'ombre – elle adore organiser des galas, par exemple. Grâce à elle, la famille Bonner a des contacts à ne plus savoir qu'en faire. Je ne sais même pas si Theo a de réelles ambitions, en fait. Il en parle, mais il vient juste de passer l'examen du barreau. Il envisage d'être avocat commis d'office pendant un an ou deux, pour commencer.

— L'ami des pauvres, hein ? En parlant de ça, vous ne comptez quand même pas vivre avec son seul salaire ? Tu vas devoir te trouver un boulot, non ?

— Eh bien, c'est un détail mais ma future belle-mère m'a invitée à déjeuner récemment, et elle m'a assuré qu'elle nous verserait une rente. Ne me regarde pas comme ça ! J'ai des projets, bien sûr que je vais bosser ! Simplement, ça m'aidera de ne pas avoir un travail à plein temps pendant que je rédige mon mémoire.

— T'es en premier cycle, et on te demande quasiment d'écrire une thèse !

— T'as raison, je ne pensais pas que ce serait aussi dur, confirma Menina.

Les conditions étaient idéales à Holly Hill, avec des classes réduites, des ateliers bien équipés et des enseignantes à l'écoute – normal, vu le prix que coûtaient les études –, mais la clause stipulée en contrepartie en avait rebuté plus d'une. La bourse en question avait été créée par une ancienne de Holly Hill, qui entendait encourager les futures « érudites » à prendre une part active dans les études, sans pour autant se lancer dans une compétition avec les hommes. Ainsi, les bénéficiaires devaient signer un document dans lequel elles s'engageaient à rédiger un mémoire original, sur le sujet de leur choix, et on leur finançait même un voyage à l'étranger pour faire des recherches. Ce travail était ensuite publié et mis à disposition du monde universitaire. Mais il y avait un hic. Si une étudiante échouait à rendre son mémoire dans l'année suivant la remise du diplôme, elle avait l'obligation légale de rembourser tout l'argent dépensé pour elle.

Menina avait été tellement heureuse d'annoncer la bonne nouvelle à ses parents qu'elle avait oublié de mentionner ce détail, et à ce jour elle ne l'avait toujours pas fait.

— Ça oblige à revoir ses priorités, c'est certain, poursuivit Menina. Mais quand je m'en serai débarrassé, je m'inscrirai en master à l'université de Géorgie. Peut-être même qu'après, je ferai un troisième cycle. J'aime vraiment l'histoire de l'art et j'ai dans l'idée de travailler dans un musée, un jour. On verra bien. Il va falloir pas mal jongler entre les cours, un job à temps partiel, la cuisine et le ménage, mais Theo sera pas mal occupé lui aussi. On a vu de très jolis appartements près du campus, dans le quartier où il y a ces vieilles maisons. Plusieurs copains de Theo qui sont mariés habitent dans le coin, et tout le monde s'invite à dîner. Ma mère est déjà en train de recopier ses recettes pour le jour où ce sera à nous de recevoir.

Sachant que Becky verrait rouge si elle l'apprenait, Menina passa sous silence le fait qu'elle était rentrée de ce déjeuner avec une vision de sa vie conjugale bien différente de ce qu'elle imaginait. La consternant, puis l'agaçant, Pauline lui avait fait comprendre que son fils devait impérativement construire l'image d'homme susceptible d'être élu dans un avenir proche. En tant que Mme Theo Bonner III, Menina devrait s'impliquer dans diverses associations et se rendre à des dîners importants, afin d'entretenir de bonnes relations avec les épouses d'hommes d'affaires susceptibles de faire des dons pour soutenir une campagne électorale. Menina en avait conclu qu'elle allait devoir faire preuve de pas mal de tact si elle souhaitait s'en tenir à ses projets.

En y repensant elle poussa un soupir, puis fit s'entrechoquer les glaçons dans son verre.

— Le plus dur a été de trouver un sujet original pour le mémoire mais ça y est, je l'ai, grâce à la bibliothécaire de Holly Hill qui m'a donné un vieux livre dont personne ne voulait. Il a été publié en 1900, et on y parle d'un artiste nommé Tristan Mendoza, qui vivait en Espagne au XVIe siècle. Les portraits qu'il peignait représentaient tous des femmes, bien habillées mais super couvertes, tu vois, pas de décolletés comme dans les tableaux anglais de maîtresses royales, qui montrent quasiment leurs seins. Au contraire, elles ont des chapelets et des bibles, mais le truc bizarre c'est que plus tu les regardes, plus elles ont l'air différentes – elles deviennent sexy et aguichantes, un peu comme celles à la poitrine généreuse. Limite pornographiques. Toujours est-il qu'aucune de mes profs ne connaît Mendoza, mais elles voient ce que je veux dire. Elles m'ont expliqué que l'ambiance était très collet monté à la cour, en ce temps-là. Les chrétiens venaient de vaincre les Maures qui avaient la réputation d'être puritains, alors ils ont dû l'être encore plus pour prouver leur supériorité. Mais tu veux savoir le plus intéressant ?

— Je suis tout ouïe, répliqua Becky d'un air renfrogné.

— J'ai pris une loupe pour examiner les toiles de plus près, et figure-toi que sous sa signature, Mendoza dessinait un oiseau ! Une petite hirondelle qui ressemble comme deux gouttes d'eau à celle que j'ai sur mon médaillon !

— Pourquoi il faisait ça ?

— Je me suis posé la même question, et d'après mes recherches, personne n'a l'air de savoir. Donc, le sujet de mon mémoire sera le peintre Tristan Mendoza. Si cette hirondelle avait une signification pour lui, peut-être qu'elle en avait une aussi pour mes parents biologiques. Je n'ai plus qu'à trouver laquelle. D'après Papa, c'était forcément des catholiques, et ils devaient croire que le médaillon pouvait accomplir des miracles.

Les yeux de Menina se remplirent de larmes, comme toujours lorsqu'elle les imaginait priant et priant encore pour la vie de leur bébé. Comme elle aurait voulu qu'ils la voient à présent, sur le point de se marier avec un homme merveilleux, et dans une robe de princesse ! Mais elle ne devait pas penser à cela.

— Et tiens-toi bien, le Prado est le seul musée qui expose des tableaux de Mendoza, ce qui veut dire que je vais devoir aller à Madrid ! Tous frais payés, en plus ! J'ai pensé que je devrais emporter ce vieux bouquin que les sœurs du couvent m'ont donné. Il ne sert à rien, à part prendre la poussière dans ma commode. Ils auront forcément des spécialistes pour le déchiffrer, là-bas, et dans le cas contraire, ils pourront m'orienter vers la bonne personne.

— Madrid ! répéta Becky en lui tapant dans les mains. Génial ! Bon, il se fait tard, je vais y aller. J'attends le coup de fil d'un type au sujet d'un article qui, je l'espère, me permettra de décrocher un stage au *New York Times* cet été.

— Oh, Becky ! Il fallait m'arrêter ! Raconte.

— D'accord. Tu te souviens de Junior, le garçon un peu bête qui avait abandonné le lycée pour bosser à la station-service, et qui un jour, sans crier gare, s'était fait condamner à la peine capitale pour un double homicide ? Eh ben aujourd'hui, il est dans le couloir de la mort et il se démène pour obtenir un second procès – parce que, évidemment, on l'a mal défendu, le dossier d'accusation ne tient pas debout, il jure que c'est une erreur judiciaire, etc. Bref, son nouvel avocat aimerait attirer l'attention des médias, sauf que jusqu'à présent, Junior était resté muet. Mais je lui ai fait savoir que son cas m'intéressait, et il s'est souvenu de moi, du temps où je venais faire le plein dans sa station, et il a dit que puisque j'étais la seule à ne pas l'avoir snobé à l'époque, il acceptait de me parler. Son avocat est censé me rappeler pour me dire quel jour je peux aller le voir en prison.

— Mon petit doigt me dit que ta mère n'est pas au courant !

— Euh, non. Je lui fais la surprise. Allez, je file.

Elle serra son amie dans ses bras puis, enjambant la clôture, s'écria :

— *Hasta la vista*, Enfant de la lumière !

— Becky n'a pas changé, marmonna Sarah-Lynn d'un air sombre, tout en refermant la porte de la véranda derrière elle. Qu'est-ce qui lui a pris de se mettre ce machin dans le nez ? Je t'en prie, dis-moi qu'elle va l'enlever pour le mariage. Au fait, quelle couleur a-t-elle choisie pour sa tenue, bleu ou lavande ?

— Oh ! Désolée, M'man, j'ai oublié ! On avait tellement de choses à se raconter. Je lui ai expliqué pour mon mémoire, et…

— Encore ce mémoire ! Ma chérie, il va devoir attendre. Il te reste un essayage de robe, il faut encore décider si on prend les serviettes argentées ou pas, et aussi terminer cette fichue liste d'invités pour envoyer les invitations.

— Plus tard, M'man, répondit Menina, avant de fuir vers la salle à manger pour mettre la table. Elle savait qu'elle devrait s'intéresser davantage aux serviettes argentées, aux compositions florales et à l'épineux problème de son voile en tulle (à petits pois ou pas ?), mais elle n'y arrivait pas. Toute cette agitation la laissait indifférente. L'important, pour elle, était de vivre avec Theo – il lui tardait tellement. En dehors du fait qu'ils allaient *enfin* pouvoir coucher ensemble, elle était impatiente de se réveiller à ses côtés et de savoir qu'elle le retrouverait chaque soir. C'était le bonheur rien que d'y penser.

Même si elle savait pertinemment qu'il était possible d'avoir une vie sexuelle épanouie sans être une dépravée pour autant, Menina ne débordait pas vraiment de confiance dans ce domaine-là. Elle avait effectivement écouté les conseils de sa mère, et cette fameuse histoire de vaches et de lait gratuit. Et Theo, qui aurait pu avoir toutes les filles du monde, l'avait choisie *elle*. Mais en son for intérieur, elle le savait : elle avait trop peur de le perdre pour se risquer à quoi que ce soit.

3.

Laurel Run, en Géorgie, avril 2000

Menina et Theo n'avaient pas encore pris de décision pour leur lune de miel. Ils envisageaient de passer une semaine à Venise, une autre à Paris – le choix de Theo –, et Menina n'y trouvait rien à redire, mais s'ils pouvaient repousser leur retour de quelques jours, cela serait amusant d'aller à Madrid avec lui. Elle pourrait visiter le Prado, étudier les tableaux de Mendoza et soutirer des informations précieuses au musée. L'idée lui plaisait de plus en plus et elle était certaine que Theo serait d'accord.

En attendant, elle rendait sa mère dingue en s'éclipsant à la bibliothèque dès qu'elle était censée résoudre un problème lié au mariage. Elle avait réussi à dénicher un seul ouvrage de référence, et avait ainsi appris que Mendoza était né aux alentours de 1487 en Andalousie, parti étudier la peinture en Italie et revenu en Espagne où il avait joui d'un franc succès jusqu'au jour où il avait disparu des récits de cour. Non parce qu'il était mort : un de ses contemporains faisait allusion au « grand Mendoza, l'artiste devenu pauvre pèlerin et misérable mendiant ».

L'autre élément prouvant qu'il n'était pas mort à cette époque-là était une œuvre qui datait de bien plus tard, et qui avait refait surface en Angleterre à la veille de la Seconde Guerre mondiale. C'était le portrait d'une femme portant une grande cape, avec le petit oiseau caractéristique en guise de signature. Un riche collectionneur londonien l'avait acheté aux enchères à Sotheby's. Malheureusement, Menina n'aurait jamais la chance de le voir, car il avait été détruit par une bombe allemande pendant le Blitz. Après la guerre, un inventaire du contenu de la maison du collectionneur à Mayfair avait été retrouvé dans les papiers qu'il conservait à la campagne. Il y faisait référence à un « tableau d'une sainte inconnue, œuvre rare et tardive de Tristan Mendoza ».

L'auteur de l'ouvrage suggérait qu'il y en avait sans doute d'autres dans des collections privées en Espagne – s'ils n'avaient pas été volés ou détruits pendant la guerre civile, dans les années 1930 –, mais ses seuls tableaux connus se trouvaient au Prado. Menina songea que cela lui faciliterait la tâche, et si le musée avait des informations sur d'autres toiles, on l'aiderait à contacter les personnes concernées.

Elle avait l'intention d'évoquer l'idée du détour par Madrid le week-end suivant. Les Bonner organisaient un grand dîner, et selon Theo, elle devait absolument venir.

Lorsqu'il passa la chercher ce soir-là, elle était excitée comme une puce. Pauline l'avait appelée pour lui dire que le gouverneur, un homme politique influent ainsi que de gros donateurs seraient présents. Menina avait fait des emplettes en conséquence et avait l'impression d'être une star dans sa petite robe noire au décolleté plongeant, avec le collier de perles de Sarah-Lynn. Elle avait détaché ses cheveux, et la bague de fiançailles brillait à sa main gauche. Elle dit au revoir à Sarah-Lynn et Virgil d'un baiser sur la joue, puis le couple partit main dans la main.

En chemin Theo était pensif, alors pour le distraire, Menina lui parla de Madrid. Il répondit en marmonnant que ce n'était pas possible, il serait trop occupé.

Trop *occupé* ? Pour partir en voyage de noces ou en Espagne ? Elle prit sur elle et se rappela que le mémoire était son problème, pas celui de Theo, que c'était elle qui s'intéressait à l'hirondelle. Elle n'allait pas lui en vouloir pour si peu.

— Ce n'est rien. Je comprends. Je me débrouillerai pour y aller toute seule plus tard. La bour…

— Le problème, c'est qu'on va devoir se donner en spectacle, la coupa Theo en ôtant une main du volant pour la poser sur le genou de Menina. D'un coup, tout s'accélère. Le vieux Tubby Gaines, qui est député depuis des lustres, a décidé de prendre sa retraite à la fin de son mandat – autrement dit, c'est la chance que j'attendais. L'idée, ce soir, est de discuter stratégie de précampagne. Tout repose sur le fait que les gens me voient comme un bon citoyen, et pas juste un gosse de riche. Si j'arrive à être élu deux fois de suite à la Chambre des députés, je pourrai envisager de me présenter au Sénat. Qu'est-ce que tu dis de ça ? Mais tout dépend de l'impression que tu donneras ce soir.

— Moi ?

— Oui, toi. À cause de mon nom, c'est facile de discréditer ma candidature : mes détracteurs vont dire que je suis un jeune nanti qui se lance en politique pour passer le temps. Mais avec une ravissante épouse et des enfants en bas âge, bingo, je deviens John F. Kennedy. Tu es belle, intelligente sans être casse-couilles, ni trop carriériste. Tu vas à l'église, et tu as tellement de classe que je pourrais être un tueur en série, tu arriverais quand même à me faire passer pour un type bien. Et avec ton histoire familiale, tu comprends, ton adoption, le fait que tu sois latino et que tu fasses du bénévolat, on a toutes les chances de rafler le vote hispanique. C'est crucial, aujourd'hui. Alors révise ton espagnol, mon cœur, parce que tu vas devoir traduire mes discours de campagne, conclut-il en serrant le genou de Menina.

— Hmmm, fit celle-ci en regardant par la fenêtre, démoralisée. Elle voyait ses plans d'avenir fondre à vue d'œil.

Toutefois, au dîner, elle fit de son mieux. Elle discuta de tout et de rien jusqu'au dessert, lorsque la mère de Theo orienta la conversation vers les activités que sa future belle-fille pourrait envisager de faire pour occuper son temps, puis demanda à ses invitées leurs conseils avisés. Cela déclencha une avalanche de réponses enthousiastes. Une première parla de l'orchestre symphonique local, et du fait qu'un peu de jeunesse au comité de soutien ne ferait pas de mal. Une autre annonça qu'il y avait un poste à pourvoir au conseil d'administration de l'association dont elle s'occupait, et que Menina serait la candidate idéale. Une troisième insista pour l'inviter à prendre le thé, car elle voulait absolument lui parler d'un groupe de mécènes dirigé par les mêmes vieilles dames, appartenant aux mêmes familles, depuis trop longtemps. Quand Menina refusa poliment, Pauline observa d'un ton appuyé : « Il y en a qui attendent des années d'être invitées à adhérer à des causes comme celles-ci. »

Menina se rebella. Avec un sourire pincé, elle répondit qu'elle ne pouvait pas prendre de nouveaux engagements pour l'instant ; elle avait déjà suffisamment à faire, entre son diplôme à obtenir et son mémoire à rédiger. Entendant cela, le gouverneur haussa les sourcils. Theo la fusilla du regard et sa mère demanda d'un ton mielleux si elle ne pouvait pas suspendre « ses petits projets » quelque temps. Une bonne épouse ne devait-elle pas faire passer la carrière de son mari en premier ? Trop polie pour se disputer en public, Menina se tut et planta violemment sa fourchette dans la pêche Melba.

Sur le chemin du retour, Theo lui demanda comment elle faisait pour ne pas voir que ces femmes lui rendaient service.

— Elles rendent service à ta mère, oui ! Mes « petits projets » ! Sans rire !

— Menina, sois raisonnable. Ma mère va s'arranger pour que tu n'aies pas à rendre ce foutu mémoire, parce que tu n'auras pas le temps d'aller te balader en Espagne, et encore moins de jouer au rat de bibliothèque. On va devoir chercher une maison – mes parents ont déjà dit qu'ils nous l'offrent en cadeau de mariage –, et ensuite tu devras la décorer et recevoir à dîner. Et puis, il ne faudra pas tarder à fonder une famille. Peut-être pas dans les neuf premiers mois, parce que les gens vont se mettre à compter, mais on devrait se lancer après un an de mariage. Les électeurs aiment voir la famille du candidat sur les affiches de campagne. Tu t'es bien amusée avec tes études en art, mais il va falloir grandir un peu, maintenant ! C'est juste un médaillon, pas une baguette de sourcier pour retrouver ta famille biologique, merde ! s'emporta-t-il.

Menina n'en croyait pas ses oreilles.

— Ta mère va faire *quoi* ? Et fonder une famille ? Je ne vais quand même pas faire un bébé juste pour que les gens te donnent leurs voix ! Je comprends que la politique est importante pour toi, mais il y a des choses qui sont importantes pour moi aussi. Et... Et... Pour ta gouverne, j'irai en Espagne avec ou sans toi !

Brusquement, Theo appuya sur l'accélérateur et la voiture de sport dérapa, frôlant de peu la sortie de route. Menina prit peur. Peut-être n'avait-elle pas réfléchi à son avenir autant qu'elle l'aurait dû. Son fiancé lui décrivait un futur qui n'avait rien à voir avec ce qu'elle avait en tête, à savoir qu'ils vivraient dans un appartement coquet, parleraient de leurs journées, lanceraient des invitations le week-end et feraient peut-être deux ou trois voyages à l'étranger avant de se poser pour de bon. À la place, il lui donnait l'impression qu'elle allait passer son temps à choisir les peintures du salon, à lever des fonds pour la bonne cause et à faire des enfants qu'elle devrait sans doute élever seule, car son mari serait trop pris par sa carrière.

Comment pouvaient-ils avoir une vision si différente du mariage ? Était-ce possible qu'elle le connaisse moins bien qu'elle ne le croyait ?

— Theo ?

Pas de réponse.

— Il faut qu'on parle.

Pas de réponse.

— Il ne s'agit pas simplement d'un voyage ou d'un bébé. Il s'agit de nous, de notre vie ensemble, et comment obtenir ce qu'on veut tous les deux. C'est important.

Pas de réponse.

Menina inspira lentement.

— C'est vrai qu'on n'a pas eu beaucoup de temps à nous ces derniers mois, alors profitons de ce moment pour discuter calmement.

Pas de réponse.

Mais enfin, que se passait-il ? Elle ne l'avait jamais vu si taciturne. Ce n'était plus l'homme qu'elle aimait mais un inconnu hostile. Ce changement d'humeur l'effrayait tellement qu'elle bafouilla :

— Si on n'en est pas capables, on ferait mieux de repousser le mariage.

Une nouvelle fois, le silence.

Pour la ramener, Theo devait contourner le lac mais à la dernière seconde il donna un coup de frein et prit le chemin menant aux berges aménagées. Une fois arrivé, il coupa le moteur, en gardant toujours le silence. La nuit était belle, la pleine lune se reflétait sur l'eau et les cigales chantaient – un contraste frappant avec l'ambiance délétère dans l'habitacle. Enfin, Theo poussa un long soupir, appuya sur un bouton pour baisser un peu les sièges et mit un bras autour des épaules de Menina, qui se raidit. Elle se sentait de plus en plus mal.

— Je suis désolé. T'es fâchée ? lui demanda-t-il en enfouissant le visage dans son cou pour y déposer un baiser.

— Oui, rétorqua-t-elle, en faisant de son mieux pour ignorer la sensation de décharge électrique qu'elle ressentait chaque fois qu'il la touchait à cet endroit.

— Tu as raison. Il faut régler ça maintenant, fit-il en se blottissant contre elle, jusqu'à ce que Menina finisse par se détendre, que la boule dans sa gorge commence à s'estomper.

Cela ne l'empêchait pas de penser qu'ils devraient dialoguer au lieu de s'échauffer.

— Je te sens contrariée. Embrasse-moi et après on parlera, souffla-t-il à son oreille, avant de l'entraîner dans un baiser long et langoureux, du genre à laisser Menina pantelante et incapable de se rappeler ce qu'elle avait l'intention de faire l'instant d'avant.

— J'aimerais qu'on soit déjà mariés, murmura-t-elle quand elle eut repris son souffle.

Theo recommença, avec une certaine urgence, puis baissa complètement les sièges.

— Comment veux-tu avoir une discussion dans cette position ? protesta Menina.

— Faisons autre chose pour commencer, grogna-t-il en la forçant à écarter les jambes d'un genou. Allez, insista-t-il. Une fille bien comme toi, tu seras obligée de m'épouser et plus besoin d'épiloguer.

— J'en ai envie, Theo, seulement… Je préférerais être dans un lit pour ma première fois, et prendre mon temps, pas faire ça en cinq minutes dans une voiture. Sans compter que ce n'est pas confortable, et le levier de vitesse…

Elle s'interrompit pour glousser, car il la chatouillait. Et puis soudain :

— Theo, arrête ! s'écria-t-elle en tentant de le rejeter.

Mais il s'était mis à respirer bruyamment et ne paraissait plus l'entendre. Il ne bougea pas d'un centimètre non plus. Au contraire, il chercha à l'immobiliser. Il était beaucoup trop fort pour elle ; Menina se sentait prise au piège. Et puis il souleva sa robe, et elle réagit en le poussant de toutes ses forces.

— Theo ! Non ! *Theo* !

Elle se débattit, le gifla, le griffa.

— Non… Non ! Lâche-moi ! Je t'en prie, Theo ! Je ne veux pas ! l'implora-t-elle, désespérée.

Il ne pouvait quand même pas être en train de… Il ne ferait pas une chose *pareille* – sauf qu'il continua. Même quand elle hurla. Il lui plaqua une main sur la bouche et elle se mit à étouffer, alors elle se concentra pour respirer par le nez et ne vit plus rien. La panique décuplait ses forces, mais ce n'était pas encore assez. Il était plus grand, plus musclé, et la violence de ce qu'elle subissait était pire que la douleur physique.

Lorsqu'il s'écarta enfin, Menina se redressa frénétiquement. Sa respiration était saccadée et elle se mit à trembler. Trop choquée pour pleurer, elle s'entendit gémir comme un chiot craintif. C'est alors qu'un monstre avec le visage de son fiancé lui dit :

— Oh, Menina, allez ! Pourquoi en faire toute une histoire ? On s'en fiche, on va se marier ! Dans deux mois on en rigolera, conclut-il en remontant sa braguette.

On s'en fiche ? On en rigolera ? Elle sentait l'empreinte de sa main, comme s'il l'avait gravée au fer rouge, et avait l'impression d'avoir été passée à tabac.

— Ramène-moi. Maintenant, ordonna-t-elle entre ses dents, avec autant de dignité que possible, tout en tirant sur sa robe.

— Bébé, tu ne vas quand même pas faire tout un plat d'un rapport sexuel avant le mariage ! Allez, décoince ! La prochaine fois, tu trouveras ça très agréable. Promis.

Il venait vraiment de dire ça ? Il essayait vraiment de la convaincre que c'était *normal* de la violer ? Elle se sentit prise de vertiges. Et puis tout à coup, le doute s'insinua en elle. Sarah-Lynn disait toujours qu'une femme devait rester maîtresse de la situation. Sa robe était-elle trop sexy ? Menina avait bêtement cru qu'elle la mettrait en valeur, et sa mère ne lui aurait jamais permis de sortir si elle avait été indécente, mais avait-elle envoyé le mauvais message ? Sans oublier qu'elle avait répondu à ses baisers, en se montrant passionnée, même – peut-être avait-il pris cela pour un oui. S'était-elle fait violer *par sa propre faute* ? Le doute l'acheva. Son amour-propre n'était plus qu'un souvenir et son cœur était en mille morceaux.

S'arrêtant devant chez elle, Theo lui dit :

— OK. Si tu veux, on peut parler maintenant.

Menina ne chercha même pas à répondre ; elle ouvrit la portière, arracha sa bague de fiançailles et la jeta le plus loin possible. Ensuite, elle se rua vers la maison.

— Je passerai te voir demain, quand tu seras calmée, s'exclama-t-il dans son dos.

— Je-je ne veux p-plus jamais te voir ! cria Menina avant de claquer la porte et de fermer à double tour. Elle monta dans sa chambre, s'effondra sur son lit et se mit un coussin sur la tête pour étouffer ses cris. À force de pleurer elle finit par s'endormir, mais passa une nuit plus qu'agitée.

Elle se leva tôt, avec la tête lourde, la sensation d'avoir fichu sa vie en l'air et la certitude terrible qu'elle ne pourrait en parler à personne. La fille qui lançait des accusations de viol se retrouvait la plupart du temps à devoir affronter les proches du garçon, qui faisaient bloc en la traitant de menteuse devant la police. En affirmant qu'elle avait la réputation d'aimer le sexe, de coucher avec n'importe qui, n'importe quand. Theo avait beaucoup d'amis, toute une bande qu'il avait rencontrée à la fac, et il ne fallait pas oublier sa famille – les Bonner avaient le pouvoir de faire tout ce qu'ils voulaient. Qui sait comment ils réagiraient si elle portait plainte contre leur fils chéri, quel genre de ragots ils feraient circuler ? Si Menina était traitée publiquement d'allumeuse et de garce, Sarah-Lynn en aurait le cœur brisé. Virgil irait trouver Theo avec son fusil de chasse et finirait sur la chaise électrique pour assassinat. Les gens ne se priveraient pas de dire qu'après tout ce que les Walker avaient fait pour elle, Menina avait ruiné leur existence.

Non, elle ne devait jamais, *jamais*, le dire à personne – ni à la police ni à Becky. Dans ce tourbillon d'émotions contradictoires, elle se saisit d'une paire de ciseaux et découpa sa robe noire en minuscules morceaux, qu'elle jeta aux toilettes avant de tirer la chasse d'eau. Ensuite elle prit une douche brûlante, pleura toutes les larmes de son corps et se frotta frénétiquement, encore et encore, jusqu'à ce que l'eau devienne froide. Après s'être habillée, dans un état second, elle se résolut à affronter ses parents.

Ces derniers prenaient le petit-déjeuner en lisant le journal, avant de partir pour l'église.

— Tu as attrapé froid, ma chérie ? lui demanda Virgil. Tu n'as pas l'air en forme.

Menina avait envie de hurler la vérité mais fit l'effort suprême de prendre un toast d'une main tremblante, où sa bague brillait par son absence.

— J'ai rompu avec Theo.

Ils en restèrent muets de stupéfaction.

— Rompu ? Comment ça ? s'affola Sarah-Lynn, tandis que Virgil lui passait un bras autour de l'épaule.

— Que s'est-il passé ?

Menina répondit d'une voix mal assurée que Theo ne comprenait tout simplement pas ce qui était important pour elle, puis s'enfonça dans le silence et se mit à déchirer sa serviette en papier sous la table.

— Mais ça n'a pas de sens ! s'exclama Sarah-Lynn, incrédule.

— Maman, *s'il te plaît…* l'implora Menina d'une voix rauque.

— Tu ne te rends pas compte ! Que vont penser les gens ?

Menina croyait avoir épuisé ses larmes, mais elle se trompait. Virgil la serra plus fort et lui servit un café.

— Bois, ordonna-t-il.

Au même moment, le téléphone sonna. Il alla répondre, puis plaqua le combiné contre son torse en articulant « Theo ». Menina commença à trembler de tous ses membres et faillit lâcher la tasse. Elle secoua la tête vivement et prit la fuite vers sa chambre. Elle refusa de répondre aux coups de fil qui suivirent, et de le voir lorsque Virgil frappa pour annoncer qu'il était en bas et avait l'air contrit.

— Fais-le partir, Papa ! Je t'en supplie !

Quelques instants plus tard, Virgil revint et ferma délicatement la porte derrière lui.

— Tu veux bien nous dire ce qui se passe ? Ça ne te ressemble pas du tout.

— Je ne veux plus le voir. Jamais.

Virgil l'observa de près.

— Ma chérie, tu es enceinte ? Si c'est ça, ce n'est pas la fin du monde. Peu importe si tu accouches cinq ou six mois après le mariage. On a toujours rêvé d'être grands-parents. Si ça arrive plus tôt que prévu, c'est encore mieux.

Menina le regarda d'un air horrifié. Enceinte ? Elle n'avait pas pensé à cette odieuse possibilité. Theo avait-il *sciemment* tenté de la mettre enceinte ?

— Pas du tout ! s'écria-t-elle, en priant pour dire vrai.

— Bon, je retourne en bas pour calmer ta mère, annonça Virgil au bout d'un moment.

Theo continua à téléphoner, et Menina à refuser de lui parler. Pauline Bonner finit par appeler Sarah-Lynn, pour discuter « de mère à mère » et tenter de comprendre le problème. Elle savait qu'ils s'étaient disputés, mais c'était tout ce qu'elle avait pu tirer de son fils. Elle espérait que « les enfants » se réconcilieraient au plus vite.

Mise au courant par sa mère, Becky sécha les cours du lundi pour rentrer à Laurel Run. Elle trouva son amie allongée dans le noir et dut se frayer un chemin entre les Kleenex froissés qu'elle avait jetés sur la moquette.

— Menina ?

— Va-t'en, je dors, protesta l'intéressée d'une voix râpeuse qui trahissait une crise de larmes récente.

Becky alla à la fenêtre, fit entrer le soleil de midi et se rendit à la salle de bains pour lui chercher un verre d'eau.

— Tu peux toujours fuir mais je te retrouverai, Enfant de la lumière. Bois ça et parle-moi.

Menina s'assit sur son lit et Becky fit de son mieux pour ne pas montrer son désarroi. Elle avait sacrément mauvaise mine : cheveux emmêlés, cernes sous les yeux et un air hagard que sa meilleure amie ne lui connaissait pas. Elle tressaillit lorsque Becky la prit dans ses bras et botta en touche, expliquant simplement que le mariage avec Theo était annulé.

— Oh, non ! C'est lui qui l'a décidé ?

— Non.

— Il y a une autre femme ?

— Non.

— C'est sa mère ? Cette salope peut être tyrannique quand elle veut.

— Non plus.

— Ben, euh… Il est homo ? Des fois, les hommes ne s'en rendent pas compte av…

— Non ! rétorqua Menina avec froideur. Ce n'est pas du tout ça.

— T'es enceinte, alors ? Tu sais que personne ne se soucie plus de ça, de nos…

Menina poussa un gémissement et se cacha le visage dans l'oreiller.

— NON !

— Est-ce qu'il t'a donné… une maladie ? demanda Becky, et la bouffée de peur qu'elle ressentit lui donna la nausée.

Menina ne pouvait *quand même pas* avoir attrapé le sida ? C'était la seule fille de sa connaissance qui avait cru aux salades de sa mère sur l'importance de rester vierge jusqu'au mariage. C'était tout simplement impossible – et Menina le confirma en secouant la tête.

— Il t'a frappée ? Je m'en fous, si c'est ça, j'appelle les flics pour le faire arrêter, s'emporta Becky.

— Pas la police ! Écoute, oublie ça et retourne à la fac. Je suis fatiguée, marmonna Menina avant de se mettre en position fœtale sous la couette. Elle ne dit rien d'autre et Becky se résigna à sortir sur la pointe des pieds.

Dans l'escalier, elle tomba sur Sarah-Lynn portant une assiette avec un sandwich au poulet, le préféré de sa fille.

— Elle ne mange plus, expliqua-t-elle à voix basse. Elle n'a rien avalé depuis deux jours. Et la semaine prochaine j'ai organisé un déjeuner en son honneur, sans compter les invitations qu'on doit encore envoyer. À ton avis, c'est simplement le stress ?

— Hmmm, peut-être, dit Becky en réfléchissant. Madame Walker, donnez-moi ce sandwich, fit-elle brusquement en lui prenant l'assiette des mains et en retournant voir Menina d'un pas décidé.

Elle tira sans ménagement sur la couette et s'exclama d'un ton ferme :

— Écoute, je ne sais pas ce qui s'est passé mais le plus urgent, là, c'est de t'éloigner vite fait de cette folie autour du mariage. Tu as grand besoin de prendre du recul, ma vieille. Tu as la chance de pouvoir voyager grâce à ta bourse, et c'est ce que tu vas faire.

— Quoi ? Mais je ne veux aller nulle part. Je…

— Si, si, je t'assure, insista Becky en lui tendant un Kleenex. T'as envie d'aller en Espagne, non ? Alors tu y vas. Samedi prochain.

— Quoi ? répéta Menina en se redressant d'un coup, comme si elle n'avait pas bien entendu.

Puis elle se remit à pleurer de plus belle. S'efforçant de ne pas montrer à quel point ses réactions l'alarmaient, Becky poursuivit :

— Je t'explique. Une prof d'art de ma fac, un grand ponte, organise un voyage de trois semaines à Madrid, départ prévu ce week-end. C'était censé être réservé aux étudiants de deuxième cycle, mais ils l'ont ouvert à tout le monde parce qu'il reste des places. Tout est réservé, les vols et même le logement, genre auberge de jeunesse. Ils ont un programme chargé, avec visites de musées, de cathédrales, etc. Tout ce que t'adores, quoi. Et *oui*, tu y vas ! C'est l'occasion ou jamais de voir le Prado.

— Oh, Becky, je peux pas… Mes parents… Ils vont s'inquiéter…, répondit Menina faiblement, avec un geste vague en direction de la porte.

— T'as raison, c'est beaucoup mieux de rester à pleurer dans le noir – ça ne les fait pas du tout flipper de te voir comme ça. Encore quelques jours à ce rythme et ils te feront admettre dans un hôpital psy, avec des jolis cachetons à prendre pour ton bien. Et puis vu ce que ta mère a prévu pour le mariage de sa fille adorée, il vaut mieux que tu ne sois pas là quand elle commencera à faire les annulations. Alors mange pendant que j'appelle pour t'inscrire, et ensuite j'annoncerai la nouvelle à tes parents.

Menina la regarda d'un air ahuri, lui prit le sandwich des mains et poussa un soupir résigné.

— Ça ne va pas leur plaire.

Elle avait des crampes au ventre. Elle devrait peut-être se forcer à grignoter un peu.

— Je m'en doute, banane. La prof qui organise le voyage s'appelle Serafina Trucmuche – elle est d'origine espagnole. Comme je te l'ai dit, c'est une grosse légume. Je te parie que c'est une vieille ratatinée, avec le même genre d'idées que ta mère sur les convenances. Ça compte, non ? De toute façon, t'as une meilleure idée ?

Menina prit le temps d'avaler avant de lui faire non de la tête.

— C'est bien ce que je pensais. T'as intérêt à avoir fini à mon retour. Ensuite, on s'attaquera aux bagages.

Menina mastiqua avec difficulté mais vint à bout de son sandwich. Puis elle sortit une valise. Elle y entassait distraitement des jeans et des pulls lorsque Becky revint, après une discussion houleuse avec M. et Mme Walker.

— Pas ça ! pouffa-t-elle en remettant les vêtements sur le lit.

Elle prit l'air le plus optimiste possible.

— Va falloir t'y faire, ma cocotte. À Madrid, tu vas sortir tous les soirs. On ne dort jamais, là-bas.

Becky sortit des jupes, des hauts, des pantalons, et les observa d'un œil critique pour voir ce qui irait le mieux ensemble.

— Laisse tomber. Je ne sortirai pas.

— Au contraire, objecta son amie en retournant à la penderie. Tu en as grand besoin ! Tu n'as jamais connu d'autre garçon que Theo. Tu connais l'expression : un de perdu, dix de retrouvés.

— J'en ai rien à faire ! rétorqua Menina sèchement.

Le fait de penser aux hommes déclencha une nouvelle vague de crampes qui la fit se tordre de douleur. Elle se rua dans la salle de bains et eut la surprise de voir qu'elle avait ses règles. Soulagée de savoir qu'elle n'était pas enceinte, elle prit une douche, s'habilla et, après le départ de Becky, alla dîner avec ses parents, faisant de son mieux pour paraître normale et ne pas éclater en sanglots. Une fois le dessert englouti, elle remonta dans sa chambre.

Dans les jours qui suivirent, la tension était palpable chez les Walker. Sarah-Lynn priait sans cesse pour que ça lui passe, tandis que Menina retournait la maison en pensant à ce qui pourrait lui être utile pour son voyage, et fourrait des objets au fur et à mesure dans le sac à dos que Virgil était allé lui acheter expressément. Une femme que sa mère connaissait du cercle d'étude de la Bible vint lui apporter spécialement un vieux guide sur l'Espagne, publié par une maison d'édition chrétienne. Menina la remercia, lui fit un faible sourire et remisa le bouquin dans un coin. Pas question qu'elle emporte ce machin.

Becky fit l'aller-retour en voiture pour lui remettre en main propre une grande enveloppe en papier kraft contenant les billets d'avion, l'itinéraire et toutes les informations sur le voyage. Menina émergea du brouillard assez longtemps pour se rendre compte qu'à cause de ça, elle avait raté son interview en prison.

— Oh, Becky, je suis tellement désolée !

— Je l'ai repoussée. T'inquiète, c'était pas si important, répondit-elle vaillamment, mais de façon peu convaincante. Menina se sentit encore plus mal – elle avait été une très mauvaise amie sur ce coup-là.

Virgil arrêta de faire des blagues, ce qui montrait combien la situation était grave, et Sarah-Lynn évita tout sujet en lien avec le mariage, à tel point que cela en devenait pénible. Menina était trop déprimée pour se réjouir du voyage, mais vu l'ambiance la veille de son départ, elle se dit que l'Espagne ne pouvait pas être pire que la maison.

Le samedi après-midi, les Walker la conduisirent à l'aéroport d'Atlanta. Dans l'avion, Menina s'installa près du hublot. Elle se réjouissait d'être toute seule lorsque, au dernier moment, une femme s'assit côté couloir. Heureusement qu'il restait un siège vide entre elles. Elle n'était pas d'humeur à passer autant d'heures collée contre quelqu'un. Bientôt, ils commencèrent à rouler – lentement puis plus vite, jusqu'à ce qu'ils décollent et prennent de l'altitude. Menina regarda la ville illuminée devenir de plus en plus petite, et soudain elle se sentit coupée de tout, comme un bateau à la dérive. Un quart d'heure après, une hôtesse passa avec son chariot.

— Quelque chose à boire ?

— Un coca, s'il vous plaît. Non, attendez… Disons… Un bourbon. Un grand.

Virgil buvait des bourbons. Quand Sarah-Lynn n'était pas là pour le voir.

— Très bien. Sec ou à l'eau ?

— À l'eau. Merci.

L'hôtesse s'occupa de mettre des glaçons dans un verre, versa deux mignonnettes et ajouta un trait d'eau minérale. Elle le lui tendit avec des mignonnettes en plus et un clin d'œil malicieux.

— Vous devez faire partie de l'enterrement de vie de jeune fille. Comme je l'ai dit aux autres, autant commencer la fête en vol.

Menina s'apprêtait à refuser poliment, mais en entendant cela, elle s'obligea à sourire.

— Merci. Comment vous avez deviné ?

— L'Espagne est une destination très populaire pour ce genre d'événement : magnifiques monuments, nombreux bars, un shopping de rêve, expliqua l'hôtesse d'un air enthousiaste. Et surtout, c'est loin. Amusez-vous bien.

Lorsqu'elle tourna son attention vers sa voisine, celle-ci lui fit signe de passer son chemin.

Menina regarda fixement son verre. Elle avait peut-être bu une dizaine de fois en tout dans sa vie et n'aimait pas spécialement l'alcool, mais l'odeur du bourbon lui rappelait son père. Elle en prit une gorgée, eut un haut-le-cœur. Le goût était infect, et c'était très bien comme ça. Menina vida deux autres flacons sur les glaçons et avala d'un trait.

Elle secoua la tête quand on lui proposa un plateau-repas. Elle se sentait mieux – et aussi moins bien : elle voyait tout en double. Elle devait être soûle. Elle but les dernières mignonnettes directement au goulot. Elle ne se souciait plus de rien, à ce stade. Elle avait la bouche en feu, mais s'en fichait. *Becky avait raison, ce voyage était une bonne idée*, songea-t-elle avant de sombrer dans un sommeil d'ivrogne.

À son réveil, Menina était désorientée et ne s'était jamais sentie aussi mal de sa vie. Le soleil filtrait à travers le hublot et elle cligna douloureusement des yeux, reconstituant les événements de la veille avec un effroi croissant. Le pilote annonça qu'ils allaient bientôt atterrir à l'aéroport de Malaga. Elle se tourna brusquement vers sa voisine et s'exclama d'une voix râpeuse :

— *Malaga ?* On ne va plus à Madrid ?

L'autre leva la tête de son carnet et lui lança un regard curieux par-dessus ses lunettes cerclées de métal. Elle devait avoir la cinquantaine et c'était une belle femme. Une longue mèche grise ressortait de façon étonnante sur ses cheveux noirs. Malgré une nuit passée dans l'avion, elle était élégante en jupe noire et pull en cachemire, qu'elle avait su mettre en valeur avec un collier et des bracelets en argent ultramodernes. Consternée, Menina prit conscience qu'elle se trouvait à côté de l'organisatrice du voyage. Elle se souvenait de l'avoir vue en photo sur le message de bienvenue qui accompagnait les billets dans l'enveloppe. Mme Serafina Lennox, professeur d'université et écrivain, experte en art espagnol – la seule personne au monde, en fait, qui connaîtrait peut-être Tristan Mendoza. Son cœur se serra.

— Vous êtes madame Lennox, n'est-ce pas ? demanda-t-elle d'une voix faible.

La femme l'interrogea du regard, comme si elle se demandait ce que Menina faisait dans *son* voyage, mais elle tira tout de même une carte de visite de son sac et la lui tendit.

— En effet. C'est toujours un plaisir de rencontrer mes étudiants. Je ne me rappelle pas vous avoir vue en cours. Vous êtes… ?

Menina marmonna son nom tout en glissant la carte dans la poche de son jean, et en se creusant les méninges pour expliquer sa présence. Elle était incapable de réfléchir.

— L'avion a été dérouté à cause du mauvais temps, poursuivit Mme Lennox sans sourciller. Vous étiez… endormie quand ça a secoué, alors j'ai attaché votre ceinture et je n'ai pas pu m'empêcher d'admirer votre joli pendentif. Il est ancien ?

— À vrai dire, je n'en sais trop rien. Désolée.

Menina sentait la migraine arriver et n'avait pas envie de raconter sa vie maintenant. Elle se tourna vers le hublot. Après l'orage le ciel était clair et le sommet des montagnes couvert de neige. En se penchant elle aperçut la côte et, au-delà, la Méditerranée d'un beau gris bleuté. Au moment de l'atterrissage, elle serra fort son médaillon. Quand les roues touchèrent le tarmac dans un bruit sourd, elle crut que sa tête allait exploser.

— Bienvenue en Espagne, annonça Serafina Lennox sèchement.

4.

Espagne, Semaine sainte, avril 2000

À l'aéroport, c'était le chaos. Le temps de récupérer sa valise, Menina avait perdu de vue Mme Lennox, la seule personne qu'elle connaissait du voyage. Elle se rendit à un comptoir pour demander à quelle heure était le vol pour Madrid, mais une jeune femme stressée lui répondit à grand renfort de gestes :

— Jé né sais pas pour votre charter. C'est la *Semana Santa* ! Peut-être qu'il né part pas aujourd'hui. Vous dévez attendre là-bas.

Elle montra vaguement le hall des départs, où une foule impressionnante patientait déjà. Menina comprit qu'elle avait le choix entre trouver un coin où s'allonger – en espérant survivre à sa gueule de bois – et se débrouiller par ses propres moyens. Elle avait l'adresse de l'auberge de jeunesse, elle retrouverait bien son groupe là-bas.

— Y a-t-il un autre moyen d'aller à Madrid ? En train, ou en car ?

— Le train, impossible si vous n'avez pas dé réservation, à cause dé la Semaine sainte ! Le car, oui. L'arrêt est là-bas, après les cabines téléphoniques. Plus long, mais vous verrez dé beaux paysages. Vous y serez dans la soirée.

Ensuite, Menina tenta d'appeler ses parents depuis une cabine. Ce fut plus compliqué que prévu. Le standardiste parlait un espagnol étrange, différent de l'accent auquel elle était habituée, et en voyant qu'elle ne comprenait pas, il raccrocha. Heureusement, une dame accepta de l'aider et au bout de quatre sonneries, son père décrocha enfin. À l'entendre, elle le réveillait.

— Menina ? Hum, tout va bien ?

Pas vraiment, non.

— T'inquiète, Papa, tout va très bien. Désolée, j'ai oublié le décalage. Il doit être 4 heures du matin chez vous…

Virgil bâilla longuement.

— Ça va, ma chérie. Content que tu sois bien arrivée à Madrid. Maintenant, profites-en. Va faire du shopping avec ta nouvelle carte Visa. Et essaie de trouver un joli sac à ta mère ; j'ai entendu dire que l'Espagne était réputée pour son cuir. Pour le reste, ne t'inquiète pas. Toute cette histoire sera oubliée à ton retour.

— Si tu le dis… Mais je ne suis pas encore à Madrid, Papa. L'avion a été dérouté vers Malaga à cause du mauvais temps. C'est un peu la folie à l'aéroport, et personne ne sait me dire quand est le prochain vol. Alors au lieu de perdre mon temps, j'ai décidé de prendre le car. Ça me rallonge, mais il part bientôt.

— Sois prudente. Et ne parle pas aux inconnus !

Menina ne put s'empêcher de rire.

— Je n'ai plus cinq ans, Papa !

— En parlant d'inconnus, hier soir des gens ont sonné à la maison, ils te cherchaient. Un homme et une femme, très gentils. Ils avaient lu l'article dans le journal, tu sais, celui qui est paru hier. Bref, ils avaient un lien avec l'Église catholique et l'adoption d'enfants comme toi. Ta mère leur a proposé un café et montré ton dossier en souvenir du bon vieux temps. Ils ont dit qu'ils aimeraient beaucoup voir ton médaillon, parce que d'après eux il est très ancien, et ils ont demandé quand tu reviendrais. Je leur ai dit pas avant un moment, vu que tu viens juste de partir en Espagne pour étudier un peintre, alors ils…

Menina entendit un petit bip dans le combiné. Elle était à court de pièces.

— … Bizarrement, ils pensaient qu'on s'appelait Smith, et ont voulu savoir en quelle année on avait quitté Chicago. Je me demande d'où ils sortaient ça. En tout cas on a remis les choses à plat, et…

— Ça va couper ! Je vous rappelle quand je…

Elle raccrocha, puis mit son sac à dos à l'épaule. Il pesait une tonne. Elle avait été trop perturbée pour le remarquer jusque-là, mais décida de l'inspecter pour en avoir le cœur net. En cas de problème avec sa valise, elle avait un pull, un tee-shirt de rechange, des sous-vêtements, des chaussettes, des tampons, et enfin le sac en velours contenant le vieux livre du couvent, parce que c'était vraiment la chose qu'elle ne voulait pas perdre. Elle avait pris au dernier moment son dictionnaire de latin, au cas où elle devrait se pencher sur la partie dans cette langue, qui semblait trop courte pour être un livre de prières. Le reste étant en espagnol, les gens du Prado comprendraient mieux qu'elle.

Elle fouilla encore et trouva des produits de beauté mini-format, un tube d'aspirine, deux serviettes à séchage rapide et même un peignoir de voyage, tous ces accessoires ayant été ajoutés par Sarah-Lynn à l'insu de Menina. Soudain elle s'exclama : « Oh, non ! » Sa mère avait caché au fond le vieux guide super lourd qu'elle avait décidé de ne pas prendre. Dans la poche de côté, elle découvrit deux carnets à spirale, des stylos-billes et ses barres de chocolat préférées. L'autre contenait les bouteilles d'eau qu'elle avait achetées à l'aéroport d'Atlanta.

La femme qui lui vendit le billet déclara qu'avec « la *Semana Santa* » c'était la panique, et qu'il n'y avait plus de car direct. Menina allait devoir changer à Ronda. Elle lui donna un dépliant avec les horaires, entoura un nom au stylo. Attention, il ne fallait pas le rater : un seul car par jour allait à Madrid depuis cet arrêt-là.

Le chauffeur, un homme au teint basané et au ventre débordant largement de sa ceinture, se tenait à côté de la soute à bagages, un cure-dent aux lèvres. Menina lui montra son billet, ainsi que l'endroit où elle était censée descendre. « *¡Sí! Le dire* », la rassura-t-il avec un sourire où brillait une dent en or, avant de balancer sa valise au fond. Quand il voulut prendre le sac à dos, Menina lui fit comprendre qu'elle le gardait.

Elle trouva deux sièges libres, avala un cachet d'aspirine et sortit le guide pour passer le temps. Un quart d'heure après, le car quittait l'aéroport et longeait la côte, où les villas flambant neuves poussaient comme des champignons. Au large, un tanker était visible, le soleil scintillait sur les vagues et un luxueux yacht croisait dans les eaux bleutées.

Bientôt, le car se dirigea vers l'intérieur des terres et les maisons firent place à des champs verts, ainsi qu'à de vieilles fermes flanquées de granges en bois. Les oliviers plantés en rangs frémissaient dans la brise légère. Menina vit des chevaux tirant de lourdes charrettes sur un chemin, une femme toute vêtue de noir ramenant un gros pain dans son cabas, un homme dans un pré de fleurs sauvages, menant un âne qui transportait des bonbonnes de vin en osier.

Elle finit par ouvrir son guide. L'Andalousie, lut-elle, tirait son nom de l'arabe « Al Andalus », et les traces de la civilisation maure qui avait prospéré dans la péninsule ibérique de 711 à 1492 étaient visibles partout. « L'héritage des Maures est riche, ici : cultures en terrasses, orangers et amandiers, fontaines, architecture, même les églises conservent parfois les traces des mosquées qu'elles étaient autrefois. L'une des routes actuelles suit le tracé de la voie qui reliait jadis la mer aux montagnes. Les pierres blanches qui la jalonnaient sont restées en l'état, et les gens l'empruntent encore aujourd'hui. Les archéologues ont mis à jour des tessons de poterie dont la teinture pourpre est typique de Tyr, ainsi que des autels consacrés à la déesse phénicienne Astarté, ce qui sous-entend que la région était connue et habitée bien avant sa colonisation par les Romains. Cette ancienne route continue vers l'est, sans doute jusqu'en France. » L'auteur du guide attirait l'attention sur les villages blanchis à la chaux construits à flanc de montagne. Eux aussi dataient du temps des Maures. Et même des siècles après, les vieilles traditions, légendes et superstitions y perduraient.

Menina trouva cela rassurant de songer que le temps passait, la vie avançait. Peut-être finirait-elle par en faire autant.

Elle lut le passage consacré à la fameuse « Semaine sainte », dont les célébrations attiraient touristes et pèlerins depuis des centaines d'années, et qui étaient encore très suivies dans les villages andalous. Elles étaient moitié religieuses et moitié païennes, mais aussi éminemment théâtrales, car il s'agissait au départ de marquer les esprits en commémorant le triomphe des chrétiens sur les Maures. Certains chars étaient vieux de plusieurs siècles et décorés de statues du Christ crucifié, de la Vierge ou de saints, parfois même de reliques transportées dans des coffres chargés de pierres précieuses – des bouts d'os, du sang séché ou des parties de corps humain, qui étaient à l'origine de miracles, croyait-on. Le jour J, tout le monde se joignait à la procession : prêtres, dignitaires en tenue d'apparat, *confraternidades* (des confréries religieuses), sœurs, laïques, et enfants pour fermer le cortège. Cela se passait de nuit, à la lueur des flambeaux et des cierges. Après on faisait la fête jusqu'à l'aube en mangeant, buvant, chantant, dansant en costume traditionnel. Les Gitans venaient de partout, s'installant sur le marché pour vendre leurs produits, mais surtout ajoutant une note folklorique aux célébrations quand ils entonnaient une complainte poignante en l'honneur du Christ mort et de sa mère endeuillée, une autre tradition séculaire remontant à la *Reconquista*.

La Semaine sainte était-elle célébrée ainsi du temps de Mendoza ? Menina fit une pause pour y réfléchir, et par la vitre elle aperçut un rapace qui volait en cercle au-dessus de la vallée. Il se laissait porter par les courants ascendants, tournoyant encore et encore. Il y avait quelque chose d'envoûtant à le regarder, et elle finit par s'assoupir.

Une heure après, elle se réveilla en sursaut lorsque le car stoppa, croyant qu'elle devait descendre. Dans le rétroviseur elle croisa le regard du chauffeur, qui lui fit non de la tête. Elle ouvrit la fenêtre pour se pencher dehors et découvrit qu'ils étaient garés le long d'une église toute blanche. Dehors, la place était bondée et la plupart des gens portaient des tenues régionales : les femmes, de longues jupes à froufrous et des peignes dans les cheveux, les hommes, des vestes galonnées et montant à cheval, pour certains. Les touristes étaient bien quelconques en comparaison, avec leurs appareils photo et leur démarche nonchalante tandis qu'ils déambulaient dans le marché adjacent, où les vendeurs se battaient pour leur fourguer des tapis, de la dentelle et des ustensiles de cuisine. Une odeur de viande – des saucisses cuites au barbecue semblait-il – lui monta aux narines.

Un battement de tambour, lent mais insistant, se fit entendre par-dessus le brouhaha, et la foule se tut brusquement, puis s'écarta pour laisser le passage. Une voix lugubre commença à psalmodier en rythme dans un micro et une procession passa devant le car, menée par un prêtre vêtu de noir qui portait un crucifix drapé de gaze, noire elle aussi. Des garçons en robe de cérémonie le suivaient en chantant.

Tout à coup, Menina retint son souffle. Un char était apparu, transportant une statue de la madone plus vraie que nature, et d'une taille si imposante que les hommes chargés de la porter semblaient tout petits, à côté. Sous un nimbe en fil de fer, une guimpe blanche et un voile noir encadraient le visage accablé de douleur de la Vierge. Un chapelet orné d'une croix en argent pendait de ses mains, qu'elle avait levées pour prier. À ses pieds gisait le corps torturé de son fils, et les gouttes de sang qui s'écoulaient de ses plaies étaient très réalistes. La scène éclipsait tout le reste, et quand des marchandes se mirent à fredonner une mélopée d'une voix perçante – un chant primitif et rempli de tristesse – Menina en eut le frisson.

La suite était encore plus curieuse. Derrière la statue défilèrent des hommes en habit violet, dont le capuchon pointu couvrait totalement le visage, hormis des fentes pour les yeux. À la main, ils tenaient ce qui ressemblait à un fouet en fil de fer barbelé. Tous les dix pas, et de façon synchronisée, les pénitents se donnaient un coup dans le dos. Certains avaient déjà des taches rouges au niveau des épaules. Le tambour cessa enfin, les chants également, et le cortège fit halte. Dans le silence on entendit résonner un ordre et les hommes portant la madone se tournèrent d'un même mouvement pour la déposer délicatement sur la place. Ils ôtèrent les protections qui leur tenaient chaud, s'essuyèrent le front et se frottèrent le cou. Ensuite, les pénitents retirèrent leur capuchon et s'allumèrent une cigarette. Du vin et du café commencèrent à circuler.

« *Están practicando* », annonça le chauffeur à l'intention de ses passagers – « ils s'entraînent ». Il se pencha à la fenêtre et échangea des plaisanteries avec eux, puis donna une tape sur la portière et mit le contact. Quand ils repartirent, Menina se tordit le cou pour regarder encore, tant elle se sentait ébranlée. À Laurel Run, Pâques était synonyme de bouquets de lys à l'église, d'œufs colorés et de dames exhibant leur nouveau chapeau. Ce à quoi elle venait d'assister était âpre, viscéral – il s'agissait de mort, de sang, de terreur et de l'emprise rigide que peut avoir la religion.

Ils ne devaient plus être très loin, à présent. Lorsque l'attente se prolongea, elle commença à regretter de ne pas avoir acheté à manger à l'aéroport. À 15 heures, n'y tenant plus, elle se leva pour prendre une barre de chocolat dans son sac. Le car choisit ce moment pour prendre un virage en épingle à cheveux et elle dut s'agripper pour ne pas tomber. Ils tournèrent encore, puis grimpèrent péniblement le long d'une route étroite qui menait à un village surplombant la vallée. Enfin, ils se garèrent devant une place avec une fontaine, une église au toit de tuiles rouges, des orangers en fleurs et un café dont la terrasse était au soleil.

Le chauffeur se leva et annonça qu'ils allaient faire une pause d'une heure pour « *la comida* ». Un doigt sur le cadran de sa montre, il prévint de ne pas être en retard. Les passagers devaient prendre leurs effets personnels avec eux : même ici, il arrivait que des Africains ou des immigrés clandestins viennent commettre des vols. Il fit un clin d'œil à Menina, tapota son gros ventre et l'invita à se joindre à lui. Elle l'ignora royalement. Elle ne pouvait pas l'éviter au déjeuner, mais elle avait bien l'intention de le fuir après en allant voir l'église.

À l'intérieur, un groupe d'hommes tapageurs était attroupé à un comptoir croulant sous les verres de vin à cette heure pourtant précoce de la journée. La dent en or du chauffeur brilla, et Menina le vit pousser tout le monde pour lui faire une place. Elle opéra un virage stratégique, alla s'asseoir dehors, s'empressa de sortir son carnet et se mit à dessiner la place, les gens et ce qui ressemblait aux ruines d'un château sur un rocher blanc en surplomb. Elle aurait tout donné pour manger un cheeseburger, mais le serveur lui fit non de la tête. Le chef allait lui concocter quelque chose. Elle ne comprit pas quoi, mais acquiesça et engloutit les olives noires qui arrivèrent avec son Coca-Cola. Elle fit de même avec l'omelette aux pommes de terre et aux poivrons qu'on lui apporta. Une fois l'addition réglée, elle se sentit trop repue pour explorer l'église tout de suite.

Les passagers de son car étaient encore attablés. Les seuls bruits qu'elle entendait étaient les hirondelles qui volaient sans fin au-dessus de sa tête, les abeilles qui bourdonnaient et le gazouillis de la fontaine. Le parfum des fleurs d'oranger lui arrivait par vagues, et le soleil qui lui réchauffait le dos l'enveloppa dans une douce torpeur. Menina posa la tête sur son sac à dos et ferma les yeux, juste un instant.

Elle se réveilla en sentant qu'on la bousculait. Luttant pour se rappeler où elle était, elle vit un garçon partir en courant dans une ruelle. C'était la fin de l'après-midi, elle le voyait à la place qui était à l'ombre à présent. Elle tendit le bras vers le sac à main accroché au dos de sa chaise. Il n'était plus là. Horrifiée, elle se leva d'un bond et regarda tout autour, sous la table, dans le café – mais le sac contenant son argent, son passeport, son billet d'avion et sa carte bleue avait disparu. La mort dans l'âme, elle comprit que le garçon le lui avait volé. Tout de même, le chauffeur allait bien la laisser remonter, il avait vu son billet… Sauf que le car n'était plus là. Il était parti sans elle, et sa valise était dans la soute. « Oh, non ! s'écria-t-elle, atterrée. Non ! » L'angoisse lui retourna l'estomac.

Ensuite, elle prit peur. La place était pleine d'ouvriers comme ceux qu'elle avait vus boire au comptoir, occupés à assembler une grande structure. Ils la remarquèrent et quelques-uns s'approchèrent. « T'es une fille sympa, hein ? » demanda l'un en espagnol, avec un sourire révélant une mauvaise dentition. Tous poussèrent des grognements approbateurs. Ils la reluquaient sans vergogne, et échangèrent une plaisanterie dans une langue gutturale que Menina ne saisit pas, mais dont le sens général était on ne peut plus clair. Un autre se frotta les doigts, le signe universel pour parler d'argent. « Un petit verre, oui ? » Il y eut des éclats de rire.

Le danger était palpable et son instinct de survie lui ordonna de ne surtout pas paniquer, et de se comporter normalement. Elle regarda alentour et à une centaine de mètres repéra une enseigne « *Policia* ». Dieu merci. Ignorant délibérément les hommes, elle s'obligea à mettre son lourd sac à l'épaule sans se presser, puis à les planter là pour traverser la place, tout en sachant que des regards concupiscents devaient fuser dans son dos. Elle avait de gros ennuis, mais au poste on pourrait l'aider à contacter l'ambassade américaine à Madrid pour qu'ils lui délivrent un nouveau passeport, et (même si elle redoutait cette conversation) elle avait toujours la possibilité de demander à ses parents de lui envoyer de l'argent. Quelle idiote, elle s'était mise dans de beaux draps !

La porte était grande ouverte et il n'y avait personne à l'accueil. Menina lança un « *¿ Holà ?* » d'une voix forte et finit par s'aventurer dans un couloir au bout duquel elle distinguait de la lumière. Dans la pièce du fond, elle trouva, assis à un bureau croulant sous les dossiers, un policier qui lisait une feuille d'un air absorbé. Elle frappa à la porte pour signifier sa présence, et il leva la tête brusquement. Elle était soulagée de voir que ce n'était pas un bleu manquant d'expérience : il semblait avoir la trentaine et sa moustache noire était aussi épaisse que ses cheveux.

— *¿Señora? ¿Qué puedo hacer por usted?* Que puis-je faire pour vous ?

Il se leva d'un bond, reboutonnant le col de son uniforme à la hâte, comme s'il était gêné d'avoir été surpris dans un moment de détente. Il était aussi grand que Menina, bien bâti, et son air autoritaire la rassurait.

Elle eut toutes les peines du monde à s'expliquer en espagnol.

— Excusez-moi. J'ai un problème. Je me suis endormie et mon sac a été volé, avec l'argent et le passeport. Le car est parti. Ma valise est dedans… Les hommes sur la place étaient… très déplaisants.

Elle se rendit compte qu'elle faisait de l'hyperventilation et que la tête lui tournait.

— Je peux m'asseoir, s'il vous plaît ?

Le policier lui dit être le commissaire Fernández Galán, et à la stupeur de Menina, son air intrigué, mais poli, devint clairement désapprobateur. Il alla lui chercher une chaise et ajouta en anglais :

— Tenez. Il va falloir remplir un *informe del crimen.*

Elle posa son sac par terre et s'écroula sur le siège. Dans un soupir, il mit de côté le document qu'il lisait avec tant d'attention et ouvrit distraitement plusieurs tiroirs, avant de trouver le bon. Il prit un stylo et fit glisser un formulaire vers elle.

— C'est en espagnol, vous pouvez lire ?

Menina hocha la tête.

— Anglaise ?

— *Americana.*

— Mariée ?

— Non, *señorita.*

— S'il vous plaît, parlons dans votre langue, la rembarra-t-il. Votre nom, ici, ajouta-t-il en pointant une case du doigt.

Il fronça les sourcils en la regardant écrire. Au moins, il ne la déshabillait pas du regard comme les hommes sur la place. Elle se concentra sur les questions, lisant à voix basse pour être sûre de comprendre. Mais elle devait subir le contrecoup, car brutalement, inexplicablement, elle eut un trou de mémoire. Il lui reprit le papier d'un geste impatient.

— Miss… Walker, expliquez-moi ce qui s'est passé et je remplis pour vous. Sinon, on en a pour la nuit.

Faisant cliqueter son stylo, il écrivit tandis que Menina lui donnait son âge, puis énumérait le contenu du sac. Un passeport – non, elle ne connaissait pas le numéro –, environ six mille euros en *Travelers Cheques*, peut-être mille en liquide, son billet d'avion retour et une carte Visa. Dont elle ne connaissait pas le numéro non plus. Elle expliqua avoir senti qu'on bousculait sa chaise à la terrasse du café, avoir vu un garçon s'enfuir, et s'être rendu compte que le car était parti sans elle.

Il lui lança un regard qui en disait long sur ce qu'il pensait de son comportement, puis demanda où elle allait au départ.

— Je devais faire Malaga-Madrid, et à l'aéroport on m'a dit de prendre ce car et de changer à Ronda. Le chauffeur avait promis de m'indiquer où descendre…

Elle se tut subitement, car l'angoisse l'avait reprise. Elle entendait les hommes dehors, qui se lançaient des invectives en donnant des coups de marteau. Qu'allait-elle faire lorsqu'il faudrait quitter le poste ?

— Lieu de naissance ?

Quand elle répondit, il eut l'air étonné.

— Pourquoi avoir dit que vous êtes américaine ?

— Parce que je le suis. J'ai été adoptée.

— Profession ? Attendez, ne me dites pas, c'est mannequin ou actrice ? enchaîna-t-il d'un ton qui parut bien sarcastique à Menina.

— Je suis étudiante.

Il prit un air sévère.

— Miss Walker. Les touristes vont débarquer pour la *Semana Santa*, seulement il y en a très peu qui sont riches. On est juste un village dans la montagne. À cette saison, il y a des retraités britanniques, des catholiques venus voir la procession, mais…, expliqua-t-il en ouvrant les mains devant lui, … ici, il n'y a rien pour les *muchachas de la llamada*.

— Les quoi ?

— Les filles chères – c'est quoi, l'expression ? Quand on est poli, on dit call-girl. Elles vont sur les yachts des milliardaires, pas ici. Les plus chères passent presque pour des bonnes sœurs. Comme vous.

— *Pardon ?!*

Il tapa du plat de la main sur son bureau.

— Oh, s'il vous plaît ! Ça ne prend pas avec moi. Vous vous croyez plus maligne qu'un policier ? J'ai bien compris que vous suivez les riches qui organisent des soirées avec des jolies nanas sur leur yacht, au port de Malaga. Sauf qu'ici, on n'a pas ça. Ou alors, vous vous droguez et n'importe qui fait l'affaire du moment qu'il a de l'argent. Même si, c'est vrai, vous n'avez pas l'air d'avoir ce problème. Pas encore.

Menina en resta bouche bée. Venait-il vraiment d'insinuer qu'elle était une *prostituée* ? Et une junkie ? Cela faisait à peine vingt minutes qu'elle était là – qu'avait-elle fait pour lui donner une impression aussi catastrophique ?

— Je ne suis pas une… une… call-girl, balbutia-t-elle. Et je ne me drogue pas non plus. Je n'ai même jamais fait ça de ma vie. Je dois juste me rendre à Madrid, parce que…

— Madrid ? Vous croyez vraiment que c'est la *route* de Madrid ? la coupa-t-il en montrant le paysage par la fenêtre.

— Comment voulez-vous que je le sache ? C'est la première fois que je viens en Espagne !

— Miss Walker, je ne sais pas qui vous êtes en vrai, mais j'aurais préféré ne pas vous rencontrer. Parce que maintenant, quelqu'un doit s'occuper de vous, et moi je ne peux pas. Je suis trop occupé.

Je hais ce pays, songea Menina avec amertume. Elle commençait à se dire que la situation était bien plus grave qu'elle n'avait voulu le croire. Personne ne savait où elle se trouvait. Elle-même ne le savait pas. Et si ce policier la prenait pour une prostituée, de toute évidence les hommes sur la place en étaient arrivés à la même conclusion. Cela expliquait les sifflements et les commentaires désobligeants. Elle était tellement inquiète à présent qu'elle entendit à peine la question suivante :

— Pourquoi vous allez à Madrid ?

— Pour visiter le Prado. J'ai un mémoire à rendre sur un peintre…

— Picasso, je suppose ?

— Bien sûr que non !

Les gens donnaient toujours cette réponse quand on leur demandait de citer un artiste espagnol, sauf qu'il n'y avait pas de tableaux de lui là-bas.

— Alors comme ça, vous pensez que les Picasso ne sont pas au Prado ? la cuisina le commissaire.

— Eh bien oui, puisqu'ils sont au musée Reina Sofia ! s'énerva Menina.

En plus d'être grossier, ce type était terriblement agaçant. À tous les coups, il savait depuis le début !

— L'artiste que j'étudie est ancien, très peu de gens le connaissent. Il s'agit de Tristan Mendoza. Il avait une signature originale, je porte un médaillon avec la même…

Menina songea qu'elle en avait dit assez.

— Écoutez, je vais vous épargner les détails. Est-ce que je peux juste utiliser votre téléphone pour contacter mes parents, *s'il vous plaît ?* J'appellerai en PCV, mais sinon ils vont s'inquiéter. Comme ça, mon père pourra me virer de l'argent ici, et…

Le commissaire se taisait, le regard rivé au plafond.

— Un peintre ancien ? répéta-t-il, comme si c'était la chose la plus bizarre qu'il ait jamais entendue.

— O-o-oui !

— Hmmm.

Il cherchait clairement une repartie moqueuse. Mais quel homme détestable, franchement ! La journée avait été longue et Menina se sentit tout à coup exténuée. Ses yeux s'embuèrent malgré elle. Elle chercha un mouchoir, mais ils étaient dans son sac à main. Qu'on lui avait volé. Volé ! Elle n'avait plus rien ! Elle était vraiment trop bête, elle avait fait n'importe quoi, elle avait une peur bleue et, oh mon Dieu, qu'allait-elle faire ? Elle ne put empêcher les larmes de couler et s'essuya sur sa manche comme un enfant.

Elle sentit une main lui toucher doucement le bras.

— Tenez.

Le commissaire lui tendait un mouchoir en coton blanc. Il avait même l'air propre. Elle le prit avec méfiance et remercia en grommelant. Elle se moucha bruyamment, et en reportant son attention sur lui, trouva qu'il était moins énervé. Plus résigné qu'autre chose.

— Tristan Mendoza, vous dites ? Quelle époque ?

— D'après ce que je sais, fit-elle en reniflant, il a vécu dans la seconde partie du XVIe siècle. *Il voulait vraiment un cours d'histoire de l'art maintenant ?* Il peignait uniquement des portraits. Surtout des femmes. Mais il a peut-être aussi…

— Et vous avez vraiment étudié des vieux tableaux ?

— Eh bien, pas de tous les artistes depuis la nuit des temps, ne put s'empêcher de persifler Menina. Mais oui, à l'université.

— OK. Dans ce cas, c'est différent. Il n'y a qu'une chose à faire.

— Je sais : laissez-moi passer des coups de fil !

Il secoua la tête d'un air théâtral.

— Malheureusement, ce n'est pas possible. La ligne téléphonique a été coupée dans tout le village, ça arrive parfois, surtout dans les montagnes. Pareil pour les portables, pas de réseau. Et pas d'Internet non plus, du coup. Maintenant, il va falloir attendre jusqu'après Pâques pour que quelqu'un vienne réparer. C'est un gros problème pour moi aussi, en ce moment.

— Dans ce cas, auriez-vous la gentillesse de m'accompagner jusqu'à la ville la plus proche, où je pourrai trouver un hôtel ? Comme ça, vous ne m'aurez plus dans vos pattes.

Dans sa poche arrière, elle sentait la carte de visite de Serafina Lennox. Dieu merci. Elle allait l'appeler et la supplier de la sortir de ce mauvais pas.

Mais encore une fois, il fit signe que non.

— Je regrette, je ne peux pas quitter le village. Je suis coincé ici jusqu'à Pâques. Et vous allez devoir rester aussi.

Menina voyait poindre un tout nouveau problème. La Semaine sainte venait à peine de commencer. Cela voulait dire qu'elle devrait attendre plusieurs jours avant de pouvoir rassurer ses parents. Les pauvres allaient être morts d'inquiétude. Et où était-elle censée loger, en attendant ?

Apparemment, il avait lu dans ses pensées.

— Il y a un endroit où on peut vous héberger, mais je dois vous y amener moi-même.

— Je pourrai très bien me payer une chambre d'hôtel quand mon père m'aura viré de l'argent, répliqua-t-elle, tentant de reprendre le contrôle de la situation.

Pour toute réponse, le commissaire se leva. Il semblait vaguement amusé, à présent.

— Pas de banque, ici. Pas d'hôtel non plus. Et l'argent n'est pas nécessaire, là où vous allez.

Cette dernière phrase était plus inquiétante que tout ce qu'il avait dit jusque-là. Mais c'était soit lui, soit les hommes sur la place. Lorsqu'elle se pencha pour prendre son sac à dos, elle constata qu'il l'avait déjà à l'épaule et se tenait devant la porte pour la laisser passer. Dehors, il s'engouffra dans une rue étroite où se succédaient de petites maisons blanchies à la chaux. L'odeur de l'oignon frit remplissait l'air du soir, qui s'était refroidi. Elle entendit des femmes bavarder et faire la vaisselle bruyamment. La normalité, quoi. Mais l'espoir de dormir chez l'une d'elles s'évanouit rapidement. Le commissaire venait d'emprunter un chemin escarpé, où il y avait eu des cultures en terrasses autrefois. Il suivait une piste étroite entre des oliviers. Au loin, derrière les montagnes, le spectaculaire coucher du soleil offrait ses dernières teintes roses et orangées à la vue. Il s'arrêta pour lui montrer la masse sombre du château en ruine, au-dessus d'eux.

— C'est là qu'on va.

— Oh ?

Menina scruta la pénombre à la recherche de lumières ou d'un signe quelconque d'habitation, en vain. Elle avait comme un mauvais pressentiment. Ils finirent par atteindre une grande porte en arc et s'arrêtèrent. Elle était double, lourde, avec des décorations en ferronnerie et une sorte de trappe grillagée. Était-ce une prison ? Il n'y avait aucun bruit alentour, hormis celui des hirondelles. Comment avait-elle pu être stupide au point de venir dans un lieu désert avec un homme persuadé qu'elle se prostituait ? Un homme armé, qui plus est.

— Où on est, là ? demanda-t-elle en commençant à reculer. Elle était en forme. Elle pouvait le semer, retourner au village. Et après ? Accepterait-on de l'accueillir dans l'une des maisons devant lesquelles ils étaient passés en cours de route ?

Le commissaire parut sentir ses craintes.

— N'ayez pas peur. Vous êtes à un couvent, très vieux, peut-être le plus vieux d'Espagne. Les gens l'appellent Las Golondrinas, parce que, écoutez les oiseaux.

Il tira sur une corde et Menina sursauta en entendant une cloche faire un bruit assourdissant. Les hirondelles se dispersèrent aussitôt, en poussant des cris mécontents.

— On ne sait pas exactement quand il a été fondé, mais c'était bien avant la *Reconquista*. À l'époque des Maures, les chrétiens et les juifs avaient le droit d'exercer leur religion tant qu'ils payaient un impôt spécial et ne causaient pas d'ennuis. Et il n'y a pas plus tranquille que des sœurs. Elles pouvaient payer l'impôt, aussi : le couvent était riche parce que les novices apportaient de l'argent. Elles arrivaient ici tout bébé, et une fois adultes, elles prenaient le voile.

— Tout bébé ? Mais comment pouvaient-elles avoir la vocation à un si jeune âge ?

— C'était des orphelines. Pas de parents, pas le choix ? Je ne sais pas, répondit-il en sonnant de nouveau la cloche. Les sœurs faisaient des gâteaux, des médicaments pour payer l'impôt. Elles les vendaient là, expliqua-t-il en montrant une porte agrémentée de barreaux en fer. Et parce que c'est un couvent très vieux, très saint, beaucoup de monde venait, des pèlerins voulant racheter leurs péchés. Il y avait une infirmerie – musulmans, juifs ou chrétiens, tous les malades étaient soignés. Et enfin, il y avait l'orphelinat.

— Elles devaient être bien occupées avec tout ça.

Menina avait mal aux pieds, et se sentait si fatiguée qu'elle aurait dormi sous un olivier. Mais si les hommes la retrouvaient ?

— Des grandes dames, des reines même, sont passées ici. Dans la chapelle, il y a la tombe d'une princesse venue de la province de León. Il y a aussi une grotte dans la montagne où certaines ont été enterrées, comme les premiers chrétiens dans les catacombes de Rome. Mais le couvent n'est plus si important, personne ne vient maintenant. Elles ne sont qu'une poignée de sœurs très âgées. Elles font encore des gâteaux pour les vendre aux touristes pendant la Semaine sainte, seulement elles ne gagnent pas beaucoup. Elles sont très pauvres aujourd'hui, vieilles et pauvres. C'est dur pour elles. Il leur arrive de tomber malades. Il y a encore des villageois pour les aider, leur apporter à manger et du bois pour le feu. Mais en hiver, il fait très froid.

Il lui montra quelque chose du doigt et Menina plissa les yeux dans la pénombre.

— Les vitres, elles sont cassées. Tout est cassé, ici. Les gens disent que le couvent fermera quand la dernière sœur sera morte. C'est terrible de penser qu'un jour, il n'en restera qu'une, qui aura enterré toutes les autres. Quand j'étais enfant, des pèlerins venaient encore, mais c'est fini depuis longtemps. Par contre, les chambres aménagées pour eux sont toujours là. C'est pour ça que je vous ai amenée.

— Peut-être que ce n'était pas une si bonne idée. On a sonné deux fois et personne ne répond, dit Menina avec une certaine anxiété.

Elle n'arrivait pas à décider s'il valait mieux échapper aux hommes de la place en trouvant refuge dans ce lieu qui lui donnait la chair de poule, ou bien s'il était hors de question d'y mettre les pieds.

— Clairement, on dérange. On devrait s'en aller.

— Ne vous inquiétez pas, elles sont là, juste un peu sourdes. Il faut toujours attendre et sonner longtemps avant qu'elles viennent, dit-il en joignant le geste à la parole. Et puis, c'est une bonne chose si elles ont la visite de quelqu'un qui s'y connaît en peinture.

— Pourquoi ?

— Parce que dans les vieux couvents, il y a toujours des tas de tableaux. Si vous restez, vous pouvez aider, voir si certains ont de la valeur, comme ça les sœurs peuvent les vendre. Avec l'argent, elles feront des réparations.

— C'est une bonne idée mais vraiment, je ne suis pas une spécialiste. Je n'ai que quelques années d'études derrière moi ! Vous avez besoin d'un expert, insista-t-elle en sortant la carte de visite de sa poche. Et j'en connais justement une, qui s'appelle Serafina Lennox. C'est elle qui a organisé mon voyage, et elle est à moitié espagnole. Je crois. En tout cas je me ferai un plaisir de l'appeler pour vous, si ça peut aider, renchérit-elle en espérant le coincer. J'ai son numéro de portable.

On devait quand même bien pouvoir passer un coup de fil quelque part, non ?

— Je vous ai déjà dit, pas de téléphone. Même pas d'électricité, ici. Mais s'il vous plaît, tentez quand même. Si vous trouvez quelque chose, tant mieux, sinon tant pis. Tout ira bien. Sœur Teresa parle un peu anglais. Elle a appris dans sa jeunesse, vous pourrez lui poser des questions.

Génial ! Pas de téléphone, et maintenant pas d'électricité…

Sur ces entrefaites, la trappe s'ouvrit. Une voix perçante dit « Ah ah ! », puis demanda avec mauvaise humeur qui venait à cette heure tardive, ajoutant que si c'était pour des *polvorónes* on pouvait repartir, car il n'y en avait plus.

— Bonsoir, sœur Teresa, fit le commissaire d'un ton brusquement respectueux, avant d'ôter sa casquette en l'appelant *Tia* – « tante ».

Quand il se lança dans des explications animées en espagnol, Menina se concentra et comprit qu'il parlait d'elle, « une jeune Américaine qui avait eu le malheur de se faire voler son argent au village, une fille très bien qui avait besoin d'un toit jusqu'à Pâques, et était-ce possible de la loger dans une chambre de pèlerin ? ». La trappe se referma, un verrou fut tiré et la lourde porte s'ouvrit sur une vieille femme voûtée portant une longue robe et tenant une lanterne. Elle salua d'un ton bougon, en marmonnant « *Deo gratias*, Alejandro ». Elle n'avait pas l'air contente de les voir. Ils avaient interrompu – sans le savoir – la vigile pascale.

Le commissaire repartit à la charge, parlant encore plus vite. Cette fois, Menina ne saisit que des bribes – son nom, ainsi que les mots « Madrid », « Malaga » et « étudiante ». Il mentionnait les tableaux lorsque la sœur le coupa pour le gronder comme un petit garçon. De sa voix saccadée, elle rétorqua qu'il n'était pas question d'héberger une autre femme… la dernière… allées et venues toute la nuit… beaucoup de bruit… un scandale… cigarettes… mini-jupes. Menina l'entendit même cracher un mot qui ressemblait à « hippies ».

Quand sœur Teresa marqua une pause pour reprendre son souffle, le commissaire en profita pour s'excuser platement pour la dernière fille qui s'était mal comportée… Sur la tête de ses défunts parents, il n'avait jamais vu Menina avant cet après-midi-là. Mais elle lui semblait être bien élevée.

Menina fut surprise de l'entendre prendre sa défense, vu la façon dont il l'avait traitée une heure plus tôt. Et si elle avait tout compris, il amenait régulièrement des copines au couvent ? Il était bizarre, décidément. Mais elle n'avait nulle part où aller. Alors, dans son plus bel espagnol, elle certifia à la religieuse qu'elle n'était pas une hippie, ne fumait pas, n'irait nulle part, ne causerait pas d'ennuis et que ce serait vraiment, vraiment gentil de l'héberger jusqu'au passage du prochain car pour Madrid. Sœur Teresa la regarda comme si elle était transparente, puis la saisit sans ménagement par l'avant-bras et la fit entrer.

Le commissaire lui redemanda de montrer les *pinturas* à Menina, et d'avoir l'amabilité de parler anglais avec elle – mais cette dernière se contenta de pousser la lourde porte. Il eut la présence d'esprit de faire passer le sac à Menina, et retira sa main juste à temps.

La sœur fit claquer la porte, mit le verrou et se tourna vers Menina.

— Vous restez, dit-elle sèchement, mais à l'intérieur du couvent. Vous ne sortez pas pour aller voir des hommes ! Les hommes, interdit.

— Oui, madame, répondit Menina d'une voix lasse, en reprenant pour la énième fois son sac. Cela lui convenait parfaitement de ne pas avoir de compagnie masculine pour l'instant.

— *Sí… Comprendo.*

La sœur lança un « Peuh ! » de dédain, comme si elle n'y croyait pas une seconde, et s'éloigna à une vitesse surprenante, étant donné qu'elle boitait. Dans le halo de lumière de sa lanterne, elle lui fit prendre un dédale de couloirs. Menina repéra des carreaux cassés au sol, ainsi qu'un certain nombre de portes fermées, mais au-delà il faisait noir comme dans un four. Une odeur de moisi lui montait aux narines. À un moment, elle entendit détaler une souris.

Enfin, sœur Teresa s'arrêta et poussa une porte grinçante.

— Ici, dit-elle en penchant la lanterne à l'intérieur.

La chambre était petite, une sorte de cellule aux murs blancs qui sentait le renfermé, et Menina aperçut un crucifix accroché de travers, un prie-Dieu en dessous, une fenêtre aux volets clos, un lit fait. Les draps étaient piqués, les taies rapiécées. Sous la fenêtre se trouvaient une table et une chaise, avec une lampe-tempête. Sœur Teresa l'épousseta sommairement et dit :

— *Por alimento.*

Des profondeurs de son habit, elle sortit deux bougies à moitié consumées et une boîte d'allumettes. Elle en alluma une, la fixa dans la lampe, puis tendit l'autre à Menina qui murmura « *Gracias* » en essayant de masquer autant que possible son désarroi. La religieuse lui fit signe de la suivre dans le couloir obscur, et poussa une autre porte quelques mètres plus loin.

— *Servicios*, annonça-t-elle. Les toilettes.

— Oh…, souffla Menina, qui se sentait flancher.

À la lueur de la bougie, elle parvint tout juste à distinguer un trou dans le sol, une pile de vieux journaux, une pompe rouillée et un vieil évier en pierre sur le mur du fond. Alors là, c'était le pompon ! Sœur Teresa en avait profité pour disparaître. Ayant envie de faire pipi depuis des heures, Menina ravala sa fierté, utilisa les toilettes antédiluviennes et déchira un bout de papier pour s'essuyer. Elle eut toutes les peines du monde à amorcer la pompe, qui finit par faire des bruits et régurgiter une eau glaciale sur ses mains.

Quand elle rebroussa chemin, un courant d'air fit dangereusement vaciller la bougie et son ombre, immense, se mit à danser sur le mur de façon effrayante. Elle fut soulagée de voir une faible lueur par la porte ouverte de sa chambre, et encore plus lorsqu'elle découvrit un plateau recouvert d'un torchon en lin sur la table. Quelqu'un lui avait apporté à manger ! Il y avait une soupe à l'ail dans un bol en terre cuite, un peu de pain, de fromage et une petite carafe de vin rouge. Menina se rendit compte qu'elle avait une faim de loup. La soupe avait une odeur forte et on y avait ajouté un œuf, poché grâce au bouillon. C'était délicieux et elle la mangea jusqu'à la dernière goutte, en trempant son pain dedans, avant de déguster le fromage avec le vin.

Puis elle se déshabilla et enfila le peignoir de voyage que sa mère avait glissé en douce dans le sac. Il était en polaire et elle la remercia en pensée, car c'était bien agréable à porter dans cette pièce humide.

Le matelas, par contre, se révéla peu épais et plein de bosses. Elle se tourna plusieurs fois avant de trouver une position confortable.

Elle se laissait gagner par le sommeil lorsqu'en bas, au village, les battements de tambour reprirent, ainsi que le même genre de complaintes qu'elle avait entendues. Elle n'allait jamais arriver à dormir. Elle se redressa et sortit son guide, l'unique lecture qu'elle avait sous la main. Pourvu que la bougie tienne jusqu'au matin. Elle-même, comment allait-elle faire pour tenir une semaine à ce régime-là ?

Lorsqu'elle se réveilla, elle était affalée contre le mur, son livre ouvert sur les genoux. D'après sa montre, il était six heures et demie. Lentement elle observa la chambre nue, tentant de se rappeler où elle était. Grâce à la lumière filtrant à travers les volets, elle vit que son dîner avait été emporté et remplacé par un autre plateau. Cette fois, c'était du café, du lait chaud et un pain aux amandes encore tiède. Elle se sentit coupable – ses parents piqueraient une crise s'ils savaient qu'elle laissait des vieilles dames la servir comme à l'hôtel.

Quand elle eut fini de manger, elle entendit des voix chuchoter. Elle se pencha à la fenêtre pour voir s'il y avait quelqu'un, mais on frappa à la porte. En se retournant, elle en eut le souffle coupé. Devant elle, cinq jeunes filles en robes sombres, avec des collerettes blanches tout droit sorties du XVIe siècle, étaient regroupées comme pour faire une photo.

— *Sala grande… Locutio sala… Sala de las niñas… Jardín de peregrinos…*, ne cessaient-elles de répéter à voix basse, en lui lançant des regards implorants.

— Quoi ? *¿Qué?* balbutia Menina en se frottant les yeux, mais lorsqu'elle les rouvrit, il n'y avait que des particules de poussière flottant de façon irréelle dans les fins rayons de soleil.

Était-ce le décalage horaire ? Le stress ? Dans tous les cas, il y avait de quoi être dérouté.

Sœur Teresa entra en aboyant « *Deo gratias* », et indiqua à Menina qu'elle pouvait assister à la messe si elle le souhaitait – la chapelle du couvent avait une porte d'entrée, qu'on ouvrait tous les matins pour les vieilles femmes du village. Menina pouvait s'asseoir avec elles.

L'intéressée déclina l'offre, précisant qu'elle n'était pas catholique. Elle allait proposer de ramener son plateau lorsque la religieuse le prit en disant qu'elle avait à faire et la planta là.

Menina sortit une brosse à dents, un petit savon, et alla braver la toilette glaciale qui l'attendait. Puis elle s'habilla et lut le guide en attendant de voir si sœur Teresa ou quelqu'un venait lui parler des tableaux. Au bout d'un moment, elle se décida. Elle ne pouvait pas se contenter de rester dans cette chambre minuscule à se tourner les pouces. Ce qu'elle pouvait faire, par contre, c'était partir à la recherche de ces fameux tableaux.

Comme elle aurait aimé que Becky soit là.

5.

Couvent de Las Golondrinas, Espagne, avril 2000

Cet endroit était un véritable labyrinthe. Le vent s'engouffrait à travers les trous du plafond et des hirondelles avaient fait leur nid sous le toit. Elles ne cessaient d'aller et de venir, pépiant gaiement. L'unique source de lumière provenait des petites fenêtres à barreaux situées haut dans les murs épais. Quand Menina se fut adaptée à la pénombre, elle remarqua que ces derniers étaient émaillés de cartes de vœux jaunies, de fleurs séchées, d'images colorées de la Vierge, sainte Thérèse d'Avila et du Sacré-Cœur, de lithographies de papes, de portraits de saints. À ce qu'elle voyait, la plupart dataient de la moitié du XIXe siècle ou du début du XXe et n'avaient guère de valeur. Elle connaissait ses limites, mais grâce à ses études, elle avait l'œil exercé. Ces trucs étaient bons à jeter.

Elle erra de couloir en couloir, passa devant des portes ouvertes sur des chambres identiques à la sienne, avec un lit, une table, une chaise et un crucifix au mur. Les pèlerins devaient dormir là autrefois. Menina fronça le nez. Elle n'avait jamais été confrontée à une telle odeur d'humidité, de vieillesse, de moisissure, de pourriture même.

Elle espérait tomber sur la chapelle ou sur une religieuse, mais les lieux étaient déserts. Elle entra dans une pièce où de profondes cuves en pierre étaient disposées le long des murs, et où il y avait une autre de ces pompes en fer. Des chemises de nuit avaient été mises à sécher sur des portants en bois. Dans une autre pièce – plus grande et carrelée du sol au plafond – elle découvrit un évier, la sacro-sainte pompe, des casseroles suspendues à des crochets, une immense cheminée avec une petite réserve de fagots, et une table en bois massif tout éraflée. Des bonbonnes en osier portant les étiquettes « *vino* » et « *aceite de oliva* » y étaient posées – « vin » et « huile d'olive ». Il y avait aussi des tresses d'ail et d'oignons, un panier rempli d'œufs, un autre de pommes de terre terreuses, des artichauts, quelques citrons et un rayon de miel posé sur une assiette. Des bouquets d'herbes aromatiques avaient été mis à sécher près du feu, et quelque chose mijotait dans une marmite. Elle se pencha pour soulever le couvercle, et le fumet raviva aussitôt sa faim. Le petit-déjeuner était délicieux, mais il ne l'avait pas calée. Elle remit le couvercle en place et regarda autour d'elle pour trouver quelque chose à grignoter.

Sous l'évier, elle repéra une panière étiquetée « *pollos* » remplie de morceaux de pain plus ou moins rassis, certains étant vraiment durs. Elle finit par débusquer une moitié de miche plus fraîche que les autres. Se sentant un peu honteuse, elle en trempa un bout dans le miel et l'avala. Elle cassa le reste en deux, fourra le tout dans les poches de sa veste au cas où il n'y aurait pas de déjeuner, et poursuivit son exploration. La cuisine s'ouvrait sur une pièce plus grande encore où trônait une croix grandeur nature en bois sombre, qui ressortait d'autant plus contre le mur blanc. Sur le pupitre en dessous, un livre était ouvert à une page précise, et les autres meubles se résumaient à trois longues tables avec des bancs. La salle à manger ?

Au fond, une porte donnait sur une énième pièce mal éclairée et basse de plafond. En entrant, Menina s'écria : « Pardon ! » Elle était remplie de gens. Des gens bizarrement silencieux, qui portaient tous des chapeaux et se tenaient immobiles – elle se rendit alors compte que c'étaient des saints en plâtre, dont les nimbes étaient en piteux état. Des napperons prenaient la poussière sur les bras des fauteuils et des vitrines pleines de toiles d'araignées étaient alignées aux murs.

Curieux. Comme si tout était figé dans le temps, songea Menina. Quand elle éternua, le bruit lui parut assourdissant.

Une sculpture en émail bleu et blanc de *La Vierge à l'enfant* était accrochée au-dessus d'un bénitier vide. À y regarder de plus près, les murs croulaient sous les statues de petite taille : des madones, des saints, des angelots. Menina regretta de ne pas avoir amené un carnet et un stylo pour dresser une liste. Il y avait aussi quelques tapisseries sales et mangées par les mites, et des tableaux sombres – elle distingua Moïse bébé dans son panier en jonc, des chérubins batifolant avec un agneau, un jeune Jean-Baptiste plutôt potelé qui barbotait dans l'eau, et enfin la Vierge qui contemplait avec deux autres femmes un groupe de bambins jouant à leurs pieds. Sauf erreur, l'enfance semblait être le thème commun à toutes ces œuvres. Cette pièce faisait-elle partie de l'ancien orphelinat ?

D'un grand geste, elle balaya les toiles d'araignées et pressa le nez contre la première vitrine. Elle était pleine de jouets. Une bonne dizaine de poupées à l'œil vitreux l'observaient fixement. La plupart portaient un habit de religieuse, et dans la vitrine suivante, elle trouva des poupées vêtues de robes qui devaient être blanches et agrémentées d'une guimpe tenue en place par un truc marron qui avait sans doute été des fleurs. Ces poupées représentaient les fiancées du Christ. Pour Menina qui avait été élevée dans la religion baptiste, c'était inédit et plutôt étrange.

Sur les étagères du bas, on avait regroupé des plats, des assiettes et des verres qui évoquaient un service à thé pour poupées. Mais en se penchant plus avant, elle vit que c'étaient des objets liturgiques : des crucifix en argent terni, des calices, des ostensoirs. Plus loin, il y avait de tout petits autels en marbre avec leurs nappes, de minuscules confessionnaux et fonts baptismaux, et même des images du

Christ, de la Vierge et de différents saints que l'on pouvait fixer à une réplique miniature du char que Menina avait vu la veille.

Une autre vitrine renfermait des missels assez grands pour la main d'un enfant, des chapelets de petites perles, des rameaux de palmier, des mini-fouets agrémentés d'épines quasi invisibles à l'œil nu, ainsi que d'exquis retables dorés d'une trentaine de centimètres – si Menina ne se trompait pas, on appelait ça des *reredos* –, et enfin de délicats chandeliers où l'on avait mis de vraies bougies qui penchaient de côté.

La dernière vitrine rassemblait des bijoux, *a priori*. Menina eut un mouvement de recul en voyant que dans les coffrets en cristal ornés de joyaux reposaient des reliques de taille réduite, certaines en ivoire, d'autres en ébène : des crânes, une main coupée, un cœur humain, la tête grotesquement ensanglantée de Jean-Baptiste… Des reliquaires, se souvint-elle qu'on les appelait. Elle comprit leur utilité en voyant la reproduction d'une chapelle remisée dans un coin.

Tous ces objets lui évoquaient des religieuses enfants. *Des petites filles qui auraient pris le voile ?* Cette idée lui donna la chair de poule et elle quitta la *sala*, soulagée d'apercevoir de la lumière naturelle au bout du couloir. Elle tomba sur un passage voûté qui menait à un cloître – de style roman, constata-t-elle en examinant les gargouilles érodées par les intempéries, dont certaines avaient le nez cassé. Des abeilles bourdonnaient dans les hautes herbes, entre des allées reconnaissables à leurs carreaux décolorés, et une fontaine émettait un faible clapotement. C'était un jardin tout droit sorti d'un bréviaire médiéval, envahi par la végétation au fil du temps.

Menina s'assit sur un muret au moment où la cloche sonnait les douze coups de midi. L'heure du déjeuner. Elle sortit son pain et en cassa un bout. Au soleil, il était d'un gris peu appétissant. Elle devrait peut-être retourner à la chambre, au cas où on aurait déposé un plateau pour elle. Sauf qu'elle en était incapable, et qu'il n'y avait personne à qui demander son chemin. Soudain des bruits de pas résonnèrent dans la galerie d'en face et Menina aperçut une sœur à l'air pressé. Elle appela « ¡*Un momento, por favor!* », puis cria « ¡*Holà!* » d'une voix forte, mais la religieuse ne l'entendit pas et disparut.

Menina fourra le pain dans sa poche et piqua un sprint pour la rattraper. Ce bruit de pas était rassurant après le silence morose qui l'avait accompagnée toute la matinée. S'engouffrant par la même porte, elle se retrouva dans le noir. Elle tâtonna le mur à la recherche d'un interrupteur, puis se rappela qu'il n'y avait pas d'électricité. Elle n'entendait plus la sœur, mais le fait qu'elle n'y voyait pas aiguisait ses autres sens. Elle sentit une odeur agréable et vaguement musquée, comme l'encaustique à la cire d'abeille de Sarah-Lynn. Elle tendit une main dans le vide, puis tomba sur une porte. En ouvrant, elle se cogna contre un objet de grande taille. « Bon sang, quoi encore ? » pesta-t-elle en se frottant le tibia. Ses yeux s'adaptèrent assez pour distinguer une forme sombre et rectangulaire. Elle le toucha sous toutes les coutures. Cela avait tout l'air d'être un coffre. Le contournant prudemment, elle entra dans une pièce une fois de plus basse de plafond, peu lumineuse, et aux poutres colonisées par des hirondelles bruyantes. Il y avait une forte odeur de feu de bois, et un candélabre contenant des bougies consumées laissait à supposer que les sœurs venaient ici. Elle regarda autour d'elle, espérant trouver des allumettes.

Elle en dénicha sur la table, dans une petite boîte en fer. Après en avoir allumé une, elle entrevit des chaises à dossier haut et un crucifix au-dessus de la cheminée. Le sol en carrelage était irrégulier, voire enfoncé par endroits, et dans un mur se trouvait une grille en métal, comme celle d'une cellule de prison, avec un rideau tiré de l'autre côté. Les étagères étaient vides hormis des nécessaires à couture, ainsi qu'elle le découvrit en fouinant. Dans une niche étaient stockés des fagots.

Sur les murs, il y avait toute une série de tableaux noircis par le temps, bien plus que ceux dans la pièce de l'orphelinat.

Menina dirigea sa bougie vers le plus proche. En plissant les yeux et en s'approchant à quelques centimètres, elle parvint à discerner la forme d'un visage sous les couches de poussière.

Elle avait trouvé un portrait. Et maintenant ?

Et maintenant, elle allait se servir de son pain. Elle avait entendu dire qu'il était possible de nettoyer un tableau en se servant de la mie pour absorber la saleté. Ce n'était pas l'idéal : le pain moderne qu'on achetait en supermarché était bourré de produits chimiques pouvant causer des dégâts. Mais celui que Menina sortait de sa poche était tout sauf industriel. D'ailleurs il avait changé de couleur, ce qui venait confirmer qu'on n'avait pas utilisé de farine raffinée. Allait-elle oser ? Elle aurait sans doute dû passer son chemin, mais personne n'avait posé les yeux sur ces œuvres depuis une éternité, et cela ne risquait pas de changer si elle ne tentait rien. Elle se rinça les mains dans de l'eau bénite, puis les frotta sur son jean pour qu'elles soient les plus propres possible. Elle préleva une petite quantité de mie qu'elle malaxa jusqu'à obtenir une matière molle. Ensuite elle souffla sur la surface du tableau pour ôter les éventuels moutons de poussière, et commença en appuyant par petites touches sur le cadre avec son détachant fait maison.

En quelques secondes, la mie fut noire de saleté et révéla un cadre doré.

« OK, maintenant voyons à quoi tu ressembles. » Elle passa un autre bout de pain sur la toile, délicatement. Des sourcils épais et un nez droit apparurent, puis des yeux noirs qui l'observaient fixement. Menina se déplaça d'un côté, de l'autre, et constata que l'artiste était assez doué pour peindre un regard donnant l'illusion de suivre le spectateur. Plus de doute, cela valait la peine de nettoyer.

Elle eut une première surprise en s'apercevant que le sujet n'était pas une sainte ou la Vierge, mais une jeune fille en élégante tenue.

On entrevoyait une manche bouffante, des fleurs à la main, une chemise brodée, des bijoux. Les couleurs avaient beau être passées, le rouge, le noir, le vert et le bleu étaient assez profonds pour produire un effet certain. De toute évidence, il s'agissait d'une nantie ; en revanche, le portrait avait quelque chose d'exotique, voire de primitif, et Menina se demanda si son auteur était européen.

« D'où viens-tu ? » demanda-t-elle pour briser le silence, avant de sursauter lorsqu'une voix stridente s'écria derrière elle :

— Ah ! Vous voilà !

À la porte, sœur Teresa la toisait d'un air accusateur.

— Vous ne devez pas être là, c'est réservé aux sœurs. Quand les femmes du village viennent nous voir, elles s'assoient là-bas, expliqua-t-elle en montrant la grille. Tout le monde sauf nous s'assoit de l'autre côté. Qu'est-ce que vous faites ici ?

Il y avait comme de la suspicion dans l'air.

Menina se sentait comme une enfant prise en train de faire une bêtise.

— C'est l'idée du commissaire ! Il m'a dit que je devais repérer des tableaux pour les montrer à…

Sœur Teresa lui bombarda une réponse indignée dans les deux langues mélangées.

— Comment osez-vous accuser Alejandro d'être un voleur ! C'est vous, oui ! Mais quelle honte ! Vous devez partir !

— Non, non, non ! On ne veut rien *voler*. Le commissaire pense que le couvent a besoin d'argent, et il m'a demandé de trouver une œuvre à vendre.

— Peuh !

Il y eut un autre déluge en espagnol et en anglais, à propos d'Alejandro et de ses façons de faire. Sœur Teresa n'aimait pas ça, et elle ne savait plus quoi penser de lui, en ce moment. Menina n'aurait jamais cru toucher la corde sensible, mais visiblement il y avait beaucoup à dire sur le commissaire : sa vie dissolue, son comportement scandaleux, sans parler de ces effrontées après qui il courait et qui passaient leur temps à séduire les hommes. Alejandro n'était attiré que par ce genre de femmes. C'est bien simple, elles se jetaient toutes à son cou. Pas étonnant qu'il ne soit pas marié, il ne connaissait que des *putas*. Menina écarquilla les yeux de stupéfaction. Sœur Teresa venait de dire que les petites amies du commissaire étaient des *putains* ! La mettait-on dans le lot ? Si c'était le cas, elle en avait ras le bol qu'on l'appelle comme ça !

— Je ne suis pas une *puta*, ni sa copine. Je ne l'avais même jamais vu de ma vie avant hier ! Il m'a bien fait comprendre que j'avais été une imbécile de me faire voler mes affaires, je vous assure. Mais comme vous avez la gentillesse de m'héberger, j'ai pensé que je devais vous aider, comme il me l'a demandé. Je suis désolée d'être entrée dans une pièce privée, seulement je n'ai trouvé personne auprès de qui me renseigner.

Elle marqua une pause, le temps à toutes les deux de se calmer.

— Pourquoi ne pas me laisser inspecter ces tableaux ? J'étudie l'histoire de l'art. J'ai quelques connaissances, pas beaucoup mais je peux au moins les nettoyer et mettre de côté ceux qui ont de la valeur. Ensuite, un expert pourra venir et vous conseiller vraiment.

— Peuh ! On verra bien. Peut-être qu'on n'a pas envie de les vendre. Maintenant, venez. Vous devez manger, et moi retourner à la chapelle.

— Est-ce que cette pièce était une bibliothèque, avant ? demanda Menina en sortant avec elle.

— C'est l'ancien scriptorium.

— Un scriptorium ? Là où on écrivait ?

— Oui. Il y a toujours eu des scribes dans les couvents. Beaucoup de livres aussi, ça servait de bibliothèque, vous avez raison. Cette pièce est spéciale parce que les livres étaient rares à l'époque, donc précieux. Peu de gens savent lire. Mais les sœurs sont éduquées, alors ils viennent, veulent savoir ce qu'il y a écrit dedans. Celle qui fait office de scribe trouve l'ouvrage et leur lit à voix haute.

— Elle faisait des recherches pour eux, commenta Menina.

— Oui. D'abord, ils doivent demander la permission à l'abbesse, et après ils peuvent aller au scriptorium. Vous vous rappelez la grille avec le rideau, on appelle ça un *locutio*. L'Église dit que les religieuses doivent rester derrière le *locutio*. C'est pour ça qu'il y a des barreaux, comme en prison, pour toujours nous séparer du monde extérieur. Tout ça, c'était il y a longtemps. Maintenant on n'écrit plus, mais on vient là parce que les vitres ne sont pas cassées et que la cheminée tire bien. Le scribe ne pouvait pas écrire s'il faisait trop froid. C'est un bon travail, je crois ! conclut sœur Teresa en gloussant brusquement.

— J'ai trouvé le portrait d'une jeune fille qui n'avait pas l'air d'être une nonne. Qu'est-ce qu'il fait là ?

— Une fille ? répéta sœur Teresa en gloussant de plus belle. Bien sûr que c'est une fille ! Il y en a beaucoup qui sont arrivées au fil des siècles. Les gens ne se rappellent plus mais elles venaient se réfugier ici, on les aide, on leur sauve même la vie, parfois. Le monde était dangereux pour une femme seule, vous savez. Mais c'est une longue histoire. Comme tout à Las Golondrinas. Et vieille, trop vieille. Bientôt ces anecdotes sur les sœurs, sur notre ordre, sur les orphelines, elles seront oubliées. À moins d'un miracle, personne ne saura plus ce qui s'est passé ici. Qui sait, vous êtes peut-être la dernière pensionnaire. Vous pouvez faire quelque chose, oui ?

— Commencez par me raconter, je ferai de mon mieux, répondit Menina en espérant l'amadouer.

Elle se demandait bien quel genre d'histoires cela pouvait être.

6.

Madrid, hiver 1504

La maison du Défenseur du Saint-Sépulcre était en deuil. Une bière somptueuse trônait au centre du grand hall, drapée d'or et gardée par des cierges imposants. À l'intérieur reposait le corps d'une femme qui n'avait pas quarante ans, son visage cireux à peine visible sous le linceul en dentelle noire de Bruxelles. Un crucifix en diamants avait été glissé entre ses doigts refermés, ainsi qu'un chapelet de grosses perles noires. La comtesse était décédée une semaine après son fils mort-né, et le petit cercueil avec un agneau sur le couvercle était placé à ses côtés. Les dépouilles avaient été exposées pendant près de trois jours, entourées par la famille et une foule de nonnes, de moines et de prêtres qui les veillaient continuellement, priant pour l'âme des défunts. Le lendemain il y aurait une procession jusqu'à l'église San Nicolas de Los Servitas pour la messe de requiem, suivie de l'inhumation dans le caveau familial.

La fille unique de la famille, Isabella, était agenouillée à la gauche de sa mère, tandis que son père, ses six frères et le prêtre étaient à sa droite. Si ses vêtements indiquaient la richesse, et sa posture la piété, c'était son visage d'adolescente de quinze ans qui la rendait intéressante – séduisant plutôt que beau, intelligent et éveillé, avec des yeux d'un bleu profond et d'épais sourcils. Dans la lueur vacillante des bougies, les ombres mélancoliques semblaient converger vers la robe noire d'Isabella, faisant ressortir son teint pâle et sa collerette blanche. Les perles de ses boucles d'oreilles luisaient faiblement, tout comme les cheveux blond foncé qui dépassaient de la mantille recouvrant sa tête penchée. Par deux fois elle la leva discrètement, et s'aperçut que le prêtre la scrutait. Aussitôt elle se remit à fixer ses mains jointes, le cœur battant la chamade et le cerveau en ébullition.

Isabella savait que son père et lui avaient entamé une partie de bras de fer concernant son avenir. Elle faisait partie d'une vieille famille où l'arbre généalogique l'emportait sur tout, même sur la dot conséquente qu'elle était en mesure d'apporter à un couvent ou un époux. La jeune fille représentait la *limpieza de sangre*, une lignée catholique pure, qui n'avait pas été entachée par des unions avec des Maures ou des juifs pendant la période de domination musulmane. Depuis la *Reconquista*, les *Cristianos Viejos* (ou « vieux chrétiens ») occupaient une place encore plus enviable dans la société. Le titre du comte, « Défenseur du Saint-Sépulcre », ajoutait encore à leur prestige. Durant des siècles, ses ancêtres avaient fait passer des fonds à l'insu de l'envahisseur, dans le but ultime de reprendre Jérusalem. Le jour où Leurs Majestés Isabelle et Ferdinand avaient fait le serment de rendre l'Espagne à l'Église catholique en chassant les mécréants (autrement dit les Maures, les juifs et les hérétiques), cette cause était déjà chère au comte, dont la fierté familiale n'égalait que la ferveur religieuse.

Trois de ses fils, qui n'étaient guère robustes, étaient destinés aux ordres et déjà entrés au séminaire à Valladolid. Les trois autres étaient fiancés à des filles de *Cristianos Viejos*. Seul l'avenir d'Isabella n'avait pas encore été tranché. Il se trouve qu'elle boitait depuis la naissance, et le prêtre avait maintes fois suggéré de la confier à un prestigieux couvent de Madrid, soulignant l'intérêt qu'il y avait à placer chez les nonnes une fille ayant du sang royal et des liens étroits avec la cour.

C'était vrai, et pourtant… Le comte soupçonnait cet homme de s'être élevé en ramenant dans le giron de l'Église un certain nombre de trophées. Par ailleurs, il devait penser à la postérité, et plus encore à la survie de son titre. Si par malheur ses fils mouraient sans descendance, il serait transmis à Isabella, puis à ses enfants.

Peu avant sa mort, la comtesse lui avait fait promettre de la marier, arguant, comme lui-même le pressentait, que ce serait un garde-fou supplémentaire. Le comte avait donc entamé des négociations avec plusieurs familles. À présent, devant le cercueil de son épouse, il se jura de trouver ce fiancé au plus vite. Le mariage aurait lieu dès son choix fait, sans attendre la fin de la période de deuil. Les machinations du prêtre commençaient à le fatiguer.

Isabella n'allait pas tarder à défaillir, elle le sentait. Depuis le temps que les corps étaient exposés, le processus de décomposition avait dû débuter. Son odorat s'était développé ces temps-ci et elle avait la nausée. Elle plaqua un mouchoir sur sa bouche pour réprimer un haut-le-cœur, puis chercha le diffuseur de parfum attaché par une chaîne en or à sa taille. Elle le tint sous son nez et huma l'agréable parfum d'écorce d'orange séchée, de clou de girofle et d'anis. Mais c'était trop tard, la mort l'enveloppait dans son écœurante étreinte. Elle devait partir d'ici si elle ne voulait pas être malade devant tout le monde… Lentement, elle se leva du coussin en velours sur lequel elle était agenouillée. Son infirmité lui valait une certaine indulgence, et personne n'irait lui reprocher de s'être retirée plus tôt que les autres.

Elle secoua la tête en voyant une servante s'avancer pour l'aider. Au prix d'un immense effort elle se tint droite pour se signer, afin de prouver qu'elle pouvait se débrouiller seule, qu'elle était plus forte qu'on ne le croyait. Elle savait qu'Alejandro l'observait. De là où il était, parmi les moines qui psalmodiaient, elle sentait son regard empreint d'amour et d'inquiétude pour elle malgré le capuchon qui cachait son visage. Le lendemain, à cette heure, ils seraient loin. Mais surtout, ils seraient ensemble.

Personne n'aurait cru possible que la fille du Défenseur du Saint-Sépulcre unisse son destin à celui d'un modeste précepteur. C'est ainsi que les deux jeunes gens avaient pu tomber amoureux au nez et à la barbe de tous.

Sa mère étant trop épuisée par ses grossesses à répétition pour s'occuper d'elle, Isabella avait été envoyée dès son plus jeune âge étudier avec ses frères. Leurs professeurs étaient invariablement des hommes vieux, dépêchés d'un monastère des environs, qui voyaient sa présence d'un très mauvais œil. Quel besoin avaient les femmes d'être éduquées ? Mais la plupart du temps le comte avait le dernier mot, et Isabella, avide d'éloges, avait fini par les rallier à sa cause en leur démontrant qu'elle était plus consciencieuse encore que ses frères. Ils en avaient même oublié qu'elle était une fille.

Et puis, juste avant son quatorzième anniversaire, un nouveau précepteur était entré dans la maisonnée.

Frère Alejandro Abenzucar était un jeune homme prometteur de vingt-quatre ans, qui faisait le séminaire de Valladolid et avait une brillante maîtrise des mathématiques, de la philosophie, du grec et du latin. Sa réputation parvint aux oreilles du comte qui réussit à le convaincre de venir chez lui pendant un an ou deux, avant de prononcer ses vœux définitifs. Ses supérieurs au séminaire le savaient : ils ne gagneraient rien à révéler que le clan Abenzucar était une riche famille musulmane possédant un grand domaine en Andalousie, qui s'était convertie après la *Reconquista* et dont le cadet avait embrassé le sacerdoce afin de prouver la véracité de leur foi.

Mais ce qu'ils omirent de prendre en compte, c'est qu'Alejandro était un homme séduisant, doté de cette qualité unique qu'est la beauté doublée de la bonté ; et ce dont ils ne se doutaient absolument pas, c'est qu'il haïssait l'idée de devenir prêtre, se rebellant en son for intérieur contre la conversion humiliante de sa famille. Il était aussi désespérément seul. Rares étaient ses camarades au séminaire à désirer se lier d'amitié avec lui, prodige ou pas.

Quant à Isabella, personne ne prit le temps de penser qu'elle n'était plus une enfant, mais en âge d'être mariée, que hormis sa claudication elle était charmante, mais en manque d'affection dans cet environnement masculin. Personne ne se demanda non plus à quoi allait lui servir de connaître la logique et les mathématiques. Sa présence en classe ne surprenait plus depuis longtemps et, comme toute fille de bonne famille, elle était chaperonnée en permanence. Sa duègne, qui était âgée et revêche, s'asseyait à côté d'elle et s'occupait en cousant ou en récitant son chapelet. Isabella était la seule à savoir que la vieille femme était devenue sourde comme un pot et s'endormait souvent sur sa chaise. Elle l'aidait à dissimuler ses faiblesses en la réveillant d'un coup de coude si nécessaire, et en lui mettant un châle sur les épaules pour qu'elle ne prenne pas froid bêtement.

Au début, Alejandro fut déconcerté de voir une fille assister à ses leçons, mais revint vite sur son jugement en découvrant ces mêmes qualités qui avaient plu aux précédents professeurs : sa vivacité d'esprit, ses réponses posées, sa concentration de tous les instants, son envie d'apprendre. Au fil du temps, il se mit à remarquer toutes les petites grâces qui faisaient Isabella : ses manières impeccables, son écriture parfaite, sa modestie et les gentilles attentions qu'elle avait pour sa gouvernante. Par-dessus tout, il vit que son visage s'éclairait dès qu'il s'adressait à elle, qu'elle rougissait lorsqu'il la félicitait et qu'elle baissait souvent le regard d'un air timide, mettant sans le savoir ses longs cils en valeur.

Il prit conscience que sa présence illuminait la salle de classe tous les matins. Il se fichait bien qu'elle boite. D'ailleurs, c'est à peine s'il y avait fait attention. N'ayant eu aucun contact avec la gent féminine au séminaire, il en rêvait depuis longtemps. Un jour, il se mit à rêver uniquement d'Isabella et de ses beaux yeux.

Pour une jeune fille effarouchée ne connaissant pas d'autres hommes que ceux de sa famille, Alejandro était aussi éblouissant que le dieu Apollon dans son char de feu, et elle perdait tous ses moyens devant lui. Elle qui ne s'était jamais regardée dans la glace, hormis pour vérifier sa coiffure, commença à étudier minutieusement son reflet afin de comprendre ce qu'il voyait en elle. Elle fut plus attentive à ses tenues, mettant des couleurs qui lui allaient bien, complétant sa toilette par des bijoux, se parfumant les cheveux. Dès qu'elle le voyait elle était prise d'une angoisse terrible, persuadée qu'il allait remarquer ses efforts.

Alejandro passait de moins en moins de temps dans sa chambre adjacente à la chapelle familiale, préférant préparer ses cours dans la bibliothèque du comte. Pour cela, il devait traverser une cour intérieure où, incidemment, Isabella et sa duègne venaient s'asseoir l'après-midi avec leur couture. Pendant que cette dernière récitait son chapelet, ils échangeaient quelques banalités. Alejandro la regardait dans les yeux, se creusait la tête pour trouver quoi dire et finissait par bredouiller « Il fait beau, n'est-ce pas ? » ou « Ces cloches sont bruyantes ». À la consternation du jardinier, il cueillait les plus belles fleurs en pot pour les offrir à Isabella. « Elles sont assorties à votre fil à broder », disait-il en lui frôlant la main. Isabella le remerciait d'un sourire. Comme c'était gentil de sa part.

Alejandro finit par proposer de lui faire la lecture pendant qu'elle cousait – pour parfaire son éducation, naturellement. Son choix se porta sur *La Divine Comédie*, de Dante.

— Une allégorie de l'amour pieux ! expliqua-t-il, enthousiaste.

L'amour ! Isabella piqua un fard et se concentra sur son ouvrage, comme si elle n'avait jamais rien vu d'aussi captivant qu'une aiguille.

— D'accord. Je ne l'ai pas lu, mon italien n'est pas assez bon.

— Encore mieux ! Ainsi, vous en profiterez doublement – en plus de vous instruire, vous ferez des progrès dans cette langue.

Le problème, c'est que ce livre était un véritable hymne à l'amour. Et que discuter de ce sujet fort intéressant leur donnait en effet l'occasion de pratiquer l'italien, que la duègne ne parlait pas. Si cette dernière avait conservé l'ouïe de sa jeunesse, elle n'en aurait pas eu besoin pour remarquer avec quelle passion maître et élève comparaient l'amour courtois, qui ne vise rien d'autre que l'adoration platonique, et l'amour profane, qui vise bien davantage. Ils échangèrent tellement à ce sujet qu'Isabella avait de plus en plus de mal à rester détachée. Lorsque Alejandro était à ses côtés, l'air était plus doux et plus lumineux. Le son de sa voix la jetait dans le trouble le plus complet. Il faisait battre son cœur à tout rompre et rendait ses doigts si tremblants qu'elle faisait d'horribles nœuds dans sa broderie.

« *La gloriosa donna della mia mente* », « La glorieuse dame de mon esprit » – cette expression par laquelle Dante surnommait Béatrice résonnait encore à l'oreille d'Isabella, qui n'avait pas oublié avec quel sérieux Alejandro l'avait dévisagée en la récitant. Le soir dans son lit elle la répétait à voix basse, puis se rappelait que Béatrice était une femme pure et inaccessible, et que cette description devait être prise dans un sens chaste.

Et puis, un après-midi, la duègne fut contrainte d'aller soulager un besoin pressant et Alejandro interrompit sa leçon pour s'exclamer :

— Je dois parler maintenant, sinon j'en mourrai !

Il tomba à ses pieds et lui prit les mains avec ferveur.

— Vous êtes mon ange, ma fleur et la vraie dame de mon cœur. Je veux placer mon âme en votre pouvoir et ne plus vous cacher la vérité, qui est celle-ci : je ne suis pas un chrétien voué au célibat, mais un Maure avec des désirs d'homme. Je ne suis pas non plus

Dante, capable de vivre sans sa Béatrice. Je préférerais succomber que d'être séparé de vous.

— Un infidèle ! s'exclama Isabella, horrifiée.

Alejandro poursuivit sans se laisser décourager. Pour lui, cela n'avait rien de déshonorant qu'un musulman aime une catholique. De tout temps sa famille s'était unie à des membres d'autres religions et avait noué une longue amitié avec un couvent catholique – le couvent des Hirondelles, situé dans les montagnes au-dessus de la vallée où les Abenzucar avaient leur domaine. Jusqu'à la *Reconquista*, les femmes de sa famille allaient voir les sœurs, les jours de fêtes chrétiennes, pour leur donner des fruits séchés, des épices et des amandes ; en échange, ces dernières priaient leurs malades ou les femmes qui accouchaient, et partageaient les recettes des onguents qu'elles fabriquaient.

Isabella avait du mal à imaginer des relations aussi cordiales entre religieuses et infidèles, mais son air scandalisé s'atténua un peu.

— Si vous ne me croyez pas, dans la bibliothèque de votre père, il y a un livre qui prouve que je dis vrai. Il s'agit de la biographie d'un ermite, un *Cristiano Viejo* comme votre famille, qui a vécu dans ces montagnes il y a des centaines d'années et louait déjà l'intelligence des nonnes du couvent des Hirondelles, car elles avaient su nouer des relations pacifiques avec leurs voisins.

— Mais vous vous êtes converti, et cela change tout.

Le visage Alejandro s'assombrit lorsqu'il expliqua avoir agi sous la contrainte. Après 1492, les familles telles que la sienne avait eu un choix terrible à faire : être baptisé ou se voir confisquer ses richesses et devoir s'exiler. Le patriarche avait décrété que certains partiraient et d'autres resteraient. Plusieurs cousins avaient fui au Portugal, mais les parents d'Alejandro avaient dû se résigner à devenir chrétiens.

Une cérémonie avait eu lieu pour eux, leurs domestiques et les paysans rattachés au domaine. Une fâcheuse nécessité, avait songé son père, même s'il n'était pas question pour sa famille de l'honorer. Comment pouvait-il sérieusement envisager de renier Allah, le Seul et l'Unique ?

Mais les Abenzucar n'avaient pas imaginé que les autorités en viendraient aux pires extrémités pour s'assurer de leur conversion. En racontant cela, les yeux d'Alejandro se remplirent de larmes. Après la cérémonie, leurs amis et voisins de la vallée, des hommes, des femmes, des enfants et des vieillards avaient été regroupés devant un grand tas de bois et d'herbes sèches. Un document avait été lu à voix haute, expliquant le crime qu'ils avaient commis. C'étaient des apostats, baptisés mais pratiquant toujours la religion musulmane en cachette. Les Abenzucar avaient été forcés d'assister à l'autodafé qui s'était ensuivi, et les prétendus hérétiques avaient été brûlés vifs sous leurs yeux impuissants. Les hurlements de ces pauvres gens étaient une mise en garde sur ce qui attendait les faux chrétiens. Et un rappel que les adversaires de l'Église étaient aussi ceux de l'Espagne. C'est ainsi que le père d'Alejandro lui avait ordonné d'entrer dans les ordres, afin de dissiper les soupçons.

Que pouvait faire Isabella après de tels aveux ? Alejandro aurait dû être l'ennemi mortel de toute bonne catholique. Mais son cœur l'emporta sur tout ce que sa religion lui avait inculqué depuis la naissance, et de plus elle ressentait de la pitié, pour lui et pour les victimes.

— Dieu est grand ! Je vous aime et remets ma vie entre vos mains, conclut Alejandro.

Et lorsqu'il déposa un baiser à l'intérieur de son poignet, Isabella crut bien défaillir.

Il sursauta en voyant la duègne revenir.

— Votre secret est en sécurité. Jamais je ne vous trahirai, chuchota Isabella discrètement.

Les lèvres d'Alejandro lui manquaient déjà.

En classe, c'est à peine s'ils osaient se regarder à présent, mais chacun ressentait intensément la présence de l'autre. Alejandro jugeait désormais nécessaire de se pencher au-dessus d'Isabella pour lui indiquer un passage dans un livre. En retour elle disait : « Celui-ci ? Ou celui-là ? » en montrant une phrase au hasard sur la page, afin de le garder aussi longtemps que possible auprès d'elle.

Vint le jour où ils se retrouvèrent seuls dans la salle, excepté la gouvernante qui ronflait, et Alejandro l'embrassa dans le cou. Elle frissonna, bouche entrouverte et se tourna vers lui. Sans même s'en rendre compte, leurs lèvres se rencontrèrent. Isabella recula la première, murmurant que c'était un péché. Il répliqua que cela lui était égal et l'embrassa encore, si fougueusement qu'Isabella, transportée, ne protesta pas. La duègne remua dans son sommeil ; ils s'écartèrent vivement.

— Viendrez-vous me voir ce soir ? la supplia-t-il à voix basse.

Elle n'eut pas le temps de réfléchir que déjà elle répondait oui.

La gouvernante dormait à poings fermés dans un coin de sa chambre, mais au cas où elle se réveillerait, Isabella prit soin de glisser des oreillers sous ses couvertures, pour faire croire qu'elle n'avait pas bougé. Elle revêtit une chemise de nuit brodée, se parfuma à l'essence de rose, puis se glissa à pas de loup dans l'antichambre, descendit l'escalier et sortit par la porte de service dans la cour intérieure, où Alejandro la prit dans ses bras comme si c'était la chose la plus naturelle au monde.

Ils devinrent des amants passionnés, se retrouvant chaque nuit derrière les grands pots de fleurs de la cour, ou bien dans la chambre d'Alejandro où ils s'étreignaient sur son lit étroit. Les cheveux blonds d'Isabella tombaient en cascade sur ses épaules nues tandis qu'il lui récitait des sonnets de Dante entre deux baisers. Mais l'amour du poète n'était rien comparé au leur.

— Dante a à peine eu le temps de parler à Béatrice qu'elle en a épousé un autre, et elle est morte en ne lui laissant que ses yeux pour pleurer. À quoi bon connaître un tel amour ? dit un soir Isabella contre le torse fort d'Alejandro.

— Au moins, il a engendré un chef-d'œuvre de la littérature. Mais moi, ajouta-t-il en déposant un baiser dans ses cheveux, je n'aspire pas à être écrivain. Tout ce que je veux, c'est ne jamais être séparé de toi.

Ils prenaient tous les risques pour ces instants de bonheur fragile où rien n'existait sauf eux, redoutant le jour où Alejandro devrait prononcer ses vœux et où le sort d'Isabella serait scellé. Elle savait que son père envisageait un mariage, mais il y avait peu de chances pour que le prêtre renonce si facilement à la faire entrer au couvent. Quelle que soit l'issue, un avenir où elle serait privée de la chaleur de son amant lui semblait infiniment triste, une perspective aussi enviable que la mort elle-même.

Puis Isabella commença à se sentir nauséeuse au réveil, et un jour elle tomba en pâmoison alors qu'elle s'habillait pour aller à la messe. Lorsqu'elle reprit connaissance, elle vomit dans son mouchoir. Elle envoya sa femme de chambre chercher des citrons coupés en fins quartiers, car elle en avait soudain une folle envie. Celle-ci dit en passant ne pas avoir vu de traces de sang depuis un certain temps, quand elle nettoyait les sous-vêtements de sa maîtresse ; peut-être serait-il bientôt nécessaire de défaire les coutures de ses robes. La voyant prise de court, elle ajouta d'un air entendu que cette découverte intéresserait sans doute fort son futur mari. Isabella se souvint alors des nausées matinales de sa mère lors de ses grossesses successives, et de son appétit insatiable pour les citrons. La terrible vérité se fit jour.

La femme de chambre continua à jacasser sur les *conversos*, disant qu'ils étaient tous les mêmes et n'attendaient qu'une chose : soulever les jupes des chrétiennes. « Frère Alejandro, un jeune homme bien beau pour être un prêtre… Quel zèle il met dans vos leçons », minauda-t-elle, avant de mentionner que son oncle était membre de l'Inquisition. Il se trouve qu'elle aussi aspirait à en faire partie un jour, et son oncle lui avait fait passer une sorte de test, lui demandant de signaler tout comportement suspect dans la maison de son maître, en échange de quoi il glisserait un mot en sa faveur. Pas plus tard que la semaine précédente, elle lui avait rapporté que la cuisinière était juive en secret, et de connivence avec le diable pour tuer le bébé de la comtesse afin de l'utiliser dans un rite cannibale. La cuisinière avait été emmenée en hurlant son innocence. Une remplaçante avait été engagée – il ne fallait pas s'attendre à ce que l'autre revienne.

La domestique allait être récompensée pour cette information, à n'en pas douter. Mais ce ne serait rien comparé à la prime qu'elle recevrait si elle révélait qu'un enfant bâtard musulman était sur le point d'entacher l'honneur d'une grande famille chrétienne ! Ce qui lui faisait penser que sa maîtresse portait un bien joli bracelet. Isabella le défit en silence et le donna à sa persécutrice, avant de détourner le regard.

Lorsqu'elle annonça la nouvelle à Alejandro, il posa une main sur son ventre et s'exclama, émerveillé : « Un bébé ! La décision est prise pour nous, il nous faut nous marier ! Dieu est grand ! »

Mais Isabella était incapable de penser à autre chose que ce qu'il adviendrait si on découvrait sa grossesse. Elle se retrouverait aux mains d'enquêteurs prêts à tout pour lui soutirer des aveux accablant Alejandro. Elle serait emmurée vivante, et l'homme qu'elle aimait serait livré à l'Inquisition, torturé pour obtenir une confession, déclaré apostat et condamné au bûcher comme les pauvres gens sur son domaine.

Alejandro lui dit alors qu'il avait un plan. Ils allaient fuir au Portugal avant que la femme de chambre se lasse de la faire chanter et que son état commence à se voir.

— Mais comment ? rétorqua-t-elle, en larmes. Et quand ?

— Patience, ma bien-aimée ! Lorsque votre mère aura accouché et que tout le monde sera occupé à préparer le baptême.

En réalité, ce fut la mort de la comtesse qui leur fournit l'occasion parfaite. La messe de requiem impliquait qu'Isabella quitte le palais en compagnie de sa duègne, mais la vieille femme n'était qu'un obstacle mineur. Alejandro porterait des habits de paysan sous sa tenue de séminariste et elle en ferait de même sous sa cape. Leur plan était de s'éclipser après la messe, en se mêlant à la foule lorsque la famille partirait pour l'enterrement. Le caveau était un espace confiné où ni Isabella ni Alejandro n'étaient assez importants pour venir, et à cause des funérailles, le palais était en effervescence. Il faudrait plusieurs heures avant qu'on se rende compte de leur absence. Alejandro avait pris toutes les dispositions nécessaires grâce à la bourse de pièces d'or que son père lui avait confiée pour ses dépenses au séminaire. Une humble charrette, des mules et des provisions pour le périple les attendraient dans une ruelle voisine de San Nicolas de los Servitas.

Il leur restait un dernier détail à régler : établir un point de rencontre au cas où ils seraient séparés dans la bousculade. Alejandro avait dessiné un plan de l'église et marqué d'une croix une des chapelles, car il savait qu'à cet endroit-là, sous une tapisserie, une porte de service menait à la rue. Il serait là pour l'accueillir à la sortie.

Avec tous les prêtres dans la maison, Isabella s'inquiétait du rendez-vous qu'il avait fixé dans la cour intérieure à minuit, mais il lui certifia qu'après ces longues heures de veillée, ils n'aspireraient qu'à se coucher.

C'est ainsi qu'en se recueillant devant la dépouille de sa mère, elle pria ardemment, bien qu'avec une certaine culpabilité, pour que leur plan soit couronné de succès.

Ayant fui les odeurs peu ragoûtantes du hall, elle congédia la femme de chambre et fut soulagée de pouvoir desserrer son corset. Sa poitrine avait beaucoup gonflé. Cependant l'attente touchait à sa fin, bientôt elle serait libre. Elle patienta jusqu'à ce qu'il soit l'heure d'aller voir Alejandro, mit une cape par-dessus sa chemise de nuit et descendit par l'escalier au son des ronflements, s'agrippant à la rampe pour ne pas tomber dans le noir.

Dehors elle resta à l'affût, pieds nus et transie de froid, craignant qu'il ne se soit assoupi lui aussi. Enfin, elle entendit des bruits de pas légers et discerna une silhouette encapuchonnée. Elle se jeta dans ses bras en chuchotant,

— Oh, Alejandro, réchauffe-moi !

Au lieu de l'étreindre il se raidit, comme s'il était surpris, et la repoussa brutalement. Lorsqu'il baissa son capuchon elle découvrit non pas Alejandro, mais… le prêtre ! À cet instant une autre silhouette émergea de l'obscurité en murmurant d'un ton pressant :

— Isabella, vite ! Le prêtre est réveillé, mais je craignais que vous ne preniez…

— Vous ! cria ce dernier. Comment avez-vous osé séduire la fille du comte ? Insulter ainsi l'honneur d'une maison catholique ! Vous êtes le diable ! Un apostat, un faux chrétien !

Des domestiques apparurent en se frottant les yeux.

— Emparez-vous de cet homme ! rugit le prêtre.

Isabella s'effondra à ses pieds pour supplier, mais il était trop tard. Dans le tumulte qui s'ensuivit Alejandro fut emmené, encadré par quatre hommes robustes, en hurlant que tout était sa faute, qu'Isabella était innocente.

Le comte fut informé immédiatement, et au début refusa de croire que sa fille avait accepté d'elle-même un rendez-vous clandestin avec un subalterne, *converso* qui plus est. S'il avait su la vérité, il aurait passé les amants au fil de l'épée sur-le-champ. Mais puisque ce n'était pas le cas, il se contenta de faire fouetter Isabella jusqu'à ce qu'elle perde connaissance, puis de l'enfermer à clé dans sa chambre.

Le lendemain, il rompit les négociations en vue de ses fiançailles.

La femme de chambre lui apportait du pain et de l'eau une fois par jour. Isabella passait son temps à souffrir en silence. Un mois s'écoula ainsi, et Pâques fut bientôt là. Les marques des coups dans son dos guérirent. À mesure que les nausées s'estompaient, elle gagna en tour de taille. La sournoise domestique lui raconta à voix basse qu'avec l'hiver trop doux, une épidémie de fièvre s'était déclarée dans les quartiers pauvres de la ville. Apparemment une rançon avait été versée par la famille d'Alejandro pour qu'il ait la vie sauve, mais en contrepartie on l'avait envoyé travailler dans un dispensaire où la maladie faisait rage. Elle décrivit avec délectation l'enfer dans lequel il était tombé, jusqu'à ce qu'Isabella lui donne une broche pour la faire taire.

Lorsqu'elle se regardait dans le miroir, Isabella voyait bien qu'elle avait changé. Ses joues étaient creuses ; elle avait des cernes sous les yeux et les cheveux ternes qui tombaient par poignées. Elle avait l'impression de suffoquer dans la chaleur grandissante et de sentir en permanence une odeur nauséabonde. La peste était-elle aux portes du palais ? Sa femme de chambre insinua qu'il existait des solutions pour ne pas avoir le bébé, qu'il suffisait de dire des incantations et de trouver « une vieille qui saurait s'en charger ». Isabella fit la sourde oreille. Ce n'était pas la sorcellerie qui allait régler son problème. Elle se souvenait combien Alejandro avait paru heureux en apprenant la nouvelle, et ressentait tant d'amour pour cet enfant à venir que c'en était douloureux. La domestique se mit à piocher dans ses affaires en toute impunité – bijoux, gants, châles, rubans. C'est à peine si Isabella le remarqua. Elle ne pensait plus qu'à une chose : sauver le bébé.

Alejandro réussit à lui faire parvenir un mot où il l'appelait sa chère Béatrice, et sa lumière au fond de l'abîme. Elle devait l'oublier et ne plus penser qu'à elle et leur enfant ; et si elle trouvait le moyen de partir, elle devait se rendre dans la vallée des Hirondelles, où elle pourrait demander asile à la famille Abenzucar. Isabella embrassa la lettre pour remercier Dieu de cette lueur d'espoir. Il était en vie. Peut-être parviendraient-ils à fuir au Portugal, finalement… Dans son ventre le bébé donna un coup, comme un encouragement. La cupide servante pouvait-elle être convaincue de les aider à s'évader ? Isabella s'essaya à la fourberie. Elle lui rappela que l'Inquisition ne l'avait jamais payée pour avoir trahi la cuisinière, mais qu'elle pourrait se faire une coquette somme en acceptant de lui prêter main-forte. Comme prévu, l'autre consentit à jouer les messagères entre les deux amants, afin qu'ils élaborent un plan. Ils auraient besoin de mules, de nourriture, et de pots-de-vin pour les hommes qui gardaient Alejandro.

Mais un jour, la domestique vint lui annoncer qu'il était mort. Il avait succombé à la maladie, et son corps avait été jeté dans la fosse réservée aux indigents, derrière le dispensaire. Trop désespérée pour pleurer, Isabella ne montra aucune émotion. Avait-il succombé avec son prénom sur les lèvres ? Elle ne désirait rien tant que le rejoindre mais elle devait vivre, au moins jusqu'à la naissance du bébé. Elle n'avait plus le choix : elle devait trouver le moyen de rejoindre les Abenzucar tant qu'elle pouvait voyager. Et la scélérate qui lui servait de domestique était son seul espoir. Malheureusement, même ce lien ténu lui fut enlevé. Une nouvelle, sourde et muette, commença à lui apporter à manger, et Isabella ne revit plus jamais l'autre.

Espérant une récompense, cette idiote était allée révéler à son maître qu'Isabella et le *Morisco* correspondaient toujours et projetaient de se sauver ensemble. Il ne la crut pas, et pour étouffer l'ignoble rumeur, la fit enfermer à la cave sans manger ni boire. Là, avec les rats pour unique compagnie, la femme se consola en se disant qu'elle aurait quand même sa vengeance, car la précieuse lignée du comte allait être contaminée par le sang d'un hérétique ! Elle mourut misérablement en tentant de lécher les gouttes d'eau qui suintaient des murs humides.

Cloîtrée dans sa chambre, Isabella savait que chaque jour qui passait rendait la situation plus dangereuse. Mais par une ironie du sort, ce fut le prêtre qui lui ouvrit la voie de la liberté. Malgré tous les efforts du comte pour la faire taire, la rumeur selon laquelle un infidèle avait séduit sa fille s'était propagée dans les familles influentes de la ville. Il dut se résigner à écouter le maudit prêtre, pour qui la meilleure chose à faire était d'envoyer Isabella dans un couvent loin de Madrid, de préférence au sein d'un ordre où personne n'irait la chercher. Que cette pécheresse et le scandale qu'elle avait causé meurent dans l'oubli.

Lorsque le comte informa sa fille déshonorée de son départ imminent, Isabella l'écouta avec les yeux baissés et l'air soumis, afin de masquer l'espoir que ses paroles déclenchaient en elle. Se mettant à genoux, elle supplia son père de lui accorder le droit d'aller dans sa bibliothèque durant trois jours, afin de faire pénitence et de trouver un couvent selon son souhait. Il accepta et la congédia sans remarquer qu'elle était engoncée dans sa robe. Son infirmité lui avait toujours donné une posture un peu empruntée.

Dans la bibliothèque, Isabella entama une quête frénétique de l'ouvrage mentionnant le couvent au-dessus de la vallée où vivaient les Abenzucar. Elle finit par trouver ce qu'elle cherchait, un volume en piteux état avec des pages trouées qui la firent éternuer. Il avait été écrit par le disciple d'un ermite chrétien au temps des Maures. L'homme expliquait avoir rejoint son maître dans une grotte des montagnes andalouses, afin de partager son quotidien ascétique et rédiger ses enseignements pour la postérité. Mais l'ermite restait sans manger et sans parler pendant de si longues périodes que le disciple avait fini par aller à la rencontre des gens des villages environnants. C'est ainsi qu'il avait découvert la communauté des religieuses vivant dans ce que les Maures avaient baptisé la « maison des Hirondelles », et les chrétiens le « couvent de Las Golondrinas ».

Isabella n'avait jamais entendu parler des *Sors Santas de Jesus*, les Saintes-Sœurs de Jésus. D'après le biographe, l'ordre occupait ce site depuis bien avant les Maures, peut-être même depuis l'occupation romaine de l'Hispanie. Il était réputé pour les remèdes qu'il fabriquait, ainsi que pour ses actes de charité envers les pauvres, quelle que soit leur religion. Dans la région on croyait que ces nonnes avaient des pouvoirs spéciaux, accordés par Dieu. On disait que les hirondelles revenant chaque année étaient les âmes des sœurs mortes, et que le couvent était hanté par une grande femme vêtue d'une cape ondulant au vent. Isabella voyait surtout qu'il correspondait parfaitement aux critères de son père.

Mais le plus important, c'est qu'il était tout près du domaine des Abenzucar, dans la vallée. Pour l'instant, son unique objectif était de s'y rendre. Elle s'inquiéterait plus tard de ce qu'elle dirait aux parents de son bien-aimé pour les convaincre de la prendre. Réussirait-elle à dissimuler son état pendant un si long périple ? Elle n'avait pas le choix. Heureusement elle était mince, et pouvait rendre son ventre moins visible en exagérant sa claudication, ou bien en se penchant sur sa canne lorsqu'elle marchait.

Le comte n'avait jamais entendu parler de cet ordre non plus, mais il fit son enquête. Ce qu'il apprit lui donna une satisfaction macabre. Le couvent avait des liens avec les *Cristianos Viejos* et se situait loin dans la montagne, au bout d'une ancienne route romaine menant à la côte. Il demanda à ses notaires de préparer la dot religieuse de sa fille et dès que ce fut réglé, elle quitta Madrid, cachée derrière les rideaux d'une voiture. En revanche, le plan d'Isabella tombait à l'eau : son père la suivait à cheval.

Ils voyageaient, jour après jour, avec une atroce lenteur, Isabella priant pour qu'ils accélèrent, se cramponnant aux coussins, comptant encore et encore le nombre de mois écoulés sur ses doigts. Elle pensait arriver à temps, sauf si le bébé naissait plus vite que prévu. L'expérience compliquée de sa mère en matière d'accouchements avait alimenté d'innombrables discussions entre les domestiques de la maison, et Isabella avait davantage de connaissances sur ce sujet que la plupart des filles de son âge. Elle savait qu'il n'y en avait plus pour longtemps. Dans l'intervalle, une mule se mit à boiter. Ensuite, ce fut une roue voilée. Chaque fois, ils durent s'arrêter. Isabella pressait le cocher de questions. Combien de kilomètres, encore ? Mais le pauvre homme n'en savait rien.

Enfin, la route commença à devenir escarpée. Les animaux furent changés, puis le cocher. Lorsqu'elle redemanda, il montra la montagne devant eux et lui annonça enfin une bonne nouvelle : ils seraient au couvent de Las Golondrinas le lendemain. Cachée derrière les rideaux, elle caressa son ventre pour calmer le bébé, qui lui donnait des coups. Le temps qu'ils s'arrêtent dans un refuge pour la nuit, une douleur sourde l'avait prise dans l'abdomen et le bas du dos. Cela revint par vagues de plus en plus fortes qui l'empêchèrent de dormir, et Isabella se recroquevilla sur sa paillasse, terrorisée.

7.

Couvent de Las Golondrinas, été 1505

Au petit matin, l'attelage monta le dernier tronçon au pas tant c'était raide, avant de s'arrêter enfin. Se sentant mal à cause de la route en lacet, Isabella se pencha à la fenêtre pour prendre de grandes bouffées d'air pur, après la chaleur écrasante des plaines. Ses boucles en or brillèrent au soleil lorsqu'elle tourna la tête pour au moins poser les yeux sur la vallée fertile où son bien-aimé était né. Les oliveraies s'étendaient à perte de vue, et au loin elle entendait les bergers appeler leurs chèvres. La montagne était émaillée de villages aux maisons d'un blanc aveuglant.

Le soulagement à l'idée d'être arrivée à destination, ainsi que la bonne odeur de pommes de pin et d'herbe fraîche, apaisa ses nerfs et ses douleurs abdominales. Elle se tordit le cou pour mieux voir le couvent, sa grande porte, ses fenêtres à barreaux et le nombre étonnant d'hirondelles qui volaient autour du clocher. Hormis la croix clouée à ce dernier, l'endroit aurait pu être une énième forteresse maure laissée à l'abandon. Ils en avaient vu beaucoup en chemin, qui tombaient dans l'oubli depuis la *Reconquista*. Là, comme c'était décrit dans le livre du disciple, une statue tendait la main vers les oiseaux de pierre sculptés à ses pieds, si réalistes qu'ils semblaient prêts à prendre leur envol. Isabella ferma les yeux, et l'espace d'un instant, ce ne fut plus la brise légère mais le souffle de son bien-aimé qu'elle sentit sur sa joue.

Cela la réconforta – mais un moment seulement. La douleur reprit de plus belle dans le bas-ventre, insistante. Sa respiration s'accéléra, et des gouttes de sueur perlèrent sur sa lèvre supérieure. Elle regarda son père, qui n'en finissait plus de discuter avec le palefrenier, et étouffa un cri en mordant son mouchoir. Tentant de ne pas y penser, elle chercha à se rappeler ce que le disciple avait écrit au sujet cet endroit.

Avant la construction du couvent, des déesses païennes avaient été vénérées par des femmes arrivées par hasard dans ce lieu isolé. Les Phéniciens avaient laissé des tessons de poterie votive, des amulettes, ainsi qu'une stèle où il était écrit en langue punique qu'ici se trouvait un sanctuaire de la déesse Astarté. À en croire Pline, des Carthaginoises avaient été abandonnées là le jour où Hannibal avait réquisitionné leurs époux pour attaquer Rome en traversant les Pyrénées, puis les Alpes à dos d'éléphant. Elles avaient décidé de dédier cet autel à leur propre déesse, Tanit. Puis, à l'époque d'Hadrien, des soldats aventureux étaient partis en quête de la légendaire communauté de femmes réfugiées dans la montagne. Mais le dieu des chrétiens, ainsi que l'importance croissante de la Vierge, avaient fini par avoir raison des connotations païennes…

La contraction se calma et Isabella cessa de se remémorer pour voir ce qui retenait son père. L'instant d'après, elle devait s'agripper à la fenêtre tant elle avait mal. Il fallait qu'elle entre dans ce couvent. *Vite.*

Enfin, le cocher lui ouvrit. « Venez », ordonna le comte d'un ton cassant. Elle ne pouvait descendre sans son aide et, ramenant le gros de sa jupe devant, elle tendit la main en faisant un effort suprême pour ne pas grimacer. Elle était en nage. La vie de son enfant dépendait de sa capacité à ne rien révéler… Elle implora les contractions d'attendre, ils n'étaient plus très loin… Quelques pas encore…

Ils atteignirent la grande porte et le comte frappa bruyamment. Une trappe s'ouvrit et une voix de femme demanda qui était là. Il donna leurs noms ainsi que leurs titres et la porte s'entrouvrit juste assez pour laisser passer une personne. La douleur reprit de plus belle et Isabella se retint de respirer, laissant échapper un gémissement. Son père semblait particulièrement satisfait de voir sa réticence à le quitter. Il se trompait : c'était à cause du liquide brûlant qu'elle sentait couler entre ses cuisses. Elle s'inclina pour lui baiser la main et prit l'unique revanche qu'elle avait à disposition. « Adieu. À compter de cet instant, je laisse mon prénom entaché de péchés dans la poussière à vos pieds. Si je dois rester dans vos prières, que ce soit en tant que sœur Beatriz, le nom que je prendrai le jour où je prononcerai mes vœux. »

Elle le lâcha brusquement, se détourna et entra au moment où une main pâle l'attirait à l'intérieur. La sœur portière salua le comte en silence et referma derrière elles. Isabella s'agrippa alors à son bras et tomba à genoux avec un cri qu'elle ne pouvait plus réprimer – parce qu'elle souffrait et qu'elle était piégée. Son plan avait échoué. Jamais elle ne rejoindrait la famille Abenzucar, à présent !

8.

Couvent de Las Golondrinas, été 1505

Isabella haletait sur son petit lit inconfortable, s'obligeant à fixer son attention sur les deux nonnes vêtues de noir et la *beata* en habit marron qui se relayaient à son chevet. À part quelques bougies allumées, la pièce était sombre. Elle ne savait pas depuis quand elle était là, aux prises avec une souffrance qui était effroyable, comme une bête monstrueuse, revenant sans cesse à la charge pour lui arracher les entrailles. Serrant les dents, elle gémit en la sentant approcher. Lorsque la douleur reflua, elle regarda d'un air frénétique autour d'elle, la chambre nue, les ombres aux murs. Comment était-elle arrivée ici ? Tout était irréel et nouveau – le lit, les femmes autour d'elle, son corps. Comme elle aurait voulu dormir. Son père… Un voyage… La porte… Elle avait le plus grand mal à réfléchir, voilà que cela revenait… Elle tenta de résister à l'envie de crier. Elle haleta, serra les poings. Mais un hurlement s'échappa d'elle malgré tout, car cette fois, c'était plus fort et cela durait.

Lorsqu'elle retrouva enfin son souffle, la *beata* essuya son front brûlant et lui dit de sucer un linge humide, au goût amer d'herbe médicinale. La douleur s'estompa, mais elle fut prise de vertiges. Que s'était-il passé ? *La sœur portière*, se souvint-elle confusément.

Elle avait refermé derrière elles et appelé… Le bébé – oh mon Dieu, voilà que ça revenait !

Pendant toute cette longue nuit et le lendemain, Isabella divagua, consciente uniquement d'être dans un cauchemar où elle souffrait atrocement. Enfin, ouvrant les yeux, elle vit l'air inquiet des nonnes qui discutaient à voix basse et lui tapotaient la joue pour la garder éveillée. Elle tenta de les chasser.

À ce moment-là, une voix autoritaire pénétra son esprit épuisé et la somma de pousser, *pousser !* L'ordre fut répété. La voix se fit insistante, obligeant Isabella à essayer d'obéir, mais elle n'avait plus aucune force. Quelqu'un la prit par les poignets pour la redresser, des mains lui maintinrent le dos et la voix retentit mais comme de très loin, disant maintenant, MAINTENANT… Une odeur écœurante de sang chaud remplit la pièce. Isabella entrevit le visage de sa mère morte, mais la défunte écarta son linceul en dentelle noire pour s'écrier : « Maintenant ! Maintenant ! »

Isabella fit un effort surhumain, et lorsqu'elle retomba en arrière elle avait la certitude d'être à l'agonie. Elle tremblait sans pouvoir s'arrêter, elle avait froid, elle était loin, très loin. On la força à écarter les lèvres, mais elle ne sentait plus rien. Le bébé… Elle détourna la tête à la dernière seconde pour les implorer de sauver le bébé. Mais elles étaient plus fortes qu'elle, un liquide pénétra dans sa bouche et elle n'arrivait plus à parler, elle s'étranglait… Du poison… L'obscurité l'enveloppa et elle s'abandonna.

Lorsqu'elle revint à elle, le soleil entrait à flots par l'étroite fenêtre et, au-dehors, des oiseaux faisaient grand bruit. Son entrejambe était irrité, à vif, et son ventre lui paraissait à la fois lourd et plus léger. Elle le tâta d'une main faible et eut la surprise de voir qu'il était plus plat, car fermement emmailloté. Elle portait une chemise de nuit en lin grossier et on avait tressé ses cheveux. Des femmes en noir s'affairaient en parlant à voix basse. L'une tenait une bassine d'eau ; l'autre rangeait des fioles dans un petit coffre. Près de la fenêtre, une troisième secouait légèrement le paquet de linge qu'elle avait dans les bras. Soudain, le paquet se mit à pleurer.

On dirait un bébé, songea Isabella. C'est à ce moment-là que la mémoire lui revint.

Et puis tout s'agita autour d'elle, quelqu'un dit « *¡Deo gratias!* » Soudain, la voix ferme qui lui avait ordonné de pousser était là. Une religieuse, le visage large et plutôt sévère encadré par une guimpe, se pencha au-dessus du lit en gardant les bras dans les manches de son habit. Le pendentif qu'elle avait au cou oscilla dans le vide, puis le chapelet à sa taille. Elle dégageait un air de franche autorité.

— Je suis l'abbesse du couvent. Comment vous sentez-vous ? Si vous ne pouvez pas parler, reposez-vous et je reviendrai plus tard.

Isabella était au désespoir. On était venu lui prendre le bébé ! Sa gorge se serra lamentablement et elle se mit à scruter le médaillon qui oscillait sous ses yeux. Il y avait un oiseau dessus, et si elle continuait à le fixer, tout irait bien…

— Isabella ! Regardez-moi ! exigea la voix.

Elle leva des yeux terrifiés.

— Révérende Mère abbesse… Le bébé est innocent.

— Ah, c'est mieux ! Vous avez donc une langue, jeune fille. Vous nous avez fait très peur, nous avons bien cru que l'enfant n'allait pas sortir. Mais grâce à Dieu, vous y êtes arrivée. Vous voilà mère d'une fille, que nous avons baptisée Salome en pensant que vous n'alliez pas lui survivre. Vous voulez la prendre ? Cela fait cinq jours qu'elle pleure après vous. C'est bien beau d'avoir une nourrice, mais c'est encore mieux si sa maman peut l'allaiter.

Salome ? L'allaiter ? Le bébé poussa un cri vigoureux et Isabella grimaça de douleur en tentant de s'asseoir. Elle sentait une pression désagréable dans la poitrine.

— Oh, que m'arrive-t-il ?

Deux cercles humides s'élargirent sur le devant de sa chemise de nuit.

L'abbesse acquiesça d'un air approbateur.

— La montée de lait, parfait. Je vais vous montrer comment procéder.

Elle l'aida à se redresser grâce à sa poigne robuste, puis fit venir le bébé.

— Baissez votre chemise, comme ça.

Une sœur déposa l'enfant dans le creux du bras d'Isabella, tout contre son sein. Sentant un mamelon lui frôler la joue, Salome se tourna vivement, referma sur lui sa minuscule bouche et eut un frisson de plaisir en se mettant à téter goulûment.

Isabella avait beau être épuisée, un sourire enchanté éclaira son visage en voyant ce petit être humain à la peau rose tout contre elle.

— Comme elle est belle ! Elle a déjà des cheveux très épais ! Et ses doigts, ils sont adorables !

Le nourrisson ouvrit un œil et observa sa mère, comme pour dire : « *Forcément, tu t'attendais à quoi ?* » Puis il retourna à son repas. Isabella le serra fort dans ses bras protecteurs.

— Je présume que votre père ne savait pas, lui dit l'abbesse.

— Non, répliqua Isabella, hésitante.

— C'est bien les hommes, tiens ! Ils ne voient que ce qu'ils ont envie de voir. La sœur portière a aussitôt compris et a eu l'intelligence de refermer à la hâte.

L'abbesse l'observa d'un air sévère.

— Vous avez eu raison de cacher votre état jusqu'au bout. C'est sans doute ce qui vous a sauvé la vie à toutes les deux.

Isabella lui demanda craintivement :

— Allez-vous me renvoyer à Madrid ?

— Est-ce là votre souhait ?

— Non.

— Et le père du bébé ?

— Il est mort, murmura-t-elle en caressant la tête de Salome. Mort. Il… Je me suis arrangée pour venir ici, car sa famille possède un grand domaine dans la vallée…

— Vous voulez parler des *Abenzucar* ?

Isabella acquiesça en retenant son souffle.

L'abbesse parut réfléchir.

— Hum, je connaissais le cadet quand il était petit. Il venait nous voir avec sa mère et ses tantes. C'était un garçon doux, intelligent. Il allait à l'église, je m'en souviens. Il faut dire qu'il était pris en otage, après la conversion de sa famille.

— Il m'a tout raconté, confirma Isabella. C'était le précepteur de mes frères, au palais. Nous avions prévu de fuir au Portugal, mais le pot aux roses a été découvert et il m'a fait promettre d'essayer de rejoindre sa famille. Malheureusement, mon père m'a accompagnée jusqu'ici… Et cela n'a pas pu se faire. À présent, je me dis que les parents d'Alejandro verraient uniquement en moi la femme qui a causé la perte de leur fils, et qu'ils me haïraient même s'ils étaient prêts à prendre Salome. Et alors, nous serions séparées pour toujours.

— Ma chère, vous êtes injuste envers les Abenzucar. Ceci étant, si quiconque apprend la vérité, il y aura des conséquences terribles pour eux, le bébé et vous. Vous avez tout intérêt à rester ici avec Salome sans jamais révéler votre secret.

— Rester ici ? répéta Isabella d'une voix rêveuse. Je ne peux tout de même pas faire vœu de chasteté !

— Hum, nous sommes toutes des pécheresses, vous savez. La vie est précieuse, et les enfants sont une bénédiction. Quantité de religieuses ont été mères – prieures, abbesses, saintes, même. Nous envisageons cela comme un état sacré. Alors que l'Église a tendance à voir la chasteté de manière… différente. Les hommes lui confèrent une portée spirituelle inutile et s'en servent pour contrôler les femmes. Au contraire, nous considérons la rupture avec les liens familiaux comme un moyen de progresser dans la prière et l'étude, de mieux consacrer notre existence à servir Dieu. Néanmoins, c'est à vous de voir. Vous pouvez vous confesser à moi et décider plus tard de rester ou pas. Libre à vous également de prononcer vos vœux ou pas.

Cette conversation était de plus en plus étrange.

— Me confesser à vous ? Vous ne voulez pas plutôt dire à un prêtre ?

— Ah, le prêtre ! fit-elle en levant les mains avec dédain. Nous en avons un, vous avez raison, mais il passe la majeure partie de son temps à faire la sieste. L'Église veille à ce que notre communauté de pauvres femmes faibles ne soit jamais sans, car en toute circonstance l'homme se doit de maintenir la femme sous sa coupe. Bah ! Ceux qu'on nous envoie sont toujours si vieux et gâteux qu'il faut ensuite s'occuper d'eux jusqu'à leur mort. Fort heureusement, l'abbesse du couvent de Las Golondrinas est en droit d'entendre les confessions et de donner l'absolution.

Isabella la dévisageait, bouche bée. L'abbesse se permit un petit sourire.

— Oui, il s'agit d'une dispense spéciale accordée par saint Valère, évêque de Saragosse, avant de mourir en martyr sous le règne de Dioclétien. Il s'inquiétait de l'isolement de notre communauté dans la montagne, mais espérait aussi que notre exemple encouragerait les villageoises à vivre dans le célibat, explique l'abbesse qui leva les yeux au ciel, comme si elle demandait au Seigneur de lui accorder de la patience. Je me demande souvent si les ecclésiastiques ne préféreraient pas voir la procréation disparaître carrément. Jusque-là aucun pape n'a osé révoquer cette dispense, car nous avons des amis puissants à Rome, qui…

Dans une pièce voisine, une femme poussa un cri perçant et l'abbesse se leva vivement.

— Je vous ai fait porter un repas, l'informa-t-elle en lui tapotant la main. Essayez de manger, et de vous reposer. Nous reparlerons plus tard. Je dois aller assister une paysanne venue accoucher ici, et j'ai bien peur que cela ne se présente pas bien. Venez mes sœurs, n'oubliez pas le coffre à potions et apportez-moi des linges propres, je vous prie.

Les quatre religieuses partirent prestement, laissant Isabella seule avec un bol fumant sur un tabouret près d'elle, un peu de pain, une pêche et une coupe de vin. Salome s'était endormie. Isabella l'allongea délicatement à côté d'elle et attaqua la soupe, qui avait un goût d'herbes aromatiques. Il y avait un œuf poché dedans, et Isabella se dit qu'elle n'avait jamais rien mangé d'aussi bon. Elle essuya les dernières gouttes avec son pain puis savoura le fruit lentement, laissant le jus couler sur son menton. Elle prit une gorgée de vin. Son calvaire était terminé, le fardeau qui avait été le sien pendant si longtemps ne pesait plus sur ses épaules, et même si elle avait encore du mal à le croire, le bébé et elle étaient en vie. Son soulagement était si grand qu'elle en pleura, et elle eut soudain la certitude qu'elle resterait. Elle serra fort Salome et murmura contre sa peau douce : « Nous sommes en sécurité, ma chérie. Ton père nous a amenées ici et son esprit sera toujours avec nous. Dieu est grand, Salome. Dieu est grand. »

9.

Extrait de la Chronique des Saintes-Sœurs de Jésus, couvent de Las Golondrinas, Andalousie, janvier 1509

La paix soit sur celles et ceux qui liront ceci.

Sur ordre de l'abbesse, je soussignée, sœur Beatriz, scribe du couvent de Las Golondrinas, déclare entamer la rédaction d'une Chronique des Saintes-Sœurs de Jésus. Nous espérons ainsi que quoi qu'il advienne, ces annales contenant les traditions qui nous guident ainsi que l'Évangile de notre Fondatrice survivront, et qu'à l'avenir elles pourront attester de la vérité.

Selon l'abbesse, il faut s'imaginer un étranger à l'ordre qui ouvrirait peut-être ce livre d'ici plusieurs années. Afin de présenter au mieux le contenu de la Chronique à ce lecteur, elle croit bon que je commence par ma propre histoire et les circonstances dans lesquelles on m'a désignée scribe. Autrement, jamais je ne m'appesantirais sur ma personne, c'est certain. Mais il est de mon devoir de lui obéir en toute chose.

Après trois années de noviciat, suite à la naissance de ma fille Salome, j'ai prononcé mes vœux définitifs et pris le nom de sœur

Beatriz le jour de son anniversaire. Elle a partagé ma joie et s'est assise à mes côtés lors du repas qui nous attendait dans la *sala grande*. Les sœurs l'ont gavée de sucreries comme si elle avait été un oisillon.

Salome partage ma cellule. L'abbesse a décidé qu'elle n'irait pas dans le dortoir, disant de sa manière franche et directe qu'au moins un enfant dans ce couvent grandirait auprès de sa mère. Je n'aurais jamais osé espérer tant d'indulgence de sa part. Comme elle partage le quotidien d'une nonne, Salome se réveille brièvement lorsque je me lève pour les laudes, puis me rejoint à la chapelle pour la messe. Elle est très obéissante et comprend que sa mère doit garder le silence à certains moments, et qu'à d'autres, je suis très occupée. Elle passe ses journées avec les orphelines, à jouer à la poupée, pendant que je fais mon travail. Le reste du temps, elle se fait cajoler, gronder, et raconter des histoires de la Bible par toutes les sœurs. En vérité, je la partage avec un grand nombre de mères.

Je m'attendais à ce que l'abbesse me confie les tâches les plus humbles mais elle a souhaité que j'assiste sœur Angela qui régnait sur le scriptorium depuis plus de trente-cinq ans. Sœur Angela était un modèle de foi, mais aussi une farouche gardienne de son domaine. Sous sa direction, j'ai dû épousseter, cataloguer les ouvrages et les manuscrits, nettoyer l'encrier, préparer les plumes d'oie, moucher les bougies, vérifier les sceaux et la cire, m'assurer qu'il y ait toujours de la poudre à disposition en cas de tache, et enfin surveiller que chaque orpheline ait bien son missel, ainsi qu'un livre sur la vie des saints. Sœur Angela n'était pas du genre à s'extasier mais une chose lui plaisait particulièrement, chez moi : mon écriture. Elle a répété maintes fois combien c'était une bénédiction que l'on m'ait appris à écrire aussi soigneusement. Lorsqu'elle est morte dans son sommeil il y a un mois, l'abbesse a décidé que j'étais la mieux placée pour reprendre ses fonctions.

Jusqu'ici, en tant que scribe, elle s'occupait avant tout de la correspondance : elle répondait aux courriers administratifs, ainsi qu'aux nombreuses requêtes pour préparer des remèdes et savoir ce que nous gardions dans notre infirmerie. Mais elle avait aussi la responsabilité des documents conservés dans le scriptorium. Notre abbesse, qui est jeune et efficace, n'a jamais aimé la méthode consistant à écrire sur des parchemins prompts à être égarés, et pensait que nous devrions avoir une Chronique digne de ce nom. Entre autres, cela aurait permis de relater avec précision toutes les occurrences où notre Fondatrice bien-aimée est apparue en vision. Chaque fois, c'était dans un but spécifique, pour donner un conseil ou un avertissement. Et ses paroles étaient transcrites, afin de pouvoir être relues si nécessaire.

Naturellement, le scriptorium a toujours été ouvert aux sœurs. Il en va ainsi depuis les débuts de notre communauté. Le savoir est partagé et toutes les nonnes sont éduquées : elles savent lire et écrire, apprennent l'arithmétique et le latin. Mais sœur Angela n'autorisait personne à toucher les parchemins et insistait pour qu'ils soient rangés dans une niche située derrière un rideau – et dans un certain ordre, qu'elle seule connaissait. L'abbesse elle-même hésitait à les consulter, car c'était toute une affaire mais aussi parce qu'elle redoutait la réaction de sœur Angela. Tant que celle-ci était en vie, rien n'aurait pu changer.

Ce que ma prédécesseure ne savait pas, c'est que j'avais aussi pour mission de la surveiller, car il n'était pas rare qu'elle renverse une bougie sans faire attention. Mais en réalité, mettre le feu au scriptorium n'aurait pas été pire que sa méthode de rangement tyrannique.

La semaine dernière, je m'apprêtais à rédiger une lettre lorsque l'abbesse a demandé à lire le récit de la dernière apparition de notre Fondatrice, qui datait de trente ans. Ne voulant pas me déranger elle s'est dirigée vers la niche, mais je venais à peine de tremper ma plume dans l'encrier qu'elle s'est mise à crier. Je me suis hâtée autant que j'ai pu avec ma jambe impotente, craignant qu'elle ne soit tombée sur un nid de vipères qui l'auraient mordue. Hélas ! Son émotion était due au triste spectacle qui l'attendait derrière le rideau : nos chers parchemins en peau d'agneau avaient été mordillés, malmenés, certains réduits en lambeaux. Maudits rats ! Devant l'ampleur de la perte, nous avons versé quelques larmes.

— Peut-être n'est-ce pas aussi catastrophique que ça en a l'air, a dit l'abbesse lorsqu'elle eut repris contenance. Mais elle se trompait. Même sans les dégâts des rongeurs, beaucoup se désagrégeaient, rendus illisibles par le temps et les moisissures. Quelques-uns se sont réduits en poussière à notre toucher.

Nous sauvions ce qui pouvait l'être lorsqu'elle s'est interrompue pour me dire, l'air soucieux :

— Un courrier du Saint-Office de l'Inquisition m'a interpellée. Il m'a aussi rappelé le dernier présage de la Fondatrice. Dans mon souvenir c'était peu après les noces de la reine Isabelle et du roi Ferdinand. Elle venait nous prévenir qu'ils avaient fait le serment d'unifier le royaume d'Espagne dans la religion catholique et, avec la bénédiction du pape, de purger le pays des infidèles en renforçant les pouvoirs de l'Inquisition. Elle nous mettait également en garde contre les horreurs à venir, et nous disait comment protéger l'Évangile. C'est l'information que j'étais venue chercher, car il est dit dans le courrier qu'ils vont organiser l'inspection systématique des établissements bénéficiant d'une protection en haut lieu, tel que notre couvent. D'après eux, « si la famille royale se porte garante, il est impératif de confirmer à intervalles réguliers la pureté de la foi et l'absence d'hérétiques ». De toute évidence ils recherchent des musulmans et des juifs. S'ils n'en trouvent pas, je sais qu'ils disposent de méthodes pour les débusquer. Les *conversos*, par exemple, sont automatiquement suspects. « Je vous le dis, sœur Beatriz, ce que fait l'Inquisition est mal ». Quelle idée de semer la discorde parmi ceux qui servent Dieu en aidant les pauvres. Notre ordre a toujours vécu en paix, que ce soit sous les Romains ou les

Wisigoths, et plus encore sous les Maures. Nous avons le plus grand respect pour le prophète Mahomet, et malgré les apparences, juifs, musulmans et chrétiens ont beaucoup en commun, car en fin de compte seul Dieu peut nous juger. Et voilà que l'Église cherche à provoquer la discorde, peut-être même un bain de sang. Nous ne pouvons pas rester les bras croisés.

Elle avait mis les fragments en tas, mais c'était un puzzle impossible à reconstituer.

J'ai alors fait une découverte providentielle – un parchemin plus récent, qui s'en était mieux sorti.

— Je crois que j'ai trouvé. Ce morceau correspond à celui-là. Voyez… La phrase a un sens… « *Sous le règne d'Abu al-Hasan Ali, sultan de Grenade, notre fondatrice est apparue…* »

— Un miracle ! s'est-elle exclamée. *Deo gratias.* Pouvez-vous déchiffrer le reste ?

— Je vais tenter de recopier ce qui est lisible, afin d'en dégager le sens. Abbesse, cela me fait penser… Pourquoi ne pas en profiter pour débuter une Chronique de notre ordre, comme vous l'avez toujours souhaité ? Nous pourrions utiliser le cadeau de la famille Abenzucar.

Aujourd'hui encore, ce nom n'est guère facile à prononcer pour moi. Ils ont fait un très beau don au scriptorium : un grand livre doté de pages en papier vélin, si fines qu'elles en sont presque transparentes et d'une qualité bien supérieure aux parchemins qui empestent la chèvre. Il est relié en cuir et a même une hirondelle dorée sur la couverture. Les Abenzucar l'ont envoyé en remerciement d'un baume à base d'herbes de notre jardin, impossibles à cultiver dans la vallée, et qui a réussi à guérir la cadette de la famille après un accouchement difficile. Ils craignaient pour sa vie mais elle s'est remise, *Deo gratias*. La tante de Salome.

— Un livre sera beaucoup plus simple à protéger, et il durera de nombreuses années.

L'abbesse a hoché la tête vigoureusement.

— N'oublions pas que Dieu a toujours un dessein lorsqu'Il nous envoie des épreuves. Vous avez raison, servons-nous du livre des Abenzucar. Il est épais, et si vous écrivez petit et serré il pourra contenir quantité de choses. Et puis, j'y vois un autre avantage. Notre Évangile est en piteux état. Par prudence, il devrait être recopié dans la nouvelle Chronique.

L'Évangile ! Je n'y avais pas pensé, mais c'était une bonne idée. Il avait beau être à l'abri des rats, le passage du temps le fragilisait. Les sœurs le connaissent par cœur, bien entendu, car la coutume veut que la veille du jour où elles prennent le voile, l'abbesse leur accorde une audience spéciale lors de laquelle elle donne sa bénédiction et leur montre notre plus grand trésor. Lorsque mon tour est venu, je l'ai regardée sortir l'Évangile délicatement de son coffret en argent. Le précieux document m'a fait penser à des feuilles d'automne sèches, tant il s'effritait au moindre geste. À la vérité, ce n'est guère mieux que les parchemins.

L'abbesse a raison, cet Évangile doit être vite recopié ou il sera perdu. Mais il doit également être caché aux Inquisiteurs, pour les mêmes raisons qu'ils ne doivent pas trouver cette Chronique relatant les apparitions de la Fondatrice, ni le médaillon. Par leur simple existence, tous deux sapent le pouvoir d'une Église où les hommes ont façonné Dieu à leur image et nié la vraie spiritualité des femmes. Leur découverte nous condamnerait, et la destruction qui s'ensuivrait empêcherait la vérité de voir le jour, alors que l'abbesse souhaite ardemment le contraire.

— Voici ce que nous allons faire, a-t-elle tranché en se levant. Écrivez l'Évangile dans les pages du milieu – en latin, comme je vous l'ai appris – et que notre Chronique soit rédigée tout autour, afin de symboliser l'adhésion de notre ordre au livre saint. Si les deux sont ensemble, cela facilitera grandement la compréhension du lecteur que j'appelle de mes vœux. Dites à la bonne de nettoyer le scriptorium et de mettre les restes de parchemin au feu quand vous en aurez terminé avec eux.

Obéissant à l'abbesse, j'ai travaillé jusque tard dans la nuit pour reconstituer le récit de la dernière apparition de la Fondatrice, et que voici :

> *1470 après Jésus-Christ. La paix… Sur tous ceux qui… Règne d'Abu al-Hasan Ali, sultan de Grenade… L'abbesse a eu une vision… Fondatrice… Un présage… L'infante a défié le roi Henri IV de Castille… Ferdinand d'Aragon… L'Espagne, royaume de Dieu… Les Maures, écrasés et bannis… La reine Isabelle… Pèlerinage à Las Golondrinas… L'ancienne route carthaginoise… Prenez garde, car l'Inquisition fera… Souvenez-vous des Cathares à Carcassonne… Une mission l'Évangile… Grande Canarie… Le médaillon.*

L'abbesse et moi l'interprétons comme la confirmation de l'intérêt des Inquisiteurs pour le couvent, à cause de la reine Isabelle. Celle-ci est effectivement venue après la défaite des Maures, et nous a juré protection afin d'honorer le courage d'un ordre chrétien ayant su garder intacte la flamme de la foi à travers les siècles de ténèbres imposés par les musulmans. À ce jour, les femmes haut placées à la cour restent nos alliées, mais la Fondatrice voulait aussi nous rappeler le sort réservé aux Cathares « hérétiques » par l'armée « catholique », qui a détruit la ville de Carcassonne et ordonné de brûler sur le bûcher tous ceux qui refusaient d'abjurer. En revanche, sous-entendait-elle que nous devions établir une mission sur l'île de Grande Canarie, afin de mieux protéger le médaillon et l'Évangile ?

Mais quand ? Et comment ?

Été 1509

C'est à la belle saison, quand la route est praticable, que les fillettes arrivent. Nous en avons recueilli deux aujourd'hui. Elles sont toutes deux bien habillées, et ne doivent pas avoir plus d'un an. J'ai noté le montant de leur dot dans le registre des Dots Religieuses. Je n'ai pas d'autre information à consigner : elles n'ont pas de nom et prennent celui qu'on leur choisit. D'après ce que l'on sait, des dispositions sont prises pour que ces enfants quittent la cour dans le plus grand secret grâce à des entremetteurs scélérats, dans le but avoué que personne ne connaisse leur destination finale. La plupart arrivent accompagnées de paysannes incapables de révéler quoi que ce soit sur leur identité.

Pauvres petites innocentes, à qui l'on n'a même pas pris la peine de donner un prénom. Si tant est qu'elles soient vivantes, manquent-elles à leurs mères ? Lorsque je songe que j'aurais pu être séparée de Salome aussi, je remercie Dieu tous les jours de nous avoir guidées jusqu'à ce refuge. J'ai entendu dire que mon père est à présent convaincu – peut-être a-t-il été informé par un domestique – que j'étais enceinte lorsqu'il m'a laissée ici. Il a juré de se venger, mais avec la protection de Dieu, je ne crains rien.

Hiver 1510

L'hiver est dur, la neige tombe sans discontinuer sur les montagnes. Mais par miracle, la source du jardin des pèlerins ne gèle pas.

Salome a commencé l'école et apprend ses prières en latin. Elle joue à « écrire » sur une petite table faite de planches en bois. Elle entend me copier en tout et reste assise pendant des heures, très concentrée, afin de s'entraîner à retranscrire les lettres de l'alphabet.

Et puis soudain elle me regarde, et un sourire adorable illumine son visage – c'est exactement celui de son père lorsque j'entrais dans sa salle de classe, le matin.

Des faits merveilleux ont eu lieu, que je me dois de consigner. Le ciel s'est rempli d'étoiles filantes au moment de l'Épiphanie, trois nuits de suite. Malgré le froid, un amandier a fleuri très en avance sur la saison, et les villageois racontent qu'ils ont vu un dragon de feu dans le ciel. La famine rôde, et la sœur en charge des réserves de nourriture a reçu l'ordre de l'abbesse de faire durer nos provisions de céréales, d'huile et de fruits séchés pour veiller à ce que personne ne souffre de privations. Les nonnes jeûnent autant que possible – grandement aidées en cela par leur foi –, mais les orphelines et les patients de l'infirmerie doivent bien manger. Par ailleurs nous menons une lutte permanente contre les rats, qui sont eux aussi affamés. Que Dieu nous garde tous jusqu'à l'été et les nouvelles récoltes.

Printemps 1512

Un dégel soudain pendant le carême a provoqué une catastrophe au village, la semaine dernière. À cause de la fonte des neiges, un glissement de terrain a enseveli les pâturages où les bergers mènent leurs chèvres et leurs moutons. Les animaux ont été emportés comme des fétus de paille, et cinq hommes sont à l'infirmerie, gravement blessés. Les sœurs font leur possible pour sauver quatre d'entre eux, mais le cinquième va certainement mourir. Sa femme est enceinte, et il a aussi des enfants qu'il va falloir aider.

Nos réserves sont quasiment vides à cette époque de l'année, et l'abbesse a utilisé le reste du sucre et de la farine pour confectionner des *polvorónes*. Le frère du mourant s'est proposé d'aller à la ville pour les vendre, en prenant par le sentier muletier afin d'aller plus vite. À Pâques nos gâteaux sont très demandés dans les familles aisées, et il pourra ainsi acheter de la nourriture à partager entre les villageois. Au couvent, nous en sommes réduites à avaler une bouillie éclaircie à l'eau, mais les religieuses se nourrissent avant tout de prières. Salome a droit à sa part, plus une bonne partie de la mienne. Je la trouve trop maigre, sa peau est presque translucide.

Été 1514

Il paraît que les gouverneurs de l'île d'Hispaniola sont sévèrement critiqués pour leur façon de se conduire envers les indigènes, et qu'à Séville, la peste fait des ravages. Nous prions pour les prêtres qui osent condamner les mauvais traitements infligés aux Indiens et faisons une neuvaine pour les morts, les mourants et la fin de l'épidémie. Le Saint-Office a encore envoyé une lettre, enjoignant les fidèles, c'est-à-dire nous, à dénoncer ceux que l'on soupçonne d'être de faux chrétiens. L'abbesse est restée d'une humeur massacrante toute la journée.

Le terrain en pente sous le couvent a été aménagé en terrasses, afin d'y cultiver des oliviers et des pommiers. C'est un franc succès. Le bon air réussit également à nos poules, qui se reproduisent vite, mais nous devons faire attention à les rentrer le soir à cause des renards. Nous allons dire une messe pour avoir une bonne récolte cette année.

Été 1518

Deux moines en visite ont demandé la permission à l'abbesse de me parler à travers le *locutio* du scriptorium, car ils cherchaient un onguent pour soigner une morsure de chien enragé. À voix basse, à travers la grille, ils m'ont dit avoir entendu parler du remède d'un infidèle, qui était infaillible, et ils le voulaient pour leur frère. Je suis allée consulter le traité d'Avicenne pour eux, mais leur ton furtif et insistant m'a fait craindre d'avoir affaire à des informateurs. Étant donné qu'Avicenne était un médecin musulman, j'ai préféré leur dire que je recopiais une recette qui nous avait été donnée par un ermite chrétien vivant dans une grotte il y a deux siècles. Peut-être avaient-ils entendu parler du livre écrit par son disciple ? Un homme des plus saints, dont la recette lui avait été révélée par San Hieronimo. J'ai rajouté une dernière couche en les avertissant que l'onguent serait efficace uniquement s'il était appliqué par une âme au cœur pur, au son d'une prière récitée à saint Antoine.

J'ai bien vu que ces « moines » ne savaient pas lire.

Septembre 1520

À la fin de l'été, deux princesses ont marché sur les pas de la défunte reine en venant nous voir, accompagnées de plusieurs duchesses et marquises. C'était vraiment un beau spectacle. Leurs calèches étaient tirées par de superbes mules blanches et escortées par des cavaliers brandissant des bannières colorées, un contingent de la garde en livrée, ainsi qu'un grand nombre de jésuites. Les princesses ont fait dire une messe de requiem pour leurs grands-parents, Isabelle et Ferdinand, et pour leur mère, la reine Jeanne, qui vit confinée dans un couvent à Tordesillas. D'après la rumeur qui circule chez les dames d'honneur, elle garde la dépouille de son défunt mari dans sa cellule et n'a plus toute sa tête. D'autres disent que c'est une invention, qu'elle est saine d'esprit et qu'on la retient prisonnière contre sa volonté. La pauvre, une femme ne peut rien contre la puissance de l'Église et des autorités, qui peuvent à loisir la déclarer folle, fragile, ou les deux afin de justifier sa mise à l'écart.

Les princesses sont restées trois jours et ont vécu notre quotidien en participant aux temps de prière et aux repas frugaux, acceptant même de mettre un chapeau de paille et d'aller cueillir des légumes au potager. Les orphelines ont chanté un hymne pour elles – que nous avons trouvé très beau –, et les princesses ont offert à chacune une pièce d'or, y compris à Salome, sans savoir qu'elle avait une mère. Elles ont ensuite renouvelé la promesse de protection de leur grand-mère, et fait un don généreux au couvent. L'abbesse était épuisée après leur départ.

Salome reste avec moi la moitié de la journée. Elle finit ses leçons avant les autres, et par conséquent s'agite. Elle maîtrise le latin et le grec, arrive à lire le français et l'italien. J'exige qu'elle s'entraîne à écrire, en insistant sur l'importance de faire cela de manière appliquée, sans taches d'encre – même s'il lui arrive de protester, les larmes aux yeux, que c'est impossible. Elle tape du pied si je la force à recopier des mots erronés, mais chaque jour son écriture est plus belle.

L'abbesse a commencé à lui confier des missions au scriptorium, telles que tailler la pointe des plumes et préparer les encriers, et puisque Salome est consciencieuse et se lave toujours les mains avant de toucher un livre, elle lui permet d'admirer nos missels enluminés. Ils ont été offerts par nos bienfaitrices royales et sont magnifiques avec leurs lettrines dorées qui renferment des dessins superbement détaillés de saints, d'anges, de châteaux, de chevaliers, d'animaux – si finement représentés que leurs moustaches sont visibles –, de champs, de forêts, du soleil, de la lune et des étoiles, en bref un glorieux aperçu du monde céleste. Salome les aime autant que l'abbesse et moi, et elle s'est même découvert une passion pour les tableaux du couvent.

Elle n'aime pas la plupart de ceux qui sont donnés par les pèlerins – comparés à nos manuscrits, ils sont souvent mal faits, reflétant la foi de l'auteur davantage que son talent, mais l'abbesse insiste pour tous les accrocher. Nous reléguons les pires dans les couloirs sombres.

Cependant il arrive que nous héritions d'œuvres de qualité grâce aux dots religieuses, et Salome aide à choisir celles qui décoreront la *sala de las niñas*, où nous nous retrouvons chaque matin. Certains représentent la Vierge et le Christ enfant, d'autres de jeunes saints, tous reflètent l'influence de l'école italienne avec leurs couleurs vives, leurs visages délicats et leurs exquis paysages à l'arrière-plan, qui respirent la grâce divine. Ils participent à l'agréable atmosphère qui règne dans cette pièce réservée aux orphelines.

À quinze ans, Salome est grande pour son âge. Elle a les yeux bleu foncé de son père, ainsi que mes boucles blondes avant qu'on ne les coupe. Elle ne comprend pas pourquoi on ne l'autorise pas encore à porter l'habit de novice. Je lui réponds « chaque chose en son temps », mais mon cœur est en émoi lorsque je songe aux années à venir. J'ai beau avoir trouvé la paix en me faisant nonne, parce que j'ai été amoureuse un jour, je perçois chez ma fille une prédisposition similaire. Je ne voudrais pas qu'elle se sente obligée de prendre le voile, et pourtant je ne vois pas comment elle pourrait expérimenter la vie en dehors du couvent, ou se marier. Ma seule certitude est que je ne la laisserai pas partir seule. Lorsque je songe à ce qui est le mieux pour elle, j'imagine qu'Alejandro et moi aurions réussi à fuir au Portugal. À présent, nous serions en train de discuter de l'avenir de notre fille aînée et de nos autres enfants en nous réchauffant près du feu, pendant les longues soirées d'hiver. Mais il est ingrat de se plaindre. La vie de Salome se fera selon la volonté de Dieu.

Été 1521

Salome a seize ans et a enfin revêtu l'habit de novice qu'elle appelait de ses vœux. Elle pense que c'est un avancement par rapport à la salle de classe, que cela fait d'elle l'égale des filles qui commencent leur noviciat. Elle est pleine de vitalité et de malice, et très affectueuse.

Avril 1523

Une chose incroyable est arrivée ! Hier, notre Fondatrice est apparue à l'abbesse dans le cloître, et tout s'est passé si vite qu'à peine ses instructions délivrées, elle a disparu. L'Inquisition va bien venir à Las Golondrinas, même si nous ne savons pas quand, et l'abbesse doit se tenir prête à envoyer le médaillon et l'Évangile loin d'ici pour leur sécurité. Une mission des Saintes-Sœurs de Jésus doit être établie sur l'île de Grande Canarie, comme nous l'avions deviné. Pour ce faire, l'abbesse doit choisir douze personnes : quatre sœurs, quatre novices et quatre *beatas*, toutes jeunes, en bonne santé et réputées pour leur sagesse. L'aînée sera autorisée à porter le titre de Mère supérieure afin de pouvoir confesser et une autre tiendra le rôle de scribe, car il est primordial d'avoir un témoignage de leur expédition. Le moment venu, d'autres membres de notre ordre suivront.

L'abbesse vient de me dicter ceci pour la Chronique, et la voici qui fait les cent pas dans le scriptorium.

— Ce que je me demande, c'est s'il vaut mieux envoyer le médaillon et l'Évangile tout de suite, ou bien attendre que la mission sorte de terre et les acheminer avec les prochaines qui feront le voyage. Et s'ils étaient perdus à cause de ma précipitation ?

— Peut-être vaut-il mieux être prudentes, en effet. Souvenez-vous des dégâts causés par les rats, qui nous ont obligés à encastrer un coffre en métal dans le mur afin de protéger la Chronique. Il faut s'assurer qu'elle sera conservée de la même manière sur l'île. Qui sait quelles conditions les sœurs vont découvrir là-bas et si elles arriveront à trouver un bâtiment adéquat. Il est sans doute plus sage d'attendre la lettre qui nous dira que tout est prêt pour recevoir le médaillon et l'Évangile.

— Oui, je crois que c'est plus sage, sœur Beatriz. Nous patienterons jusqu'à ce qu'il y ait un endroit sûr pour eux à la mission.

Juin 1523

Nous nous sommes aussitôt lancées dans les préparatifs, et deux mois plus tard, tout est prêt. L'abbesse a envoyé deux villageois à Séville, avec pour instruction de trouver un navire qui accepterait d'emmener nos missionnaires à Grande Canarie. C'est chose faite, et à ce qu'ils disent, le capitaine a servi sous les ordres de Christophe Colomb, l'explorateur, ce qui signifie que les sœurs sont entre de bonnes mains. Ensuite, il a fallu sélectionner les candidates.

L'abbesse a convoqué les doyennes du couvent pour en discuter, puis est venue me voir.

— Nous avons pris une décision, sœur Beatriz, et vous allez devoir en faire autant. La mission doit impérativement avoir un scribe…

— Vous voulez que j'aille à Grande Canarie ? J'étais stupéfaite. Ma jambe me fait si mal que je suis parfois incapable de marcher, et il arrive que ma main soit gonflée au point de ne plus pouvoir écrire.

L'abbesse a secoué la tête gravement. Tout à coup, j'ai compris ce qu'elle allait me demander. Le sol s'est ouvert sous mes pieds, mon cœur s'est arrêté de battre et j'ai dû m'agripper au lutrin pour ne pas tomber.

— Salome est la plus intelligente des novices et vous lui avez enseigné le métier. Malgré sa jeunesse elle est apte à s'acquitter de cette tâche, et je n'ai pas besoin de vous rappeler à quel point les écrits ont aidé à souder notre communauté, au cours des siècles. Ce lien précieux doit être conservé par-delà les mers. Je ne l'enverrai pas sans votre consentement, mais je suis sûre que vous n'aurez pas manqué de voir sa réaction lorsque j'évoque la mission.

Je l'avais vue, en effet. Mais la pièce s'est soudain assombrie, ma poitrine était comme prise dans un étau et je n'arrivais plus à respirer. À quelle vitesse la vie peut changer du tout au tout ! Je me suis forcée à réfléchir posément, sans penser à moi. Je savais que Salome n'était pas juste disposée à obéir : elle désirait vraiment partir, même si elle cherchait à me le cacher. L'abbesse a attendu en silence, sans me presser, mais mon devoir me paraissait évident. L'ordre m'avait offert un refuge alors que je ne croyais être nulle part en sécurité, et maintenant c'était à moi de lui rendre la pareille, en offrant à ma fille la seule occasion qu'elle aurait de faire l'expérience de la vie au-delà des murs du couvent. Elle avait presque dix-huit ans et aurait dû devenir nonne l'an prochain, mais j'avais l'intuition que je ne la verrais jamais dans cet habit.

J'ai pris mon courage à deux mains et accepté. Salome est arrivée en courant quelques instants après, excitée comme une puce.

— Oh, mère ! L'abbesse dit que tu as donné ta permission ! Je suis tellement contente, mais tu sais, mon cœur se brise à l'idée de te quitter !

Je lui ai promis que Dieu veillerait sur elle et nous réunirait en prière, puis je lui ai expliqué sa future charge, très importante aux yeux de l'abbesse. Elle a juré de consigner en détail tout ce qu'elle verrait.

— Je n'arrive pas à croire que je vais être scribe, mère ! L'abbesse a promis que tu serais du prochain voyage, et que je prononcerais mes vœux définitifs à ce moment-là. On ne sera pas séparées longtemps. Simplement le temps d'aménager le nouveau couvent, et de dégager une route pour que les sœurs âgées soient transportées en litière sans être trop secouées ! Je m'acquitterai de mon devoir loyalement et je te rendrai fière. Il y a des tas de navires qui vont aux Canaries, alors je t'écrirai pour tout te raconter et mes lettres t'amuseront tellement que tu regretteras de ne pas m'avoir envoyée là-bas plus tôt !

Sans transition, elle a éclaté en sanglots à l'idée de me quitter, et pendant les jours suivants n'a fait qu'osciller entre excitation et tristesse.

Il en allait de même pour tout le couvent, des jeunes servantes aux sœurs les plus aguerries. Cela ne nous a pas empêchées d'établir des listes, de dicter des instructions, de faire et refaire les malles.

Bien trop vite tout était prêt, et la veille de leur départ, l'abbesse a entendu les douze voyageuses en confession. Après une nuit blanche, une messe spéciale a été dite, puis nous avons pris un petit-déjeuner à la hâte, que la plupart ont laissé intact. Nous étions toutes à bout de nerfs.

Le prêtre, qui s'était assoupi, a été réveillé afin de nous lire le courrier de l'évêque bénissant notre initiative d'apporter la parole de Dieu aux païens des îles Canaries, et d'empêcher les infidèles de propager le poison de leur foi. Le soleil se levait derrière les montagnes lorsque l'équipage est parti en direction de Séville. Salome a écarté le rideau pour me faire de grands signes et a continué ainsi jusqu'à ce que je la perde de vue.

Le couvent est aussi vide que mon cœur, mais je sais que ma fille écrira dès son arrivée, et nous avons toutes hâte de recevoir cette première lettre de la mission.

C'est à cette pensée que je me suis raccrochée pendant les mois qui ont suivi.

Juillet 1524

Toujours sans nouvelles de Grande Canarie. En revanche, l'abbesse a reçu un courrier pour le moins contrariant du Saint-Office. Il ne présage rien de bon, car il diffère des exhortations habituelles à ne s'adonner ni à la gloutonnerie ni à la paresse, et à se conformer à la règle de l'isolement afin d'éviter la corruption par le monde extérieur et ses vices. Cette fois, ils déclarent avoir des informations prouvant que notre couvent a ouvert ses portes à l'enfant d'un *Morisco*, ajoutant que c'est un ver dans la pomme qui ne saurait être toléré. Ils vont par conséquent envoyer un enquêteur, afin de déterminer l'identité de la fille et de châtier les responsables. L'abbesse a pour ordre d'entamer les investigations séance tenante et d'identifier les suspects potentiels, qu'il pourra interroger à sa guise.

J'ai donné mon sentiment, à savoir que mon père avait dû trouver une informatrice parmi les bonnes, mais qu'il n'avait visiblement pas choisi la plus éveillée. Rendons grâce à Dieu d'avoir envoyé Salome loin d'ici. Et avec la bénédiction de l'évêque, en plus ! « Je peux répondre en toute honnêteté qu'il n'y a aucun enfant de *Morisco* ici », a répondu l'abbesse.

Une fois seule, j'ai remercié le Seigneur d'avoir arraché Salome aux griffes de l'Inquisition, et me suis repentie de m'être tant languie d'elle. Dieu est grand.

Septembre 1524

Deo gratias, l'enquêteur n'est finalement pas venu. Nous avions entendu des histoires tragiques sur leur acharnement implacable à traquer les hérétiques, et savions que certaines parmi nous iraient rejoindre les religieuses croupissant dans les geôles de l'Inquisition.

Nous devons notre sursis providentiel à une épidémie qui frappe le couvent et dont les symptômes sont la toux, la fièvre, les courbatures et une éruption de boutons. Elle s'est déclarée dans l'infirmerie, puis répandue à l'orphelinat, surtout chez les jeunes. Ces jours-ci, la plupart des sœurs au contact des malades sont souffrantes et deux de nos aînées sont mortes. L'abbesse m'a fait écrire un courrier au Saint-Office pour prévenir que beaucoup de pèlerins l'avaient contractée ; que leurs parties intimes les faisaient souffrir terriblement, que certains étaient devenus aveugles et d'autres avaient même été délivrés de la tentation charnelle, n'ayant plus aucun espoir de s'adonner à la luxure.

On nous a répondu qu'avec ce fléau, Dieu avait sans nul doute puni le couvent pour nos péchés, et que l'enquêteur reportait sa visite pour l'instant.

Avec tout cela, nous avons négligé nos cultures et les récoltes sont médiocres. Nous craignons le pire pour l'hiver. Dans sa bonté, la famille Abenzucar nous a fait don d'olives, de figues, de dattes et d'huile, et cela sauvera sans doute plusieurs d'entre nous de la famine dans les mois à venir. De ravissantes jumelles d'un an sont arrivées, avec robe en soie et bijoux comme de vraies courtisanes. Leur double dot sera fort utile pour acheter les ingrédients des *polvorónes* au printemps prochain, mais oh, quand je pense à leur mère ! Être séparée d'un enfant est atroce. Être séparée de deux, c'est à n'en pas douter mourir un peu.

Lors d'une fête célébrée à la *sala grande* pour deux orphelines qui ont pris le voile, une troisième en a profité pour fuir avec un villageois, ce qui a causé un grand scandale. Nous n'arrivons pas à comprendre comment le jeune couple s'est rencontré et a pu mettre au point un tel plan, les filles n'étant pas autorisées à sortir du couvent. Pourtant, dans le secret de mon cœur, je leur souhaite de réussir.

Toujours sans nouvelles de Grande Canarie. Je prie constamment pour notre mission et pour Salome.

Mai 1526

Le temps est revenu au beau et nos troupeaux de chèvres et de moutons ont beaucoup prospéré cette année. Leurs clochettes qui tintent quand ils paissent sont une musique bien agréable, tout comme le chant des hirondelles revenues pour l'été. Cependant, je néglige la Chronique – comme tout mon travail, d'ailleurs. Depuis le départ de Salome, une inflammation dans la jambe m'empêche de rester assise longtemps et mes mains ne me laissent plus jamais en paix. Si seulement je pouvais prendre une assistante parmi les novices ! Mais c'est un travail astreignant. Celles qui auraient la patience écrivent mal, et *vice versa*.

Août 1527

Cela fait maintenant quatre ans, mais chaque fois que l'on sonne à la grande porte, nous cessons le travail ou la prière dans l'espoir que c'est enfin un messager avec une lettre de notre mission. La cloche a retenti à maintes reprises cet été, mais pour nous signaler l'arrivée d'un grand nombre de pèlerins et de malades. On raconte que la peste est de retour en ville, et beaucoup sont des pénitents redoutant que ce soit le châtiment édicté par Dieu pour les punir de leur méchanceté. Le dortoir des hommes est plein, comme celui des femmes, et nous prions pour qu'une majorité reparte tant que la route est accessible, car sinon nous aurons bien trop de bouches à nourrir cet hiver. C'est le temps des récoltes, et tout le monde est sur le pied de guerre dès l'aurore. L'abbesse travaille aussi dur qu'une jeune nonne. En plus de gérer l'infirmerie, hier elle s'est mis en tête de ramasser des oignons et de l'ail pour les mettre à sécher dans le cellier, puis de faire des conserves avec nos dernières pêches mûres. Mais la pauvre avait du mal à respirer, et nous avons dû la convaincre de laisser cette corvée à d'autres.

Juin 1530

Nos espoirs au sujet de la mission sont anéantis. Chaque printemps, l'abbesse envoie des villageois au port de Séville pour demander aux capitaines de navire s'ils ont entendu parler d'un couvent à Grande Canarie, ou de l'ordre des Saintes-Sœurs de Jésus. La plupart connaissent l'île mais aucun n'a jamais d'informations à donner, et ils sont d'avis que nos chères sœurs ont été attaquées par des pirates ou que leur bateau a fait naufrage. Tout le couvent est en deuil.

Octobre 1538

Hier, un pèlerin est arrivé qui prétend être artiste et promet, en échange du gîte et du couvert, de faire un tableau. Cela signifie, nous le savons d'expérience, qu'il a l'intention de rester longtemps. Il leur faut parfois des mois pour terminer une peinture. L'abbesse n'était pas contente, se plaignant que le nombre de pénitents faisant don de leurs chefs-d'œuvre au couvent était tout simplement miraculeux – ils doivent tous mener de bien vilaines vies. Et comme leurs toiles sont en général très mauvaises, la pénitence est au final pour nous. D'après elle, Salome éclaterait de rire si elles les voyaient. Et pourtant, elle se sent obligée de tous les accrocher. Quelques-uns se retrouvent au mur de la *sala grande*, mais la plupart finissent dans des couloirs où personne ne passe jamais. L'abbesse insiste pour ne mettre que des portraits dans le parloir ; comme il y en a peu, elle s'épargne le pire.

Mars 1539

La bonne odeur des *polvorónes* emplit le couvent nuit et jour. La cour en a commandé un grand nombre pour la Semaine sainte, et les riches familles ont suivi. Toutes se relaient en cuisine pour en faire, et les servantes ont pour ordre d'alimenter le feu constamment. J'aide autant que possible. Au moins il fait chaud près des fours, même si mon mal de dos se réveille lorsque je reste debout trop longtemps.

Septembre 1539

Les hirondelles sont reparties pour l'hiver. Mes mains sont ankylosées et il m'est souvent difficile de tenir une plume. Je pense à mes péchés et remarque combien tout est gris : les nuages, le temps, les dernières lumières de l'automne.

Printemps 1540

Pâques approche, le carême et son long temps de jeûne se terminent, la neige a fondu, et même s'il fait froid, le soleil qui brille dans le cloître vient réchauffer nos vieux os. Bientôt les vents d'Afrique reviendront et ramèneront avec eux les hirondelles.

L'abbesse a passé un hiver difficile et reste le plus clair de son temps dans un fauteuil, devant son *locutio*. Je passe mes matinées au scriptorium et les après-midi à l'aider pour les affaires courantes. Sa plus jeune sœur, veuve depuis peu, est venue vivre ici en tant que laïque. Elle a pris le nom de sœur Emmanuela et fait don de toute sa fortune. Je suis en train d'établir la liste précise de ses biens.

J'ai souvent le souffle court ces temps-ci, et je crois que bientôt j'irai rejoindre mes sœurs enterrées dans la grotte derrière le couvent. L'une des orphelines devra me succéder, mais j'aimerais partir en sachant que ma remplaçante est motivée et compétente.

10.

Couvent de Las Golondrinas, Espagne, avril 2000

— Ah, avant ! Tellement de filles au couvent en même temps ! Et plus respectables !

Tout en marmonnant quelque chose comme « vraiment trop modernes, aujourd'hui », sœur Teresa ramena Menina au pas de charge à sa chambre, où un déjeuner l'attendait.

— Sœur Teresa, vous ne pouvez pas continuer à me servir comme ça, affirma-t-elle au détour d'un couloir. Laissez-moi prendre les repas avec vous. Je peux faire la cuisine, ou la vaisselle. À la maison, je…

— Non, non, non ! Quelqu'un vient chez nous, on s'en occupe. C'est la tradition. On mange entre nous, et on écoute une sœur lire un passage de la Bible. Si on parle, c'est d'affaires qui concernent le couvent, pas les étrangers. Au temps des pèlerins, il y avait une salle pour les hommes, une pour les femmes, et tout le monde écoutait la Bible. Aujourd'hui, on remise les meubles cassés, dans ces pièces. L'eau de pluie entre par le toit, tout va finir par s'écrouler, dit sœur Teresa en poussant un soupir découragé. Mais pas d'inquiétude, on vous nourrit.

— Vous autorisiez des hommes à entrer au couvent ? s'exclama Menina.

— Pauvres, malades, mourants, pénitents, du moment que ce sont des pèlerins, oui. Ils sont séparés des femmes, porte de chapelle séparée, infirmerie aussi. Par une grande grille fermée à clé. Comme ça, ils peuvent se confesser, prier et aller à la messe sans jamais les voir. Les femmes sont soignées par les sœurs. Les hommes, par les laïques. S'ils veulent parler à une religieuse, c'est à travers le *locutio*, comme celui que vous avez vu. Seulement un prêtre ou un moine, l'abbesse peut le voir en personne.

— C'est fou... Je veux dire, ça m'a l'air bien compliqué de garder les hommes d'un côté et les femmes de l'autre, commenta Menina, même si elle devait avouer que cette ségrégation lui allait parfaitement.

— De toute façon, il n'y a plus de pèlerins, rétorqua sœur Teresa. Les hommes bien, ça ne court pas les rues. Dans le temps non plus, c'est pour ça qu'ils étaient si nombreux à venir ici. Mais ils se repentaient. Aujourd'hui, les gens ont des vies dissolues. Ils ne s'inquiètent pas de pécher. Ils ne pensent pas à Dieu, ils croient que Dieu ne les regarde pas. Ils oublient leur religion. Ils oublient leurs devoirs, leur famille. Ils ont de grandes idées. Et alors là, qui peut prédire ce qu'ils vont faire.

Elle stoppa brusquement sa diatribe pour prendre appui sur le mur, comme si elle avait un point de côté.

— Même Alejandro oublie. C'était un enfant de chœur, il portait les images saintes pendant les processions. Son père était un républicain pur et dur, un policier qui détestait l'Église, il refusait même de parler au prêtre. Son épouse, au contraire, a insisté pour baptiser ses enfants et faire la confirmation. C'était une femme bien, même si elle avait un mari qui détestait l'Église. Ensuite les enfants grandissent, et l'un après l'autre ils viennent nous dire au revoir, parce que c'est trop rasoir de vivre ici, il n'y a pas de travail intéressant. Ils vont à Madrid, à Saragosse. Il y en a trois à Salamanque, et même une fille à l'université de Londres. Elle a rencontré un homme là-bas, elle s'est mariée.

— Et Alej… Le commissaire, pourquoi il n'est pas parti ?

— Alejandro c'est le bébé, le petit dernier. Quand il est né, sa mère pensait ne plus avoir d'enfants. Ah ! C'était la surprise. Mais elle est morte quand il a cinq ans, et à dix-huit ans son père vient me voir au *locutio* pour me demander quoi faire de lui. Il est intelligent, il a appris l'anglais à l'école, et il a la possibilité d'aller vivre chez des Américains pendant un an. Je trouve que c'est une mauvaise idée, mais son père ne m'écoute pas. Alejandro y va, et il y a une fille dans la famille qui lui plaît beaucoup. Au bout d'un an, il annonce qu'il ne rentre pas encore, il peut obtenir une bourse pour devenir policier. Le père est très fier, c'est une grande chance d'étudier en Amérique. Il vient me dire qu'il va donner sa permission, mais je le préviens de ne pas faire ça, c'est le benjamin de la famille, il va rester là-bas. Le père ne m'écoute pas, une fois de plus, et il s'en mord les doigts.

Menina songea que tous ceux qui refusaient d'écouter sœur Teresa devaient en faire autant. Elle ne prendrait certainement pas la peine de leur expliquer pourquoi.

— Alejandro reste en Amérique pendant cinq ans, et ne revient en vacances que deux fois. Chaque fois, son père espère qu'il va rentrer pour de bon. Il est triste. Mais Alejandro décide d'y vivre, d'épouser l'Américaine. Six mois après, son père est mourant. Alors Alejandro rentre et il a honte de l'avoir laissé seul si longtemps. Il promet de ne plus repartir. Et il le fait, mais quelque chose a changé… Alejandro est policier, d'accord, mais pas comme son père. Je crois qu'il a appris des mauvaises choses en Amérique.

— Ah oui ? Quel genre ? s'aventura Menina.

— Je trouve qu'il a trop d'argent pour un simple commissaire. Son père faisait le même métier et il n'en a jamais eu autant. Personne n'en a beaucoup dans le coin, mais les gens se débrouillent.

Alejandro vit dans la ferme familiale, seul, et n'a personne pour lui faire la cuisine ou le ménage. Il dépense beaucoup pour rénover, il dit qu'il prépare la maison pour sa *novia* américaine – il ne veut plus aller chercher l'eau dans le puits, il doit avoir des robinets et aussi une salle de bains, *trois* salles de bains, l'électricité, une nouvelle cuisine et rajouter des pièces, il parle même d'une piscine ! Tout le temps on lui livre des cartons, avec du carrelage, des tuyaux, et même un ré… réfrigérateur, je crois qu'on appelle ça. Des ouvriers travaillent pendant des mois pour en faire un palais. Le village attend de voir la *novia*, on se dit que ce doit être une princesse, mais maintenant que les travaux sont finis, elle n'est toujours pas là. Alejandro repart en Amérique, il revient. Sans mariée. Il est très malheureux, je crois.

Hmmm, songea Menina, cela expliquait pourquoi le commissaire l'avait prise en grippe dès le départ : parce qu'elle était américaine, elle aussi.

— Il achète une voiture qui va très, très vite, il écoute de la musique à tue-tête, et il s'est même mis à faire la cuisine ! Et après il mange seul dans sa grande maison ! C'est un homme seul, très seul. Il ne parle plus jamais de *novia*.

Sœur Teresa reprit son chemin en secouant la tête d'un air peiné.

— Tout ça, ce n'est pas bien ! Mais le pire, c'est ses *petites amies* ! Peuh ! Il en a tellement ! Des débauchées, avec leurs chaussures à talons hauts et leurs jupes courtes qui montrent les jambes. Et le ventre ! Les filles d'aujourd'hui n'ont aucune honte. Elles fument des cigarettes. Elles se peinturlurent le visage. Elles montrent tout à tout le monde. Elles ne veulent plus élever les enfants, s'occuper de la famille. En les voyant, je me dis qu'Alejandro est devenu un… un *play-boy* !

La voix de sœur Teresa était empreinte de désespoir.

Le commissaire Fernández Galán, un play-boy ? Menina avait du mal à le croire.

— Mais vous ne quittez jamais le couvent, sœur Teresa. Comment le savez-vous ? demanda-t-elle en réprimant un sourire.

— Ah ah ! Qu'est-ce que vous croyez ? C'est les femmes qui viennent à la messe tous les matins. Elles me parlent à travers le *locutio*, après. Elles voient tout, me disent tout. Tout ! répéta-t-elle avec satisfaction.

Les dames âgées étaient facilement scandalisées, et Menina ressentit une pointe de compassion pour Alejandro, coincé ici à cause d'une promesse faite sur le lit de mort de son père. Mais elle se demandait si sœur Teresa insinuait que c'était un flic corrompu, qui touchait des pots-de-vin. Dans ce bled paumé ? De qui, et pourquoi ?

— Je suis en colère quand il vous amène, conclut sœur Teresa en s'engouffrant dans un dernier couloir. Je me dis, encore une mauvaise fille. Mais quand vous parlez, vous n'avez pas l'air comme les autres. Alors j'accepte, parce que mes oreilles ne me trompent pas.

Menina pouffa en la voyant ainsi sauter du coq à l'âne. En entrant dans la chambre, elle découvrit un plateau avec du pain, du fromage, des olives, une orange et une petite carafe de vin. Du vin rouge au déjeuner, quelle idée ! Elle songea qu'elle n'avait vraiment pas envie de rester là jusqu'au soir. Elle se sentait un peu claustrophobe. Au moment où sœur Teresa tournait les talons, elle l'interpella :

— Est-ce qu'il y a un endroit où je pourrais aller prendre l'air ? Un balcon ? Ou quelque chose qui s'appellerait, euh, le *jardín de peregrinos* ?

— Un balcon, quelle idée ! Mais un jardin des pèlerins, oui. Venez, je vous montre, dit-elle avant de s'engouffrer dans un autre couloir, plus sombre et aux murs nus hormis des gravures sur bois décolorées. Le plafond était plus bas qu'ailleurs et cela empestait le bois pourri, le plâtre humide et l'animal mort. Le carrelage était craquelé de partout.

— C'est la partie ancienne du couvent, précisa la religieuse.

J'aurais jamais deviné, songea Menina en prenant garde de ne pas trébucher.

Elles s'arrêtèrent devant de grands volets en bois et sœur Teresa dut livrer bataille avec une barre en fer rouillée, jusqu'à ce que Menina prenne les choses en main.

Les volets s'ouvrirent à moitié puis s'affaissèrent carrément sur leurs gonds et restèrent ainsi, laissant entrer une lumière verte dans le couloir. Dehors, on aurait dit une jungle. Mais en y regardant de plus près, il s'agissait d'un petit jardin carré comme celui du cloître, adossé à une paroi rocheuse et tapissé de roses, de jasmin et de mauvaises herbes. Des orangers rabougris étaient en fleurs, et Menina repéra une statue érodée par le temps dans une niche creusée à même la roche.

— Personne ne vient ici depuis longtemps, commenta sœur Teresa avant de lui montrer une vasque en albâtre recouverte de mousse, en forme de coquillage, qu'on avait fixée sous la statue. Là, vous avez une source.

En effet, on entendait le bruit agréable de l'eau qui coule.

De l'eau ? Menina était assoiffée. La pompe dans sa salle de bains donnait un liquide marron qu'elle n'osait pas boire, mais peut-être qu'elle pouvait remplir ses bouteilles ici.

— Elle est potable ?

— Bien sûr, elle vient de la montagne. Elle est très pure. Il y a beaucoup de sources et de puits, ici – j'ai oublié combien. Toujours, le couvent a bu la bonne eau de la montagne. Avant, on avait des seaux, très lourds à porter. Mais on s'est modernisées, expliqua sœur Teresa d'un air suffisant, c'est plus facile avec les pompes. Ce jardin était réservé aux femmes. Pour venir s'asseoir, prier, ou méditer. C'est un endroit spécial, très tranquille. On s'y sent bien, je crois.

De toute évidence, personne n'avait mis les pieds dans cette forêt vierge depuis un bail, et Menina priait pour ne pas découvrir dans les fourrés le squelette d'un pèlerin disparu, mais au moins, elle allait pouvoir prendre l'air. Il y avait même une assise en marbre aménagée sur trois côtés. Elle se fraya un chemin jusqu'à lui, tapa du pied pour aplatir les herbes hautes, et se créa un passage vers la fontaine. Heureusement qu'elle avait ses grosses chaussures montantes. Son appareil photo étant dans la valise, elle ne pouvait pas immortaliser ce moment mais décida d'en faire un croquis et de l'envoyer à ses parents lorsqu'elle serait à Madrid.

Pendant qu'elle était perdue dans ses pensées, la sœur disparut. Menina alla chercher une bouteille vide et vint la remplir à la source. Elle la tint au soleil pour l'observer mais l'eau était transparente, pas de particules ni d'amibes, rien de visible à l'œil nu en tout cas. « Ça se tente », dit-elle avant de boire longuement, puis elle rentra déjeuner.

Entre le décalage horaire et le vin qu'elle n'avait pas l'habitude de boire si tôt dans la journée, Menina eut rapidement envie de s'allonger. Sa sieste fut agitée, car elle avait l'impression qu'on l'appelait, qu'on voulait l'attirer vers l'état de veille, mais la fatigue était trop forte et toujours elle replongeait. À son réveil elle se sentit désorientée, et en se frottant les yeux chercha à se rappeler ce qu'elle faisait dans une pièce inconnue, où le soleil de la fin d'après-midi projetait l'ombre d'une fenêtre à barreaux au sol. Était-elle en prison ?

Lorsque cela lui revint, elle tomba en arrière avec un grognement. Elle pensait à ses parents qui devaient être morts d'inquiétude, à ce stade. Ils avaient forcément appelé l'auberge de jeunesse et découvert que personne n'avait vu leur fille, ni ne savait où elle était ; le pire dans cette histoire, c'est que Menina ne pouvait rien y faire. Ils allaient rejeter la faute sur Becky, appeler la police, sans doute le FBI et Dieu sait qui, mais à quoi cela servirait-il ? Combien de temps allait s'écouler avant que quelqu'un réussisse à convaincre les autorités espagnoles de la rechercher ? Et comment allaient-elles s'y prendre ? En toute probabilité, personne ne bougerait le petit doigt tant que Pâques ne serait pas passé. Le commissaire était son seul lien avec le monde extérieur mais elle se méfiait de lui. Qu'avait-il de si urgent à faire pour ne pas pouvoir quitter le village pendant quelques heures ?

Menina se secoua et décida qu'elle ne pouvait plus repousser le moment de faire sa toilette dans l'affreuse salle de bains. Elle sortit de son sac les produits de beauté, les sous-vêtements et même un sweat-shirt qu'elle avait oublié. S'armant de courage, elle se mouilla avec l'eau glaciale, se savonna puis se fit un shampooing. Après avoir enfilé son peignoir en tremblant, elle entreprit de faire sa petite lessive. De retour à la chambre, elle mit ses habits à sécher un peu partout, et elle se brossait les cheveux lorsque sœur Teresa et une autre, sœur Clara, débarquèrent avec le dîner et une nouvelle bougie.

Sœur Clara était une petite femme ratatinée, encore plus vieille que sœur Teresa, et à entendre sa façon de parler, elle était aussi édentée. Mais elle avait un regard doux, et les rides de son visage se creusèrent un peu plus lorsqu'elle salua Menina d'un « *Deo gratias* » chevrotant. Elle lui donna une tape sur la joue, puis ajouta d'une voix zézayante que cela faisait bien longtemps qu'elles n'avaient plus eu de jeune invitée, que Menina était la bienvenue et qu'elle lui souhaitait de passer un séjour aussi paisible que possible.

Sœur Teresa glissa les mains dans ses manches et se mit à parler lentement en espagnol, pour que Menina la comprenne.

— J'ai discuté avec les sœurs.

Sœur Clara hocha la tête vigoureusement.

— Nous avons fait le serment de rester ici jusqu'à la mort, mais il est vrai que nous avons besoin d'argent. Tout ce qu'on peut faire pour en gagner, c'est vendre des *polvorónes*. Nous sommes les dernières survivantes de l'ordre ; aujourd'hui, plus personne n'a la vocation. Certaines ne peuvent plus se lever. D'autres sont malades et ont besoin de médicaments. Nous endurons les épreuves que Dieu a décidé de nous donner, mais il n'est pas évident de Le servir sans les produits de toute première nécessité.

— Et si Dieu a une nouvelle mission pour nous, on est prêtes, renchérit sœur Clara en hochant de nouveau la tête, comme si elle était disposée à partir sur-le-champ.

— Pourquoi l'Église ne vous aide pas ? l'interrogea Menina. Ils ont forcément des fonds à débloquer pour ce genre d'urgence. J'ai du mal à croire que le Vatican laisse mourir de faim des religieuses. Vous leur avez posé la question ?

Sœur Teresa réfléchit un instant avant de répondre. On aurait dit qu'elle pesait ses mots.

— Las Golondrinas est une très vieille maison religieuse, peut-être la plus vieille au monde, et on a eu quelques... désaccords avec Rome, il y a longtemps. L'Inquisition n'aimait pas notre couvent, par exemple, mais la reine d'Espagne nous protégeait. Quand bien même, nous faisons en sorte de ne pas déranger Rome. Sœur Clara est d'avis que c'est Dieu qui vous envoie pour nous aider. Alors je vous confirme que oui, il y a beaucoup de tableaux au couvent. Ils sont tous vieux et la plupart ont l'air très mauvais, mais nous n'avons jamais refusé un cadeau. L'ancien scriptorium et le parloir sont les seules pièces que nous utilisons aujourd'hui. Il y a des portraits là-bas, et il est possible que ce soient les plus beaux parce que l'abbesse aimait bien les regarder. Maintenant c'est nous qui les admirons et c'est agréable, cela fait de la compagnie. Dans la *sala grande* il y en a beaucoup plus, mais nous n'y sommes pas allées depuis plusieurs années, alors je ne sais pas ce qu'ils valent. Et la *sala de las niñas* en a quelques-uns aussi. Sœur Clara va vous montrer. C'est la seule encore en vie qui s'y connaisse ; peut-être que quelque chose lui reviendra. Si vous en trouvez des bons, on avisera. Vous pouvez prendre le pain des poules pour le nettoyage.

Sœur Clara gloussa joyeusement et imita un gallinacé en train de picorer : « Cot-cot, cot-cot ! »

Menina se demandait en quoi la vieille sœur allait pouvoir l'aider, lorsque soudain celle-ci poussa un cri comme si elle venait de se faire piquer par une abeille. Elle semblait hypnotisée par le médaillon que Menina avait laissé sur la table, à côté de la bougie. Elle tira vivement sur la manche de sœur Teresa et lui murmura quelque chose qui arracha une exclamation de surprise à l'intéressée.

— Sœur Clara dit que vous avez un médaillon sacré. Vous n'êtes pas catholique – où l'avez-vous eu ?

— On m'a adoptée. Je portais ce pendentif quand on m'a recueillie au couvent, et je l'ai toujours gardé. Pourquoi, il a quelque chose de particulier ?

Elle l'examina sous toutes les coutures. Encore des messes basses ; sœur Teresa passa un doigt dessus, puis au dos, et fit un commentaire. Sœur Clara en resta bouche bée.

— Ah ah ! Un couvent ? Vous nous l'aviez caché, fit sœur Teresa.

— C'est-à-dire, je ne pensais pas que ça avait de l'importance…

— Votre prénom est espagnol, non ? Dans notre langue, il veut dire une dame d'honneur. Vous connaissez le tableau *Les Ménines*, de Vélasquez ? Il représente l'infante et ses *meninas* ?

— Oh, celui-là ! Bien sûr. Il est très célèbre.

Cette conversation en espagnol épuisait Menina et elle était perplexe : comment étaient-elles passées aussi vite de son pendentif à un grand maître de la peinture ?

— Ah ah ! Donc, vous êtes une Ménine ! Comme dans le tableau. Mais Alejandro dit que vous cherchez Mendoza, pas Vélasquez. Quand j'en ai parlé aux autres, sœur Clara connaissait ce nom.

— *Quoi* ?

La confusion était à son comble.

— Eh oui. Sœur Clara ne se souvient plus de ce qu'elle a fait ce matin, mais ce qui s'est passé il y a des années, elle se rappelle très bien. Quand elle était novice, son travail consistait à établir une liste des tableaux.

Menina repassa à l'anglais.

— Un inventaire ? Sœur Teresa, je suis désolée, je suis tellement fatiguée que je ne comprends plus rien.

Sœur Teresa lui fit un sourire obligeant et revint à son tour à l'anglais.

— Elle est certaine d'avoir écrit le nom de Tristan Mendoza dans le registre, expliqua-t-elle avant d'être interrompue par sœur Clara. Plusieurs fois, peut-être, elle n'en est pas sûre.

Menina se dit que la mémoire de la vieille sœur devait lui jouer des tours, mais elle ne voulait pas se montrer impolie.

— Ce serait… incroyable, ses œuvres valent beaucoup d'argent. Il faut vraiment vérifier, au cas où vous en auriez. C'est drôle mais quand il terminait une peinture, Mendoza dessinait un oiseau sous sa signature, comme celui de mon médaillon. Mon père dit que c'est une hirondelle, euh, une *golondrina*, à cause de sa queue fourchue. Du coup, je me suis demandé pourquoi il faisait ça, et c'est ce qui m'a amenée à…

— C'est l'heure de la vigile, la coupa sœur Teresa. Avant, on restait éveillées toutes les nuits pendant la *Semana Santa*, maintenant on fait à tour de rôle.

Elle reposa le médaillon d'une main que l'âge faisait trembler.

— Venez, sœur Clara, ordonna-t-elle en espagnol.

Celle-ci obéit docilement, et lorsqu'elles tournèrent les talons, Menina remarqua combien les deux femmes semblaient frêles. Leur habit était élimé, rapiécé par endroits. Les pauvres ! songea-t-elle. Il y avait *forcément* un truc à vendre, et elle avait intérêt à le dénicher car personne d'autre ne s'en inquiéterait. Cela lui ferait passer le temps jusqu'à son départ, et si elle ne trouvait vraiment rien, eh bien, elle devrait réfléchir à une autre manière de les aider. Et puis, qui sait si un Tristan Mendoza ne se cachait pas réellement quelque part ? Ça en jetterait de raconter cette anecdote dans son mémoire !

Tout à coup, elle se rendit compte que la faim la tenaillait. Elle lut quelques pages de son guide tout en dégustant une omelette froide aux légumes et en buvant du vin. Elle aurait voulu garder son pain pour plus tard, mais elle était si affamée qu'elle le mangea aussi. Ensuite elle souffla la bougie, qui commençait à diminuer, mais elle n'avait absolument pas sommeil. Comment les gens faisaient avant la télé et les romans policiers ? Elle se tourna et se retourna dans son lit, donnant des coups dans l'oreiller qui lui cassait le cou, regrettant de ne pas être déjà au lendemain. Peu après, les battements de tambour et les chants commencèrent à monter du village. Elle aurait bien aimé regarder la procession. Peut-être y avait-il moyen de se hisser sur un perchoir dans le jardin des pèlerins. En plus, elle avait soif.

Elle tâtonna pour trouver les allumettes et la lampe-tempête, puis attrapa sa bouteille vide, enfila ses chaussures, s'enroula dans une couverture et ouvrit la porte de sa chambre pour jeter un coup d'œil. Ce couloir donnait la chair de poule, mais si des vieilles dames arrivaient à trouver leur chemin dans le noir, il n'y avait pas de quoi s'affoler. Elle s'élança courageusement en tentant d'éviter les carreaux cassés. Se tenant au mur par précaution, elle se concentra sur le rectangle de lumière naturelle entre les volets entrouverts, qui tombait à point. Dehors, la nuit était fraîche, mais l'air embaumait et les étoiles brillaient par milliers. Elle sentit l'odeur des feux de joie, et entendit les gens chanter et taper dans les mains en rythme avec la musique.

Elle s'aida de la paroi rocheuse, encore tiède après cette journée ensoleillée, pour retrouver la source. Elle remplit sa bouteille, but longuement. Ensuite elle souffla sa bougie, serra la couverture contre elle et prit place dans ce cocon pour observer les étoiles et écouter les bruits de la nuit, ainsi que les voix s'élevant dans l'obscurité. Était-ce à cela que ressemblait l'existence d'une religieuse – être capable de sentir et d'entendre le monde s'agitant derrière ces hauts murs, mais de ne jamais le voir ni d'en faire partie ? Elle n'avait plus pensé aux couvents depuis l'enfance, lorsque ses parents lui avaient montré des photos de celui où ils étaient venus la chercher. Elle se souvenait combien ils étaient tristes en l'évoquant : peu après leur départ, il avait été attaqué par des révolutionnaires et il y avait eu des morts.

Hormis cela, elle avait dû étudier la Renaissance à Holly Hill pour en apprendre davantage sur eux : elle était tombée des nues en lisant que les sœurs géraient parfois des écoles et des hôpitaux, voire de grands domaines, et se transformaient à l'occasion en actrices, jouant des pièces à thèmes bibliques en public. Celles qui avaient le bras long influençaient même la politique et passaient commande à des artistes : certains couvents étaient réputés pour être de grands mécènes. Fut un temps où ils représentaient une force importante dans la société, même si leurs locataires vivaient dans une sorte de monde parallèle.

Soudain Menina se rendit compte qu'avec tout ce qui s'était passé, elle n'avait pas pensé à Theo depuis la veille, lorsqu'elle était dans le car. Assise dans ce jardin paisible, isolée de tout, elle prit une profonde inspiration et passa en revue les terribles souvenirs, comme si elle appuyait sur une dent cariée pour voir à quel point cela faisait mal. La douleur était toujours là, mais elle se sentait en sécurité et en paix. Ne voulant surtout pas rompre le charme, elle resta là jusqu'à ce que les musiciens se fatiguent et rentrent chez eux. Il était plus sage d'essayer de dormir un peu. Elle s'étira et ralluma sa lampe-tempête. Il y eut un bruissement dans les fourrés – une plante ondulant dans la brise, une salamandre ou une souris, peut-être. Elle tendit la lampe devant elle mais ne vit rien. « Bonne nuit », dit-elle quand même.

11.

Couvent de Las Golondrinas, Espagne, avril 2000

Menina mit son oreiller sur la tête pour étouffer le bruit, mais il enflait inexorablement. Sœur Teresa cria « *¡Deo gratias!* » d'une voix stridente et cogna le plateau du petit-déjeuner en le posant. Menina fit l'effort d'écarter ses cheveux du visage.

— Salut, marmonna-t-elle d'un air groggy, en tentant pour la énième fois de se rappeler où elle était et ce qui faisait un boucan pareil. Oh. *¡Gracias!*

Elle s'assit dans le lit. Mardi. On était mardi. Et les oiseaux à la fenêtre n'en pouvaient plus de chanter parce que le jour se levait.

— Vous êtes réveillée, alors je vous dis. Dans une heure, après la messe, sœur Clara vous emmène voir les tableaux dans l'aile de l'abbesse. Je dois aller ouvrir la chapelle.

Et elle repartit d'un air affairé.

— OK, *sí*. Super. Merci.

Menina se frotta les yeux pour chasser le sommeil, puis s'adossa au mur pour siroter son café et manger la tranche de pain aux amandes aussi lentement que possible, histoire de la faire durer. Ensuite elle prit sa serviette, sa brosse à dents, et se rendit à la salle de bains. La première chose qu'elle ferait en revenant à la civilisation serait de prendre une longue douche brûlante.

Quand sœur Clara arriva, Menina prit son carnet ainsi qu'un stylo à bille, et suivit le petit bout de femme jusqu'au cloître. Elles prirent la galerie qui menait à la porte par laquelle elle était passée la veille et se retrouvèrent dans le parloir. Menina constata avec satisfaction qu'elle commençait à se repérer dans ce labyrinthe. Sœur Clara tira sa manche pour montrer la panière remplie de pain, par terre.

— *¡Pobres pollos!* gloussa-t-elle. Pauvres poules.

Menina avait besoin de lumière pour travailler.

— Je n'y vois rien, dit-elle en espagnol.

— Ah ? fit sœur Clara d'un air surpris. Trop sombre pour vous ?

Elle trottina jusqu'au mur du fond et écarta comme elle put une étoffe qui semblait lourde. La pièce s'éclaira d'un coup, et une légère brise fit tourbillonner la poussière dans les rayons de soleil. Elle éternua.

— Parfait, dit Menina avant d'éternuer à son tour.

En calant le rideau à l'aide d'une chaise, elle s'aperçut que c'était une tapisserie qu'on avait accrochée à une tringle. Elle l'examina de plus près. C'était de la laine grossière qui s'effilochait aux ourlets, mais les couleurs avaient clairement été vives et on devinait un motif de serpents et d'oiseaux. D'autres pendaient aux murs, de travers. Elles auraient bien eu besoin d'être mises au pressing.

— On s'assoit ici parce qu'il fait chaud en hiver, grâce au bois que les hommes du village apportent, expliqua sœur Clara. On y fait la couture, on lit, on récite le chapelet.

— Hmmm, sympa, marmonna Menina, qui avait hâte de se remettre au travail sur le portrait de la jeune fille. Elle fit rouler de la mie dans ses mains, puis se concentra sur sa tâche. Sous la couche de saleté, l'arrière-plan de couleurs mates mettait en valeur les habits et les bijoux, qui luisaient légèrement. Le sujet devait avoir quinze ou seize ans, et c'étaient sans doute ses fiançailles. On avait parsemé des perles dans ses cheveux noirs et sa tunique brodée d'or était épinglée à chaque épaule avec un fermoir orné de pierres précieuses.

En dessous, elle portait une chemise blanche aux manches et au col rehaussés de dentelle, ainsi qu'un collier avec un pendentif en forme d'étoile. Il n'y avait que la jeune fille sur le tableau : aucun détail au second plan, pas de livre, de broderie posée sur une chaise, d'animal de compagnie, ni d'horizon nuageux. Juste un rideau rouge drapé et, au-delà, le noir.

Dans sa main gauche, elle tenait fermement un éventail à hauteur des hanches. Dans sa main droite, elle plaquait un œillet tout contre son cœur. Elle avait une façon pour le moins déconcertante de soutenir le regard de Menina, d'un air presque impérieux. Si on mettait de côté les accessoires un peu fleur bleue, elle donnait l'impression très nette d'être une jeune fille à forte personnalité – avec une volonté de fer, même. Quelque chose était écrit dans le coin en haut à droite. Menina sacrifia un morceau de pain et fut récompensée en voyant apparaître plusieurs mots rédigés dans une écriture chargée, ainsi qu'une date, « 1590 », en chiffres romains dorés. Elle recula de quelques pas et plissa les yeux pour déchiffrer ce qui était inscrit. Quand elle comprit que la lettre qu'elle prenait pour un « *f* » était un « *s* », elle put lire à voix haute que le portrait était celui de « *Maria Salome Beltran, de sang royal inca et noble espagnol, fille de don Teo Jesus Beltran et de dona Isabella Beltran de Aguilar, sur le point d'entrer au couvent des Saintes-Sœurs de Jésus des Andes* ». Elle était bien fiancée, mais au Christ.

Cependant, un lointain souvenir lui revenait : des tableaux sur un mur, représentant des jeunes filles très particulières. Vêtues de leurs plus beaux atours pour prendre le voile. Le goût du chocolat chaud et des gâteaux… Menina n'arrivait pas à se remémorer exactement mais elle n'avait pas vécu cette scène à l'église baptiste de Laurel Run, c'était certain.

Ce portrait déclenchait une foule de questions dans sa tête. On avait manifestement affaire à une fille riche, mais qui était à moitié inca et entrait dans un couvent situé dans les Andes. Comment un tableau peint en Amérique latine quatre siècles plus tôt s'était-il retrouvé en Espagne, dans ce lieu éloigné de tout ?

— Ah ah !

Menina se retourna vivement. En regardant sa montre, elle fut étonnée de voir que cinq heures s'étaient écoulées ; elle n'avait pas entendu les ronflements provenant du fauteuil à proximité.

— Sœur Clara ! s'écria sœur Teresa d'un ton réprobateur, et la pauvre se réveilla en sursaut.

Menina s'activa pour lui épargner une réprimande.

— Regardez le portrait que j'ai trouvé, sœur Teresa ! Vous allez peut-être pouvoir me dire ce qu'il fait ici.

L'intéressée se tourna vaguement dans la direction de Menina. Elle recula d'un pas, se mit à loucher.

— Il y a trop de lumière, ici, je ne distingue pas tout, dit-elle en faisant mine de regarder le tableau d'un air absorbé, sauf que celui-ci se trouvait à sa droite. Comme si elle n'y voyait réellement rien. Menina remarqua alors ce qui lui avait échappé jusque-là : les yeux de la sœur étaient voilés, ses cornées opaques. Quand elle passa une main devant son visage, sœur Teresa cligna des yeux mais ne la suivit pas. *Quelle tristesse*, songea Menina.

— Vous ne le voyez pas, n'est-ce pas ?

— Si Dieu a affaibli mes yeux, c'est pour m'obliger à mieux voir avec l'esprit, rétorqua-t-elle d'un ton agacé. Et j'entends très bien, je vous signale.

— Mais comment faites-vous pour vous orienter dans le couvent ?

— Oh, le couvent… J'y vis depuis tant d'années, je le connais par cœur. Aujourd'hui, c'est Dieu qui guide mes pas. Et avec tout ce bavardage, vous me faites oublier que vous avez un visiteur. Venez, ordonna-t-elle, cherchant visiblement à changer de sujet.

— Génial ! Le commissaire a dû réparer son téléphone, et mes parents ont fait venir quelqu'un du consulat, commenta Menina, tout excitée.

— Oui, Alejandro. C'est votre visiteur.

Oh, zut !

— Pourquoi ?

— Demandez-lui. Vous pouvez parler au *locutio*.

— C'est quoi, déjà ?

— Je vous ai dit, les sœurs ne peuvent pas sortir. Quand des gens viennent, ils doivent leur parler à travers le *locutio*, expliqua-t-elle en lui montrant la lourde grille en métal fichée dans le mur. Alejandro s'assoit là, vous ici. C'est fermé à clé, rien ne peut arriver. Ah ! Alejandro n'est pas habitué à ça !

— Et moi qui croyais avoir tout vu en matière de bizarrerie…

Menina entendit bouger et le commissaire tira le rideau de l'autre côté.

— Bonjour, Miss Walker. J'espère que vous avez survécu à vos deux nuits passées au couvent.

— Bonjour. Oui, pas de problème. Par contre, c'est bizarre de discuter à travers des barreaux. J'ai l'impression d'être en prison.

— Je comprends. Ce n'est pas le Ritz, mais ce qui est important c'est que cette grille est impossible à ouvrir sans la clé. Je vous assure, ce n'est pas pour rien si je vous ai amenée ici, et si vous devez y rester. J'expliquerai plus tard, pas le temps maintenant. Je voulais vous demander pourquoi sœur Teresa m'a dit de trouver tout le pain que je peux et l'apporter à Menina ? J'ai pensé, elle ne peut quand même pas être aussi affamée !

— C'est pour les peintures – et vraiment, vous auriez dû demander la permission pour ça. Sœur Teresa était furieuse quand elle m'a vue fouiner. Elle croyait que je cherchais à les voler. Rectification, elle croyait que je vous accusais de m'avoir incitée à le faire.

— Mais j'ai essayé ! Vous avez vu comment elle m'a claqué la porte au nez.

— Oui, enfin bref. Vous aviez raison, il y a beaucoup de tableaux et j'ai reçu l'autorisation officielle de les examiner. J'ai déjà dit à sœur Teresa que si je trouve quelque chose de prometteur, l'experte que je connais devra venir, mais pour le moment j'enlève surtout de la crasse. Le pain rassis est une méthode traditionnelle pour nettoyer les œuvres fragiles. Ce n'est pas l'idéal, j'avoue. Il faut faire super gaffe à ne pas endommager la surface, mais en tamponnant avec la mie, j'arrive à me faire une idée. Ce que j'ai vu dans les couloirs ne vaut rien à mon avis, mais d'après sœur Clara, il y a des portraits dans l'aile que l'abbesse occupait autrefois. C'est là où je suis en ce moment, et il y en a d'autres dans la *sala grande*. Par contre, si je ne m'abuse, beaucoup de couvents ont été pillés pendant la guerre civile. Ça a été le cas, ici ? Parce que c'est le bazar, mais on ne dirait pas qu'une bande de voyous a tout saccagé. Alors peut-être que ce qui était là avant les années 1930 y est toujours.

— Vous avez raison, il n'a pas été mis à sac et c'est une exception. Dans d'autres régions, les couvents et les monastères ont été réduits en cendres par les républicains, parce que pour eux l'Église aidait les fascistes. Il y a eu beaucoup de morts, mais personne n'a touché à Las Golondrinas. C'est curieux, parce que la plupart des gens ici étaient républicains. Pourtant, ils ont refusé de s'en prendre aux sœurs.

— D'accord, merci pour l'info. J'espère que je vais trouver quelque chose susceptible de leur rapporter de l'argent, parce qu'elles en ont clairement besoin. Les pauvres sont quasiment en haillons, et vous étiez au courant que sœur Teresa devient aveugle ? Elle devrait voir un médecin sans tarder : elle a peut-être un glaucome, ou une cataracte, et dans ce cas elle peut se faire opérer. Quant à sœur Clara, elle est juste… vieille. Elle parle normalement, et l'instant d'après elle ne sait plus où elle est. Le pire, c'est qu'apparemment il y a plus âgé qu'elle encore. Je n'ai pas vu les autres, mais si j'ai bien compris, certaines sont alitées. On ne peut quand même pas laisser des religieuses mourir de faim. Sans compter qu'elles pourraient faire une chute. Et s'il y en avait une qui se cassait le col du fémur ? Comment sœur Teresa ferait pour la relever ?

Menina se sentait réellement indignée, à présent.

— Je sais, soupira le commissaire. C'est un gros problème. On leur apporte à manger, et quand il fait froid elles ont des braseros – vous savez ce que c'est ?

— Ce n'est pas avec ça que vous allez chauffer un bâtiment aussi grand ! Sans compter que le brasero est dangereux, et je ne vous parle même pas de la fumée dégagée par le charbon. Ce n'est qu'une question de temps avant qu'elles meurent dans un incendie.

— Je sais tout ça, protesta-t-il, mais les sœurs sont têtues comme des mules. Elles refusent de partir, c'est la vie qu'elles ont choisie. C'est une question d'honneur, une façon de mettre leur foi à l'épreuve. Dans le temps, il y avait toujours des femmes pour se faire nonnes, ou simplement vivre au couvent en tant que laïques. Elles s'occupaient des plus âgées. Mais plus personne n'a la vocation depuis des années. Et même les villageois qui les aident, ils sont vieux maintenant. Les jeunes, comme mes frères et sœurs, reviennent en vacances mais ils ne veulent pas vivre au village. Ils veulent être en ville, avoir un joli appartement, un bon travail, aller au cinéma et en vacances. Ils ne se sentent pas responsables.

— C'est pour ça que vous êtes resté, pour vous occuper d'elles ?

— Sœur Teresa était la tante préférée de ma mère. Elle lui a sauvé la vie, une fois. Et la plupart sont des cousines plus ou moins éloignées de la famille. Depuis la mort de mon père il n'y a plus que moi, alors oui, je me sens tenu de les aider. J'ai fait une promesse à mon père.

Exactement comme sœur Teresa avait dit.

En l'entendant parler, Menina se sentit touchée. Et puis elle se rappela qu'il s'était montré ultra-grossier envers elle. D'accord, il l'avait aussi sauvée des griffes des ouvriers qui la reluquaient comme un morceau de viande. N'empêche, elle n'était pas forcée de l'apprécier.

— Je vais continuer à chercher. J'aimerais aider, moi aussi, et de toute façon c'est plutôt intéressant. Mais n'oubliez pas le pain, OK ? Il m'en faut beaucoup, et vu le peu qu'elles ont à manger, je préfère ne pas prendre le leur.

— Pas de problème. Il y a toujours des restes au village, les gens les gardent pour donner à manger aux cochons et aux poules. Je reviens demain.

Ne reviens pas me voir, apporte-moi juste du pain, avait envie de dire Menina. Mais elle ne le fit pas.

Le temps de déjeuner d'un morceau de fromage et d'une sorte de soupe à la tomate froide, l'après-midi était bien avancé. Sœur Clara annonça que c'était son tour d'aller à la chapelle, et qu'elles allaient devoir arrêter. Mais elle promit de l'emmener à la *sala grande*.

Menina vérifia les sous-vêtements qu'elle avait lavés la veille au soir : toujours aussi mouillés. Comme il n'y avait rien de tel que le grand air pour faire sécher, elle se rendit au jardin des pèlerins. Elle étendit le tout sur une pierre chaude, remplit sa bouteille d'eau, puis décida de se promener avec son carnet dans le couloir qu'elle avait pris en venant. Grâce aux volets à moitié ouverts, elle y voyait assez pour distinguer deux gravures sur bois et, entre elles, le petit portrait d'un moine portant la tonsure.

De près, elle remarqua qu'il avait le nez crochu et un habit simple, avec un capuchon. Il pinçait les lèvres fermement et plissait ses yeux porcins de côté, ce qui lui donnait un air sérieux. L'idée était-elle de représenter sa myopie, ou de donner à voir un homme détaché du monde, se concentrant sur sa quête spirituelle ? Menina décrocha la gravure pour l'approcher de la lumière. Plus elle fixait ce moine, plus elle avait la sensation qu'il assistait à quelque chose de profondément satisfaisant – et moins il lui plaisait. « *Frère Ramon*

Jimenez », pouvait-on lire au-dessus de sa tête, et elle parvint à discerner les mots « *Tribunal del Santo Oficio de la Inquisición* ».

Elle le raccrocha pour tourner son attention vers les gravures, et constata qu'elles étaient à hauteur du regard du moine. Il y avait une impression de gaieté dans la première, comme un genre de fiesta. Des femmes à l'air exalté montraient quelque chose du doigt, des pères tenaient leurs enfants en l'air pour mieux voir, des soldats riaient entre eux, des gens en tunique tenaient des cierges, et tous n'avaient d'yeux que pour une estrade décorée d'une oriflamme.

La seconde gravure était beaucoup moins amusante. Elle montrait les gens en tunique ligotés sur l'estrade, un feu qui commençait à prendre à leurs pieds, et une fille aux longs cheveux qui implorait une femme. En guise de fiesta, c'était la population qui se rassemblait pour voir des condamnés brûler vifs. Sur un côté, le moine de l'Inquisition observait la scène.

Ces gravures, qui opposaient la joie innocente au spectacle de la souffrance humaine, étaient intensément perturbantes. Se sentant mal, Menina fuit dans le jardin pour prendre l'air. Parvenue au banc en marbre, elle s'écroula et se prit la tête entre les mains. Elle n'aurait jamais pensé que de simples tableaux puissent être aussi atroces. Elle savait ce que c'était, se souvenait que des hérétiques étaient morts sur le bûcher, en Espagne. Mais c'était une autre époque. Le monde d'aujourd'hui était différent. N'est-ce pas ? Alors pourquoi avait-elle l'impression que cela se déroulait sous ses yeux ?

Elle resta là jusqu'à la tombée de la nuit, puis décida de rentrer et retrouva son chemin à tâtons, en prenant soin de détourner le regard du moine malfaisant. Dans sa chambre, la lampe-tempête avait été allumée et un plateau l'attendait. Elle mangea, se mit en peignoir, tenta de lire un chapitre du guide et regretta amèrement de ne pas avoir de roman à l'eau de rose ou un bon vieux magazine, n'importe quoi du moment que cela faisait partie de son monde américain ordonné. Elle s'endormit d'un sommeil agité et commença aussitôt à rêver.

Elle se trouvait au milieu d'une foule qui la poussait pour mieux voir quelque chose se déroulant à dix mètres de là, sur la place. « Regarde, lui dit un homme qui s'avéra être le gros chauffeur du car. Regarde bien le spectacle, hein ? » insista-t-il en montrant du doigt. Au bout de la place se trouvait une tribune où étaient rassemblés de nombreux dignitaires de l'Église. Une fête religieuse, peut-être. Une procession passa à proximité et s'arrêta devant eux. Elle fut suivie d'une autre, plus lente et beaucoup moins raffinée : des hommes, des femmes et des enfants pieds nus, habillés de façon identique en tenue de pénitent et tenant chacun un cierge. La foule s'agita, les huant, leur faisant des gestes menaçants, leur criant dessus. Des noms furent lus sur un ton solennel et tous commencèrent à sangloter. Une fille très belle, qui devait avoir l'âge de Menina, la regarda d'un air horrifié. Elle tomba à genoux devant la tribune, suppliant une femme qui portait une couronne. Elle lui dit qu'elle était juive, car elle n'avait jamais connu d'autre religion mais qu'elle était une Espagnole loyale, qu'elle allait se marier, et elle l'implorait d'avoir pitié…

« Des hérétiques ! Qu'on les brûle tous ! hurla le chauffeur, avant de se lécher les lèvres en voyant les soldats pousser ces pauvres hères au centre de la place. Tu vas voir, affirma-t-il à Menina, c'est trop marrant. » Il y eut un roulement de tambour, un silence, et soudain le feu fut partout…

Le visage brûlant, Menina se réveilla avec un hurlement de terreur, se débattant avec les cordes qui l'entravaient, tentant désespérément d'échapper aux flammes qui s'attaquaient à ses pieds. Elle se redressa dans son lit en tremblant et se donna des tapes sur les joues pour chasser le cauchemar. « C'est juste un rêve », se répéta-t-elle, encore et encore, mais pour être sûre qu'il ne revienne pas, elle resta éveillée jusqu'à l'aube.

12.

Extrait de la Chronique des Saintes-Sœurs de Jésus, couvent de Las Golondrinas, Andalousie, automne 1548

Deo gratias, j'ai enfin quelqu'un pour me seconder au scriptorium. Elle ne fait pas partie des novices ; il s'agit d'une fille de dix-huit ans qui est arrivée au couvent à bout de forces, juste avant que le mauvais temps ne s'installe. Elle était habillée en garçon de ferme et pouilleuse comme tout. Sa guide, une jeune servante appelée Maria, avait sans doute été obligée de la traîner à bras-le-corps dans l'oliveraie. À la sœur portière, elle a expliqué que la fille s'appelait Esperanza, qu'elle était en danger et suppliait les dames des hirondelles de l'aider. Nous avons proposé à Maria un repas et une couche, mais elle était pressée de se remettre en route car elle allait bientôt se marier.

Esperanza a passé de nombreuses semaines à l'infirmerie avant de pouvoir communiquer avec nous. Elle était émaciée et faible, et un accès de fièvre causé par de l'hypothermie l'a fait délirer. Elle ne cessait d'évoquer un secret qui l'effrayait. Nous nous sommes relayées auprès d'elle et efforcées de la réconforter en lui rappelant régulièrement qu'elle était en sécurité. Le temps qu'elle se sente assez bien pour se lever, je m'étais prise d'affection pour Esperanza.

Je ne saurais dire comment mais elle a réussi à combler le vide que le départ de Salome avait laissé dans mon cœur.

Une fois guérie, Esperanza est allée voir l'abbesse avec une bourse de *reales*, expliquant qu'elle paierait son gîte et son couvert si nous avions la bonté de l'accueillir jusqu'à l'été. En attendant, elle ferait volontiers tout travail que nous jugerions utile de lui donner, la cuisine, la lessive ou autre.

— Ma chère, vous pouvez rester aussi longtemps que nécessaire, a répondu l'abbesse. Notre ordre a juré de protéger les femmes, et de toute évidence quelque chose vous cause une peur effroyable, car même dans votre délire, vous avez refusé de dire de quoi il retournait. Quant aux tâches à vous confier…

Elle a pris les mains d'Esperanza dans les siennes, les a examinées et a déclaré qu'elle ne nous serait d'aucun secours en tant que bonne, puisqu'elle n'avait manifestement jamais frotté le linge ni récuré de marmites. Je me suis empressée de demander si Esperanza pouvait être mon assistante au scriptorium. J'avais passé suffisamment de temps à son chevet pour savoir qu'elle était non seulement intelligente, mais aussi cultivée. Je lui avais même fait recopier une ou deux lettres, pour voir, et son écriture était exquise.

— Il est rare qu'une personne étrangère au couvent s'occupe de nos affaires… Mais Esperanza, vous semblez être capable de garder un secret. Puis-je compter sur vous pour garder les nôtres aussi bien ?

— Je vous en donne ma parole, abbesse.

— Soit. En revanche, c'est mal d'oublier que Maria vous a sauvée. Pourquoi ne pas lui donner quelques *reales* en cadeau de mariage ?

Esperanza a rougi et répliqué que oui, bien sûr !

Lorsque je lui ai montré le scriptorium, Esperanza a soupiré d'aise et aussitôt cherché à se rendre utile, écoutant soigneusement mes instructions. Quel dommage qu'elle n'ait pas choisi de prendre le voile ! Elle ferait un excellent scribe le jour où je ne serai plus là. Mais elle a promis à son défunt père de se marier un jour et refuse de se renier. Elle passe le plus clair de son temps avec moi, et il arrive qu'elle soit si absorbée dans sa lecture que je dois la secouer pour avoir son attention. Je lui confie des travaux d'écriture, et les sœurs infirmières vantent sa dextérité à trouver la réponse à leurs questions dans nos traités de médecine.

Maintenant qu'elle est installée, l'abbesse demande à connaître son dangereux secret, car si nous devons la protéger, il faut savoir de quoi. Esperanza vient d'accepter de raconter son histoire, et après avoir entendu le début, l'abbesse insiste pour que je la retranscrive dans la Chronique. La voici :

Esperanza était la fille unique d'un conseiller du roi. Sa mère mourut en couches et elle passa une enfance solitaire à Séville, dans une maison lugubre où les tableaux, tapisseries et livres voyaient rarement la lumière du jour. Son père la laissa à la garde d'une nourrice, qui était amoureuse d'un soldat stationné en ville et saisissait toutes les occasions possibles d'aller à la cathédrale, car son fiancé était de garde à proximité.

Un jour, alors qu'elles rentraient de la messe, elles trouvèrent une ambiance de carnaval dans les rues. Il y avait du monde partout et une musique joyeuse jouée au tambour. Une foule turbulente les bouscula, pressée de voir ce qui se passait sur la grande place. « Le maître est sorti, on n'est pas pressées, dit la nourrice. Prenons un peu de bon temps, d'accord, mon chou ? » Elle emmena Esperanza auprès de son fiancé, qui la hissa sur ses épaules afin que la petite ne perde pas une miette du spectacle.

Au bout de la place, il y avait une estrade où s'étaient placés des dignitaires de l'Église. Les battements de tambour se firent plus insistants et des moines encapuchonnés arrivèrent en file indienne, suivis par une autre procession, plus lente et sous bonne garde : des hommes, puis des femmes et des enfants, tous pieds nus, habillés en pénitents et tenant un cierge. Esperanza croisa le regard d'une petite fille de son âge qui tenait la main de sa mère, et lui fit coucou. Les deux la regardèrent d'un air effrayé, sans répondre. Une liste de noms fut lue sur un ton solennel, et les pénitents se mirent à pleurer.

La nourrice, qui avait le rouge aux joues et les yeux brillants, lui expliqua.

— C'est des hérétiques, des ennemis de l'Église. Des faux chrétiens qui sont retournés à leurs pratiques diaboliques !

Elle se lécha les lèvres en voyant les pauvres gens se faire pousser vers un tas de fagots disposé au centre de la place. Sans tarder, les soldats passèrent une corde autour du cou des condamnés et tirèrent, afin de les obliger à s'agenouiller pour les traîner plus aisément jusqu'au bûcher. Il y eut un murmure de désapprobation dans la foule.

— Les faire périr par le garrot, c'est encore trop beau, commenta le fiancé de la nourrice en secouant la tête d'un air déçu.

— Ils ont tué notre Seigneur – qu'ils souffrent. Vive l'Inquisition ! crièrent des gens autour d'eux.

La petite fille se cramponnait à sa mère qui supplia les soldats jusqu'à ce que la musique reprenne, noyant ses paroles. Des moines allumèrent de grandes torches et attendirent que tous les pénitents soient rassemblés et soigneusement ligotés.

— Tu vas voir, c'est très amusant, s'exclama la nourrice.

Au son d'un roulement de tambour, les moines approchèrent leurs torches du bûcher. Il y eut des volutes de fumée, puis les flammes s'élevèrent autour des condamnés, toujours plus haut, jusqu'à ce que la chaleur incommode les spectateurs. La fillette disparut dans le brasier, et des hurlements atroces résonnèrent sur la place. Les moribonds se contorsionnaient en tous sens avant d'être engloutis à leur tour. Paralysée devant une telle horreur, Esperanza n'arrivait pas à détourner les yeux. Puis un coup de vent envoya un nuage de fumée vers la foule, et avec lui l'odeur de la chair carbonisée. Tout devint noir autour d'Esperanza, qui s'évanouit. Lorsqu'elle se réveilla dans son lit, elle sentit cette même puanteur dans ses poumons, sur ses cheveux, sur sa peau. Elle rendit violemment, encore et encore.

Le père trouva sa fille dans son propre vomi, tremblante de fièvre et les sourcils brûlés, pendant que la nourrice batifolait avec son fiancé dans la cuisine. En temps normal, c'était le plus doux des hommes mais ce jour-là, il l'attrapa par les cheveux et la cogna contre le mur jusqu'à ce qu'elle avoue avoir emmené Esperanza à un autodafé, « pour lui faire plaisir ». Il la jeta dehors en la maudissant jusqu'à la prochaine génération.

Elle fut remplacée par une femme plus âgée, sérieuse et calme, qui veilla sur Esperanza de jour comme de nuit et la rassurait lorsqu'elle faisait des cauchemars. Quand elle fermait les yeux, elle voyait la petite fille en feu et entendait des hurlements. Elle avait peur de tout, touchait à peine aux repas qu'on lui apportait, se rongeait les ongles jusqu'au sang et devenait plus angoissée chaque jour qui passait. Son père, désespéré, décida que la seule façon de chasser les démons de son esprit était de le remplir de connaissances.

Il engagea des précepteurs et imposa à sa fille un emploi du temps qui en aurait découragé plus d'un – grec, latin, français, italien, histoire, astronomie, philosophie. Elle apprendrait à coudre, à peindre, à écrire des poèmes ; suivraient des cours d'éducation religieuse, de musique, de broderie, de danse. C'était dur, même adapté à son âge, mais cela eut l'effet désiré. Esperanza retrouva l'appétit, et quand elle s'écroulait le soir, elle était trop fatiguée pour rêver.

Elle qui était si souvent bannie dans sa chambre avant, devint la dame de compagnie de son père. Ils lisaient ensemble, étudiaient les étoiles, et au dîner se posaient des problèmes de mathématiques et des questions de philosophie. Après il sortait le plateau d'*alquerque*, disposait les pièces colorées et lui montrait comment prendre ses chevaliers. Un vieil ami à lui, Don Jaime, était souvent là.

Lorsque Esperanza eut treize ans, son père lui révéla un secret contre l'avis de Don Jaime, justement : une pièce cachée dans la maison, remplie d'ouvrages interdits par l'Église. Il y avait là le Coran des musulmans, la Kabbale et le Talmud des juifs, des traductions en arabe de traités grecs d'histoire naturelle, le célèbre *Canon de la médecine* du Perse Avicenne, et enfin le récit du périple d'Al-Masudi dans une lointaine contrée, par-delà la mer de Brume et de Ténèbres, des centaines d'années avant la *Reconquista.* Ces livres étaient des œuvres d'art, reliés en cuir et décorés de motifs complexes en or filigrané, ornés de fermoirs en laiton ou en argent. Ils étaient d'une beauté exquise – mais représentaient tout ce que l'Inquisition haïssait.

Esperanza se prit de passion pour cette bibliothèque occulte, surtout pour le traité d'Avicenne, que son père affectionnait particulièrement. Ces ouvrages étaient un puits de connaissances et de sagesse, disait-il. Un don de Dieu, qui parle aux hommes par la bouche des prophètes. Ayant elle-même été témoin d'un autodafé, Esperanza ne devait jamais accuser personne d'hérésie. Et ne jamais parler non plus de cette chambre secrète.

Esperanza voyait bien que l'opinion de son père divergeait de celle de son professeur d'éducation religieuse, notamment sur la question du célibat dans le clergé. Elle sentait que tout cela avait un rapport avec sa mère, mais lorsqu'elle posait la question, son père se contentait de répondre qu'il lui expliquerait une fois adulte.

Elle allait avoir seize ans lorsqu'il se mit à respirer difficilement et à tousser du sang. Il alla chercher le traité d'Avicenne et passa des jours entiers à essayer un remède après l'autre. Esperanza l'aida, notant les symptômes sur un cahier et préparant des cataplasmes, mais rien n'y fit. Lorsqu'ils faisaient une partie d'échecs et que c'était à lui de jouer, elle voyait bien ses mains pâles trembler.

Il la rassura en disant que son heure n'était pas encore venue. Et de fait, il lui arrivait de donner l'impression d'être redevenu lui-même, ce qui rassurait Esperanza. Mais brusquement son état empira, et lorsqu'elle voulut faire venir un prêtre, il lui fit non de la tête. Sentant ses forces l'abandonner, il prit la main de sa fille et lui expliqua qu'il avait beaucoup regretté de ne pas avoir eu de fils, mais ne ressentait plus cela depuis longtemps. Il lui donna sa bénédiction, lui rappela qu'elle était la dernière-née d'une famille distinguée et lui fit jurer de ne pas prendre le voile, mais au contraire de se marier et d'avoir des enfants, afin de perpétuer leur nom.

Esperanza l'implora de lui parler de sa mère avant qu'il ne soit trop tard mais, le souffle court, son père demanda le silence. Puis il leva trois doigts, pour indiquer qu'il avait trois choses à lui dire. Un, elle était l'héritière de sa fortune et ne devait jamais oublier de faire l'aumône ; la charité était une obligation. Deux, pour éviter qu'elle ne soit la proie de gredins qui en voudraient à son argent, il avait confié sa tutelle à un ami, un noble réputé pour sa piété, qui avait juré de lui trouver un époux convenable. Elle devait promettre d'accepter son choix, et de ne pas se laisser emporter par des idées comme peuvent en avoir les filles qui lisent trop de romans chevaleresques. « Et trois..., murmura-t-il dans un dernier râle. Ta mère... Demande à Don Jaime. »

Après sa mort, la bienséance contraignit Esperanza d'aller vivre dans la maison du tuteur, où elle se rendit compte que son père avait placé sa confiance dans un imposteur. L'homme était peut-être noble, pieux en apparence et généreux envers les pauvres, mais il était à la fois moins riche et moins honnête qu'il ne paraissait. Lorsqu'il présenta ses condoléances d'un ton obséquieux, elle se sentit très mal à l'aise.

Elle se mit à l'éviter, restant dans sa chambre en compagnie des livres, jusqu'au jour où il demanda à la voir. Esperanza s'arma de courage, persuadée qu'il allait lui annoncer ses fiançailles. Mais en arrivant au salon, elle le trouva à faire les cent pas d'un air furieux.

Il se jeta sur elle et la traita d'hérétique en postillonnant. Choquée, ahurie, Esperanza s'écria :

— Monsieur, mais que dites-vous ? Qui me calomnie ?

— Ne jouez pas aux idiotes avec moi. La collection d'ouvrages interdits a été découverte chez votre père. Ces immondices qui insultent notre foi ont terminé au feu, et c'est bien ce qui aurait dû lui arriver. À vous aussi, d'ailleurs.

Esperanza eut l'impression de perdre son père une seconde fois. Ces ouvrages magnifiques, trésors de leur famille, réduits en cendres. Par des brutes, des imbéciles, des fanatiques barbares ! Elle sentit la rage l'envahir avec une telle force qu'elle s'obligea à baisser le regard de crainte que cela ne se voie, et écouta le reste en silence – que les livres appartenaient au départ à son grand-père, un commerçant musulman faussement converti, et que son fils avait engrossé une catin infidèle.

En entendant cela, Esperanza leva la tête, incrédule. Le tuteur cracha d'une voix hargneuse qu'il avait dû fournir la preuve de sa *limpieza de sangre* pour lui trouver un mari, et qu'il venait de découvrir qu'elle n'en avait pas. La mère d'Esperanza n'avait jamais renoncé à l'islam, préférant dissimuler son âme fourbe sous un habit de religieuse avant de mettre au monde un bâtard, comme s'il n'y en avait pas déjà assez.

Les mots honnis résonnèrent aux oreilles d'Esperanza, le sol se déroba sous ses pieds et tout devint noir. Elle reprit connaissance sur le marbre froid et vit que sa duègne lui faisait sentir un diffuseur de parfum en la toisant d'un œil antipathique.

— Si votre mère était une prostituée, vous ne devez pas être mieux !

— Mais c'est impossible, protesta Esperanza. Une sœur ne quitte pas le couvent. Et il n'y avait pas homme plus intègre que mon père. Il n'aurait jamais… Ma mère…

La duègne refusa de répondre.

Seule dans sa chambre, Esperanza ne tenait pas en place tant elle avait peur. Elle était prise au piège dans cette maison. Et puis soudain, elle se rappela les paroles de son père : « Demande à Don Jaime ». Elle devait trouver le moyen de lui parler. Dans la soirée, elle écrivit un mot en latin formulé de façon ambiguë (au cas où il tomberait entre de mauvaises mains), dans lequel elle conjurait le mendiant Frère Jaime de venir la voir, car elle désirait ardemment se confesser. Esperanza ne voyait qu'une personne à qui se fier, son page, qui ne savait pas lire et lui était dévoué. Elle lui donna une pièce et il partit sans attendre.

Le messager revint sans encombre, mais Esperanza ne ferma pas l'œil de la nuit. Son stratagème allait-il marcher ? Le lendemain, on vint l'informer qu'un moine loqueteux l'attendait à l'entrée. En la voyant, Don Jaime s'écria d'une voix tonitruante : « Repens-toi ! Et confesse-toi si tu veux préparer ton âme à ce qui vient ! » Esperanza éclata en sanglots et, l'air de rien, le guida vers un coin tranquille. Là, elle tomba à genoux et fit semblant de prier. Dans cette maison d'hypocrites, personne ne viendrait chercher noise à un homme de Dieu.

Sous son capuchon, Don Jaime dit à voix basse :

— Garde la tête baissée et écoute-moi. Tu es l'enfant d'une vraie union, une union musulmane et une chrétienne baptisée. Mais ce qu'a dit ton tuteur est en partie vrai. Ta mère était une femme remarquablement cultivée, dont la famille avait dû se convertir, ce qui compromettait ses chances de se marier. À la mort de ses parents, sa fortune lui ouvrit les portes du couvent Regina Cœli, à Séville. Il était réputé pour le talent de ses apothicaires, et elle espérait se rendre utile là-bas.

Cependant, il y a dix-sept ans, avant qu'elle ait pu terminer son noviciat, une maladie mortelle a fait son apparition dans l'un des quartiers les plus pauvres et peuplés de la ville, celui du port. Deux matelots de retour d'Hispaniola en ont été les premières victimes.

Ils se soûlaient dans une taverne lorsqu'ils ont été pris d'un accès de fièvre. En moins de vingt-quatre heures, leur ventre avait gonflé au point d'éclater, ils saignaient des oreilles et hurlaient de douleur. Les putains qui étaient allées avec eux ont eu les mêmes symptômes et connu la même fin atroce. Puis cela a été au tour de leurs clients, et c'est ainsi que l'épidémie s'est propagée comme une traînée de poudre, tuant les marins, ensuite les commerçants, puis les domestiques des familles riches, et enfin les riches eux-mêmes.

C'était une saison chargée, avec de nombreux bateaux qui se pressaient de faire l'aller-retour en Amérique avant l'hiver, et perdre autant d'hommes en si peu de temps a été catastrophique. L'Espagne craignait une attaque des musulmans – qui à en croire la rumeur se rassemblaient en Afrique du Nord – et dépendait de la manne venue des colonies pour assurer sa défense.

Bientôt il y a eu trop de cadavres dans les rues pour tous les ramasser, et ceux qui pouvaient ont fui Séville. Ton père est l'un des rares à être resté pour aider. C'est lui qui a appris à un administrateur désespéré qu'une novice du couvent Regina Cœli était réputée pour sa connaissance des maladies du Nouveau Monde.

Sœur Maria Caterina faisait des prouesses en tant qu'apothicaire, mais elle s'était fait remarquer par l'archevêque en parvenant à soigner des missionnaires de retour d'Amérique. C'est grâce à eux qu'elle s'est familiarisée avec des affections inconnues jusque-là, ainsi que des remèdes indigènes. Les médecins espagnols la traitaient de sorcière, mais l'archevêque l'avait prise sous son aile.

En temps normal, sœur Maria Caterina aurait donné ses conseils à travers le *locutio*, mais il s'agissait d'une urgence absolue et on lui a ordonné de traiter les patients en personne. C'est ainsi que par un soir de tempête, pour qu'il y ait le moins de témoins possibles, elle s'est engouffrée dans la voiture qui l'attendait derrière le couvent.

C'était un violent orage d'été. Les pavés étaient glissants, et un coup de tonnerre a fait s'emballer les chevaux. Le cocher a perdu le contrôle, et sœur Maria Caterina a réussi à s'éjecter à la toute dernière seconde. Il se trouve que ton père a été témoin de l'accident. Il était sorti pour observer les éclairs et s'est précipité vers la passagère, qui était secouée mais indemne et se souciait uniquement de l'état de son coffre à potions, expliquant qu'elle devait se rendre dans le quartier où la peste faisait rage. Ton père a insisté pour l'escorter.

Ils ont rapidement été en grande conversation. Tous deux se rappelaient qu'Avicenne avait mentionné des symptômes semblables, et ils ont débattu des caractéristiques de la maladie. Quand l'inconnue a rabattu la cape qui entravait ses mouvements, ton père a eu la surprise de voir son habit de novice.

— Comment mon tuteur a-t-il appris tout cela ?

— Ton père lui a fait un legs, mais qui prendra uniquement effet le jour de ton mariage, alors il s'est aussitôt mis en quête de documents prouvant que tu étais issue d'une lignée pure. Comme il ne trouvait rien par les canaux habituels, il a offert une récompense à quiconque lui fournirait des informations. C'est le valet de ton père qui s'est manifesté le premier, révélant l'existence de la bibliothèque cachée et ce qu'il avait vu de ses propres yeux. Son maître avait rencontré une femme d'Église sans chaperon, et ensemble ils avaient parlé d'avoir recours aux sciences occultes pour combattre la maladie, d'adopter des mesures de protection et de voir si c'était efficace avant d'agir. Leur survie était la preuve que Satan les avait immunisés contre la peste envoyée par Dieu.

Ils ont passé des semaines entières à s'occuper des mourants, jusqu'à en oublier de dormir. Sœur Maria Caterina envoyait de temps à autre des nouvelles à la Mère supérieure mais n'autorisait personne à l'assister, pour ne pas exposer une religieuse qui pourrait ramener la maladie au couvent. C'était inconvenant, mais la situation était très compliquée aussi.

Enfin, à l'approche de Noël, une période de grand froid endigua l'épidémie. Sœur Maria Caterina n'avait plus aucune raison de ne pas rentrer. Elle n'avait pas prononcé ses vœux définitifs, mais les novices obtenaient rarement la permission de partir. Au désespoir, ton père a conçu un plan aussi culotté que dangereux : ta mère allait disparaître. Ils se marieraient selon la religion de leurs ancêtres et quitteraient l'Espagne.

Tes parents sont venus chez moi, et devant deux témoins ont déclaré : « Je ne reconnais aucun Dieu sinon Allah, et Mahomet est son prophète. » Puis ils sont devenus mari et femme. En gage de son amour, ton père a offert à ta mère une bague sertie de diamants et de perles. Mais leur bonheur valait plus que tous les bijoux au monde.

Maria Caterina n'étant toujours pas réapparue au couvent, le quartier du port a fini par être fouillé. Lorsqu'on n'a trouvé rien d'autre qu'une mule et des fioles vides, on en a conclu qu'elle avait succombé à la maladie et que son corps avait été jeté dans la fosse commune. En réalité, le couple se cachait dans ma maison. Je les ai suppliés de s'enfuir sur-le-champ, mais ils ont été retardés par les affaires de ton père, qu'il voulait absolument mettre en ordre avant de partir, puis par Maria Caterina qui a découvert sa grossesse et ne se sentait pas en état de voyager. Elle a fait promettre à ton père que si elle ne survivait pas à l'accouchement, leur enfant serait élevé dans la foi catholique.

— Alors, ma mère…

— … Est morte en couches, comme elle l'avait craint, et ton père a repris le cours de sa vie par égard pour toi. Il était brisé par le chagrin, mais a tenu sa promesse en te baptisant à l'église, même si lui-même ne s'est plus jamais détourné de l'islam. Seul son valet connaissait la vérité, et pendant des années, il lui a soutiré de l'argent en échange de son silence. Un homme moins scrupuleux aurait fait assassiner ce vaurien. Ton tuteur, lui, est trop cupide pour te livrer à l'Inquisition. Il entend saisir sa fortune et la garder pour lui.

— Et le valet… Il reste un danger, non ?

— Ah, le valet… Retrouvé dans une ruelle, la gorge tranchée. Des voleurs, à n'en pas douter engagés par ton tuteur, répondit Don Jaime d'un air sombre. Ma chère petite, je crains que la maîtresse de maison ne commence à me lancer des regards soupçonneux. Je vais trouver un moyen de t'aider. En attendant je te donne ma bénédiction, pour que cette femme me voie faire.

Esperanza prit conscience qu'elle ne pouvait se fier à personne. Elle se mit à redouter chaque bouchée de nourriture ou gorgée de vin, craignant d'être empoisonnée, et ressentait des ondes malfaisantes dans cette demeure sinistre. Ses cauchemars d'enfant revinrent, et les nuits agitées finirent par saper ses forces, exactement comme la première fois. Sa chambre était une prison. Incapable de manger et de dormir, elle tomba malade – d'abord léthargique, elle devint fiévreuse et bientôt incapable de quitter le lit. Les jours passaient sans qu'elle s'en rende compte. La fièvre empira ; elle avait mal partout, sa peau la brûlait. Une fois, elle ouvrit les yeux et trouva l'épouse du tuteur penchée au-dessus d'elle avec un rasoir, une boucle de cheveux à la main. Esperanza hurla jusqu'à perdre connaissance.

Lorsqu'elle revint enfin à la raison, une jeune femme au visage triste et au nez crochu lui épongeait le visage avec de l'eau de rose. Esperanza avait une sensation bizarre à la tête. Se passant une main sur le crâne, elle eut un choc en constatant qu'il était rasé. « C'est à cause de la fièvre, chuchota l'autre. Mais ça repoussera. Je suis Maria, votre nouvelle femme de chambre. Don Jaime m'envoie. Il a un plan, mais il va falloir reprendre du poil de la bête. »

Chose étonnante, le tuteur d'Esperanza semblait déterminé à la voir aller mieux. Il fit venir un éminent médecin qui lui prescrivit des fortifiants. Elle fut gavée de bouillons nourrissants, de bon pain, de vin aromatisé au miel et aux épices. On lui demandait constamment quels plats lui feraient envie. Encore plus étrange, l'épouse de son tuteur se mit à venir chaque jour pour lui faire la lecture, mais d'après le livre le plus assommant qu'Esperanza ait vu de sa vie : un essai sur la quête de la vertu. C'était une litanie sans fin des imperfections de la femme, fille d'Ève, qui avait apporté le péché au monde, et dont l'infériorité et la faiblesse ne la rendaient digne de rien, hormis de se soumettre à son père, ses frères et son mari. Quand Esperanza eut droit à un passage énumérant les devoirs d'une bonne épouse chrétienne, elle vit bien que sa lectrice lui lançait des regards lourds de sens.

Celle-ci finit par craquer et révéler que grâce à la bonté de son mari, Esperanza était fiancée à un noble prêt à fermer les yeux sur sa réputation entachée.

— Et quel est le nom de mon futur mari ? l'interrogea Esperanza sans laisser paraître sa surprise.

— Don Cesar Guzman, répondit l'autre d'un air pincé.

Maria, qui venait lui apporter de la soupe, promit de se renseigner. Trois jours plus tard, elle accourut à son chevet et souffla :

— Don Jaime dit qu'il vaut mieux encore se marier avec le diable qu'avec Don Cesar Guzman. Il a déjà enterré quatre épouses, des orphelines riches comme vous. C'est un homme âgé qui a contracté une maladie aux parties intimes. Elle lui donne des pustules et des plaies purulentes, c'est dégoûtant. Il souffre atrocement mais s'obstine à vouloir un héritier, c'est même devenu une obsession. Il a martyrisé ses épouses l'une après l'autre en voyant qu'elles n'arrivaient pas à concevoir, et quelque temps après, elles sont mortes. La rumeur dit qu'il les a empoisonnées. Don Jaime pense que votre tuteur a proposé une grosse dot à Don Cesar, en échange de quoi il ne doit poser aucune question sur votre mère. En résumé, le premier va s'emparer de votre fortune, et l'autre vous laissera vivre seulement si vous lui faites des enfants. Le mariage va avoir lieu bientôt, vous devez fuir le plus vite possible.

— Fuir ? Mais comment ? Ma porte est fermée à clé, ma duègne me surveille nuit et jour et le garde posté à l'entrée m'arrêterait. Et puis, où irais-je ?

— Don Jaime a un plan, mais vous devez m'emmener. Ma patronne est la plus cruelle qui soit. Elle porte le cilice sous sa robe pour mortifier sa chair, et la douleur est telle que cela l'incite à faire du mal aux autres. Elle nous fouette à tout bout de champ, surtout les jeunes, au prétexte que cela fait du bien à notre âme. Elle nous affame et nous punit si on a le malheur de voler un peu de nourriture. Si vous saviez comme les montagnes de mon enfance me manquent… Il y a ce garçon, aussi. On devait se marier mais mon père s'est mis en tête de me vendre en tant que servante. Je dois retourner auprès de lui avant qu'il m'oublie.

— Mais comment va-t-on s'y prendre ?

— Vous et moi, on va s'habiller comme des garçons et rentrer chez moi, dans la montagne. Il y a un couvent près de mon village, où les femmes maltraitées sont accueillies. S'ils veulent revoir leur épouse, les maris doivent donner quelque chose en gage de bonne conduite, et je peux vous dire qu'ils se comportent bien mieux qu'ailleurs. Vous pourrez vous cacher chez les bonnes sœurs.

Arrivant à ce moment-là, la duègne entendit des messes basses, gifla Maria pour lui faire passer l'envie de jacasser et lui ordonna de quitter la chambre.

La fuite semblait impensable. Esperanza y réfléchit longuement, sanglota de désespoir, sécha ses larmes sur le drap. Elle avait promis d'accepter le choix de son tuteur, mais son père n'aurait jamais voulu qu'elle épouse un homme comme Don Cesar. Cette situation insensée ne lui laissait pas le choix. Elle devait faire confiance à Don Jaime. Et faire preuve de courage, sinon elle se retrouverait avec la bague au doigt dès qu'ils verraient qu'elle était guérie.

Si personne n'avait trouvé sa cachette, elle pouvait compter sur les *reales* qu'elle avait dissimulés dans un compartiment secret de son coffre, celui qu'elle avait emmené chez le tuteur. Ce soir-là, quand sa gouvernante en eut assez de la veiller et partit, croyant qu'elle dormait, Esperanza alla fouiller discrètement. La bourse était toujours là, et elle la ramena dans son lit. Désormais, chaque soir, elle attendait d'être seule pour se lever et marcher dans sa chambre, afin de retrouver plus vite ses forces. Elle se sentait mieux, mais continua à faire mine de dépérir.

Un jour, à la fin du printemps, Maria lui chuchota :

— Il faut vous tenir prête à partir, car l'été est le meilleur moment pour cheminer dans la montagne. Je vais vous amener un nouveau pot de chambre, que je glisserai sous le lit. À compter de maintenant, ne prenez plus la potion qu'on vous donne pour dormir, mais versez-la dedans. Chaque matin je viendrai reprendre le pot et je cacherai le liquide. La nuit du départ, j'en mettrai dans le verre de la duègne au moment d'apporter le dîner, puis dans le vin du garde à l'entrée. Celui-là, il est tout le temps à m'attraper et vouloir ouvrir mon corsage ! Je lui ferai mon plus beau sourire en le resservant, lui donnerai ce qu'il veut, et il pensera que j'ai changé d'avis. Ensuite on s'habillera comme des garçons…

— Des pages ? Le problème c'est que le mien est petit, et…

— Mais non, andouille ! Des garçons de cuisine ! Si vous donnez une pièce à celui de la maison, il donnera sans problème ses guenilles. Vous faites la même taille. Je vous préviens, elles puent – et tant mieux. Les cheveux courts c'est parfait, il ne reste plus qu'à vous salir…

Elles regardèrent les mains d'Esperanza, qui étaient fines et blanches avec des ongles roses.

— Il va falloir les frotter avec de la suie, surtout. Si quelqu'un voyait ça, on nous démasquerait aussitôt. Ah, j'oubliais – on va avoir besoin d'argent.

L'air triomphant, Esperanza sortit ses pièces d'or, mais Maria objecta :

— Des gueux avec ça ? On nous prendrait pour des voleurs !

Elle en sortit une, la soupesa.

— Je n'aurais jamais cru toucher un *reale* de ma vie… Don Jaime les changera contre des piécettes, ce sera plus crédible.

Cela faisait longtemps que la duègne ne vérifiait plus si Esperanza buvait sa potion. Neuf soirs de suite, elle transvasa le liquide jaunâtre dans le pot de chambre. Le dixième jour, Maria lui amena en catimini un paquet qui puait la transpiration. Le onzième jour, il plut à verse mais le temps se dégagea en fin d'après-midi. Lorsqu'elle était venue prendre le pot de chambre, Maria avait articulé en silence : « Ce soir ! » L'heure approchant, Esperanza se mit à claquer des dents tant elle avait peur, et la duègne déclara que la fièvre devait revenir. Fronçant le nez devant l'odeur de maladie – il s'agissait en réalité des habits cachés sous le lit –, elle garda ses distances.

La bougie était presque entièrement consumée le temps qu'elle s'écroule de sommeil dans son fauteuil. On ouvrit la porte et quelqu'un souffla : « Vite ! »

Maria portait un pourpoint en cuir usé par-dessus une chemise en lin et une culotte en piteux état. Elle avait coupé ses beaux cheveux. Esperanza se changea prestement, dégoûtée par le contact des habits crasseux sur sa peau. « Mouillez-vous les mains et le visage avec l'eau de la cruche, et passez-les bien dans l'âtre », ordonna Maria à voix basse. Puis elle noua la bourse de *reales* sous le pantalon bouffant de sa maîtresse, de façon à ce qu'elle forme une bosse à l'entrejambe. Esperanza trouva cela inconfortable, mais elle lui certifia que c'était une part essentielle du déguisement. Par ailleurs, son accent citadin pourrait les trahir, et elle devait la laisser parler dans son patois. Ils étaient frères, paysans, et en route pour leur village natal. Maria était le sensé des deux ; Esperanza le simplet, muet de naissance. Quand celle-ci loucha, puis toucha sa bourse, Maria étouffa un gloussement.

Elles contournèrent le garde sur la pointe des pieds, entrouvrirent la porte et attendirent qu'une bande d'ivrognes passe, puis deux soldats. « Maintenant ! » Elles s'élancèrent dans la nuit, gardant à l'esprit que lorsque le garde se réveillerait, il donnerait l'alerte et une chasse à l'homme serait aussitôt déclenchée.

Elles comprirent vite qu'elles ne s'étaient pas trompées. Partout où elles s'arrêtaient, elles entendaient parler de la jeune héritière qu'on avait enlevée, et de la récompense offerte à ceux qui la ramèneraient à son tuteur éploré. Elles l'échappèrent belle dans une taverne, où on leur avait donné quelques cuillerées de ragoût et un croûton de pain par charité. Elles étaient recroquevillées près du feu lorsque des gardes armés débarquèrent et demandèrent si personne n'avait vu l'héritière, précisant que la récompense venait de doubler. Le silence se fit autour d'elles, et Esperanza fut terrifiée à l'idée d'être dénoncée, d'autant plus que son voisin se pencha vers elle, lui donna une tape dans le dos et plaisanta : « La v'là, m'sieur le juge ! À moi la richesse ! » Heureusement, tout le monde éclata de rire en voyant le grand nigaud baver sur son pain, sourire béatement et se gratter comme s'il avait des poux.

Mais par-dessus tout, le voyage fut pénible. Elles usèrent vite leurs souliers, et durent ficeler des bouts de tissu pour boucher les trous. Esperanza se mit à boiter, et dès qu'elles le pouvaient, elles se faisaient emmener en charrette. L'été était déjà avancé quand elles atteignirent les contreforts de la montagne, qui paraissait beaucoup plus proche lorsqu'elles s'étaient mises en route. Sortant à peine de l'adolescence, elles étaient si affamées qu'elles dépensaient invariablement plus que prévu pour manger. Elles n'avaient quasiment plus d'argent mais Maria refusait toujours d'utiliser les *reales*. À présent, elles devaient se contenter de pain, d'huile et de baies cueillies au bord des chemins.

Malgré l'épuisement, Maria reprit confiance, montrant à Esperanza les rochers blancs qui lui servaient de point de repère. Elles montèrent de plus en plus haut. L'air se raréfia, il fit plus frais, et elles observèrent des oiseaux de proie dans le ciel.

Esperanza perdit la notion du temps. Elle ne pensait plus à rien, hormis mettre un pied ensanglanté devant l'autre jusqu'à la fin de la journée. Sa fièvre revint. Elle finit par refuser d'avancer, ne souhaitant rien d'autre que s'allonger sur le bas-côté et mourir. Maria l'adossa à un talus et revint avec un bout de pain rassis et une pomme à moitié pourrie qu'elle avait volés dans une auge à cochons. Tout en la forçant à manger, elle lui assura que ce n'était plus très loin, et qu'il ne fallait pas flancher maintenant.

Deux jours plus tard, engourdies par le froid après avoir passé la nuit dehors, elles atteignirent une oliveraie qui semblait avoir été plantée sur le toit du monde. Maria poussa, tira, cajola Esperanza pour qu'elle monte encore, jusqu'à tomber sur une haute enceinte en pierre. « Là ! C'est juste là ! Un dernier petit effort », haleta-t-elle – et elle la laissa tomber pour aller sonner la cloche. Ce fut la dernière chose qu'Esperanza entendit. À ce stade, elle ne se souciait plus de survivre.

Lorsqu'elle se réveilla, elle était entourée de religieuses occupées à découper ses habits couverts de vermine. Elle fut prise de panique, se débattit, hurla qu'elle devait fuir avant qu'on la marie au diable. Les sœurs l'obligèrent à avaler un bouillon qui avait goût d'herbe, puis l'enveloppèrent dans une couverture chauffée à l'aide de pierres brûlantes. Elle se calma. Enfin, elle tomba dans un sommeil si profond qu'elle crut mourir.

— Ils me tueront s'ils me retrouvent, constata-t-elle lorsqu'elle se sentit assez bien pour parler.

— Je sais, répondit l'abbesse.

Avec le temps, les cheveux d'Esperanza ont repoussé, son visage a retrouvé des couleurs et elle ne demande pas mieux que de rester au scriptorium. Je m'en remets à elle pour écrire la Chronique lorsque ma main fait des siennes. C'est une bonne chose d'avoir une fille à mes côtés, plus encore une fille qui prend sa charge à cœur.

La vie a continué ainsi jusqu'au jour où, peu après le retour de nos chères hirondelles, une nouvelle enfant est arrivée. Celle-ci n'était pas un bébé envoyé avec une dot, mais une fillette en haillons laissée à la porte alors qu'il avait plu toute la nuit. L'abbesse m'a fait venir – ainsi que, à ma surprise, Esperanza.

13.

Extrait de la Chronique des Saintes-Sœurs de Jésus, couvent de Las Golondrinas, Andalousie, printemps 1549

Au début, je n'ai pas remarqué l'enfant au visage d'adulte assise sur un tabouret aux pieds de l'abbesse. Luz ne parle pas et peut rester sage pendant des heures, au point d'en devenir invisible. Chose étonnante, elle était vêtue d'une chemise en coton rêche et de souliers troués. En général les grandes familles tiennent beaucoup à leur nain, l'affublent de beaux habits et le gardent auprès d'eux comme s'il était un animal de compagnie et non un être humain doté d'une âme. C'est une coutume détestable, et Esperanza était outrée lorsqu'elle s'est approchée pour me dire :

— Je n'aurais jamais cru que l'abbesse ait une naine ! Quelle honte !

— Ne me regardez pas avec cet air réprobateur, Esperanza, l'a rabrouée celle-ci. La sœur portière l'a trouvée devant la grande porte ce matin.

Esperanza a piqué un fard. Se penchant vers l'enfant, l'abbesse lui a mis une main sous le menton pour lever sa tête à la lumière. La naine a tressailli, et nous avons mieux compris le ton dur de l'abbesse : elle avait des bleus autour du nez, une cicatrice à la suite d'une gifle lui ayant fendu la lèvre, le visage sale, les cheveux emmêlés et de grands yeux terrifiés qui nous observaient tour à tour. L'expression de l'abbesse a changé. Elle lui a dit gentiment :

— Mon enfant, tu es en sécurité ici. Personne ne te battra. Ne peux-tu vraiment pas nous dire ton nom, ni quel âge tu as ?

Elle n'a pas répondu.

« Qui t'a amenée ? » Elle a sorti un papier plié de la poche de sa chemise et l'a tendu avant de baisser la tête, tel un chien s'attendant à recevoir un coup. L'abbesse a lu le mot à voix haute :

> « Honorables Sœurs du couvent des Hirondelles,
> J'ai fait un long chemin pour remettre ma petite-fille Luz entre vos mains bienveillantes. Il n'existe personne d'autre au monde vers qui me tourner ; il ne me reste guère d'années à vivre, et je ne peux plus la protéger. Cette enfant a été victime des pires injustices à cause de son état. Dans ma famille, la tradition veut que l'on se marie entre nous afin de préserver le domaine, et ma fille unique a épousé un cousin amoureux d'elle depuis l'enfance. Elle était adorée, vertueuse et bonne envers ses domestiques, y compris le nain de mon gendre, connu pour ses frasques avec les filles de cuisine. Tout allait bien, jusqu'au jour où elle a mis au monde leur premier enfant, qui est telle que vous la voyez. En découvrant la pauvre Luz, le mari s'est mis dans une rage folle, persuadé que sa femme l'avait fait cocu avec son nain. Ma fille a eu beau crier son innocence, il l'a tirée du lit où elle venait d'accoucher, enfermée à clé dans une chambre et laissée dépérir après qu'un prêtre lui eut extorqué une confession d'adultère.

Lorsque j'ai eu vent du scandale, je me suis ruée chez mon gendre pour lui expliquer que même si l'on n'en parlait pas, il n'était pas rare que les femmes de la famille donnent naissance à des nains : il y avait eu des cas à chaque génération, que l'on cachait par crainte du qu'en-dira-t-on. Il n'a rien voulu entendre, et ne m'a pas autorisée à voir ma fille. La pauvre est morte seule dans une mare de sang, si j'en crois la servante qui l'a trouvée. Quant au nain du mari, personne ne l'a jamais revu.

J'ai imploré les autorités d'enquêter sur la mort de deux innocents, mais me suis vu répondre qu'un homme est maître en son foyer, et que s'il se comporte mal envers son épouse, il s'agit d'un problème de conscience, à régler en faisant pénitence.

Une femme n'est rien d'autre que de la poussière sous les pieds de l'homme, jamais justice ne sera faite pour ma fille ! J'ai supplié mon gendre de me laisser Luz, mais il a le cerveau dérangé et a juré de faire souffrir sa fille. Il m'a cependant permis de rester – pour en être témoin – et j'ai accepté dans l'espoir de la protéger. J'y suis parvenue mais pas toujours, malheureusement. Avec le temps, les mauvais traitements ont empiré : il la battait, lui donnait des coups en passant, l'accablait d'injures, ne lui apprenait rien (même pas ses prières), l'obligeait à dormir sur une paillasse et à manger les restes. Mais Luz devant hériter de sa fortune en tant que première-née, il n'osait pas la tuer. Il avait l'intention de la marier à un cousin orphelin et de garder l'argent pour lui.

> J'ai profité de son départ pour une chasse à courre longue de plusieurs semaines pour m'enfuir avec Luz. J'avais entendu dire qu'au couvent des Hirondelles, les désespérées pouvaient trouver l'aide et la protection qu'on leur refusait ailleurs. Pour l'amour de Dieu et de la Vierge, ayez pitié de Luz, et je prierai pour vous jusqu'à la fin de ma vie sur Terre, puis devant le trône du Tout-Puissant. »

L'abbesse a replié le papier.

— C'est terrible. Naturellement, nous allons recueillir cette enfant. Nous en aurions fait de même avec sa grand-mère, si elle était restée. Je vous ai fait venir, Esperanza, car je souhaite que l'histoire de Luz soit consignée dans la Chronique, afin de témoigner des traitements inhumains que les femmes subissent. Cependant, je suis curieuse. Vous avez dit que votre père possédait des textes interdits. En avait-il en lien avec la médecine ? Les Maures étaient réputés pour leurs travaux en sciences naturelles. Dire que tant de leurs ouvrages ont brûlé…

Les autodafés de livres l'irritent au plus haut point.

— En effet, a répondu Esperanza, sur ses gardes. C'était un sujet qui intéressait mon père, et j'ai moi-même étudié…

— Les sœurs infirmières pensent que… Vous rappelez-vous avoir lu quelque chose au sujet des nains ?

Après un instant de réflexion, Esperanza s'est souvenue d'un essai sur l'élevage des animaux, dans lequel l'auteur émettait l'hypothèse que les croisements entre bêtes de même lignée affaiblissent le cheptel, puisqu'il en résulte parfois des veaux ou des chevreaux à trois pattes, et qu'à partir de là on peut en déduire que la consanguinité dans une famille produit les mêmes effets, à savoir une descendance atteinte de déficience physique ou mentale.

Bien entendu, tout ceci est pure hérésie. L'Église nous affirme que le comportement animal ne peut en aucun cas être comparé à celui de l'homme, qui a été créé à l'image de Dieu. Le père d'Esperanza, lui, était d'avis que c'est l'ordre de la nature, et que cette dernière est une manifestation des lois de Dieu. Par ailleurs, l'essai insistait sur le fait qu'une famille engendrant des nains ou des enfants à la colonne vertébrale fragile devait bannir toute union entre parents, proches ou non. Esperanza a ajouté d'un ton amer que ce texte se trouvait dans la bibliothèque de son père et avait péri par le feu. L'abbesse a fait une grimace peinée et maudit les ignorants qui, en dissimulant un savoir, aggravent les malheurs dans le monde et causent d'inimaginables souffrances à des innocents.

Après avoir remercié Esperanza, elle a tourné son attention vers Luz. « Mon enfant, ton prénom veut dire lumière, la belle lumière qui brille dans ton âme et continuera en toute sécurité, désormais. Va avec Esperanza, elle va veiller à ce qu'on te donne un bain et des vêtements propres. Un lit va être préparé pour toi, aussi. Tu dois avoir faim – Esperanza, demandez un bol de soupe en cuisine. Faites-y ajouter un œuf pour redonner des forces à la petite Luz, et du pain au miel s'il en reste. Ensuite, allez voir les sœurs infirmières, elles auront sûrement un onguent pour atténuer les contusions. Si Luz refuse de parler, nous devons être patientes ; elle n'agit pas par obstination. »

Il est impossible de deviner son âge. L'abbesse pense entre huit et dix ans, peut-être onze. Elle ne sait ni lire ni écrire, et tout l'effraie – sauf la couture, qui semble la passionner. Alors que la plupart des orphelines gigotent pendant cette activité, Luz boit les paroles de la sœur qui leur montre comment procéder. Elle est ravie d'avoir sa propre corbeille à ouvrage qui contient du fil de soie de différentes couleurs, un étui à aiguilles, de petits ciseaux et un dé à coudre. Elle en prend grand soin et maîtrise tout ce qu'on lui apprend. Nous lui avons donné un petit tabouret pour que ses pieds touchent le sol, et elle est capable d'y rester des heures sans bouger, jusqu'à ce qu'on l'appelle pour la prière, le repas ou une promenade dans le cloître. Ses points sont superbes, tellement bien faits qu'ils en sont invisibles.

Exactement le contraire de ceux d'Esperanza qui, en dépit de son intelligence, est incapable de coudre droit. Luz est souvent félicitée devant les autres et cela fait des merveilles. Elle a bien meilleure mine, et des bras dodus. Ses vilaines cicatrices ont disparu et elle se permet même un sourire, parfois. Cependant elle ne parle pas, et si quelqu'un crie ou casse quelque chose, elle court dans un coin pour pleurer.

De son côté, Esperanza est bien plus heureuse à présent qu'elle doit s'occuper de Luz, et lui permet de coudre au scriptorium pendant que les autres sont en classe. « Voyez, sœur Beatriz, a-t-elle dit l'autre jour en me montrant un mouchoir brodé d'exquise façon. C'est Luz qui l'a fait pour moi. N'est-ce pas magnifique ? »

Luz a rayonné de fierté en me voyant admirer son œuvre, qui était en effet très belle, ornée de dentelle et décorée d'un oiseau. « Une *golondrina* ! s'est exclamée Esperanza. Je lui ai montré les hirondelles qui nichaient dans le couvent, et maintenant elles viennent chanter pour elle parce qu'elle leur donne des miettes de pain. En plus d'être une petite fille sage, elle est drôlement maligne ! » Luz a rougi de plaisir et Esperanza l'a prise dans ses bras.

La couturière a décidé de confier à Luz la tâche de raccommoder le linge d'autel ; d'habitude, elle n'autorise personne à y toucher. Et cela tombe à pic, car la reine nous demande par courrier de prier pour les indigènes d'Amérique hispanique et le succès de leur conversion à la foi chrétienne.

Cela a donné une idée à l'abbesse : lorsqu'elle aura terminé le reste, Luz confectionnera une nappe d'autel pour la chapelle personnelle de la reine, brodée de symboles religieux entremêlés d'hirondelles rappelant l'emblème du couvent. Le présent sera envoyé avec une lettre dans laquelle nous promettrons de prier et l'assurerons de notre obéissance, de la pureté de notre foi et de notre gratitude.

« Il faut saisir toutes les occasions de rappeler à Son Altesse que nous comptons sur elle pour nous protéger », a conclu l'abbesse.

14.

Couvent de Las Golondrinas, Espagne, avril 2000

À cause de son affreux cauchemar, Menina était au radar le lendemain matin. En suivant sœur Clara dans les couloirs, elle songea qu'elle aurait payé cher pour boire un double expresso. Elles passèrent devant le scriptorium, puis s'arrêtèrent devant une porte imposante. « La *sala grande* », annonça la religieuse en cherchant la clé dans le trousseau accroché à sa taille. Elle la trouva, l'inséra dans la serrure en fer forgé, tourna – mais elle eut beau pousser et râler, il ne se passa rien.

Menina lui dit de s'écarter et donna un bon coup de pied dedans. La porte s'entrouvrit dans un raclement – sans doute pour la première fois depuis longtemps, à en juger par le nuage de poussière – mais n'alla pas plus loin. Après avoir éternué un bon coup, Menina se glissa à l'intérieur et découvrit un espace si grand et si peu lumineux qu'elle distinguait à peine le mur du fond. Cette salle devait faire la longueur du cloître et ressemblait à la pièce où elle avait parlé à Alejandro derrière la grille. On y trouvait le même genre de mobilier en bois massif, un petit canapé dont le rembourrage en crin de cheval sortait par endroits, deux fauteuils assortis (dont un qui avait perdu un bras) et un immense crucifix accroché de travers. Quand ses yeux finirent de s'adapter, Menina retint son souffle. Les murs, qui paraissaient simplement sombres au départ, étaient recouverts de tableaux.

Elle fit quelques pas sur un tapis persan usé jusqu'à la corde. Les têtières en dentelle du canapé étaient piquées, il y avait des trous de mites dans le chemin de table brodé, et la statue de la Vierge était d'un gris uniformément sale. L'odeur de renfermé, pourtant omniprésente dans le couvent, l'accablait et le lourd silence était palpable.

— Depuis combien de temps vous ne venez plus ici ?

— Plusieurs années. Il fait trop froid en hiver. Mais je crois que le Mendoza est là.

— Euh, vous vous rappelez où ? demanda Menina d'une voix faible, en regardant autour d'elle.

Il devait y avoir des centaines de peintures, au bas mot. Autant chercher une aiguille dans une botte de foin. La sœur se dandina vers le canapé, prit place et la dévisagea, dans l'expectative.

— Sœur Clara, vous savez au moins sur quel mur il se trouve ?

— Hein ? rétorqua la vieille femme en mettant sa main en coupe pour mieux entendre.

Menina répéta sa question en criant presque, mais n'eut droit qu'à un haussement d'épaules théâtral.

— J'aurais dû m'en douter, marmonna-t-elle entre ses dents.

Elle choisit un petit cadre au hasard, se posta devant, commença à malaxer la mie dans ses paumes et tamponna doucement la surface. Le bout de pain attira tellement de saleté qu'il finit par se désagréger. Menina recula et se rendit compte qu'elle voyait une main. Elle piocha dans son stock et renouvela l'opération, jusqu'à reconnaître le même moine à la tonsure que la veille, mais représenté sous un angle différent. Elle l'emporta dans le carré de lumière au milieu de la pièce mais ne trouva pas de signature, ni nom ni dessin d'oiseau. Si seulement elle avait une loupe ! Elle se tourna vers sœur Clara, qui s'était assoupie, un chapelet dans une main et la bouche grande ouverte.

Menina posa le moine sur la longue table, choisit un autre cadre au hasard et se mit au travail. À ce rythme-là, il lui faudrait des mois pour tout passer en revue.

Deux heures plus tard, sœur Clara n'avait pas changé de position. Prenant peur, Menina alla vérifier si elle respirait toujours – puis se souvint qu'elle avait veillé toute la nuit à cause de la vigile pascale. À présent, quatre toiles de différentes tailles avaient rejoint la première. Menina prit le temps de les examiner. Le moine ne cessait d'attirer son attention et plus elle l'observait, plus elle se sentait mal à l'aise. Sa réaction était sans doute due à la fatigue, mais elle percevait comme une présence malfaisante, au point qu'elle finit par le retourner pour ne plus le voir.

Quant aux autres… Elle tenta d'en trouver le sujet, chercha des symboles ou des objets religieux qui lui donneraient une piste. À la fac, elle avait toujours aimé faire « parler » les tableaux – mais à la fac, il y avait des manuels et une bibliothèque en cas de besoin. Là, elle ne pouvait compter que sur sa mémoire.

La prof de méthodologie commençait son cours chaque année par la même remarque, à savoir que les étudiants ayant grandi dans un État du Sud avaient une longueur d'avance sur les autres, s'agissant d'identifier les grands thèmes de la Renaissance. Menina avait été stupéfaite de voir à quel point c'était vrai, après toutes ses années de catéchisme. Elle avait adoré cette chasse aux indices qui menait au sens caché d'une œuvre, démontrait l'importance des couleurs, des ombres, du positionnement des personnages, des emblèmes – par exemple, des rayons de soleil filtrant par une fenêtre pour représenter la Lumière Divine qui illumine le monde, des chiens pour la fidélité, des fruits comme la grenade pour la fertilité, ou des perroquets qui, selon une croyance de l'époque, priaient la Vierge quand ils criaient « Ave ».

Seulement, la perspective de l'artiste ne faisait pas tout. Une peinture était un dialogue entre lui et le spectateur, et pour l'interpréter correctement, on devait comprendre comment il s'attendait à ce que les gens de son temps la voient. Ceci dépendait d'un tas de choses, comme la période, la situation politique et religieuse. La question qu'il fallait se poser était : où se « retrouvaient » l'artiste et le spectateur ? Si la toile représentait un mécène avec les attributs d'un saint, tout le monde se « retrouvait » dans l'idée qu'il en était un. L'intention pouvait être de provoquer l'admiration, ou bien de symboliser le pouvoir de la vie sur la mort, d'établir un lien entre le roi et Dieu, ou encore de décrire un mystère connu de tous, comme le pain et le vin de la communion qui se changent en corps et en sang du Christ… Il y avait une infinité de possibilités, mais l'important était de décrypter le message subliminal envoyé à la personne qui regardait.

Tout en pensant cela, Menina ouvrit son carnet et prit un stylo. Elle allait procéder avec méthode en donnant à chaque tableau un numéro, puis en écrivant une brève description. Ensuite, elle pourrait tenter de le faire parler.

Elle prit le numéro un et plissa les yeux. Où se « retrouvait-on », dans celui-ci ? Plus elle le scrutait, plus elle le trouvait moche – une espèce de madone au visage rond et aux mains qui paraissaient avoir été peintes après coup, vu comme elles sortaient bizarrement de ses manches. Soit l'auteur avait de sérieuses lacunes en anatomie, soit c'était une prise de position artistique. Menina n'avait pas envie de trancher. Par acquit de conscience, elle tapota les coins à la recherche d'une signature, et trouva un « *C* » suivi de ce qui ressemblait à « *Lopez* ».

Le numéro deux était tout aussi décevant : des anges insipides à la bouche ouverte, qui ne ressortaient absolument pas dans le ciel marron. Pas de signature. Menina le plaça à côté de la madone.

Le numéro trois était une nature morte aux roses et aux lys (dont elle savait qu'ils faisaient référence à la Vierge Marie), et pouvait avoir de la valeur suivant les finitions dissimulées sous la couche de crasse. En guise de signature elle trouva un « *B* », et le mit à part.

Le numéro quatre était un enfant impassible qui portait un agneau sur l'épaule. Les deux avaient le même regard de chien battu et la même moue théâtrale. Il était si horrible qu'elle pouffa. Elle le remisa avec la madone.

Trois heures et demie après, Menina avait réussi à nettoyer plus d'une vingtaine de peintures, et ne s'était jamais sentie aussi sale et transpirante de sa vie. Tout en s'essuyant le front de l'avant-bras, elle les balaya du regard. Aucune ne paraissait vraiment prometteuse – sans doute étaient-elles supérieures, du moins plus anciennes à celles des couloirs, mais rien ne lui sautait aux yeux. Elle se leva pour s'étirer et aller voir ce qui restait aux murs. En ce début d'après-midi, il faisait assez clair pour qu'elle repère un grand cadre noir accroché à hauteur d'yeux, qui présentait une surface inégale.

Elle s'approcha à quelques centimètres et gratta avec un ongle, laissant une trace grise. Elle cracha dessus et frotta avec la manche de son sweat-shirt, jusqu'à faire apparaître un métal terne. Pas de l'or comme elle s'y attendait, mais de l'argent. Vénitien ? En tout cas, cela laissait supposer une toile relativement bonne. En l'observant de près, elle distingua un motif recherché de plantes grimpantes. Tout à coup, elle s'écria : « Oh ! » Parmi les feuilles, on apercevait de petits oiseaux à la queue fourchue.

La peinture plia sous son poids lorsqu'elle voulut la décrocher. La calant contre la table, elle se mit au travail et révéla bientôt ce qui paraissait être une foule de gens sans visage. Non, il y en avait un de profil, à droite. Et les autres étaient en réalité de dos. Ils regardaient vers le centre, où se dessinaient deux silhouettes plus claires… Il se passait quelque chose au milieu… Menina repéra une jambe bandée. Et ce truc tordu, était-ce une béquille ?

Des têtes pour le moins troublantes, certaines de profil, d'autres de biais, commencèrent à émerger : monstrueuses, syphilitiques, ou alcooliques peut-être, avec des nez trop courts, trop larges et des narines épatées, des bouches ouvertes, des têtes de malades, de fous, des têtes aux traits gonflés, meurtris et déformés par toute une vie de labeur. C'était une foule qui souffrait, mais fixait son attention sur la même chose. Un homme était sur une civière. Plus loin, il y avait un squelette. En bas, quelque chose bougeait. À mesure que la crasse de plusieurs siècles s'en allait, Menina vit des créatures au corps reptilien, aux traits humanoïdes et aux yeux jaunes maléfiques, qui plantaient leurs regards dans le sien tout en détalant le plus loin possible de la scène.

Elle reconnut le thème : l'histoire de Jésus guérissant les malades et chassant les démons. Enfin, elle nettoya les personnages au centre. Deux hommes ? Non, un homme et une femme. Elle tamponna le coin inférieur gauche avec le dernier morceau de pain. La mie s'effrita dans ses mains et elle crut voir un « *T* ». Puis un « *r* ».

Impossible, se dit-elle en orientant le tableau vers la lumière. Mais n'était-ce pas un « *T* », pourtant ? Et un « *M* » en lettres majuscules ? À ce stade, elle n'aurait pas hésité à lécher la surface pour en avoir le cœur net, si cela avait été sans danger. Cédant à une impulsion, elle ramassa des miettes par terre et frotta un peu trop énergiquement pour une œuvre si ancienne. Et là – elle était tellement incrédule qu'elle se pinça – elle vit une petite tache. Il ne fallait pas s'emballer, ce n'était sans doute rien… Sauf si c'était une hirondelle ! Elle nettoya jusqu'à pouvoir lire « *T-r-i-s* », puis « *M-e-n-d* », et s'arrêta net avant de causer des dégâts irréparables.

Elle se redressa vivement et prit plusieurs profondes inspirations. Elle, Menina Ann Walker, dix-neuf ans, venait de faire une découverte qui allait mettre le monde de l'art en effervescence, et par le plus grand des hasards ! Bam ! Certains passaient toute une carrière à chercher, sans jamais rien trouver. « J'y crois pas… », s'émerveilla-t-elle à voix basse, puis elle donna un coup de poing imaginaire et s'exclama : « *Yes* ! » Elle était impatiente de raconter ça à Becky ! Et à ses profs, et à ses parents ! Elle improvisa une danse de la victoire, puis se souvint qu'elle pouvait le dire à quelqu'un.

— Sœur Clara, réveillez-vous ! J'ai une super nouvelle !

Elle tapota le bras de la vieille femme, qui se réveilla en sursaut.

— Hein ?

— J'ai trouvé le Tristan Mendoza ! cria Menina en espagnol. Je l'ai trouvé ! Il était ici ! Comme vous l'aviez dit ! Merci, merci !

— *Deo gratias*…, bafouilla sœur Clara.

Sur ces entrefaites, sœur Teresa débarqua en annonçant que le déjeuner était prêt et qu'il fallait se presser. Sœur Clara devait retourner à la vigile, et elle-même était attendue en cuisine pour la troisième fournée de *polvorónes*. Soudain le monde entier en voulait, tout avait pris du retard, elle avait tant à faire, et voilà qu'Alejandro exigeait de parler à Menina sur-le-champ.

— Sœur Teresa, j'ai trouvé le Mendoza ! Youpi !

Menina hésitait à bondir d'excitation comme une gamine de cinq ans lorsqu'elle se souvint que la religieuse n'y voyait rien. Elle commença à s'excuser, mais n'aurait pas dû se donner cette peine : sœur Teresa n'écoutait pas.

— On en discutera plus tard. Venez ! aboya-t-elle.

En chemin vers le parloir, elle se plaignit d'une voix assez forte pour être entendue derrière la grille qu'avec la Semaine sainte, elle avait autre chose à faire que d'accueillir tous les visiteurs de Menina. Le commissaire répondit d'une voix aussi forte qu'elle était de mauvaise foi, personne d'autre que lui ne venait, et en l'occurrence c'était important.

Les religieuses s'éloignèrent en clopinant, au son des nombreux griefs de sœur Teresa. Menina prit place, toujours aussi folle de joie.

— Commissaire, vous aviez raison de penser que le couvent a des tableaux de valeur. Je viens de découvrir…

Mais à sa surprise, il n'était pas intéressé. D'un air grave, il dit :

— Miss Walker, des gens vous cherchent.

De mieux en mieux.

— Dieu merci ! Mes parents ont enfin réussi à faire bouger *quelqu'un*. Je suis tellement soula…

— Vos parents ? Vous ne me croyez toujours pas mais je les aurais prévenus, si j'avais pu. Donc, ce n'est peut-être pas votre famille qui envoie ces gens-là, expliqua-t-il lentement. Et c'est peut-être une très bonne chose si vous restez ici.

— C'est forcément eux ! Qui d'autre ? J'ai appelé de l'aéroport pour dire que je n'étais pas à Madrid et que je prenais le car. Ils ont dû se débrouiller pour le retrouver, et le chauffeur a expliqué que je n'étais pas remontée après l'arrêt au village…

— Non, cet homme et cette femme ne font pas partie de la police. D'ailleurs, ils ne veulent pas qu'elle soit informée. Et comme moi je ne veux pas avoir de problèmes, je dois résoudre ce mystère maintenant. Vous devez me dire qui peut avoir autant envie de vous retrouver ?

L'euphorie de Menina retomba brutalement et sa gorge se serra.

— Oh, Seigneur, pas Theo ! gémit-elle.

Il avait l'argent et les relations nécessaires pour suivre sa trace, et à coup sûr la famille Bonner entendait donner sa propre version suite à l'annulation du mariage.

— Qui est ce Theo ?

— Personne. Mes parents ont dû engager des détectives privés.

— Je ne crois pas, non. Je vais vous dire pourquoi, et après vous me direz pourquoi ils vous cherchent, parce que ce n'est pas logique. Je viens de parler à Ernesto, un ami de mon père, policier à la retraite. Ce matin il retourne à son village et il s'arrête en route. Pendant qu'il boit un café, un couple débarque au bar – un homme et une femme, bien habillés – qui demandent à scotcher une affiche à la fenêtre, avec la photo d'une jolie fille et un texte disant que « Menina Walker », une Américaine, a disparu et qu'une grosse récompense est donnée pour toute information. Quand Ernesto voit ça, il pense à moi… Peu importe pourquoi. Lui aussi a envie de savoir, alors il tend l'oreille – une vieille habitude. Un retraité assis dans un coin avec sa pipe, jamais on ne va penser qu'il écoute.

Il veut voir ce que le couple va faire, alors il lit le journal. Le couple commande à manger, à boire, ils dépensent beaucoup d'argent pour un si petit bar, et le gérant finit par leur dire qu'ils peuvent mettre l'affiche, mais qu'ils devraient quand même aller au poste le signaler. Le couple refuse, ils ne veulent pas déranger la police.

— C'est bizarre de répondre ça !

— Curieux, hein ? Quand il m'a raconté, ça ne m'a pas plu…

— Sans blague ? Je me demande s'il y a quelque chose qui vous plaît ! Vous devriez plutôt être content d'être débarrassé de moi.

— Écoutez… Pendant qu'ils mangent, l'ami de mon père sort pour faire pipi mais en réalité il va inspecter leur voiture, mémoriser la plaque d'immatriculation. Une vieille habitude aussi. Et là il est très surpris, parce qu'il sait quelque chose que la plupart des gens, même flics, ne savent pas. Un symbole sur la plaque indique que le véhicule appartient à une association catholique, une sorte de confrérie. D'après Ernesto elle est ancienne et très conservatrice, elle remonterait même à l'Inquisition. Et elle est dangereuse parce que… Comment dire ? Ses membres sont des fanatiques, prêts à tout pour protéger l'Église.

— Mais comment est-il au courant d'un truc pareil ? Tout ça m'a l'air bien tiré par les cheveux.

— Vous devez comprendre. Vous venez d'Amérique, et pour les Américains, hier est déjà loin. En Espagne, non. Pendant la guerre civile, il y a eu des atrocités que les gens n'ont toujours pas oubliées. Dans la famille d'Ernesto, ils étaient républicains, comme mon père. En 1939, les fascistes sont venus dans ce village. Ils ont pris tous les hommes et les garçons, même petits, et ils les ont pendus sur la place. Ils auraient pendu mon père aussi, mais il était en train de chasser parce qu'il n'y avait rien à manger, et quand il a compris ce qui passait, il est allé se cacher dans la montagne.

À l'époque, ma mère avait seize ans, elle venait de se marier avec lui et elle était enceinte. Avec les autres femmes du village, elle a couru se réfugier ici. Les sœurs les ont fait entrer et ont fermé à double tour. Les fascistes étaient très dangereux, mais elles savaient qu'ils n'oseraient pas mettre le feu au couvent. C'est comme ça que ma mère a été sauvée, et que grâce aux sœurs j'ai eu des parents pour m'élever. Ernesto a eu moins de chance. Les fascistes sont venus dans son village aussi, ils ont tué sa famille et violé beaucoup de femmes, brûlé des tas de maisons. À cause de ça, toute sa vie il a haï l'Église catholique, parce que les fascistes sont catholiques et que l'Église les soutient. Il a passé beaucoup de temps à étudier ses secrets, et il sait des choses inconnues du grand public. Par exemple, il s'est intéressé à l'aile droite de l'Église, très traditionnelle. Tout le monde les oublie aujourd'hui, se fiche d'eux. Mais comme cette *confraternidad*, ils existent bien, et ils ont du pouvoir au Vatican. Ailleurs, aussi. Alors je crois Ernesto quand il dit que ces gens ne perdent pas leur temps à chercher des jeunes femmes sans raison. Et maintenant, vous devez me dire pourquoi. On ne joue plus.

Jouer ? Non mais quel toupet !

— J'en sais rien, moi ! Je suis baptiste – les catholiques ne sont tout de même pas désespérés au point de vouloir recruter des fidèles parmi les touristes !

— Il y a forcément quelque chose que vous ne dites pas. Ces gens prennent leurs instructions au plus haut niveau, peut-être même au Vatican. Et le Vatican a des pions au gouvernement, dans la police, partout. On ne croit pas comme ça, mais aujourd'hui encore l'Église a un grand pouvoir. Vous pensez que les fanatiques ne sont pas dangereux ? Il n'y a rien de pire. Regardez en Irlande du Nord, au Pays basque, au Moyen-Orient. Alors je vous le demande une fois de plus, pourquoi êtes-vous en Espagne ?

— Je vous l'ai dit et redit, je veux juste aller à Madrid !

— Justement, ce Tristan Mendoza. Pourquoi est-il si important ?

Menina avait la désagréable impression d'être Alice au pays des merveilles. Elle lui avait déjà expliqué pour Mendoza, et si le sujet avait un intérêt pour une étudiante en histoire de l'art avec un mémoire à rédiger, rien ne justifiait cet interrogatoire surréaliste.

— Écoutez, au départ je me suis intéressée à lui à cause de mon médaillon, mais si ça signifie quelque chose, c'est seulement pour moi. Tenez !

Elle ôta le pendentif et le lui fit passer à travers la grille, tout en expliquant qu'elle avait été retrouvée avec ce bijou quand elle était petite, et que ses parents le lui avaient donné le jour de ses seize ans.

— J'y suis très attachée parce que c'est tout ce qui me reste de ma famille biologique. Vous voyez le petit oiseau dessiné dessus ? La raison qui m'a poussée à étudier Mendoza, c'est qu'il signe ses tableaux avec le même, sous son nom. Je voulais faire des recherches au Prado pour voir si cette hirondelle avait une signification, une histoire, s'il pouvait y avoir… un lien avec mes vrais parents. Les Walker sont merveilleux, je les adore, mais si vous n'avez pas été adopté, vous ne pouvez pas comprendre ce besoin viscéral qu'on a d'en savoir plus sur ses origines. C'est comme s'il y avait un gros trou dans ma vie. Je sais que ces hirondelles sont peut-être une coïncidence, mais c'est le seul indice que j'ai.

— En Espagne, la famille est très importante. Je comprends. Les sœurs ont aidé ma mère, maintenant c'est à moi de le faire, comme j'ai promis à mon père. Il leva le médaillon à la lumière, passa un doigt sur le recto, le verso, réfléchit un instant puis le rendit à Menina.

D'un ton bien plus calme, il poursuivit :

— Il y a des légendes sur une communauté judéo-chrétienne qui aurait vécu dans la région, à l'époque des Romains. Les premiers chrétiens étaient aussi juifs, et eux ne disaient pas que Marie était vierge, parce qu'elle a eu d'autres enfants après Jésus. Et puis, quelques siècles après, l'Église a affirmé le contraire : Jésus était le fils de Dieu, donc Marie une vierge éternelle. En réalité, qui détenait la vérité ? Sauf que les gens ne devaient pas poser de questions, seulement croire ce qu'on leur dit. Bref, on parle d'hirondelles dans ces légendes, mais je ne sais plus pourquoi. Et maintenant, racontez-moi le reste de votre histoire, pour que j'en sache plus sur *vous*. D'abord, qui est ce Theo ? Qu'est-ce qu'il vient faire là-dedans ?

— Euh, c'est… personne.

— Si c'est personne, pourquoi pensez-vous qu'il a envoyé des gens à votre recherche ?

Menina sentit l'angoisse monter.

— Theo était… On était censés se marier.

— Vous êtes sa fiancée et vous dites qu'il n'est personne ?

— Non, je ne suis pas sa fiancée. Plus maintenant.

— Pourquoi ?

Menina fit un effort surhumain pour ne pas trembler en expliquant qu'ils s'étaient disputés et qu'elle avait rompu. Ce genre de choses arrivait tous les jours, conclut-elle le plus calmement possible. Mais, à son corps défendant, elle commença à se revoir dans la voiture, devant le lac, elle sentit la main plaquée sur sa bouche, et ce sentiment d'impuissance… Tout remonta d'un coup et elle ne pensa plus qu'à ça. Theo qui étouffait ses cris, elle qui suffoquait… C'était comme s'il la haïssait… Et après… *Pourquoi en faire toute une histoire ?* Elle avait du mal à respirer.

— Et donc, je… Il… Je suis venue ici parce que…

Tais-toi ! se fustigea-t-elle.

— Mais à votre retour, vous allez vous marier ?

— NON !

— Alors pourquoi ?

Elle avait l'impression de se faire écorcher vive.

— Laissez-moi tranquille, à la fin ! Je n'ai pas envie d'en parler.

— Il vaut mieux me dire.

— Ça ne vous regarde pas. Cette histoire n'a rien à voir avec les gens que vous décrivez, ou je ne sais quelle confrérie religieuse.

En fait, ça n'a rien à voir avec personne, sauf moi ! Arrêtez de vous acharner sur moi !

— Miss Walker, je suis désolé. Une rupture, comme ça... C'est douloureux. Mais peut-être que ce n'est pas un homme bon, ou pas pour vous. Et puis, c'est une chance de découvrir à temps qu'on ne peut pas faire confiance à celui qu'on aime.

Menina perdit son sang-froid pour de bon. La fureur la submergea. Elle était plus en colère qu'elle ne l'avait jamais été dans sa vie. Elle agrippa la grille des deux mains, des envies de meurtre envers l'homme de l'autre côté.

— Lui faire confiance ? Il m'a violée ! Et il a dit que ce n'était pas grave parce qu'on allait se marier, le pire c'est qu'il espérait me mettre enceinte, et je ne sais même pas si c'est ma faute – c'est ce que ma mère dirait si elle savait –, alors je ne peux pas lui en parler, je ne peux pas en parler non plus à la police parce que je ne veux pas infliger un procès à ma famille, quand tous les autres, ses amis à la fac, vont dire que je suis une... Une... Je ne peux même pas le dire à ma meilleure amie ! J'essaie de gérer ça toute seule, et j'y arrivais, je me sentais mieux et j'ai cru... Mais vous, avec votre arrogance... Vous avez tout gâché... Espèce de salaud !

Elle s'entendit hurler des mots qu'elle n'avait jamais dits à personne, jusqu'à ce qu'elle fonde en larmes et soit obligée d'arrêter.

Le commissaire la laissa pleurer tout son soûl.

— Ce n'est pas bien de se taire quand une chose aussi terrible vous arrive.

Il avait l'air de compatir. D'être la voix de la raison. *Je te déteste*, pensa-t-elle.

— Il y a beaucoup de gens méchants dans le monde, et ce n'est pas votre faute s'il en fait partie.

C'était encore pire. Menina ne voulait pas de sa pitié. Elle ne voulait pas qu'on la raisonne. Tout ce qu'elle voulait, c'est que personne ne *sache* ! En l'écoutant, elle eut la sensation d'être violée une seconde fois. Elle donna des coups de pied dans la grille aussi fort qu'elle put, jusqu'à ressentir une douleur cuisante au gros orteil.

— Bon sang, vous êtes vraiment trop bête… Fait chier !

— Vous êtes en colère. C'est bien ! Soyez en colère contre lui. Il le mérite, et je préfère si vous vous énervez contre moi plutôt que contre vous, parce que ce qui est arrivé n'est pas votre faute.

— Oh, f-f-fermez-la ! Mais fermez-la ! s'égosilla-t-elle.

Soudain sœur Teresa était là. Elle semblait contrariée.

— Alejandro ! Qu'est-ce que c'est que ça ? Que lui as-tu dit ?

Elle passa un bras autour des épaules de sa pensionnaire et lui souffla :

— Venez, on s'en va.

Menina se laissa emmener en sanglotant bruyamment. Le commissaire lui cria quelque chose et secoua la grille, disant que c'était important. Menina s'en fichait. Elle s'était presque sentie bien pendant un temps, mais elle avait eu tort. Sa vie était un champ de ruines. Le reste de la journée passa dans un brouillard de tristesse. Elle se força à laver son tee-shirt et une culotte, les rinçant dans l'eau glacée jusqu'à ce que ses mains soient engourdies. Elle alla dans le jardin des pèlerins pour prendre des notes sur sa trouvaille. Elle ne se souvenait plus de rien. Elle prit son guide et relut le même paragraphe dix fois. Elle finit par le poser parce qu'elle s'était remise à pleurer. Ce soir-là, il y avait une assiette de gâteaux à l'amande sur son plateau. « Des *polvorónes* », annonça sœur Teresa avant de la laisser.

Menina n'avait aucun appétit, ni pour cela ni pour autre chose. Elle s'allongea dans le noir. Se rappela qu'elle avait oublié de se brosser les dents. Se dit qu'elle devrait se relever pour le faire, puis décida que sa vie partait en lambeaux et qu'elle pouvait bien laisser ses dents pourrir avec.

15.

Couvent de Las Golondrinas, Espagne, avril 2000

Le lendemain, sœur Teresa dit « *¡Deo gratias !* » de sa voix stridente et Menina ouvrit des yeux gonflés, avant de se redresser péniblement. Elle haïssait le monde entier. Elle avait mal à la tête. Mais on était jeudi, donc plus que trois jours avant Pâques. Et puis soudain, elle repensa à l'humiliation de la veille et plus rien ne compta.

Elle but son café machinalement. Quand elle repensait à ce qu'elle avait fait, elle ne savait plus où se mettre. Ça ne devait plus jamais arriver, se sermonna-t-elle. Elle s'habilla, toujours aussi hébétée.

Une heure plus tard, elle suivait sœur Clara lorsque celle-ci fit un crochet par la cuisine, et lui montra un truc ahurissant : un grand panier de poissons en chocolat enveloppés dans du papier cellophane de toutes les couleurs, décoré d'un énorme nœud rouge et de rubans entortillés sur la longueur de l'anse. « *VALOR* » disait l'emballage des poissons.

— Valor est une marque connue, très chic, chère aussi ! expliqua sœur Clara, enchantée. C'est le commissaire qui l'a apporté.

Menina considéra l'offrande d'un œil soupçonneux.

— Pourquoi ?

— Pourquoi ? Parce que le poisson est un symbole chrétien, bien sûr ! En Espagne, on appelle ça de la friture. Les gens en offrent à la famille, aux amis.

La sœur lui jeta un regard entendu.

— Les hommes en offrent aux femmes. Tenez, il y a un mot, ajouta-t-elle en le lui donnant. Puis elle attendit.

Menina déplia le bout de papier avec « *Polizia* » écrit en en-tête, et lut à voix haute :

> « Señorita Walker, chaque année ma sœur de Saragosse m'envoie ce cadeau pour la Semaine sainte, afin de me rappeler que je suis son petit frère. Je vous prie de l'accepter pour vous et les sœurs, avec mes hommages. Alejandro Fernández Galán »

En temps normal, Menina adorait le chocolat. Grinçant des dents, elle déchira le mot en morceaux, et s'apprêtait à shooter dans le panier avec ses grosses chaussures quand l'air apeuré de sœur Clara l'arrêta.

— Vous devez le prendre, insista cette dernière d'une voix tremblante. S'il vous plaît. Alejandro a dit qu'il viendrait vous voir plus tard.

Oh, non !

— Et pourquoi, cette fois ? râla Menina en emportant ce truc encombrant.

— Je ne sais pas, fit sœur Clara en se dirigeant vers la *sala grande*. Une de ses petites amies est encore venue, la nuit dernière.

Contrairement à l'autre, le téléphone arabe continuait à fonctionner pendant la Semaine sainte.

— Il en a tellement. Il devrait se marier, le pauvre. Il doit se sentir seul.

— Ah ouais ? fit-elle d'un ton plus cassant qu'elle n'aurait voulu.

Pourquoi n'avait-il pas offert ces foutus poissons à sa copine, dans ce cas ? Il cherchait à la faire grossir, par-dessus le marché ? Menina balança le panier sur la table de la *sala grande*. Ce type lui prenait vraiment la tête ! Un jour il était grossier, le lendemain il s'inquiétait, ensuite il lui tirait les vers du nez… Menina en avait ras le bol de lui.

Correction : elle en avait ras le bol de tout le monde, y compris sœur Clara, ces stupides tableaux, et le fait qu'il lui restait seulement cinq heures de lumière. Elle jeta un coup d'œil au Mendoza, puis à l'espace nu sur le mur où il était accroché. Elle l'avait trouvé. La belle affaire.

Elle scruta la zone, pour voir. Il semblait y avoir quatre tableaux de taille équivalente, à la même hauteur. Elle commença par le plus proche, toucha le cadre : il était terni, orné, lourd. Elle le décrocha sans ménagement, manqua de casser le fil derrière. Et alors ? OK, c'était bien un cadre en argent, avec des motifs similaires. Elle alla chercher les trois autres et se mit au travail sur le premier, en frottant avec des gestes brusques. À ce stade, elle se fichait d'être en présence d'un chef-d'œuvre perdu de Rembrandt.

Bientôt apparut une scène où un groupe de femmes observait un bateau s'éloigner à l'horizon. Certaines étaient blotties les unes contre les autres, d'autres étaient à genoux et ouvraient grand les bras. Des ballots étaient éparpillés autour d'elles – sans doute leurs affaires. La seule vraiment debout levait le poing vers le large ; elle n'était pas grande mais c'était manifestement le personnage central. Sa cape gonflant au vent rappelait les voiles du navire. À bord, les hommes croisaient les bras et regardaient ailleurs. La seule référence classique qui lui venait à l'esprit était Thésée abandonnant Ariane sur l'île de Naxos, mais rien n'était moins sûr. Cette femme ne lui faisait pas du tout penser à une princesse crétoise. Et à l'arrière-plan, on aurait dit deux soldats romains.

Menina s'approcha jusqu'à loucher sur la toile – était-ce une tache de moisissure ou bien un nuage noir, là où la mer grise et le ciel bleu se touchaient ? Un homme posté à la poupe semblait pointer cette direction du doigt. Elle se rendit compte que le champ de vision de tous les personnages attirait l'œil vers le nuage. C'était étonnant : il était à peine visible au départ, mais plus elle regardait ce détail en apparence insignifiant, plus il dominait le tableau. Encore plus bizarre, le nuage semblait avoir été fait à partir de minuscules touches de peinture, alors que l'œuvre paraissait bien plus ancienne que le XIXe siècle, époque où les pointillistes avaient popularisé la technique. L'agacement de Menina retomba. Un tout petit peu.

Le tableau suivant était une autre scène de groupe. Des femmes et des enfants dînaient, une coupe à la main. On voyait une bonbonne de vin, similaire à celle en osier que Menina avait vue dans la cuisine, et des hommes affublés d'un casque qui jetaient un coup d'œil par la fenêtre. Un poisson trônait sur la table, quelques miches de pain ; il y avait une marmite dans la cheminée. Elle songea d'abord que c'était une commande, destinée à montrer des bourgeoises à l'heure du dîner, et oui, on retrouvait le symbole du poisson. Mais hormis cela et une bougie, rien n'indiquait la piété : il n'y avait pas de saints, de fleurs, d'anges ou de références bibliques connues. Et les tenues étaient sobres : pas de bijoux, de belles robes, ni de turbans comme les femmes en portaient à la Renaissance. Sur une poutre, on devinait des oiseaux faisant leur nid. Des hirondelles. Mais enfin, d'où sortait cette obsession ?

L'œuvre suivante était un paysage de montagne. À force de frotter, elle distingua de tout petits personnages, en bas à droite. Le premier semblait mener les autres ; ils se trouvaient sur un sentier qui montait vers la gauche, au milieu de taches blanches rappelant à Menina les villages qu'elle avait vus par la vitre du car. Quelqu'un – une femme, car elle avait de longs cheveux noirs qui flottaient au vent et une robe transparente sous laquelle elle était nue – s'éloignait en courant du groupe... Des soldats ? En haut de la montagne, il y avait une crevasse dans la roche. On retrouvait le nuage noir dans celui-ci, une masse sombre au loin que le spectateur sentait approcher, au contraire des personnages du tableau. Encore une fois, cela n'évoquait rien de précis à Menina.

Elle se tourna vers le dernier tableau, légèrement plus petit.

Encore un portrait de jeune fille. Mais celle-ci n'était pas sur le point d'entrer au couvent. Elle était jeune et ébouriffée, comme si elle sortait du lit. Elle avait des boucles d'oreilles, un châle rouge révélant une épaule nue, les lèvres entrouvertes et un regard aguichant derrière son air alangui. Ses cheveux tombaient en une cascade élaborée et venaient chatouiller sa poitrine généreuse qui débordait de son corset défait. Elle ressemblait à la *playmate* du mois version XVIe siècle, et Menina ne voyait franchement pas ce qu'elle faisait dans un couvent. Elle décida de la baptiser « la petite amie du commissaire ».

Elle emporta les toiles dans le carré de lumière et, se servant du reste de mie, dévoila le nom « *Tristan Mendoza* » au bas de chacune. Ainsi, les cadres étaient bien un indice.

OK. Elle avait mis au jour cinq œuvres de Mendoza : trois scènes d'extérieur, une d'intérieur et un portrait. Aussi curieux que cela puisse paraître, cet ensemble constituait une découverte majeure. Menina s'en voulait de ne pas se sentir plus transportée que ça. Mais quand même, c'était une bonne nouvelle pour les religieuses.

— Sœur Clara, je vous annonce que j'ai trouvé cinq tableaux de Tristan Mendoza.

La religieuse posa son chapelet, leva une main et ouvrit les doigts l'un l'après l'autre. Puis elle leva l'autre main, ouvrit un dernier doigt. Enfin, elle compta.

— Il y avait six Mendoza. Six. Sœur Teresa va bientôt arriver ; c'est l'heure du déjeuner.

Le déjeuner ! Menina prit conscience qu'elle était affamée. Elle n'avait rien avalé depuis la veille, lorsqu'elle s'était effondrée. Elle tenta de ne pas y penser.

— Vous en êtes sûre et certaine ? dit-elle en se tournant vers les murs, toujours autant encombrés.

— Six tableaux, répéta sœur Clara en regardant ses mains d'un air songeur. *Uno, dos, tres, cuatro, cinco, seis*.

Sœur Clara devait être autant étourdie par la faim que Menina. Tentant en vain de raviver sa colère, elle alla prendre le stupide cadeau d'Alejandro et souleva des couches de cellophane vert pâle, jaune poussin et bleu lavande. Il n'était pas question qu'elle y touche, mais ce n'était pas gentil d'en priver les autres. Elle tendit le panier à sœur Clara qui rosit de plaisir, prit un poisson et le mangea lentement, l'air satisfait.

Menina jeta un coup d'œil furtif à tous ces emballages brillants… *OK, un seul*, songea-t-elle en s'adjugeant le plus gros.

— C'est bon ?

— Hummm, dit Menina malgré elle.

Elles se resservirent toutes les deux. L'instant d'après, la porte s'ouvrit et elles entendirent, « Ah ah ! » Menina lui proposa un chocolat, ce qui lui valut un sermon sur les friandises, interdites aux religieuses pendant la Semaine sainte. Heureusement qu'elle était incapable de voir tous les emballages aux pieds de sœur Clara.

Elle voulut ensuite parler des toiles qu'elle avait trouvées, mais n'eut pas le temps d'ouvrir la bouche que sœur Teresa annonçait :

— Alejandro est revenu, il dit que vous devez le voir. Je lui ai ordonné de bien se conduire, de ne pas vous contrarier comme hier. Il sait que je ne suis pas contente de lui. Venez, sœur Clara !

Cette dernière mit discrètement un dernier poisson dans sa bouche et obéit.

La mort dans l'âme, Menina ramassa les petits bouts de papier aluminium, prit le panier et referma la porte de la *sala grande*. La pièce s'était assombrie brusquement, il allait pleuvoir. Quand elle entra dans le parloir ce n'était pas mieux, et elle alluma une bougie. Aujourd'hui, elle allait conserver un silence digne, répondre par oui ou par non et c'est tout. Le problème, c'est qu'elle était si gênée d'avoir échoué à se comporter en femme distinguée qu'elle laissa échapper d'emblée :

— Alejandro. Enfin, commissaire Fernández, euh… ?

Comment se terminait son nom, déjà ?

— Miss Walker, dit-il de l'autre côté de la grille. Je préfère si vous m'appelez Alejandro.

— Très bien, mais dans ce cas appelez-moi Menina. Personne ne m'appelle Miss Walker non plus… Euh, merci pour les chocolats. Je n'en avais jamais vu en forme de poisson. Chez moi on a les œufs, que les enfants peignent, et puis le lapin de Pâques…

Menina se maudit. Voilà qu'elle recommençait ! Où était passé le silence digne ? Pourquoi fallait-il toujours qu'elle passe pour une idiote ?

— Hum. Merci pour le cadeau.

— Je vous en prie, avec plaisir. Mais si je suis là, c'est pour vous demander quelque chose.

— Écoutez, je travaille aussi vite que je peux mais ce n'est pas évident sans électricité, et malheureusement je ne suis pas dotée d'une vision nocturne.

— Ça n'a rien à voir avec les tableaux. J'ai besoin de votre aide.

Quoi ? Comment ça ?

— C'est-à-dire ?

— Il faudrait m'ouvrir pour faire entrer quelqu'un ce soir, tard.

— Vous voulez que je fasse *quoi* ?

— Je vais amener une jeune Albanaise. Enfin, je crois. Elle sera mieux avec vous qu'avec les sœurs, quelque chose me dit que ça ne va pas leur plaire. Elle doit avoir dans les seize ans.

La petite amie mentionnée par sœur Clara ! Un homme de son âge n'avait rien à faire avec une femme aussi jeune.

— Mettons les choses au clair. Je suis censée faire entrer clandestinement une mineure dans un couvent, alors que de toute évidence vous ne la connaissez pas si bien que ça, vu que vous ne savez même pas d'où elle vient ?

On aurait presque dit qu'il lui demandait de la cacher. Menina explosa :

— Mais je sais déjà pour vos soi-disant « copines » ! Vous n'imaginez pas à quelle vitesse les ragots circulent ! Les petites vieilles qui viennent à la messe surveillent tout le monde et s'empressent de tout raconter à sœur Teresa. Sachez que les sœurs sont scandalisées, elles sont persuadées que vous leur amenez des prostituées. Et ce n'est certainement pas moi qui vais vous aider à conclure avec une ado dans un couvent !

Elle s'arrêta pour reprendre son souffle. Cet homme était louche, répugnant, abject.

— Ce n'est pas ce que tu crois ! s'emporta-t-il, oubliant qu'ils se vouvoyaient. Oui, les filles ont l'air de prostituées. Je suis un homme ; les vieilles dames sont contre, mais elles ne sont pas surprises non plus. On est en Espagne, et…

C'était sans doute la dernière chose à dire. Menina, la fille bien élevée qui ne s'était quasiment jamais disputée avec personne, se transforma en démente pour la seconde fois en vingt-quatre heures.

— Et ça ne vous dérange pas que les hommes traitent les femmes comme de la viande ! Non mais l'arrogance ! Vous allez dire que vous avez le droit de vous taper cette *gosse* de seize ans, alors que vous pourriez être son père ? C'est quoi votre problème ?

Voilà qu'elle recommençait à divaguer sur les mecs, tous plus pathétiques et salauds les uns que les autres. Voilà qu'elle parlait comme… Becky !

Eh bien tant mieux !

— Attends… Oh mon Dieu, tu penses que j'aime coucher avec des enfants… Non, non, non !

— Alors, *quoi* ?! hurla-t-elle, se surprenant elle-même.

— D'accord, d'accord ! Tu refuses de me croire sur parole, c'est normal après ce qui t'est arrivé. Calme-toi et je t'explique. Je ne peux pas en parler aux sœurs, mais ça devient trop risqué pour trop de gens si je ne te le dis pas. Cette fille a de gros ennuis, c'est pour ça que j'ai besoin de ton aide.

— Et vous ne l'aurez certainement pas ! Vous me dégoûtez !

— Moi qui trouvais ta voix si douce ! Écoute, après tu pourras crier autant que tu veux. Tu te demandes pourquoi je reste dans ce village rempli de vieux ? Tu crois que c'est à cause de ma tante, parce que ma famille vivait ici ? C'est sûr, ces choses sont importantes, mais c'est justement parce que tout le monde sait pour la promesse faite à mon père que j'ai une bonne couverture. À l'école de police, aux États-Unis, on m'a appris la surveillance. Et à mon retour en Espagne, j'ai été recruté pour une opération importante menée par Interpol.

— Comment ça ? Ici, au milieu de nulle part ?

— Justement, oui. Aujourd'hui, la plupart des gens viennent par la voie rapide. Comme toi avec le car. Mais avant, il y avait juste une vieille route qui partait de la côte et bifurquait ensuite à l'est, jusqu'au Pays basque, puis la frontière avec la France. Elle a été construite il y a deux mille ans, et il se trouve qu'elle passe derrière le village. Elle est en mauvais état, dure à trouver, il y a plein d'arbres, parfois des éboulements. Mais il y a des tas de routes de montagne comme ça en Europe, et quand il fait beau et qu'elles sont praticables, certains s'en servent.

— Qui ?

— C'est ce que j'essaie de dire. Depuis des années, Interpol surveille ces voies parce qu'elles servent à la contrebande, depuis l'Europe de l'Est et même plus loin, l'Iran et l'Afghanistan. Il s'agit d'une vaste opération criminelle, et ça fait longtemps qu'on met un plan au point pour tous les arrêter. Ici.

— Oh !

En entendant ces explications, Menina se sentit penaude de lui avoir crié dessus.

— De la drogue ?

— Oui, entre autres. Ces hommes rapportent de l'héroïne et de la cocaïne de Turquie, passent par l'Espagne et inondent l'Europe. Ne serait-ce qu'ici, il y a un gros marché avec tous les riches sur la côte de Marbella, Puerto Banus, et d'autres villes du sud où il y a les yachts, les villas, l'argent. Les criminels, aussi. Ils se croient en sécurité, tranquilles. Mais ils font aussi de la contrebande avec bien pire que la drogue. Peut-être que tu as entendu parler des gangs qui font du trafic avec des filles d'Europe de l'Est, Kosovo, Albanie, Roumanie, Ukraine. Les gens là-bas sont pauvres, ils n'ont rien, pas de travail. Ces types viennent dire à des jeunes qu'elles vont aller en France, en Allemagne ou en Angleterre, des pays riches où elles trouveront un bon job, dans un restaurant ou comme fille au pair – elles auront une jolie chambre, apprendront l'anglais, se feront de l'argent. Elles pourront en envoyer à leur famille, économiser pour leur avenir. Alors les filles acceptent, évidemment – parfois elles ont envie, parfois ce sont les parents qui les forcent, qui les vendent même, parfois elles sont kidnappées. Ensuite elles découvrent qu'on leur a menti sur toute la ligne. On les enferme dans des camions et elles deviennent des esclaves. On les bat, on les viole, on les drogue pour qu'elles se prostituent et on menace leurs parents au pays si elles tentent de fuir ou de prévenir la police.

— Oh mon Dieu ! Menina appuya son front contre la grille du *locutio*.

Elle ferma les yeux, pensant à ce qu'elle avait ressenti quand Theo avait… Sa terreur – pire, son impuissance. Comme s'il l'avait réduite à néant. Elle avait la bouche sèche. Ce qu'Alejandro venait de raconter lui donnait envie de vomir.

— Les femmes que sœur Teresa appelle mes petites amies sont en fait des agents infiltrés. Comme je disais, on est en Espagne et les hommes sont des hommes. Je ne suis pas marié. Si je vais avec des prostituées, personne ne trouve ça curieux. Les vieilles dames sont choquées. Elles en font tout un foin. C'est ce qu'il me faut, une bonne couverture. Les agents infiltrés me donnent des infos qui m'aident à surveiller les criminels.

Il y a beaucoup de chantiers dans la montagne, des villas de vacances construites par des ouvriers étrangers. Les autorités ne peuvent pas tous les contrôler, ni les empêcher de venir. Quand ils ont terminé un boulot, ils sillonnent la région à la recherche du prochain. Comme les hommes que tu as vus sur la place, le jour où tu as raté ton car. On les a embauchés pour construire les chars de la *Semana Santa*, parce qu'il n'y a plus personne au village pour le faire. On sait que les criminels se mêlent aux Gitans qui viennent vendre de la camelote à cette époque de l'année. Ça leur fait de la main-d'œuvre bon marché quand le camion arrive avec une autre cargaison de filles et de drogue. Le jour où tu es venue au poste, j'étais en colère parce que je n'arrivais pas à décider si tu étais une call-girl qui me faisait perdre mon temps, ou bien un appât. Ton histoire de voyage à Madrid était trop énorme. Et puis hier tu as parlé de Theo, et je devais savoir s'il était impliqué.

— Oh, non ! Pas du tout. C'est un… sale type, mais il ne fait pas dans le trafic d'êtres humains.

— Tu l'as échappé belle, sur la place. Ils auraient pu te prendre pour une de ces femmes. Tu es jolie, sexy, jeune. Tu vaux de l'argent. Mais en voyant l'affiche avec ta photo, l'ami de mon père s'est inquiété. Il sait pour l'opération, et il voulait me prévenir que si une Américaine est recherchée activement dans le coin, ça pourrait la compromettre. Donc, il faut faire profil bas jusqu'à l'assaut.

— Bien sûr. C'est affreux ce que tu me racontes.

— Oh, mais il y a pire. Les gens qui achètent la drogue à ces gangs achètent des femmes en même temps, et plus elles sont jeunes, plus ils payent. Tu t'indignais en croyant que je voulais coucher avec une fille de seize ans – ceux-là, ils veulent qu'elles aient douze ans, parfois moins. Certains propriétaires de yacht en prennent plusieurs pour une croisière, d'âges différents. Quand elles reviennent, ils les revendent, mais ce n'est pas toujours le cas. On trouve des cadavres en mer régulièrement. Tu te rends compte, ils les jettent par-dessus bord quand ils en ont terminé. Si tu voyais les traces qu'elles ont sur le corps… Ces types sont des animaux. Et les autres leur en amènent plus. Toujours plus. C'est pour ça qu'on doit les arrêter.

Menina repensa aux hommes qui l'avaient encerclée le jour où elle avait raté son car, et elle ferma les yeux.

— Et cette fille à qui tu veux que j'ouvre, ce soir ?

— Elle s'appelle Almira. Elle ne peut pas beaucoup parler – ils lui ont cassé le nez et la mâchoire mais elle est plus courageuse qu'ils croient. Je pense que c'est une survivante parce qu'elle est en colère, comme toi hier. Elle a réussi à s'échapper, et maintenant c'est un témoin clé : elle est capable d'identifier beaucoup de monde. La semaine dernière, une « petite amie » lui a fait quitter la planque et l'a transportée dans le coffre de sa voiture jusqu'au village. Almira nous avait expliqué que le camion qui l'avait emmenée ici au printemps dernier avait une bouche d'aération, et qu'en faisant levier, elle avait vu le soleil se coucher entre deux montagnes. On a attendu que ce soit la même époque de l'année pour que le soleil soit dans la bonne position, et on l'a emmenée sur l'ancienne route de France pour qu'elle nous montre. Elle a fini par reconnaître l'endroit, et à proximité, on a trouvé un embranchement qu'on n'avait jamais remarqué. C'est par là qu'ils passent. C'est une fille intelligente, elle a risqué sa vie pour nous aider. Même si elle a très, très peur.

C'est elle qui a entendu les ravisseurs parler de la prochaine cargaison, pendant la Semaine sainte. On pense soit demain, soit samedi soir, parce que c'est là qu'il y aura la procession, beaucoup de gens viennent et on s'éclaire aux flambeaux. Ensuite, avec la fête, c'est très bruyant. Personne ne fera attention si un camion qu'ils n'ont jamais vu sort de la forêt.

Le problème, c'est qu'on a commis une erreur. L'agent d'Interpol était prête à ramener Almira, mais la pauvre a supplié de faire un tour dans ma voiture. Elle la trouvait si belle, elle n'en avait jamais vu de pareille. On s'est sentis désolés pour elle. Alors j'ai donné rendez-vous à ma collègue dans un lieu à l'écart et j'ai embarqué Almira. J'ai fait une boucle pour prolonger le moment, et elle n'arrêtait pas de rire, de s'amuser avec l'autoradio, de jouer à la star de Hollywood. Jusqu'à ce qu'on repasse par le village et qu'elle reconnaisse les hommes sur la place. Elle s'est baissée d'un coup et s'est mise à pleurer, en disant qu'ils allaient la tuer. J'ai voulu la ramener à la planque, mais quand on est arrivés au point de rendez-vous, ma collègue n'était pas là. C'est mauvais signe, et je ne peux pas envoyer de message ni téléphoner pour demander de l'aide. Je ne peux pas non plus stopper ma mission de surveillance. Et Almira a raison : s'ils la trouvent, elle est morte. Je la cache chez moi pour l'instant, mais je n'aime pas la savoir là-bas. C'est plus sûr si elle est ici, avec toi.

— Dis-moi ce que je dois faire.

— Tu devras être à la porte à minuit, au moment où on sonne la cloche pour la vigile, la faire entrer et refermer tout de suite à double tour. Ce couvent est une forteresse, je sais qu'elle y sera en sécurité. Mais il vaut mieux que les sœurs ne soient pas au courant. Elles vont s'inquiéter.

— Oui, tu as raison, admit-elle, le moral à zéro.

Elle était loin de tout et voilà qu'on l'embarquait dans une dangereuse opération de police. Mais elle n'avait pas le choix, elle devait aider. Almira refusait d'être une victime malgré ce qu'elle avait subi – des choses bien pires que ce qui était arrivé à Menina. Si elle y parvenait, Menina trouverait le courage aussi.

Elle aurait tant voulu que Becky soit là ! C'était elle, la dure à cuire.

— Une seconde ! Et ce couple qui était à ma recherche, alors ? Je ne vois vraiment aucune raison pour l'expliquer.

Alejandro poussa un soupir.

— Malheureusement, on va devoir laisser ce problème pour l'instant, dit-il en se raclant la gorge, gêné. Tu ne penses plus du mal de moi, j'espère ? Tu as compris que je ne suis pas un pédophile ? Ni un coureur de jupons ?

— Je suis bien obligée de te croire, mais en tout cas, tu as trompé tout le monde.

Elle s'était quand même demandé s'il ne l'avait pas enlevée pour l'obliger à prendre le voile, mais ce n'était pas la peine de mentionner ce détail.

— Bien. Et juste pour info, je ne suis pas assez vieux pour être le père d'Almira. J'ai seulement trente-trois ans. À plus tard.

Menina appela dans le noir.

— Au fait… Tu peux amener à manger ce soir ?

Pourvu qu'il ait entendu. Sinon, elles allaient devoir survivre avec des poissons en chocolat et du pain rassis.

Elle retourna dans sa chambre, secouée par ce qu'Alejandro lui avait révélé. Le dîner était bien maigre en cette veille de Vendredi saint. Elle mangea les lentilles et la pomme aussi lentement qu'elle put et pensa aux innombrables filles qui, selon sœur Teresa, étaient venues se réfugier ici au fil des siècles. Elles avaient toutes sortes de bonnes raisons mais pas de doute, la situation d'Almira était une première. Menina pria pour réussir la mission qu'on lui avait confiée.

16.

Extrait de la Chronique des Saintes-Sœurs de Jésus, couvent de Las Golondrinas, Andalousie, été 1549

Deo gratias, en ce jour marquant la naissance de Salome, ma main me permet d'écrire un peu. Elle aurait presque quarante-cinq ans aujourd'hui, et serait déjà vieille. Mais Dieu a envoyé des filles pour combler le vide de mon cœur – d'abord Esperanza, ensuite Luz, et à présent Pia. Elle est d'une grande beauté avec sa chevelure argentée comme le clair de lune, sa peau pâle, ses yeux d'un bleu limpide et ses traits délicats. Elle a quatorze ans et, bien qu'encore fine, c'est une femme car ses menstrues ont commencé. La prodigieuse sœur Sofia, qui fait preuve d'un courage admirable en passant outre la règle de l'isolement lorsqu'il s'agit d'aller régler les affaires du couvent en ville, a opéré son sauvetage.

Pia garde son sang-froid, mais ce calme à toute épreuve a quelque chose de troublant chez un être si jeune. Elle nous a raconté sa terrible histoire d'une voix monocorde et sans émotion :

« Ma mère est morte quand j'avais dix ans. Elle était très belle et nous vivions dans une maison cossue, avec des lits moelleux, des tentures en soie et un garde-manger bien rempli – toutes ces choses auxquelles je ne prêtais pas attention jusqu'à ce que j'en sois privée. J'ai hérité de sa chevelure, qui a fait sa fortune. Il faut dire que les femmes blondes sont rares, ici. Ma grand-mère venait d'une contrée lointaine, dans le Nord, où les gens ont la peau claire comme le soleil. Elle était en mer avec mon grand-père lorsque des pirates les attaquèrent. Ils le tuèrent et la firent prisonnière, puis la vendirent au harem de l'un des derniers négociants musulmans de Séville, au tout début du règne des *Reyes Católicos*. La mère de ce négociant apprit que ma grand-mère était chrétienne, comme elle, et appartenait à la secte religieuse que l'on appelle protestants. Elle prit en pitié la jeune veuve, qui en était aux premiers mois de sa grossesse, et réussit à convaincre son fils de la libérer. C'est ainsi que ma mère est née sous de bons auspices. À sa mort, cette dame légua à ma grand-mère une belle somme afin de subvenir à ses besoins et ceux de son enfant.

Ma grand-mère était courtisée par de nombreux hommes, mais un mariage était hors de question puisqu'elle restait une étrangère, qui n'était pas catholique et n'avait personne pour se porter garant de sa famille. Elle décida alors d'acheter une maison à Madrid et de devenir courtisane. Ma mère possédait la même beauté singulière et fut élevée dans la religion protestante, que ma grand-mère refusait obstinément d'abandonner. À dix-sept ans, elle reçut une proposition de protection de la part d'un grand d'Espagne, un charmant fils unique qui hériterait un jour d'une grande fortune grâce aux mines d'argent que ses parents possédaient aux colonies. Il lui promettait une belle demeure, des robes, des bijoux – tout ce qu'une femme tirant vanité de son apparence pouvait désirer. Son unique condition était qu'elle ne lui donne pas d'enfants, car sa famille ne tolérerait aucun bâtard pouvant prétendre à une part de leur richesse. Ma mère se « débrouilla » pendant des années pour ne pas en avoir, même si cela l'attristait.

Un jour, elle tomba de nouveau enceinte et cette fois refusa de se « débrouiller », croyant que mon père finirait par m'accepter. Elle se trompait. Il était furieux, et lui ordonna de me garder hors de sa vue. Quelque temps après, une nouvelle affreuse arriva : la famille de mon père était ruinée. Les mines avaient disparu dans un tremblement de terre, les laissant criblés de dettes. Dans l'espoir de rétablir la situation, mon père s'essaya aux jeux d'argent – et ne fit que dilapider le peu qui lui restait. Les bijoux de ma mère furent vendus, et notre belle maison fut vidée de ses meubles.

Mon père m'accusa de tous les maux. Il m'appelait « *la gosse de cette salope de protestante* », et disait qu'on aurait dû me noyer à la naissance au lieu de me laisser vivre comme une princesse à ses frais. Il passait de moins en moins de temps avec ma mère, et la tourmentait en affirmant courtiser une héritière laide que ses parents espéraient le voir épouser. Les créanciers se succédaient, nous harcelant pour de l'argent que nous n'avions plus.

Ma mère finit par tomber malade, et les médecins ne purent la sauver. C'était comme si elle n'avait plus la force de vivre. Mon père vendit la maison, mais perdit aussitôt cette somme au jeu. Entretemps l'héritière laide s'était mariée avec un autre, et il commença à me regarder d'un air étrange, calculateur. Il avait beau me détester, il me gardait auprès de lui. Je pris l'habitude de me taire en sa présence.

À la cour, il fit tout pour convaincre le roi de l'investir dans de hautes fonctions, en vain. Il jouait de plus en plus. Nous n'arrêtions pas de déménager, et finîmes par atterrir dans des pensions miteuses. Il n'avait plus les moyens de suivre la cour dans ses déplacements, mais lorsque le roi était en résidence à Madrid, il revêtait sa dernière tenue élégante et rôdait autour des puissants, espérant obtenir leurs faveurs. Nous en étions réduits à loger dans des chambres mal éclairées, donnant sur une rue où résonnaient les cris stridents de prostituées au visage défiguré. Dans la journée j'allais à l'école des pauvres, mais le reste du temps je demeurais seule, parfois pendant des heures, et il était rare que je dîne. Toutefois, il arrivait que mon père me force à mettre la seule robe que je possédais et à me détacher les cheveux pour les faire flotter sur mes épaules, comme une cape, lorsqu'il avait décidé de m'emmener à la cour.

Je faisais profil bas, et ne parlais pas à moins d'y être obligée. Je sentais bien que j'avais commencé à attirer l'attention. Un soir, mon père rentra accompagné d'un grand d'Espagne qu'il poursuivait de ses assiduités depuis quelque temps. Je fus appelée dans la pièce glaciale que, dans son cynisme, il avait baptisé « le salon », et reçus l'ordre de faire la révérence. L'homme me paraissait être un vieillard avec ses yeux perçants et ses lèvres rouges humides. Il me déplaisait au plus haut point.

Il se mit à me scruter, me demanda de faire quelques pas, puis me dit d'approcher et tripota mes cheveux. Ses doigts sur mon crâne étaient aussi répugnants que les pattes d'un rat. J'eus un mouvement de recul malgré moi, mais il saisit une mèche et tira si fort que j'en eus les larmes aux yeux. En voyant ma réaction, il sourit.

— Telle mère, telle fille, commenta mon père. Vous ne verrez pas ce genre de chevelure fréquemment.

— Peut-être. Mais tout de même, elle ne vaut pas autant que vous le prétendez. Quel âge ?

Mon père lui jeta un regard sournois.

— Seulement onze ans.

Cela me laissa perplexe, étant donné que j'en avais quatorze.

— Pour certains messieurs, qui les préfèrent innocentes, elle vaut beaucoup d'argent. On m'a déjà fait plusieurs offres, mais puisque vous avez la réputation d'être un connaisseur, j'ai pensé que sa jeunesse serait appréciée. Si vous refusez mes conditions, je peux toujours l'amener à El Padron…

Je sus après que « El Padron » était le surnom du plus grand proxénète de Madrid, mais je sentais déjà que je ne voulais pas y aller.

L'homme soutint le regard de mon père un instant, mais finit par lancer une bourse sur la table en annonçant :

— Voilà ce que je suis prêt à donner.

Ne pouvant feindre l'indifférence davantage, mon père se rua dessus. Elle semblait contenir une coquette somme, mais il la redonna.

— El Padron m'en a proposé le double.

L'homme me regarda longuement, comme s'il réfléchissait, et après avoir salué avec froideur se retira.

— Qui était-ce, Papa ? Il va revenir ? me risquai-je à demander.

Mais en guise de réponse, il grogna que j'allais vite le savoir. Et si l'envie me prenait de lui désobéir, je devais savoir que l'Inquisition condamnait les protestants autant que les juifs et les musulmans, et qu'il n'hésiterait pas à me dénoncer. À l'école, j'en avais assez appris sur ce tribunal religieux pour le craindre encore plus que mon père.

Le lendemain, il me somma de mettre mes plus beaux habits et de faire un paquet de mes affaires. Ensuite, il sortit un petit pot de crème rouge et en mit sur mes lèvres et mes joues. Nous mettions nos capes lorsqu'on frappa à la porte : c'était l'homme de la veille, avec une plus grosse bourse en main. Mon père hésita, puis commença à compter. Lentement il sourit, et me poussa vers la sortie.

— Va-t'en.

— Où cela, Papa ?

— Là où est ta place, pesta-t-il, obnubilé par les *reales*. Emmenez-la, ajouta-t-il à l'intention de l'homme, qui me fit prendre mes affaires et m'entraîna dehors. Il avait une poigne de fer, me faisait mal au bras, et je n'aimais pas du tout son expression.

— Entre là-dedans, que j'examine mon prix, marmonna-t-il en me poussant dans une voiture fermée.

J'étais trop terrifiée pour demander où il m'emmenait. Soudain son corps se pressa contre le mien et il tira sur mes vêtements, que je serrais autant que je pouvais.

— Tiens-toi tranquille ! fit-il de son haleine fétide. Sinon je te rosserai jusqu'à…

Je hurlai et me débattis de toutes mes forces. Il me gifla, me cloua au siège, et il soulevait mon jupon lorsqu'il y eut un grand bruit dehors. Les chevaux furent surpris et partirent brusquement, allant de plus en plus vite et nous brinquebalant violemment. Dans la rue les passants criaient, tandis qu'à l'intérieur nous étions secoués en tous sens. Cette horrible cavalcade se termina lorsque la voiture roula sur une grosse pierre et se renversa dans un fracas effroyable. Mon ravisseur fut projeté par le toit, mais heureusement ma chute fut amortie par lui.

On aurait dit que sa tête avait explosé. Il gisait à moitié dedans et à moitié dehors, et lorsque la porte s'ouvrit je serrai mes affaires d'une main et me touchai le visage de l'autre. Il était en sang. Les chevaux ne cessaient de hennir et de taper contre les pavés. J'entendis des gens dire qu'ils s'étaient emballés, d'autres qu'ils étaient coincés par leur harnais, et quelqu'un affirma qu'ils avaient pris peur lorsque des oiseaux avaient surgi de nulle part et volé devant eux. Un dernier jura que c'était une femme qui les avait effrayés en faisant claquer sa cape sous leur nez.

Une foule surexcitée se rua sur nous. Des mains commencèrent à faire les poches du cadavre, et je restai paralysée en voyant un galopin voler une bague et les brodequins de l'homme.

Soudain, on m'empoigna par le bras et je sentis qu'on me tirait de là. Dissimulée sous un capuchon marron, une femme m'expliqua que j'étais en sécurité à présent et elle me prit la main. « Il va falloir marcher. Vite ! » Elle me remit debout, me cacha sous sa cape, et me fit presser le pas. Ensuite, tout devint noir. »

Sœur Sophia est incapable d'expliquer ce qui s'est passé de manière plus cohérente. Elle s'était assoupie dans sa calèche lorsqu'une voix a parlé – il y avait eu un accident, un homme malfaisant était mort. Elle s'est réveillée en sursaut, comme si une main invisible l'avait secouée, et a entendu du brouhaha dehors. Tout à coup, la porte s'est ouverte et Pia est montée en poussant des cris hystériques. Une voix a dit d'un ton bourru : « Je te l'ai dit, je suis une religieuse. Allez, monte ! Tu es en sécurité, je te le promets. Sœur Sophia, vos rendez-vous vont devoir attendre. Rentrez immédiatement au couvent ! »

Sœur Sophia n'est pas du genre à se laisser dicter sa conduite. Elle a ouvert la bouche pour exiger des réponses, mais n'a pas eu le temps de parler que la porte était claquée et que le cocher repartait d'où il venait. La pauvre Pia, voyant tout cela, s'est évanouie.

17.

Extrait de la Chronique des Saintes-Sœurs de Jésus, couvent de Las Golondrinas, Andalousie, fin de l'été 1550

Pia n'était pas la dernière ! L'abbesse a reçu un message annonçant l'évasion imminente d'une « fille cachée », qu'une sœur allait devoir aider, et il fallait quelqu'un de robuste pour la mission, car il ne s'agissait pas d'un nourrisson. Il y avait urgence, car sous peu la route serait impraticable pour l'hiver. Sœur Arsinoe est donc partie aussitôt – pour revenir avec Marisol par une journée d'automne froide et pluvieuse, qui avait rendu le chemin glissant et les avait trempées jusqu'aux os. Marisol ressemblait à un rat réchappé de la noyade avec ses cheveux qui lui collaient au visage et ses grands yeux noisette qui ne cessaient de fouiner. Elle a seulement treize ans, elle est à moitié morte de peur, mais même ainsi elle fait montre d'une insubordination rarement vue au couvent. « Ma mère m'a peut-être envoyée ici, mais jamais vous ne ferez de moi une bonne sœur ! Je m'enfuirai ! », a-t-elle martelé avant d'être emmenée pour se faire sécher et passer un habit de novice.

Selon les informations de sœur Arsinoe, cette fille est recherchée par les autorités, le peintre de cour Tristan Mendoza est impliqué, et sa mère est sans doute morte en couches après leur départ. Son vrai nom est Maria Isabella Vilar d'Ascencion, mais elle insiste pour qu'on l'appelle Marisol et réfute l'idée que Mendoza soit son père, affirmant qu'il s'agit de Don Diego Vilar d'Ascencion, un commandant de flotte chevronné. Dans sa grande sagesse, l'abbesse a dit que si c'était vrai, il fallait faire justice à cet homme en nous racontant son histoire. Marisol n'a pas sa langue dans sa poche, mais cette fois elle n'a rien trouvé à répliquer.

« Mes parents descendaient de familles de *Cristianos Viejos*. Ma grand-mère mourut en donnant naissance à ma mère et Josefa, une cousine orpheline trop pauvre pour se marier, s'occupa d'elle jusqu'à l'âge d'aller en pensionnat. Quand mon grand-père mourut à son tour, ma mère hérita de sa fortune en tant que fille unique. N'ayant aucun parent pour endosser le rôle de tuteur, elle devint pupille royale. À quatorze ans, elle arrêta l'école, vint à la cour et s'installa avec Josefa dans des appartements proches de ceux de la reine.

Don Diego Vilar d'Ascencion avait trente ans de plus qu'elle quand il la repéra lors d'un bal, peu après son arrivée. Elle était belle, nantie, de bonne famille, et il demanda au roi la permission de l'épouser. Ce dernier accepta – Don Diego avait emmené de nombreux navires au Nouveau Monde et il était revenu riche. C'était aussi un grand amateur d'art, et il commanda un portrait de ma mère à l'artiste Mendoza pour leurs fiançailles.

Josefa était scandalisée. À en croire la rumeur, les tableaux de ce peintre exerçaient une emprise magique sur les hommes, les attirant et enfiévrant leur imagination. Don Diego se moqua de sa crédulité, ajoutant qu'avec son regard d'aigle, elle saurait sauver sa cousine de toute inconvenance.

Josefa était fière de raconter combien Mendoza était agacé de la voir rôder autour de lui, et qu'il avait tenté en vain de la soudoyer pour rester seul avec ma mère – qui la contredisait gentiment, expliquant qu'il lui racontait simplement des histoires amusantes, afin de rendre les longues heures de pose moins fastidieuses.

Lorsque le portrait fut terminé, Don Diego était enchanté. Il le fit mettre dans la chambre à coucher, et quand nous étions petites, ma sœur et moi le trouvions magnifique. Ma mère était superbe, et sa tenue bien plus raffinée que celles qu'elle portait à la maison. La lumière paraissait danser sur les plis de sa robe en soie, du bord de la jupe à la collerette blanche. Sa coiffure encadrait son visage de perles et de rubans, ses poignets disparaissaient sous la dentelle, et dans sa main, son chapelet brillait. Ses yeux noirs étaient grands ouverts, et malgré une pointe de timidité ils semblaient sourire, comme dans la vraie vie. Or, il se trouva que peu avant le mariage, le portrait fut exposé au palais où il connut un tel succès que le prince héritier, Don Balthazar, s'en enticha.

À ce stade de l'histoire, Josefa avait coutume de secouer la tête tristement et de murmurer qu'on avait peut-être jeté un maléfice sur cet homme à sa naissance. Il avait un rire rauque, qui résonnait sinistrement dans les couloirs, et des crises récurrentes le privaient de raison momentanément. Ces jours-là, il hurlait comme une bête, avait de l'écume aux lèvres et luttait contre des ennemis imaginaires, donnant des coups si violents qu'il devait être enchaîné comme un chien. Il avait beau être l'héritier du trône d'Espagne, les négociations en vue de son mariage ne donnaient rien. Ma mère interrompait Josefa en lui disant de trouver un sujet plus convenable pour nos jeunes oreilles que des commérages sur le pauvre prince ; mais sa cousine rétorquait « Je sais ce que je sais ! », et s'enfermait dans le silence.

Après le mariage, mon père emmena ma mère dans son château, une ancienne forteresse maure située en haut d'une colline au sud de Madrid. Dans l'un de mes tout premiers souvenirs, je suis avec Josefa dans une tour venteuse, et je fais de grands gestes à mon père qui part pour l'Amérique hispanique.

Ma mère avait de quoi s'occuper avec ses cinq enfants : mes trois frères aînés, ma sœur Consuela, et enfin moi. Nous menions une vie tranquille, commençant chaque journée par la messe, puis les leçons. Après le déjeuner, les garçons partaient retrouver leurs faucons, leurs chevaux et leurs chiens de chasse, et avec Consuela je me consacrais à la broderie, à la danse ou au jeu de dames. Ma sœur avait trois ans de plus que moi, et à treize ans ressemblait comme deux gouttes d'eau à notre mère. D'après Josefa, j'étais le portrait craché de mon père.

Lorsqu'il revenait, entre deux voyages, celui-ci se montrait gentil. Il nous écoutait, Consuela et moi, chanter pour lui, questionnait mes frères, puis nous donnait de merveilleux cadeaux : un bijou, un châle, une boîte à ouvrage dorée, une épée adaptée à la main d'un enfant. Ensuite, il se retirait avec ma mère. Et au bout de quelques semaines, il repartait.

Les garçons dormaient dans une tour avec leurs précepteurs, tandis que Consuela, Josefa et moi occupions une alcôve tout au bout des appartements de ma mère. Ma sœur dormait à poings fermés, mais ce n'était pas mon cas et le moindre bruit me réveillait – une bûche craquant dans la cheminée, le cri d'un hibou, les ronflements de Josefa. Une nuit, un mois après le départ de mon père, j'entendis un fracas de sabots dans la cour du château. Une voix hargneuse ordonna d'« *ouvrir, au nom du roi !* ». Il y eut un bruit de pas lourds et les domestiques se dispersèrent. Ma mère intima à sa cousine de rester avec nous. Elle semblait apeurée. J'en dis autant à Josefa, mais quand elle me fit taire, je compris qu'elle aussi était effrayée.

Le mystérieux visiteur repartit longtemps après. Je demandai à Josefa qui c'était ; elle ne me répondit pas.

Le lendemain matin, je me glissai discrètement dans la chambre. Ma mère avait des cernes sous les yeux, une ecchymose sur la joue, et Josefa tentait de calmer ses tremblements. Je l'entendis dire :

— Mais qu'aurais-tu pu faire d'autre ? C'est le prince, il peut débarquer comme bon lui semble chez les nobles de ce pays. Tu as dit qu'il avait des hommes avec lui…

— Lui-même a une force herculéenne, et il est fou, sanglota ma mère. Obsédé… Il a fait faire une copie de mon portrait ! Il est persuadé que s'il a un enfant, le roi refera de lui son héritier. Que s'il n'en a pas, ils envisagent de le tuer. Il divague, affirme que mon portrait lui parle, qu'il a promis de faire de lui un… homme normal ! C'est ainsi qu'il explique sa venue ! Quand il a eu… fini, il m'a menacée d'un poignard et m'a sommée d'attendre de voir si je tombe enceinte ! Si je préviens Don Diego, le prince dira que c'est moi qui l'ai attiré dans mon lit, et mon mari m'accusera d'avoir souillé son nom. Et si je ne le préviens pas, je crains pour sa vie. Oh, Josefa, nous sommes perdus ! Perdus ! Mes pauvres enfants !

Quand elle découvrit ma présence, Josefa me chassa prestement. Plus tard, elle me fit promettre, pour l'amour de ma mère, d'oublier ce que j'avais entendu. Cependant, la peur était entrée dans nos vies.

Peu après cet incident, ma mère reçut une lettre de mon père, portant la signature de son secrétaire, dans laquelle il lui ordonnait d'envoyer sans délai mes frères étudier chez les franciscains, près de Saragosse, Ma mère n'aimait guère cette idée, mais elle obéit. Les bagages furent faits à la hâte, et des valets désignés pour les accompagner. Les garçons étaient tout joyeux au moment des adieux, ravis de cette aventure impromptue. J'allai en haut de la tour avec Consuela et agitai un mouchoir jusqu'à ce qu'ils ne soient plus que des points dans la plaine. Ma mère avait les yeux rouges et l'air inquiet.

Une nouvelle femme de chambre fut engagée. C'était elle qui, désormais, allumait nos bougies le soir et nous apportait à dîner. Elle louchait, et je trouvais que cela lui donnait un air méchant.

À la fin de l'hiver, Consuela et ma mère commencèrent à souffrir de maux de ventre. Josefa semblait savoir pourquoi cette dernière avait une soudaine envie de manger du miel et de se reposer, mais elle garda le secret. Quant à ma sœur, elle devint pâle et léthargique et perdit tout intérêt pour la broderie. Son visage se décharna, elle ne demandait plus jamais à danser. « Elle va sur ses quatorze ans, disait ma mère pour se rassurer. Peut-être ses premières règles arrivent-elles ? Cela fatigue souvent, au début. »

Mais Consuela devint si faible qu'elle dut s'aliter, et ma mère restait à son chevet toute la journée, essayant de lui faire avaler du bouillon lorsqu'elle était réveillée et priant lorsqu'elle dormait. Je venais constamment les voir, dans l'espoir que ma sœur aille mieux et vienne jouer aux dames avec moi. Au lieu de cela, ses beaux cheveux tombèrent par poignées et ses yeux se creusèrent. Ma mère ne cachait plus son inquiétude.

— Allez viens, me dit un jour Josefa. Tu as besoin d'air frais, et cette fois tu n'échapperas pas aux travaux de couture !

Je détestais raccommoder les habits troués, mais c'était un beau jour de printemps et j'étais contente de quitter la chambre de la malade. J'allai chercher la boîte à ouvrage que mon père m'avait offerte et Josefa m'emmena à la tour ouest, où les Maures assiégés avaient jadis fait pleuvoir des flèches sur l'armée catholique en dessous. Nous nous installâmes à la fenêtre, sur d'épais coussins recouvrant un banc en pierre.

Josefa s'affaira, passant le fil dans le chas de mon aiguille, mettant des épingles ici et là pour les enlever après, se raclant la gorge comme si elle allait parler mais ne disant rien. Elle finit par me donner un coup de coude et s'écria :

— Les hirondelles sont revenues d'Afrique !

Elles allaient et venaient dans le ciel avec des brins de paille dans le bec, et en prêtant l'oreille nous entendîmes pépier au-dessus de nos têtes. Les jours suivants, le temps restant au beau, nous revînmes observer les jeunes parents qui cherchaient inlassablement à manger pour leur progéniture. Josefa admirait davantage le spectacle qu'elle ne cousait.

— Tu as vu, un autre mâle rôde autour du nid, me dit-elle un après-midi. Regarde ce qui va se passer.

Le nouveau venu se posa et saisit un oisillon dans le bec. Il prit son envol, et peu après nous vîmes une tache tomber du ciel. À mon grand étonnement, il revint les chercher un à un et les lâcha dans le vide.

— Pour inciter la femelle à s'accoupler avec lui, il tue les bébés du premier mâle, m'expliqua Josefa en regardant par-dessus son épaule.

Quelques jours plus tard, un messager arriva à cheval. Il y avait eu un terrible accident au monastère où mes frères allaient à l'école. Ils avaient été vus à l'heure de la récréation, assis sur le rebord d'un puits dans le cloître. Lorsque la cloche avait sonné, ils n'étaient pas revenus. Un moine mécontent était allé les chercher mais ne les avait trouvés nulle part. Une battue avait été organisée, et un laïque chargé de tirer de l'eau avait fait l'atroce découverte : tous trois s'étaient noyés dans le puits. S'ils avaient crié à l'aide, personne ne les avait entendus. Cela avait dû se passer très vite, un premier tombant sans doute à la renverse et les deux autres courant à leur perte en tentant de l'aider.

En apprenant la nouvelle, ma mère s'évanouit.

Une semaine après, tandis que la chaleur de l'été s'installait dans la plaine, Consuela mourut à son tour.

Ma mère s'arracha les cheveux et pleura toutes les larmes de son corps. Ensuite arriva une lettre de mon père annonçant une nouvelle terrible : il répudiait sa femme. Ma mère passa de plus en plus de temps à son autel personnel, priant à genoux. Josefa, qui ne me quittait pas, ne m'autorisait à manger que ce qu'elle avait préparé de ses mains. Un matin, la femme de chambre qui louchait tomba dans l'escalier menant aux cuisines : elle se cassa la jambe, et avait si mal qu'elle ne pouvait plus servir. Dans son coin elle marmonnait qu'on l'avait poussée, mais les domestiques ne l'aimant pas beaucoup, elle fut ignorée.

Le tour de taille de ma mère s'épaississait à mesure que le temps passait. Un autre messager arriva. Mon père avait péri en mer au large du Portugal. Une vague scélérate, d'après les témoins, et malgré toute son expérience, il s'était laissé surprendre un soir où il était sur le pont. Une messe serait dite à la cour pour le repos de son âme. La reine, qui avait toujours fait preuve de bonté envers ma famille, proposa à ma mère d'accoucher au palais. D'après Josefa, nous n'avions d'autre choix que d'accepter la protection qu'on nous offrait. Nous entamâmes un long et fatigant périple à travers les plaines arides. Une fois là-bas, cependant, nous découvrîmes la cour en deuil : le prince héritier était mort et les rumeurs les plus folles couraient.

Des appartements nous furent attribués, mais lorsque l'automne arriva de manière précoce, ils se révélèrent pleins de courants d'air et glacials malgré la cheminée et les braseros. Ma mère se déplaçait d'un pas de plus en plus pesant et finit par s'aliter. Elle avait des cernes noirs sous les yeux, et ses doigts qui me caressaient la joue étaient gonflés. J'avais le droit de rester en silence près d'elle et de jouer avec les bagues qu'elle ne pouvait plus mettre. À la tombée de la nuit, la chambre était éclairée par deux gros cierges disposés de chaque côté du lit, qui illuminaient un crucifix en ébène accroché au mur. Lorsqu'un courant d'air faisait vaciller les flammes, l'ombre du crucifix ondulait comme si le Christ se tordait de douleur. Les bagues de ma mère scintillaient comme les yeux d'un dragon, tantôt rouges, tantôt verts. Le reste de la pièce était dans l'obscurité la plus totale. J'imaginais que quelque chose attendait tapi dans un coin, retenant son souffle.

Chaque soir, quand Josefa lui apportait à manger, elle demandait :

— A-t-on reçu une réponse ?

Sa cousine insistait d'abord pour que ma mère mange un peu, et trop fatiguée pour argumenter, elle prenait quelques cuillerées de soupe, puis une gorgée de vin sucré parfumé aux amandes dans une coupe en verre vénitien. Josefa lui tamponnait la bouche avec une serviette et, comme toujours, répondait :

— Peut-être demain.

— Réécris-lui de ce pas, Josefa ! On m'a dit qu'il savait comment faire pour envoyer les enfants. Il est mon seul espoir, tu comprends ?

Josefa me répétait souvent de prier pour un prompt rétablissement de ma mère. Je prenais docilement mon chapelet et fermais les yeux, malgré les larmes qui coulaient, car mes prières n'avaient pas aidé Consuela. Mais un soir, enfin, Josefa arriva dans la chambre avec un air soulagé et lui murmura à l'oreille. En m'avançant, j'entendis cette bribe de phrase :

— Ça y est, il a tout mis en branle et fait appeler…

C'est tout.

Une nuit de tempête, je fus réveillée par un étrange cri de ma mère, qui me fit penser au grand oiseau coloré que mon père avait ramené d'un voyage. Nos domestiques détestaient ce volatile, disant qu'il donnait voix aux damnés, et nous l'avions laissé au château. Au-dessus du lit, la tête avec sa couronne d'épines paraissait bouger, tandis que le corps agonisant se contorsionnait en tous sens.

Sans perdre de temps, Josefa ordonna d'aller chercher la sage-femme, puis un médecin et l'apothicaire qui entra avec des linges humides plein les bras. Ma mère poussa le cri encore et encore, si bien que je plaquai les mains sur mes oreilles. Un prêtre arriva à la hâte, accompagné d'un garçon à moitié endormi portant l'Eucharistie. C'est là qu'un page tira sur la manche de Josefa pour lui dire que quelqu'un l'attendait.

Elle me fit lever et me poussa vers la porte. Je voulus rester, mais Josefa m'implora à voix basse d'être courageuse : nos prières avaient été entendues, je serais bientôt en sécurité. Une religieuse attendait dehors, immobile comme une statue. Elle portait une cape et en avait une autre sur le bras, qu'elle a dépliée.

— Je suis sœur Arsinoe, chuchota-t-elle. Ne fais pas un bruit et mets-la.

Je reculai d'un pas, mais Josefa s'empara de la cape et m'entortilla tellement bien dedans que je ne pouvais plus bouger.

— Va avec elle ! m'ordonna-t-elle tandis que je me débattais. Si tu aimes ta mère, va-t'en ! Maintenant !

Je fus poussée dans le couloir obscur et nous sortîmes par la porte qu'utilisent les colporteurs pour vendre leurs marchandises au palais. Une voiture aux rideaux tirés attendait sous la pluie battante. La sœur me fit monter, et voilà. Josefa et ma mère ont comploté pour m'envoyer au couvent. Je ne le leur pardonnerai jamais. »

18.

Extrait de la Chronique des Saintes-Sœurs de Jésus, couvent de Las Golondrinas, Andalousie, automne 1551

Marisol fait la tête depuis son arrivée l'an dernier – c'est sa façon à elle d'empêcher le chagrin de la submerger. Depuis peu, une cinquième fille, Sanchia, a rejoint les autres. Elle a neuf ans et elle est arrivée après le départ des hirondelles, lorsque des colonnes de fumée s'élèvent de la vallée où les paysans brûlent leurs champs pour les défricher. Une pratique terriblement à propos, dans le cas présent. Lorsque nous l'avons sortie, inconsciente, de la voiture, nous l'avons tout d'abord crue malade, voire mourante. Sœur Sophia, qui l'a ramenée, nous a expliqué qu'elle était simplement plongée dans un profond sommeil. À cause de la douleur atroce causée par les brûlures sur ses jambes et ses pieds, elle n'avait eu d'autre choix que de lui donner une dose après l'autre de potion pour la faire dormir durant le voyage.

À présent qu'elle peut remarcher, Sanchia ne tient pas en place. Ses plaies guérissent mais les cicatrices lui font toujours mal et elle ne reste jamais tranquille longtemps, même pendant les leçons. C'est ainsi que du lever au coucher, elle ne fait que sautiller, danser et gigoter. L'abbesse l'a amadouée avec une assiette de *turón* pour qu'elle nous raconte son histoire, en lui donnant un petit bout à chaque pause dans le récit :

« Les soldats sont venus pendant qu'on dormait. Ils ont renversé les meubles, fouillé dans le linge, déchiré les coussins. Ils ont dit que là où il y avait des juifs, il y avait de l'or et des bijoux. Quand ils ont trouvé le chandelier que ma mère allume le vendredi soir, une fois les rideaux tirés, ils ont éclaté de rire. Il était caché derrière un tableau de la Vierge, avec le livre en hébreu que Papa avait promis de m'apprendre à lire un jour. Ensuite ils ont trouvé les coupes en argent qui viennent de la famille de Maman, avec l'étoile à six branches qui est un secret. Maman m'a prise à part et expliqué que les soldats étaient contents parce qu'ils s'amusaient à un jeu, comme lorsque je fais semblant d'être le singe du joueur d'orgue de barbarie. Papa commence à mimer, et moi je danse. Dès qu'il dit « *Où est le petit singe ?* », je cours me cacher, jusqu'à ce que mes grands-parents me proposent des bonbons et que je cède à la tentation.

Et puis les soldats nous ont enfermés dans un endroit où il y avait beaucoup de monde serré dans le noir. Maman m'a dit que c'était un autre jeu. Papa et Grand-père ont été emmenés, ils sont revenus. Maman s'est mise à pleurer et je lui ai dit que je n'aimais pas ce jeu, que j'avais peur et que je voulais rentrer. Ils sont venus la chercher, et à son retour elle s'est tue. Encore après, un inconnu est venu lui parler à travers les barreaux, et elle est tombée à genoux.

C'est là que Maman m'a dit qu'ils me réservaient une surprise : Papa et elle connaissaient un sortilège pour me changer en vrai singe. J'allais me cacher avec eux, et quand ils prononceraient les mots magiques je me transformerais et il faudrait vite que je me sauve en dansant, comme je le faisais toujours.

Le lendemain matin, les soldats sont revenus. À la place de nos vêtements, ils nous ont donné des robes moches qui grattent horriblement. Ils nous ont fait enlever nos souliers, donné des cierges à tenir, et tout le monde a quitté la prison en même temps.

Dehors, il y avait des gens qui nous montraient du doigt en criant : « Charognes ! Assassins ! »

Maman m'a dit qu'on se fichait d'eux, puisque j'allais devenir un singe, mais que je devais être attentive car la magie ne fonctionnerait qu'une fois. Le moment venu, ils prononceraient la formule et je ne devrais pas avoir peur de courir vers la nonne qui m'attendrait à l'écart. Elle m'a montré une grande silhouette encapuchonnée et expliqué que la nonne me donnerait des bonbons et me rechangerait en petite fille instantanément. Mais surtout je ne devrais pas me retourner, sinon le sortilège ne marcherait pas.

Elle a ajouté qu'il allait y avoir un feu et que cela allait peut-être me brûler un peu les pieds, mais qu'un singe sauterait sans problème par-dessus. Ensuite elle a tout répété, si bien qu'à la fin j'ai crié : « Je sais ! Je sais ! Je vais là-bas ! » À ce moment-là, Maman et Papa ont été ligotés ensemble avec une corde, et je me suis retrouvée écrasée entre eux. Par contre, je n'étais pas attachée.

Mes parents se sont rapprochés du bord quand la musique a commencé. Autour de nous on entendait pleurer et supplier, mais dans la foule l'excitation montait. Ma mère a demandé à mon père s'il était sûr de ce qu'il faisait, et d'une voix tremblante il a répondu que tous les regards seraient tournés vers le bûcher : personne ne verrait une fillette s'échapper. À moi, il a ordonné de ne surtout pas perdre de vue la guimpe blanche de la religieuse.

— Regarde, elle t'attend sous un porche. À notre signal, va vite la rejoindre.

— Je sais ! Je sais ! ai-je répliqué au moment où des moines arrivaient avec leurs torches allumées.

Quand ils les ont baissées vers l'estrade où on se tenait, je me suis demandé pourquoi ils ne faisaient pas un peu plus attention. J'ai entendu un crépitement. De la fumée s'est élevée et les gens ont hurlé. Soudain, le feu était partout. En toussant ma mère a dit, « Maintenant ! » et ensemble mes parents ont prononcé la formule magique : « *Yit'gadal v'yit'kadash sh'mei raba !* » J'ai sauté aussi haut que j'ai pu mais les flammes m'ont quand même touchée, et j'ai foncé pour échapper à ces cris d'agonie. À travers un rideau de fumée, j'ai vu la religieuse arriver. Elle m'a dissimulée sous sa cape et m'a emmenée loin de là. Quand elle m'a fait sortir de ma cachette, j'étais redevenue une petite fille, mais je pleurais de douleur tant mes jambes me faisaient mal. Et le pire, c'est qu'elle n'avait même pas de bonbons pour moi ! »

L'abbesse lui a donné le dernier morceau de *turón*. Sanchia l'a mangé en nous regardant tour à tour d'un air inquiet. Ses cicatrices sont affreuses et elle ne cesse de répéter sa « formule magique », qui est en réalité la prière juive pour les morts, dans l'espoir que cela lui ramène ses parents. Mon Dieu, les pauvres ne sont plus que des cendres éparpillées aux quatre vents, à l'heure qu'il est. Et si jamais l'enquêteur vient, qu'il pose des questions aux enfants et qu'elle répète ces mots, elle nous condamnera toutes… Mieux vaut ne pas y penser. L'abbesse a demandé à Esperanza de lui montrer la *sala de las niñas* et me tend à l'instant un courrier de l'Inquisition. Le tour du couvent de Las Golondrinas approche, prophétise-t-elle en touchant le médaillon qu'elle porte toujours autour du cou.

Novembre 1551

Les premiers flocons étaient en train de tomber lorsque l'abbesse a débarqué au scriptorium dans tous ses états. « Sœur Beatriz, j'ai vu la Fondatrice ! J'étais dans le cloître, à l'instant. Je priais pour que Dieu nous aide avec nos protégées et songeais que j'aimerais être comme la neige qui dissimule tout. Soudain elle était là, avec sa grande cape qui flottait au vent ! Elle a dit "envoyer", "mariées" et "Nouveau Monde", mais je n'ai pas compris le reste. Et brusquement, elle n'était plus là. »

Je me suis demandé si elle ne l'avait pas imaginée. L'abbesse est vieille, encore plus que moi, et ses nerfs sont mis à rude épreuve en ce moment. Elle veille notamment à ce que nos cinq miraculées se rendent utiles. À notre grande surprise, Marisol la boudeuse s'occupe très bien des orphelines, et la plupart du temps on lui donne à surveiller la *sala de las niñas*. Pia l'impassible s'assoit souvent avec Luz pour l'aider à coudre, et bien sûr Esperanza travaille avec moi tous les jours. L'abbesse garde Sanchia près d'elle autant que possible, et la prépare à affronter un interrogatoire sans se trahir. Elle lui raconte toutes sortes d'histoires sur les saints et les lui fait apprendre, ainsi que son catéchisme, ses prières et même le rosaire, de façon à ce que Sanchia réponde correctement si on la questionne. Nous sommes d'avis que cela ne dupera personne, mais n'avons pas le courage de l'avouer à l'abbesse.

Nous tentons de nous réjouir des fêtes de Noël et, après le carême, de la cérémonie qui verra la novice sœur Serafina prononcer ses vœux définitifs. Contrairement à nos habitudes, il est prévu un grand banquet ce jour-là. Sœur Serafina est la fille naturelle d'un riche veuf qui possède des mines en Amérique hispanique. Chose étonnante, elle n'était pas orpheline à son arrivée : elle a simplement choisi de venir à Las Golondrinas après avoir été éduquée dans un autre couvent. C'est une jeune femme pleine d'entrain, qui bavarde constamment. Ses demi-frères sont plus âgés mais ont beaucoup d'affection pour elle. Ils lui envoient des lettres avec toutes sortes de nouvelles, et cet été, ils ont fait le voyage spécialement pour lui rendre visite. Cela fait plusieurs années qu'ils font la traversée vers les colonies pour régler les affaires familiales, et ils sont censés y repartir bientôt. C'est ainsi qu'ils ont laissé de l'argent à l'abbesse en lui demandant d'organiser un festin pour leur sœur adorée.

Le nouvel an
Janvier et février 1552

Les soirs d'hiver, lorsque le vent mugit dans la montagne et que nous nous blottissons près du feu avec notre corbeille à ouvrage, sœur Serafina nous divertit avec les aventures de ses frères au Nouveau Monde. Elle sait si bien raconter que lorsqu'on regarde les flammes, on voit soudain des serpents qui attaquent, des jardins de pierres précieuses, des fleuves boueux, des étendues de forêt vierge, des oiseaux aux plumes colorées et les glorieuses villes que les Espagnols ont bâties de leurs mains, avec des rues larges, des églises, de belles maisons, sans oublier les haciendas qui s'étirent jusqu'à l'horizon et les montagnes si hautes que les nuages les cachent. Pour nous qui ne quitterons jamais le couvent, c'est proprement captivant.

Sœur Serafina a aussi quantité d'histoires scandaleuses au sujet des indigènes et de la coutume qu'ils ont de prendre plusieurs femmes, mais aussi des colons qui, manquant d'Espagnoles à épouser, ont des concubines indigènes, que l'on dit très belles – et sans l'intervention de prêtres catholiques, leurs pauvres enfants ne seraient pas baptisés. Il paraît même que les lupanars et le divorce sont en plein essor, là-bas. Lorsque sœur Serafina nous a confié cela tout à l'heure, je lui ai reproché sa frivolité. Elle s'est tue un instant puis s'est animée, disant qu'elle avait une autre histoire, bien meilleure, à propos de sœurs. J'ai acquiescé en soupirant. Je n'ai jamais pu être stricte avec les novices.

Selon elle, après que Francisco Pizarro a fait exécuter l'empereur des Incas, les conquistadors se sont déchaînés, pillant les immenses réserves d'argent, d'or et de pierres précieuses qu'ils trouvaient. Grisés par leurs succès, ils se sont de plus en plus éloignés de la côte. Pour finir, au pied de grandes montagnes, ils ont mis à sac un palais appartenant aux « Vierges du Soleil », qui d'après ses frères était une sorte d'ordre de nonnes païennes. Celles-ci ont disparu, emportées comme butin de guerre pour ébranler la résistance des indigènes, car là-bas on tient ces vierges pour sacrées. Cependant, une rumeur disait qu'elles avaient fui dans la montagne et étaient passées par un portail magique s'ouvrant sur le royaume de leur dieu.

La maîtresse des novices lui a dit sèchement qu'on avait bien assez parlé de nonnes païennes comme cela. Sœur Serafina a répliqué qu'elle en arrivait à la partie intéressante, sur des sœurs chrétiennes et le grand mystère qui les entoure. Devant un développement si alléchant, nous n'avons pu résister et avons toutes arrêté de coudre pour l'écouter.

Pas de doute, c'est Dieu qui nous a envoyé sœur Serafina. Ce qu'elle a dit ensuite m'a fait l'effet d'un rayon de soleil venant réchauffer cette sombre soirée d'hiver !

La reine ayant émis le souhait de convertir les indigènes pour le salut de leur âme, un évêque a été envoyé, accompagné de moines franciscains. Il approuvait la destruction du palais des Vierges du Soleil mais, soucieux de purifier le lieu du culte païen qui avait prévalu jusqu'ici, a insisté pour réutiliser les pierres et y construire un couvent, avec une chapelle à l'entrée. Toutefois, lorsqu'il est allé consacrer le nouveau bâtiment, il a enragé de voir que des religieuses espagnoles en avaient déjà pris possession, sans sa permission. L'évêque ne comprenait pas comment cela avait pu arriver, puisqu'il était le premier émissaire chrétien à fouler cette terre. Derrière son dos, on disait que les voies du clergé sont impénétrables. Mais la seule explication possible était que ces sœurs avaient fait la traversée en secret dans la cale d'un bateau de la flotte de Pizarro.

Ce dernier n'a jamais nié la rumeur, sans doute car il craignait de passer pour un imbécile. Si des documents à même de résoudre l'énigme avaient fait surface, cet analphabète n'aurait pas pu les lire – et il était bien trop vaniteux pour admettre son ignorance. L'évêque aussi a gardé le silence, de crainte qu'on pense qu'il n'était pas dans la confidence des autorités ecclésiastiques. À sa mort, il attendait toujours des explications officielles sur la présence de ces nonnes.

D'après les frères de sœur Serafina, cependant, il y en a au moins une officieuse. Dans les tavernes, certains matelots racontent que jadis des Maures partis d'Espagne ont traversé la terrible mer de Brume et de Ténèbres, et qu'une tempête les a poussés vers ce pays, alors inconnu. Cela ne se fait pas d'en parler en ces temps d'Inquisition : l'Espagne tient à ce que le triomphe de la découverte revienne à ses explorateurs, et seulement à eux. Mais les marins connaissent les caprices du vent, ils savent combien la traversée est dangereuse et imprévisible, et sont d'avis que cela a très bien pu arriver. Les sœurs n'avaient tout de même pas pris la mer seules… Mais il y a des chances pour que cela reste un mystère !

À ce moment-là, sœur Serafina a éclaté de rire, précisant que ses frères avaient beaucoup d'imagination. Le pire était cette étrange coïncidence qu'ils lui avaient rapportée. Apparemment, le couvent construit sur le site du palais des Vierges du Soleil a rapidement attiré un nombre impressionnant d'hirondelles, comme ici. Au début on disait simplement « le couvent espagnol », et les religieuses étaient connues sous le nom des Saintes-Sœurs de Jésus des Andes, mais plus tard on l'a rebaptisé « Las Golondrinas ». Sœur Serafina s'excusait pour son histoire farfelue lorsque je me suis levée en poussant un cri.

Ma corbeille à ouvrage est tombée par terre et j'ai regardé la novice comme si c'était la montagne elle-même qui avait parlé. Je l'ai saisie par le poignet et mise debout sans ménagement, si bien qu'elle a lâché sa couture, et tout le monde m'a dévisagée d'un air abasourdi. De toute évidence, elles se disaient qu'il était inutile de se montrer aussi sévère pour une histoire de rien du tout.

— Venez avec moi, tout de suite, ai-je ordonné en l'entraînant dehors.

Esperanza devait croire que j'allais la corriger car elle s'est écriée :

— Non ! Sœur Beatriz, ne faites pas ça ! Sœur Serafina n'invente pas. J'ai lu la même chose dans un…

— Dans ce cas, tu viens aussi, ai-je rétorqué par-dessus les sanglots de sœur Serafina qui affirmait n'avoir jamais pensé à mal, et que ses frères lui avaient vraiment écrit cela dans une lettre.

Vite, je les ai emmenées voir l'abbesse. Elle était occupée à lire son missel, et a levé la tête d'un air courroucé.

— Sœur Serafina, veuillez répéter ce que vous nous avez raconté.

Elle s'est exécutée en bafouillant, tandis qu'Esperanza tripotait son chapelet. L'abbesse lui a fait préciser certains détails, en redire d'autres, puis lui a certifié que tout allait bien et qu'elle pouvait partir. Esperanza allait la suivre, mais je l'ai sommée de rester.

— Maintenant, explique-nous pourquoi tu penses que sœur Serafina dit la vérité.

Esperanza n'a rien d'une écervelée, et sa mémoire est à la fois bonne et précise. Voilà qu'elle nous affirme que l'historien du Xe siècle, Al-Masudi, évoque dans un ouvrage des marins musulmans disparus dans la grande mer de Brume et de Ténèbres. Des années après, ils étaient revenus avec un grand trésor, et avaient parlé d'une étrange contrée où l'on trouvait des champs d'or et des carrières de pierres précieuses.

— As-tu vu ce livre de tes propres yeux ?

— Oui, bien sûr. Il était dans la bibliothèque de mon père.

— Donc, les nonnes dont sœur Serafina a parlé auraient réellement pu débarquer en Amérique hispanique *avant* les conquistadors ? Le bateau qui transportait nos chères missionnaires aurait pu dériver vers l'ouest à cause des vents ?

— Si c'est possible pour certains, pourquoi pas pour d'autres ?

L'abbesse l'a congédiée à son tour. Elle semblait aussi ébranlée que moi.

— Des sœurs espagnoles au Nouveau Monde ? Nous qui les pensions péries en mer ! Mais tout de même, les Saintes-Sœurs de Jésus ? Et l'évêque, qui n'en savait vraiment rien ?

Nous nous sommes assises et avons longuement envisagé ce qui semblait impossible. L'abbesse a fini par dire que si c'était vrai, c'était un miracle. Quelle nouvelle, après trente années passées à pleurer leur perte ! Nous n'osons espérer, mais comment nous en empêcher ? Dès que la route sera de nouveau praticable, l'abbesse enverra un courrier au couvent qui porte notre nom.

La fête organisée pour sœur Serafina a été l'occasion de grandes réjouissances, et tout le monde a bu plus que d'habitude – et que de raison.

Prions pour les Saintes-Sœurs de Jésus des Andes, car Dieu est grand !

19.

Extrait de la Chronique des Saintes-Sœurs de Jésus, couvent de Las Golondrinas, Andalousie, printemps 1553

Cela fait un an que l'abbesse a écrit au « *Couvent des Saintes-Sœurs de Jésus, Las Golondrinas, près des montagnes dites des Andes, en Nouvelle Espagne* ». La route étant de nouveau praticable, peut-être aurons-nous bientôt des nouvelles. La semaine dernière, nous avons fêté Pâques et nous nous apprêtons à recevoir les pèlerins qui, en général, arrivent après la Semaine sainte. L'infirmerie a été nettoyée du sol au plafond, les laïques ont mis une quantité suffisante de paillasses dans les dortoirs, et les cellules avec lit, draps et bougies ont été préparées pour nos visiteurs plus importants. Les fenêtres sont ouvertes ; la brise printanière a chassé l'odeur de fumée qui imprègne tout en hiver, et cela sent la cire d'abeille dans les couloirs. Dans le cloître, les rosiers ont été taillés, les allées balayées. Dans le jardin des pèlerins, les orangers sont en fleurs et la vasque a été frottée. Le jasmin qui pousse sur la crevasse dans la paroi rocheuse est en boutons, et la lavande fait de nouvelles pousses.

Luz a terminé le cadeau pour la reine, sur lequel elle a travaillé tout l'hiver – sa nappe d'autel en lin délicat est superbe, ornée de dentelle et brodée d'hirondelles en plein vol, d'un petit nid, ainsi que des initiales de la reine. Nous l'avons empaqueté avec des brins de romarin et une lettre remerciant Sa Majesté de sa bienveillante protection, l'assurant de nos prières à la fois pour sa santé physique et spirituelle, ainsi que pour la conversion des indigènes aux colonies.

La sœur en charge des animaux se frotte les mains en voyant combien nos poules et nos chèvres prospèrent, et plusieurs agneaux ont été engraissés pour Pâques. En cuisine, l'odeur des *polvorónes* se mêle à celle du bon pain, et les villageois nous ont apporté deux fûts de vin datant de l'automne dernier. Dans la chapelle, l'argenterie a été astiquée, le linge lavé et raccommodé. La réserve d'hosties a été réapprovisionnée dans la sacristie. Enfin, les sœurs infirmières ont fait des provisions de pansements, baumes, onguents, potions et teintures, car l'épidémie qui frappe en hiver engendre bien des pèlerinages en été.

Aujourd'hui, lorsque je suis allée voir l'abbesse, j'ai eu la surprise d'apercevoir derrière le *locutio* un homme avec une lueur sauvage dans le regard, et des haillons crasseux maintenus par une ficelle nouée autour de la taille. J'ai cru que c'était l'un des ermites qui viennent nous trouver de temps à autre, en quête de compagnie et d'un bon repas. L'abbesse m'a fait approcher et expliqué à voix basse : « La sœur portière lui a ouvert ce matin. Il affirmait chercher quelqu'un et voulait absolument me parler. Elle lui a dit de se rendre d'abord au dortoir des hommes pour se restaurer et que nous verrions ensuite pour le reste, mais il s'est mis à délirer, répétant sans cesse qu'il devait retrouver une jeune fille, et qu'elle avait peut-être été amenée ici. Dans le même temps, il refusait d'être séparé de son âne qui portait un grand panier de bât. La sœur a été intriguée, car celui-ci était rempli de pinceaux, de couleurs et de toiles. L'accent de l'homme et son langage de courtisan contrastaient tellement avec son apparence pouilleuse qu'elle s'est demandé s'il n'était pas le père d'une orpheline, venu la réclamer. Elle lui a proposé un marché. Une laïque allait l'amener à l'abbesse, mais en échange il devait laisser son âne à la porte. Je lui ai demandé le nom de la fille et ses raisons de la chercher, mais… »

L'abbesse a penché discrètement la tête vers le *locutio*. Son expression signifiait que l'inconnu qui parlait tout seul était fou. Et en effet, il ne cessait de répéter le nom de Don Balthazar, le prince héritier. Même avant l'arrivée de Marisol, nous avions entendu parler des accès de rage de cet homme et de la rumeur selon laquelle le roi l'avait évincé de la succession. L'inconnu clamait que Don Balthazar était mort et que c'était le roi qui l'avait fait assassiner.

— Le mécontentement gronde, a poursuivi le pèlerin débraillé. Pour voir fleurir les rumeurs, il n'y a pas mieux qu'un palais où l'on cultive le secret. Les partisans de Don Balthazar disent qu'il a engendré une fille et que c'est l'héritière du trône d'Espagne. Cette enfant a disparu il y a deux ans… Et le roi a ordonné à sa garde de la retrouver.

— Mais que venez-vous faire là-dedans ?

— Je veux la retrouver avant eux et la prévenir qu'elle est en grand danger. Parce que je suis responsable. Je dois lui dire la vérité, et après lui demander pardon, a-t-il expliqué avant de presser son visage contre les barreaux et de nous fixer de ses yeux hagards.

— Lui demander pardon ?

— J'ai très mal agi, abbesse. Dieu m'a béni en me donnant du talent et j'en ai abusé. J'aimais les femmes plus que tout, et je me servais de mon don pour les peindre de façon à susciter le désir. J'ai eu beaucoup de succès, car faire un portrait c'est comme faire l'amour – mes modèles se mettaient à nu, se révélaient, s'abandonnaient. Les belles femmes ont maintes facettes, l'expression qu'elles veulent montrer au monde et, en général, celle qu'elles gardent cachée. J'étais capable de discerner la vanité, la fourberie, l'avarice, et de transformer tout cela en élégance. Je connaissais leurs désirs coupables, mais surtout je finissais par savoir qui avait eu un enfant en cachette. Et elles m'étaient redevables, car je les aidais à dissimuler leur honteux secret. En retour, j'exigeais la somme qui me plaisait.

Un jour, on m'a commandé le portrait de fiançailles d'une très jeune fille. Elle était timide, modeste et avait le regard le plus pur qui soit. J'ai commencé avec l'intention de la séduire comme les autres ; à la fin j'étais à moitié amoureux d'elle, et n'aurais voulu pour rien au monde lui faire de mal. Mais je me suis senti obligé de la représenter comme un être sensuel et désirable, car son futur mari était un citoyen du monde, puissant et riche, qui aimait beaucoup les femmes. Je me suis servi de tous mes trucs d'artiste, lui donnant un regard expressif et des lèvres pulpeuses comme elle aurait pu en avoir – si elle avait été une autre. Le fiancé était tellement satisfait qu'il m'a payé le double du montant convenu.

Ce portrait a été grandement admiré à la cour, mais l'effet a été décuplé sur le prince héritier. Lorsque j'ai reçu l'ordre d'en faire une copie pour sa collection privée, j'étais mal à l'aise mais n'ai pas osé refuser. À vrai dire, j'étais content de savoir que la fille avait quitté la cour pour s'installer dans le château de son nouveau mari. Malgré tout, je n'arrivais pas à oublier son visage charmant, ni son air confiant. J'en suis venu à regretter de l'avoir représentée ainsi, j'avais l'impression de l'avoir trahie. Ce que je ne savais pas, c'est que j'allais encore plus regretter la copie pour le prince. Pour chasser cette culpabilité, inédite chez moi, je me suis étourdi de travail et de femmes, et je suis devenu plus riche chaque année qui passait.

Lorsque j'ai appris qu'elle était devenue une mère de famille à la vie paisible et que son mari lui était dévoué malgré ses longues absences, je me suis senti soulagé. Je ne lui avais pas causé d'ennuis, en fin de compte. Je ne saurais dire comment le bruit a commencé à courir qu'elle était la maîtresse du prince héritier. Certes, il l'avait convoitée à travers son portrait, mais elle-même était en sécurité loin de lui. Pourtant la rumeur a enflé, relayée par les partisans du prince, qui prétendaient envers et contre tout que c'était un homme normal capable de monter sur le trône. Ensuite, ils ont raconté que le mari de cette dame l'avait répudiée parce qu'elle avait donné un enfant à Don Balthazar et que ce n'était pas le dernier. Si je n'ai pas cru à tous ces ragots, je savais que mon tableau avait attisé la convoitise du prince fou au point de le rendre dangereux. Peu après, j'ai appris que le mari et quasiment tous les enfants étaient morts dans des circonstances mystérieuses, et que la dame elle-même était enceinte. La reine, qui ne croyait pas non plus à ces calomnies, lui a proposé d'accoucher à la cour. C'était une offre qui ne se refusait pas, mais heureusement pour elle, Don Balthazar est mort subitement, juste avant son arrivée à Madrid.

Quelques mois après, j'ai reçu un message implorant mon aide pour régler l'habituel problème : l'enlèvement discret d'une fille non désirée. Je me suis arrangé pour qu'on l'emmène mais je ne pouvais dire où, ne l'ayant jamais su exactement. J'ai appris bien trop tard qu'il s'agissait de la fille de la seule femme dont la bonté avait touché mon âme, la seule femme que j'avais aimée de ma vie. Elle s'était tournée vers moi en comprenant combien son enfant serait en danger si elle-même mourait.

Ses craintes étaient fondées. La pauvre est morte en couches, ainsi que son bébé, et les partisans de Don Balthazar en ont profité pour semer la discorde en prétendant que leur champion avait été assassiné sur ordre du roi, qu'il avait une fille et que c'était elle l'héritière légitime de la couronne. Ils projetaient de se rallier derrière elle et de la désigner reine au nom du prince martyr. Deux espions anglais ont été arrêtés, et sous la torture ont avoué être sur sa piste. Ils ont été exécutés, et les recherches se sont intensifiées. Le roi est prêt à tout pour la retrouver avant qu'elle ne devienne une arme entre les mains des ennemis de l'Espagne.

J'ai enfin compris ce que j'avais fait – j'avais provoqué la ruine d'une famille et la mort d'une femme qui ne le méritait pas. Mon talent m'a déserté, mes portraits ont cessé de s'animer, et tout ce que je dessinais était plat, terne, quelconque. J'ai eu de moins en moins de commandes, de plus en plus de dettes. Je me suis mis à boire et à jouer aux jeux d'argent. Avec le succès qui me fuyait, les femmes en ont fait autant, et j'ai recherché le plaisir le plus vil qui soit auprès des prostituées.

Le fardeau de la culpabilité était tel que j'ai fini par ne plus le supporter. Je suis allé me confesser et me suis repenti d'avoir détruit une femme innocente. En guise de pénitence, le prêtre m'a dit de retrouver la jeune fille disparue, d'obtenir son pardon et de faire acte de contrition pour elle. Je me suis mis en quête de l'endroit où j'avais envoyé tant d'enfants par le passé. Mais son emplacement était un secret bien gardé, et j'ai eu beau tout tenter, je n'ai pas réussi à le percer. La seule information que j'ai pu obtenir, c'est qu'il s'agissait d'un couvent dans la montagne où venaient nicher des hirondelles. Alors j'ai donné tous mes biens et le peu d'argent qui me restait aux indigents, gardant uniquement mon matériel, et j'ai fait le serment à Dieu que s'Il guidait mes pas, je peindrais un chef-d'œuvre à Sa gloire. Pendant deux ans, j'ai erré avec mon bâton de pèlerin. Je suis tombé malade. Je commençais à désespérer d'obtenir l'absolution avant de mourir.

Et puis il y a deux semaines, sur la route, j'ai vu un immense vol d'oiseaux migrateurs qui se dirigeaient vers les montagnes, et les villageois que j'ai croisés m'ont raconté que ces hirondelles rentraient chez elles, au couvent de Las Golondrinas. Pour la première fois, j'ai repris espoir, pensant qu'elles étaient peut-être venues me montrer le chemin.

S'arrêtant brusquement, il a incliné la tête d'un air repentant.

— Je suis le misérable peintre Tristan Mendoza.

— Et l'enfant que vous recherchez ?

— Elle s'appelle Maria Isabella Vilar d'Ascencion.

Le récit de cet homme concordait en tout point avec celui de Marisol.

— En effet, a dit l'abbesse avec prudence, au bout d'un moment. Elle est ici. Mais je ne sais pas si vous pouvez la voir.

Nous nous sommes consultées : Marisol devait-elle être mise au courant ? Elle n'est pas aussi forte qu'elle paraît, mais c'est à elle d'accorder son pardon si elle s'en sent capable et ce pauvre homme est en droit de le lui demander. Ainsi, l'abbesse a décidé de la faire appeler.

Lorsque Marisol est entrée, elle avait l'air remontée, croyant sans doute se faire réprimander pour avoir enfreint une règle du couvent. En apercevant le visiteur au *locutio*, elle a poussé une exclamation de surprise. L'abbesse l'a priée de s'asseoir, et sans prendre de gants lui a dit :

— Marisol, cet homme prétend être Tristan Mendoza, l'artiste qui a peint le portrait de fiançailles de votre mère.

— Si c'est bien lui, a-t-elle rétorqué avec insolence, prenez garde. Josefa m'a toujours dit qu'il fallait s'en méfier et que les femmes devaient craindre pour leur vertu en sa présence.

Sous son attitude bravache, Marisol est comme tout le monde et n'aime pas lorsque l'abbesse lui lance un regard sévère, mais cela ne l'a pas empêchée de lever les yeux au ciel pour montrer qu'elle ne s'en souciait guère. L'homme s'est jeté à terre et s'est écrié :

— C'est un miracle !

— Comment ça ? lui a demandé Marisol d'un ton soupçonneux.

— Mes prières sont exaucées. Je viens confesser ma culpabilité et implorer votre pitié pour le mal que j'ai causé, à vous et à ceux que vous aimez. Je suis l'assassin de votre famille entière. J'ai leur sang sur mes mains, sur mon âme.

— Ce mendiant est fou. Laissez-moi partir, abbesse.

— Restez tranquille, voulez-vous !

L'homme a agrippé la grille et répété son histoire.

Pour une fois, Marisol s'est tue et a écouté. Elle avait l'air si petite et vulnérable, sur sa chaise. Serrant les mâchoires, elle me regardait d'un air perdu, sa belle hardiesse disparue. Les larmes sont montées et elle a lutté pour retrouver la colère qui lui sert de bouclier contre le monde entier.

— Je ne savais pas pourquoi on m'avait arrachée à ma mère, et je ne savais pas non plus qu'elle était morte. Je l'ai haïe. Et voilà que vous me dites… Je vous hais aussi, de tout mon cœur.

Il y a eu un long moment de silence et elle a cherché du réconfort en me prenant la main.

— Marisol, n'oubliez pas ce que l'on nous enseigne. Nous devrions toujours pardonner, comme nous espérons que Dieu pardonne nos péchés…, l'a incitée l'abbesse, gentiment mais fermement. C'est dans l'intérêt de notre âme aussi bien que pour la gloire du Seigneur.

L'adolescente a hoché la tête, tripoté son mouchoir et murmuré :

— Pauvre Consuela.

L'air humble, Mendoza a dit :

— J'ai fait le vœu de mettre mon talent au service de Dieu. C'est le moment de tenir ma promesse. J'ai causé du tort à sa mère avec une toile licencieuse – m'autorisez-vous à peindre un portrait de Maria Isabella en habit de novice, afin de marquer son passage à la vie de nonne ? Cela se fait lorsqu'une fille de bonne famille prend le voile.

Il avait raison : sœur Serafina avait le sien à son arrivée au couvent. D'ailleurs, l'abbesse avait fait remarquer d'un air grincheux que c'était tout à fait prématuré.

Marisol a relevé la tête ; dans ses yeux, une lueur s'était rallumée. L'abbesse s'est empressée de répondre :

— C'est impossible. Marisol n'a pas la vocation.

Cependant, le peintre mendiant nous a surprises. Il a observé Marisol en silence, puis a déclaré :

— Elle n'a peut-être pas la vocation, mais je vois qu'elle a la même bonté que sa mère, et grâce à cela elle accomplira de grandes choses. Elle agira de façon désintéressée, même si elle doit en souffrir, et fera le bien autour d'elle. Elle sera aimée par maintes personnes.

— Vraiment ? s'est enquise l'intéressée. Me trouvez-vous jolie, comme ma mère ?

— Marisol ! La vanité est une très vilaine chose !

— S'il vous plaît. Il n'y a pas de miroir ici et Josefa disait toujours que je ressemblais à mon père. Ma mère n'était pas vaniteuse, et pourtant elle prenait soin de son apparence. Et ces robes qu'on nous force à mettre sont tellement *moches* !

L'abbesse a poussé un soupir.

— Monsieur, merci de votre offre. Puis-je vous suggérer, pour votre acte de contrition, de peindre Marisol et sa… bonté intérieure en compagnie de quatre autres orphelines ? Vous travaillerez de ce côté-ci du *locutio*, naturellement, et sœur Beatriz sera la chaperonne.

— Avec joie, abbesse.

— Oh, merci !

L'abbesse a envoyé Mendoza au dortoir des hommes et Marisol à son travail. Une fois seules, je lui ai demandé pourquoi elle permettait à un homme à la réputation si sulfureuse de peindre cinq jeunes filles innocentes.

— Pour plusieurs raisons. Cela distraira nos chères enfants de l'imminente visite de l'Inquisition, et puis ce Mendoza tient visiblement à se racheter. Il n'a pas d'autre moyen de le faire. Bien sûr, s'il devait se conduire de façon inconvenante, en proposant par exemple à l'une d'elles de le retrouver quelque part, il serait renvoyé sur-le-champ. Mais je ne pense pas que cela arrivera. Et puis, il me tarde de voir le résultat. Il manque peut-être de moralité, mais il a la réputation d'être un virtuose de la peinture. Quelque chose me dit que le couvent ne verra pas passer beaucoup de chefs-d'œuvre.

Cela me donne une autre idée, dont je vous ferai part lorsqu'il aura avancé.

Tristan Mendoza s'est attelé à la tâche dès le lendemain, se levant tôt pour assister à la messe puis s'appliquant à broyer et préparer ses couleurs. Son visage émacié m'évoquait un masque mortuaire, mais il s'est ranimé sous les yeux de ses modèles qui l'observaient à travers la grille en lui posant mille questions. Une fois prêt, il a donné ses instructions, afin qu'elles se placent selon ses souhaits. Marisol s'est pincé les joues pour les faire rosir. Luz, qui tenait sa poupée préférée et portait une couronne de fleurs comme si elle allait prononcer ses vœux, a refusé de s'asseoir ailleurs qu'aux pieds d'Esperanza. Cette dernière lisait pour tromper l'attente. Sanchia avait le plus grand mal à se tenir tranquille, et Pia a coiffé ses cheveux pour les faire tomber en une cascade argentée dans son dos. Voyant Mendoza ébahi par ce spectacle, je l'ai vertement tancé.

Il n'avait plus rien du pénitent éploré. Avec une certaine autorité, il leur a expliqué qu'elles ne devaient pas bouger, car le temps manquait pour lui. Il s'est mis au travail sur la toile qu'il avait préparée la veille au soir, et moi à la table que j'avais fait installer à proximité.

Une semaine a passé. Un matin, il a tourné la peinture inachevée afin que l'abbesse et moi puissions l'admirer.

— Ma foi, c'est vraiment très beau ! a-t-elle commenté. Je suis stupéfaite… Regardez Luz, avec sa poupée. Il a réussi à rendre sa douceur à la perfection, tout comme l'intelligence d'Esperanza, l'impatience de Marisol, les démons de Sanchia et le détachement de Pia, comme si rien au monde ne pouvait l'affecter ! Maintenant, sœur Beatriz, dites-moi ce que vous pensez de ceci. J'ai souvent prié pour que Dieu nous envoie un artiste capable de représenter notre Évangile, sous la forme d'un cycle allégorique par exemple. Jusqu'à présent, personne n'était assez doué ou digne de se voir confier nos secrets. Mais je suis d'avis que le don de Mendoza, au lieu d'avoir été détruit par les remords, a été tempéré. Il a beau avoir côtoyé la nature humaine la plus vile, il sait aussi voir la grâce divine, et je suis de plus en plus convaincue que l'Évangile devrait être préservé ici en tableaux, alors même que nous devons bientôt nous séparer de la Chronique.

Il est vrai que Tristan Mendoza paraît revigoré, et parle de peindre une fresque dans la chapelle une fois qu'il aura terminé. Il a même demandé à l'abbesse s'il y avait un saint particulier que nous aimerions honorer. Elle lui a répondu que justement, elle avait un projet dont elle aimerait discuter avec lui.

Cependant, il avait vu juste en disant que le temps pressait – comme si lui s'attendait à mourir. Il mettait les dernières touches au portrait lorsqu'on a sonné à la porte en pleine nuit. Une *beata* est venue m'informer que l'abbesse avait reçu un messager au *locutio*, et que je devais venir tout de suite. Je me suis habillée à la hâte et j'ai couru vers son bureau.

L'abbesse m'a tendu le courrier officiel d'une main légèrement tremblante.

— Le tribunal arrive. Toutes les personnes présentes seront interrogées : sœurs, novices, laïques, domestiques, même les enfants de plus de quatre ans. Ce frère Ramon Jimenez… On raconte qu'il peut sentir les hérétiques, et donne toute latitude à ses enquêteurs pour obtenir des informations.

J'ai eu l'impression que les murs se rapprochaient brusquement de nous. Notre refuge était devenu une prison, un piège, une tombe. Un bourdonnement à mes oreilles m'a empêchée d'entendre la phrase suivante.

— Je parlais des « mariées », sœur Beatriz, s'est écriée l'abbesse, exaspérée de devoir se répéter. J'ai enfin compris ce que la Fondatrice voulait nous dire. Esperanza, Marisol, Pia et Sanchia doivent aller au Nouveau Monde trouver des époux ! Et emmener la Chronique, ainsi que le médaillon, avec elles. Je vais m'arranger pour qu'elles partent le plus vite possible. Écrivez une dernière entrée dans la Chronique, puis donnez-la à Esperanza. Nous pouvons lui faire confiance pour la continuer lorsqu'elle sera dans les Andes.

— Mais elle va lire l'Évangile !

— C'est bien mon intention ! Avant de lui confier nos secrets, elle pourra ainsi déterminer si ce couvent, aux colonies, est notre mission. Allez, je sais que vous voulez dire adieu à votre cher livre…

Extrait de la Chronique des Saintes-Sœurs de Jésus, couvent de Las Golondrinas, Andalousie, juin 1553

Il est minuit mais seules les orphelines dorment encore. Tout à l'heure, un messager est arrivé de la vallée pour mettre l'abbesse en garde. Telle la meute de loups encerclant un troupeau de moutons, le tribunal de l'Inquisition se rapproche. Son arrivée n'est plus qu'une question de temps…

20.

Extrait de la Chronique des Saintes-Sœurs de Jésus, par la plume d'Esperanza, juillet 1553

En mer

Cela paraît toujours aussi incroyable, même après l'expédition jusqu'à Séville, et pourtant Marisol, Pia, Sanchia et moi-même avons réellement fui en compagnie de sœur Emmanuela. Nous sommes actuellement sur un navire à destination du Nouveau Monde, et du couvent connu sous le nom de *Las Golondrinas de Los Andes*. Je suis chargée de découvrir s'il a réellement été fondé par la mission des Saintes-Sœurs de Jésus, partie d'Espagne il y a trente ans. L'abbesse m'a donné une liste de questions à poser, le nom des religieuses, etc., et tant que je ne suis pas satisfaite des réponses je ne dois pas me séparer de la Chronique, ni sœur Emmanuela du médaillon. C'est une bien lourde responsabilité.

Sœur Beatriz m'a parlé de sa fille, Salome, qui devrait être nonne là-bas si elle n'est pas morte. Elle devrait m'apporter une preuve supplémentaire que nous sommes au bon endroit. Cependant, trouver ce couvent n'est qu'une partie de notre tâche. L'autre est de trouver un mari. Je me demande laquelle sera la plus aisée.

L'abbesse souhaite également que je conserve une trace écrite de notre voyage. Il a débuté comme ceci :

Une nuit, sœur Emmanuela est venue dans la cellule où Marisol, Pia et moi dormions, et nous a demandé d'aller voir l'abbesse pendant qu'elle allait chercher Sanchia au dortoir des enfants. À notre arrivée, l'abbesse, sœur Beatriz et plusieurs religieuses se tenaient près du feu, inspectant des documents qui portaient le tampon de l'Inquisition. Pia en est restée bouche bée et m'a pris la main en silence.

— Ils arrivent ! s'est écriée Marisol.

— Nous sommes piégées ! ai-je renchéri. Ils vont nous torturer, et quand ils sauront qui on est, les sœurs vont payer pour nous avoir cachées !

— Cela n'arrivera pas, a répondu l'abbesse fermement, car vous allez quitter le couvent avant.

— Quitter le couvent ? a répété Pia d'une voix faible. Mais si vous nous congédiez, ils vont nous traquer comme des animaux. Autant se jeter du haut d'une falaise maintenant !

— Heureusement, Pia, nous avons un bien meilleur plan. Vous partez cette nuit pour Séville, et de là, pour l'Amérique hispanique. J'ai envoyé un villageois vous prendre des places sur un navire prêt à appareiller et deux autres attendent déjà de vous emmener. Sœur Emmanuela sera votre chaperonne. Maintenant, Esperanza, écoutez-moi bien. Il y a trente années de cela, un couvent a été fondé par des missionnaires de notre ordre au Nouveau Monde, qu'elles ont nommé Las Golondrinas de Los Andes. Là-bas, vous pourrez trouver refuge jusqu'au mariage, et je suis sûre qu'on vous aidera sur ce plan-là. Les colons manquent cruellement d'épouses espagnoles, et il est fort probable qu'ils ne feront pas de recherches sur vos familles comme ici. Nous avons une dot pour chacune d'entre vous.

— Mais vous, et sœur Beatriz ? Et les autres ?

— Nous nous en remettons à la volonté de Dieu. Je ne perds pas espoir que quelqu'un à la cour influence le tribunal, même aussi tardivement. J'ai envoyé un message urgent pour implorer la clémence de la reine, et peut-être que le cadeau de Luz aidera. Cependant nous sommes tenues par nos vœux et nous ferons notre devoir quoi qu'il advienne. Quant à vous, il faut vous préparer.

— Sanchia n'a que onze ans – elle ne peut quand même pas se marier !

— Vous allez devoir vous épauler. La première à convoler la prendra chez elle comme une sœur, et lui cherchera un bon parti le moment venu. Et maintenant, vite… Ah, voici Sanchia.

La pauvre est arrivée en se frottant les yeux, les boutons de sa chemise défaits et les cheveux en bataille. Elle qui en temps normal saute partout n'était vraiment pas réveillée.

— Mon enfant, écoute-moi bien. Tu vas partir avec Marisol, Pia et Esperanza.

Les yeux de Sanchia se sont écarquillés de peur.

— Il va y avoir des soldats ? a-t-elle dit d'une voix chevrotante. Ils vont nous ligoter ?

— Non, mon enfant. Tu vas monter sur un grand bateau avec des voiles comme des ailes d'oiseau, et tu vas vivre plein d'aventures.

Nous étions abasourdies par ce départ si précipité, et j'étais accablée de tristesse à l'idée de quitter cette chère sœur Beatriz et le sanctuaire qu'était devenu pour moi le couvent. J'adorais les journées paisibles que nous passions au scriptorium, avec tant d'ouvrages à découvrir, de courriers à rédiger et d'informations à trouver pour les sœurs infirmières – mon activité préférée entre toutes. J'ai souvent regretté d'avoir promis à mon père de me marier, songeant combien ce serait agréable, utile et épanouissant de faire ma vie ici en tant que religieuse. Je me demande si ma mère a ressenti la même chose en entrant à Regina Cœli.

Mais le temps de la réflexion était passé, et l'abbesse nous a envoyées faire nos bagages au plus vite. Juste avant, sœur Beatriz m'a emmenée au scriptorium, où cette Chronique reposait, ouverte, sur le bureau. Elle m'a expliqué que je devais l'emporter, et qu'en plus de tenir un journal, je devais la lire en entier, y compris l'Évangile en latin au milieu. Une fois cela fait, je comprendrais pourquoi je devais veiller dessus, et je saurais la remettre entre de bonnes mains. Après m'avoir fait jurer, elle m'a demandé de la laisser car elle voulait y écrire une dernière fois.

Plus tard, elle m'a remis le paquet contenant cette Chronique avec autant de tendresse et de chagrin que si cela avait été son enfant. À ce moment-là, le couvent était en alerte car les Inquisiteurs étaient arrivés sans crier gare, à la faveur de la nuit. Avec leurs mules, leurs chariots et leur suite, le vacarme qu'ils causaient était indescriptible. La cloche n'en finissait plus de sonner, des novices effrayées couraient dans les couloirs, et tout n'était plus que confusion.

L'abbesse m'a dit qu'elle avait fait boire un puissant breuvage à l'artiste Mendoza, et qu'il dormait d'un sommeil aussi profond que la mort. Pour faire bonne mesure, on l'a enveloppé de bandages de la tête aux pieds puis caché dans la cellule réservée aux lépreux avec son matériel de peinture. Notre portrait n'est pas tout à fait terminé, ni tout à fait sec, mais il a été accroché sur un mur de la plus ancienne aile du couvent. Avec cette œuvre, j'ai l'impression que nous laissons une part de nous ici – et cela me console un peu.

Je prie pour que l'Inquisition ne le trouve pas.

L'abbesse nous a réunies une dernière fois dans son bureau, a ôté son médaillon et l'a passé au cou de sœur Emmanuela. Elle s'attend manifestement au pire, sinon jamais elle ne s'en séparerait. Elle a dit adieu à sa sœur de sang, nous a embrassées, puis a donné sa bénédiction avant d'ouvrir une porte dissimulée derrière une tenture.

Un couloir étroit, avec un escalier raide qu'il a fallu descendre dans le noir, nous a conduites à la cave où l'on entrepose les fûts de vin, puis à l'étage en dessous. Nous avons avancé lentement, pour ne pas tomber, jusqu'à sortir par une fenêtre située dans le soubassement du couvent. Après avoir revêtu de lourdes capes, nous nous sommes hâtées de rejoindre l'attelage qui nous attendait. L'obscurité était notre amie. Les villageois avaient déjà chargé nos malles et enveloppé les sabots des mules pour plus de discrétion. Ils nous ont aidées à monter, et nous sommes parties en silence.

Cela m'a brisé le cœur de n'avoir pas eu le temps de dire adieu à Luz. Que va-t-elle faire sans nous ? Sans moi ? Et l'abbesse qui place tous ses espoirs dans la nappe que cette chère enfant a brodée pour la reine. Je ne supporte pas de penser à ce qu'il risque de leur arriver ! Blotties les unes contre les autres, nous avons pleuré, jusqu'à ce que l'aube vienne rosir le ciel et que la fatigue ait raison de nous.

Le réveil s'est fait en sursaut, quand les mules se sont arrêtées. Nous avons craint le pire, mais les chauffeurs ont annoncé qu'il allait falloir marcher, car les bêtes étaient épuisées. Nous avions pour ordre d'éviter les grandes routes, et j'ai vu que nous étions sur une piste indiquée par des pierres blanches qui s'enfonçait dans la forêt.

Nos escortes ont pris soin de contourner les villages, et changé de direction dès qu'ils apercevaient des bergers. Nous avons dormi à la belle étoile, enveloppées dans nos capes, et mangé des fruits séchés, des amandes, de la viande de mouton et du fromage. Nous buvions aux nombreuses sources de montagne. À l'approche de Séville, nous avons enfin pu remonter en voiture et acheter du pain, de l'huile et du vin. Marisol regardait tout avec envie et fascination.

Pour ma part, j'étais anxieuse, les rues familières étant synonymes de danger. Je songeais aux risques que Maria et moi avions pris pour fuir, et me demandais si mon tuteur avait réussi à s'approprier ma fortune avant l'Inquisition. J'avais une pensée émue pour Don Jaime, et disais souvent une prière pour lui.

La grande ville, si pleine de bruit et de fureur, nous a accablées. Au couvent, il n'y avait que le son de la cloche, le chant des oiseaux et les prières, le silence du scriptorium le jour et le vent dans la montagne la nuit. Sur les quais, des hommes d'équipage hurlaient des ordres, des soldats patrouillaient par deux ou trois, des mules brayaient, des cargaisons étaient chargées à grand renfort de jurons, des voiles claquaient dans la brise, des ivrognes buvaient en chantant, et des prostituées les hélaient d'une voix stridente. En voyant tant de trois-mâts réunis au même endroit, nous avons été transportées.

— Regardez ! s'est écriée Marisol. La *Torre del Oro !*

Nous avons tendu le cou pour admirer l'imposante tour de guet qui garde le port. Une vision proprement étonnante que ce monument brillant de mille feux dans le soleil de l'après-midi. D'après Marisol, son nom lui vient d'une dame aux beaux cheveux blonds qui aurait été emprisonnée là par le roi Pierre le Cruel, qu'elle refusait d'aimer. Pour sœur Emmanuela ce sont des absurdités, elle dit que c'est à cause de ses tuiles jaunes qui réfléchissent la lumière. Marisol lui a tiré la langue derrière son dos.

Sœur Emmanuela nous a fait monter la passerelle au pas de course, si bien que j'ai trébuché et failli tomber dans le fleuve. Dans la cale, où il faisait sombre et très chaud, nous avons découvert le rideau que le capitaine a mis pour nous garantir un peu d'intimité et les couchettes qu'il a tenté de rendre confortables en y ajoutant des coussins. Malheureusement, elles sont si petites que les coussins prennent toute la place. Quand Sanchia a voulu grimper sur la plus haute et qu'elle est tombée, elle a pouffé. Un éclat de rire s'est ensuivi, mais une fois calmées, il a fallu réfléchir au moyen de se mouvoir sans se cogner dans des quartiers aussi confinés. Et dire qu'il n'y a même pas la place pour un pot de chambre !

L'affaire s'est corsée quand les porteurs ont apporté nos malles. Elles étaient petites, mais il nous paraissait tout bonnement impossible de les loger dans un si petit espace. Nous avons fini par réussir, Dieu sait comment, et avons mis à portée de main une tenue de rechange, ainsi que notre livre de prières. Sœur Emmanuela a accroché un crucifix à un clou qui dépassait de la cloison. Au-dessus de nos têtes, il y a eu des cris et un bruit sourd indiquant qu'on remontait la passerelle. Peu après, nous avons senti que le bateau bougeait. Nous étions parties !

Nous sommes en mer. Et nous avons très chaud, même si un peu d'air frais passe par l'écoutille. Marisol meurt d'envie d'aller sur le pont, mais sœur Emmanuela le lui interdit et elle boude.

Nous avons dit nos prières, mangé de la viande séchée avec un peu de pain, et ensuite il a fallu trouver comment s'étendre pour que tout le monde soit à son aise. Mais l'euphorie est telle que l'on n'arrive pas à dormir. Sans compter la chaleur suffocante.

Le second soir, quand tout était calme, j'ai sorti la Chronique de son sac en laine huilée et lu l'Évangile en latin. Je porte à présent un fardeau de dangereuses connaissances qui, lorsqu'on y songe, démentent toutes les justifications que les chrétiens ont pu donner pour persécuter juifs et musulmans, attestant au contraire de nos nombreux points en commun. Et je dois vivre avec. Elles brûlent dans ma tête comme les flammes dans lesquelles le tribunal de l'Inquisition n'hésiterait pas à me jeter s'il savait, ou celles que j'ai vu dévorer des pauvres gens lorsque j'étais enfant.

Le bateau bouge sans cesse à cause de la houle, et Pia et sœur Emmanuela sont très malades. La cale sent le vomi, et l'eau qui entre la rend humide de surcroît. Notre chaperonne étant trop souffrante pour retenir Marisol, je l'ai suivie sur le pont avec Sanchia – à vrai dire, je désespérais de humer l'air frais. La brise marine nous a revigorées, et la mer qui s'étend à l'infini est un spectacle merveilleux. Toute cette eau, jusqu'au ciel ! Et les mouettes qui font un concert au-dessus de nos têtes, nous régalant de figures audacieuses. Comme j'aurais aimé que mon père voie cela !

Au début les matelots nous observaient avec méfiance, mais chaque jour ils sont plus gentils. Ils ont promis que la traversée serait facile, et décrit notre futur pays d'adoption. À les croire, tous les peuples du monde convergent là-bas : négociants génois et levantins, hommes enturbannés à la peau noire comme l'ébène, Chinois tout de soie vêtus, nobles espagnols en capes tissées d'or. Au marché on peut acheter les fruits les plus étranges qui soient, de magnifiques brocarts, des épices parfumées et des poissons aux couleurs de l'arc-en-ciel. On reconnaît les épouses des nobles, car elles vont partout voilées de noir et sont suivies de servantes aux robes bigarrées.

L'air marin réussit à Marisol. Elle a les yeux qui brillent, les joues roses, et défait ses nattes pour laisser le vent jouer dans ses cheveux. Les matelots rivalisent de bons mots pour la faire rire. Au bout de quelques jours, sœur Emmanuela est montée aussi, dans l'espoir de soulager la mauvaise toux qu'elle a fini par rattraper en étant cloîtrée dans la cale humide. Pia reste à ses côtés sans rien dire et ignore les hommes qui regardent d'un air ébahi ses cheveux argentés.

Nos quartiers sont de plus en plus détrempés, nos malles prennent l'eau, mais on oublie tout dès qu'on est sur le pont. Un vent chaud gonfle les voiles et l'air du large nous enchante. Nous passons le moins de temps possible en bas, prenant nos repas et disant même nos prières dehors. Nous trempons du pain dur dans de l'huile d'olive pour le ramollir et l'accompagnons de figues séchées, ainsi que de vin aigre pris dans les fûts qu'ils ont à bord.

Un midi, nous nous amusions à imaginer nos futurs maris lorsque Sanchia s'est écriée « Regardez ! » en montrant l'horizon, où de petits nuages cotonneux se massaient à une vitesse alarmante. Une brume légère a voilé le soleil et le ciel s'est assombri. Un vent froid s'est mis à souffler, faisant claquer les voiles. La mer bleu-vert est devenue noire et les vagues ont grossi. Nous avons observé cette dégradation avec inquiétude, puis le capitaine a commencé à donner des ordres et son équipage s'est activé. Plusieurs marins ont tiré sur les cordes pour descendre les voiles, et quelqu'un nous a poussées sans cérémonie vers la cale.

Jamais nous n'aurions imaginé chose plus effroyable que cette tempête, qui ne pouvait être qu'un accès de fureur du Tout-Puissant. Au début le bateau était simplement ballotté, mais bientôt le roulis s'est fait si violent que chaque minute semblait être la dernière. Cette impression était renforcée par la lumière crépusculaire. Une vague s'est abattue sur le pont et dans la cale. Les matelots nous ont crié de ne pas avoir peur et ont fermé l'écoutille.

La tempête a encore empiré. Nous avons passé les heures, puis les jours qui ont suivi dans l'angoisse la plus totale, et perdu la notion du temps à force de rester blotties dans le noir, hébétées, couvertes de bleus et malades comme des chiens, incapables d'avaler un biscuit et encore moins l'eau saumâtre, priant sans discontinuer, dormant brièvement pour nous réveiller à cause du froid et de la peur…

L'eau nous arrivait aux chevilles. Nos habits étaient trempés et sœur Emmanuela ne cessait de tousser, se plaignant d'une douleur à la poitrine. Le lendemain, elle avait de la fièvre. Nous nous sommes relayées à son chevet, faisant de notre mieux pour la réconforter et éponger son front brûlant. Marisol a déniché des médicaments dans sa malle, mais ils n'ont eu aucun effet et sœur Emmanuela s'est mise à panteler, répétant qu'elle n'arrivait plus à respirer. Son état s'est aggravé. Bientôt elle a cessé de parler et, après une quinte de toux particulièrement violente, la pauvre a rendu son dernier soupir. Nous nous sommes agenouillées dans l'eau glaciale afin de confier l'âme de sœur Emmanuela à Dieu. N'ayant pas de drap mortuaire, nous l'avons enveloppée dans sa cape. J'ai glissé son chapelet entre ses doigts, qui se raidissaient déjà, et réussi à lui retirer le médaillon de l'abbesse. Par prudence, je l'ai passé autour de mon cou.

Marisol a rampé jusqu'au rideau pour annoncer à la cantonade que Dieu avait choisi de reprendre l'une des nôtres. Les deux hommes de repos à ce moment-là sont venus chercher le corps en tanguant. Nous savions qu'il allait être jeté à la mer. « Ce sera bientôt notre tour ! » s'est exclamée Marisol en claquant des dents.

Nous avons tendu l'oreille, guettant malgré nous le bruit que ferait sœur Emmanuela en passant par-dessus bord. Au même moment, le vent a mugi comme jamais et une vague a frappé si violemment que le navire s'est couché sur le côté, nous écrasant au passage contre la cloison. Juste après, nous avons senti qu'il montait et montait à une hauteur terrifiante. Nous nous sommes serrées fort alors qu'il replongeait à une vitesse vertigineuse, et avec une telle force qu'il nous a dispersées aux quatre coins de la cale. Le naufrage n'était plus qu'une question de temps. Sanchia a appelé sa mère en sanglotant. Mon père m'est apparu, et Pia a enfoui le visage dans le cou de Marisol. Par-dessus le vent nous avons entendu des cris, puis un craquement. Quelqu'un a hurlé « Un homme à la mer ! » Nous avons dit une prière pour lui, pour nous-mêmes, et Sanchia a répété une phrase en hébreu. Nous nous sommes regardées en guise d'adieu, alors que la mort approchait à chaque grincement des membrures du navire, soumises à une pression insoutenable.

— J'ai entendu dire que tout se passe très vite quand on se noie, a murmuré Pia à voix basse, et Marisol a poussé un gémissement.

Et puis soudain, nous avons senti une présence.

— Vous la voyez, vous aussi ? a chuchoté Sanchia d'une voix blanche, tout en montrant du doigt.

— Oui ! a répondu Pia en s'obligeant à ouvrir les yeux.

Marisol s'est contentée de regarder – pour une fois, elle restait sans voix.

J'ai d'abord cru à une apparition, comme ces créatures à moitié femme et à moitié poisson qui, dit-on, attirent les navigateurs et les font s'écraser sur les récifs. Mais il s'agissait d'une femme vêtue d'une grande cape, comme la description faite dans la Chronique, et j'ai compris – au contraire des autres – qui c'était. La Fondatrice était venue nous soulager à l'heure de notre mort, dire quelques mots de réconfort avant de nous faire monter au Paradis pour rejoindre nos familles bien-aimées.

Je me trompais. Elle nous a interpellées vivement, disant que dans notre état, nous ferions un piètre repas pour les poissons et que nous n'allions pas périr. La tempête serait bientôt terminée ; nous devions faire confiance au Seigneur et tout irait bien. Ensuite elle s'est penchée pour me murmurer à l'oreille que le médaillon autour de mon cou était précieux, un cadeau offert par son frère il y avait bien longtemps. J'ai voulu répondre que je le savais, mais elle a mis un doigt sur ma bouche et m'a dit d'un ton ferme de garder courage. Un jour, ce médaillon et la Chronique auraient un rôle à jouer à une époque troublée de guerre entre chrétiens, juifs et musulmans, et seraient des instruments de paix. Puis elle a disparu.

— Il n'est pas rare de voir d'étranges choses avant de mourir, a commenté Pia d'une voix faible.

Mais ce n'était guère le moment de chercher des explications. Alors, avec autant de force que possible, j'ai déclaré :

— Elle a dit de garder courage et c'est ce que nous allons faire, vous m'entendez ?

Le soir même, les vents retombaient et nous avons senti que la mer se calmait. Le capitaine est descendu nous crier à travers le rideau :

— Le ciel s'est dégagé et l'homme de guet a repéré des oiseaux au loin. Cela veut dire qu'on n'est plus très loin des côtes. Dieu est grand !

— *Deo gratias*, avons-nous répondu machinalement, avant de nous endormir, épuisées.

En montant sur le pont le lendemain matin, nous avons vu une ligne à l'horizon et à mesure qu'on approchait, des bateaux se sont détachés contre le ciel, puis un port est apparu. Autour de nous on s'affairait, les hommes éclatant de rire, se donnant des tapes dans le dos, évoquant le rhum et les femmes qu'ils allaient retrouver. Des indigènes sont venus à notre rencontre dans des barques longues et étroites et nous ont offert de curieux fruits jaunes qui avaient le goût du miel, ainsi que de l'eau fraîche qui nous parut divinement suave. Nous nous sommes observées – nous paraissions si pâles et frêles, clignant des yeux au soleil comme des animaux vivant sous terre.

— On a l'air de sorcières avec ces hardes, a commenté Marisol en tirant sur sa robe froissée. Mais elles étaient déjà hideuses au départ. Ce qui est certain, c'est qu'on ne trouvera jamais de maris habillées comme ça !

Mon soulagement à l'idée d'avoir survécu a laissé place à d'autres considérations, plus pratiques. Qu'allions-nous faire, une fois à terre ? Je suis descendue pour réfléchir. Dans la malle de sœur Emmanuela se trouvaient nos dots, quatre bourses de *reales*. Il y en avait une cinquième pour nos menues dépenses, et je comptais les pièces lorsque Pia m'a dit de venir car on allait descendre la passerelle. Je ne sais quand je pourrai de nouveau écrire, mais cela devra attendre que nous soyons installées. Quelque part.

21.

Au sujet des Saintes-Sœurs de Jésus et de l'inspection du couvent de Las Golondrinas, visant à démasquer les ennemis de la véritable foi qui auraient pu s'y cacher (document mis sous scellés par le Saint-Office de l'Inquisition).

Ceci est le rapport de l'enquête menée chez un ordre de nonnes connues sous le nom de *Las Sors Santas de Jesus*, au cours de l'année 1553 après Jésus-Christ, à la suite d'une preuve qui nous a été présentée par le comte défendeur du Saint-Sépulcre, qui arguait depuis longtemps que ce couvent abritait des infidèles en secret et que les sœurs s'y adonnaient à toutes sortes d'activités ennemies de la foi.

La preuve venant étayer ces allégations consistait en des bribes d'un parchemin sérieusement endommagé par les rongeurs. Nos enquêteurs ont retrouvé la trace de leur précédente propriétaire, une bonne du couvent. Interrogée lors de l'inspection des lieux, elle a avoué les avoir vendues à un valet du comte en apprenant qu'il était prêt à payer pour obtenir des informations sur les Saintes-Sœurs de Jésus. Nos tortionnaires n'en ont appris guère plus, hormis que chez elle, on travaillait là de mère en fille, et que sa grand-mère avait volé ces bouts de parchemin lorsqu'on lui avait demandé de nettoyer le scriptorium après une invasion de rats. Personne dans sa famille ne savait lire, mais elle s'obstinait à dire que ce parchemin était tiré du « livre » du couvent. Elle est morte avant de pouvoir en dire davantage, mais il est possible qu'elle n'ait rien eu d'autre à révéler d'intéressant. Les fragments sont peu clairs, avec leurs références à une vision et une mission, un médaillon miraculeux et des hirondelles. Malgré une fouille minutieuse, nous n'avons trouvé aucune preuve de l'existence d'un tel bijou. Et après avoir interrogé l'abbesse et le scribe selon les méthodes prescrites par frère Ramon Jimenez pour confondre les hérétiques, nous en avons conclu qu'elles ne se sont pas écartées de leur serment sacré et ont répondu avec honnêteté.

Par conséquent, nous sommes enclins à croire que le brave comte s'est laissé duper à cause de son grand âge par des forces obscures, qui entendaient jeter l'opprobre sur de pieuses nonnes. Sa défunte Majesté Isabelle la Catholique a toujours chanté les louanges de ce couvent. Il est de notoriété publique qu'elle s'y est rendue en 1493 et qu'il demeure sous la protection de la famille royale depuis lors.

Par ailleurs, la reine Jeanne nous a fait savoir combien elle avait été touchée par le cadeau qu'elle a reçu d'une orpheline vivant là-bas, et en gage de gratitude a fait valoir que cette nappe d'autel était la preuve la plus éloquente de la pureté de leur foi, et rappelé combien cet ordre vénérable avait su résister courageusement pendant les sept siècles de domination mauresque. Selon elle, ce genre de soupçons erronés affaiblit l'autorité de l'Église. Elle a souligné que les orphelines du couvent demeurent une question sensible à cause des circonstances entourant leurs naissances, et que malgré leurs réputations entachées elles se laissent quasiment toutes convaincre d'embrasser une vie de piété. Ainsi, considérant que les arguments de la reine sont fondés, que les sœurs font un travail méritant – car il faut une foi certaine pour parvenir à guider autant de femmes sur la voie de la vertu –, et par respect pour les personnes qui souhaiteraient voir perdurer une certaine discrétion autour de ce lieu, nous jugeons qu'il n'est pas nécessaire d'inspecter plus avant le couvent de Las Golondrinas. Nous sommes d'ailleurs repartis sans interroger les orphelines.

Nous en concluons que l'insinuation selon laquelle l'abbesse aurait expérimenté une « vision » doit être imputée à l'esprit faible de notre informatrice qui, comme toutes les femmes, est prédisposée à dire des sottises à une certaine période du mois, étant entendu que ce sont des êtres inférieurs en toute chose. D'autres inexactitudes ont été relevées. Il n'y a par exemple aucune preuve qu'une mission a été établie sur l'île de Grande Canarie, et c'est pure folie d'imaginer qu'un ordre retranché dans les montagnes andalouses aurait pu mener à bien un tel projet sans nous en informer.

On ne peut pas écarter l'existence d'une ancienne hérésie, mais nous avons acquis la conviction que le document qui nous a été remis est un faux, fabriqué par d'infâmes juifs visant à calomnier de bonnes chrétiennes. C'est une grande satisfaction de pouvoir dire que leurs plans malfaisants ont été contrecarrés.

Toutefois, puisque nous avons pour instruction de conserver les documents en notre possession, ces fragments de parchemin seront envoyés sans délai aux archives papales.

22.

Extrait de la Chronique des Saintes-Sœurs de Jésus par la plume d'Esperanza, le Nouveau Monde, octobre 1553

Mon cœur est si lourd de chagrin que je renoncerais volontiers à poursuivre cette Chronique. Il me semble être dans cette étrange contrée depuis une éternité, pourtant le malheur a frappé il y a moins d'un mois. Sans la promesse faite à l'abbesse, je crois que je n'écrirais plus.

En jetant l'ancre, nous avons été accueillies par une chaleur moite et une sorte de brume grise qui recouvrait tout. Sur le quai, cela grouillait. Les indigènes déchargeant les bateaux devaient jouer des coudes avec des esclaves, des marchands ambulants, des négociants, des Chinois, des femmes voilées de noir, tout ce beau monde s'égosillant en même temps. Plus loin, des femmes à la peau foncée vendaient des fleurs avec leur bébé emmailloté dans le dos, des hommes circulaient armés de seaux d'eau au bout d'une perche, des chaises étaient apprêtées pour des dames en robe de mousseline bruissant dans la brise. Les valets allaient au trot pour ne pas se laisser distancer par leurs maîtres. Des perroquets et des singes poussaient des cris dans leurs cages, les mules avaient le plus grand mal à se frayer un chemin dans cette foule, et l'odeur de poisson était partout. Quant à l'ouïe, elle était agressée par le braiment des ânes, les matelots qui parlaient dans une myriade de langues, les porteurs qui cherchaient des clients et les cloches de l'église qui n'arrêtaient pas de sonner.

Je me souviens que Marisol souriait – oh, comme mon cœur se serre à cette pensée !

Lorsque la passerelle a été en place, le capitaine est venu nous voir. Il affichait un grand sourire, soulagé à n'en pas douter d'être arrivé à bon port, et je suis certaine qu'il avait davantage de poils gris dans sa barbe qu'à notre départ de Séville.

— Mesdames, je vous souhaite la bienvenue en Amérique hispanique !

Il a fait une révérence comme s'il était le maître des lieux et ajouté qu'il n'était pas nécessaire de l'attendre, nous pouvions descendre.

Après un moment d'hésitation, Marisol a bombé le torse et dit :

— Allons-y !

Alors nous l'avons suivie. Mais il y a tant d'hommes de par le vaste monde ! Et quelle attraction représentent quatre femmes parmi eux ! Certains nous lorgnaient ouvertement et nous nous sentions désagréablement vulnérables.

— Quand même, on n'a pas fait tout ce chemin pour épouser des vauriens ? a marmonné Marisol en constatant que de petits impertinents à la peau basanée lui faisaient des clins d'œil.

Je ne saurais dire comment elle avait fait pour rester si jolie après le calvaire que nous avions subi. Un insolent a même soufflé un baiser dans sa direction et crié quelque chose que nous n'avons pas compris, mais qui de toute évidence était irrespectueux. Pia marchait sur ses talons, le regard baissé. Heureusement qu'elle s'était couvert les cheveux, sinon j'aurais craint l'émeute.

Sanchia ne lui lâchait pas la main, tournant la tête de tous côtés pour ne pas en perdre une miette. Je fermais la marche, et dans un cadre aussi plein de vie et de couleurs, j'avais la sensation d'être une vraie *beata* avec mon habit marron et mes lourds souliers.

Postée à côté des bagages, j'ai sorti la lettre de l'abbesse que nous étions censées présenter à notre arrivée.

— Nous devons aller au couvent des Saintes-Sœurs de Jésus des Andes, ai-je expliqué au capitaine. Pouvez-vous nous dire où il se trouve ?

— Ah, c'est qu'il y en a tellement, ici. Bien souvent, les monastères sont connus sous leur nom local.

Et il a secoué la tête pour signifier qu'il ne pouvait pas m'aider. Je m'armais de courage pour poser la question à un prêtre que j'avais repéré quand on a hurlé, « Poussez-vous ! », et nous sommes toutes quatre tombées à la renverse, évitant de peu un chariot de légumes conduit par un rustre faisant claquer son fouet.

Deux gentilshommes en costume de soie noire se sont rués pour nous relever. Voyant qu'ils observaient nos vêtements miteux, j'ai cru bon de préciser qu'on nous attendait au couvent de Las Golondrinas, et j'en ai profité pour demander s'ils connaissaient le chemin.

Le plus âgé – un homme plein de dignité d'une trentaine d'années, avec des yeux perçants – s'est présenté comme étant Don Miguel Aguilar, accompagné par Don Tomas Beltran. Le premier était galant, mais le second s'est révélé être le mufle qui avait soufflé un baiser à Marisol et qui à présent, la toisait sans cacher son admiration. L'intéressée fixait l'horizon d'un air plein de dédain : « Le couvent des hirondelles, bien sûr ! »

À mon grand désespoir, Don Miguel a désigné un point au loin où je ne voyais rien hormis des montagnes aux sommets perdus dans la brume, avant de préciser qu'il se situait dans une belle ville espagnole à « seulement » une semaine de route dans les terres. Avec notre permission, Don Tomas et lui se feraient un plaisir de nous escorter à un autre couvent près du port, où nous pourrions loger le temps de mettre sur pied l'expédition.

Nous avons accepté avec joie. Ils ont fait venir une voiture, chargé nos bagages et donné pour instruction qu'on nous dépose au couvent de La Concepción. Don Miguel a expliqué que deux cousines à lui y étaient sœurs et à notre arrivée, il a demandé à les voir au *locutio*.

Ces dernières nous ont accueillies chaleureusement, nous invitant à rester quelques jours le temps de nous remettre et promettant de nous trouver des véhicules, des cochers et des gardes. Nous avons demandé si c'était vraiment nécessaire et pris peur en apprenant que ce périple était dangereux. Les voyageurs se faisaient régulièrement détrousser par des brigands, des esclaves en fuite et des indigènes rebelles.

Une servante nous a guidées jusqu'à une grande cour, montré les quartiers réservés aux invitées et informées qu'ils étaient alloués selon le rang. Les riches dans de beaux appartements, les pauvres dans de minuscules cellules. Il y avait même une prison. La cour était remplie de femmes, d'enfants, de domestiques, de parents et de petits chiens. À l'ombre, près d'une fontaine, deux filles faisaient leurs gammes au luth et à la guitare.

La servante nous a donné une chambre assez grande pour trois, aux murs blanchis à la chaux et au linge de lit rêche. Puis elle a apporté de l'eau parfumée aux pétales de rose pour notre toilette et a voulu laver nos tenues de voyage, se pinçant le nez dès qu'elle a eu le dos tourné. Nous nous sommes débarbouillées, puis changées, et elle est revenue pour nous mener au coin du réfectoire où les visiteurs s'installent à des tables en bois. Chacune s'est servie à manger, du poisson, des galettes plates faites avec une drôle de farine jaune et des légumes en sauce. Cette dernière était si épicée qu'elle nous a fait tousser mais aussi, curieusement, nous sentir moins oppressées par la chaleur suffocante.

Deux dames d'un certain âge, attablées comme nous, regardaient dans notre direction avec intérêt. Je me suis risquée à demander si elles connaissaient un certain Don Miguel, qui avec son compagnon nous avait sauvé la mise – et j'ai déclenché une vague d'exclamations outrées. Don Miguel Aguilar, m'ont-elles dit, est un riche veuf. Un homme très fier, un *cacique*. Je n'ai pas eu le temps de m'enquérir de la signification de ce mot qu'elles lançaient un avertissement sévère au sujet de son filleul, Don Tomas, qui a une affreuse réputation.

— Il est jeune et riche, mais s'adonne à toutes sortes de vices, a déploré la première. C'est un habitué des lupanars, il fait le désespoir de sa mère.

— Son père est mort il y a six mois, et en tant qu'aîné, il devrait endosser le rôle de chef de famille, a renchéri l'autre. Mais on dirait qu'il s'en moque. Sa mère entend le marier pour l'assagir, et lui aurait trouvé un bon parti, une Espagnole qui n'est pas jolie mais vient d'une lignée respectée. Le devoir de Don Tomas est d'engendrer un héritier légitime. Jusque-là, il s'est contenté de perpétuer son nom avec des bâtards métis. Il y en a même toute une ribambelle !

Et les dames de secouer la tête d'un air désapprobateur.

Marisol n'a rien dit, mais j'ai bien vu qu'elle avait écouté l'échange.

Quelques jours après, tout à fait reposées, nous avons remercié les sœurs pour leur hospitalité et nous sommes mises en route dans une voiture louée, accompagnées d'une laïque du couvent au titre de chaperonne et suivies d'un chariot tiré par une mule pour nos bagages, ainsi que de cavaliers en armes. Laissant la mer à regret, nous avons cheminé vers un plateau où l'air était sec et le ciel assez dégagé pour voir les montagnes. D'après les gardes, cette route avait été construite par les Incas, comme la plupart des voies praticables du royaume. Nous avons croisé plusieurs paysans en chemin, des gens à la face aplatie et à la peau brûlée par le soleil, qui menaient leurs bêtes dans des champs cultivés jusque très haut dans les collines. Dans le ciel d'un bleu perçant, de grands oiseaux décrivaient des cercles. « *El condor* », ont commenté nos guides en se signant.

Le premier soir, nous nous sommes arrêtés à la tombée de la nuit et les hommes se sont affairés pour allumer un feu de camp. À peine le soleil avait-il disparu que la température a chuté brusquement. Nous étions transies de froid. Un garde nous a donné de lourdes couvertures qui sentaient le mouton, un autre a mis une boisson à infuser au-dessus des flammes. « *Chicha* », ont-ils dit. Nous avons fait la grimace en sentant l'odeur, mais ils ont insisté pour qu'on en boive. Cela nous a quelque peu étourdies mais au moins, nous n'avions plus froid. Nous nous sommes endormies au son d'une musique aussi obsédante que celle du vent – la flûte indigène jouée par les cochers.

Trois jours plus tard, nous somnolions pendant la traversée d'un haut plateau lorsqu'un cri nous a fait sursauter. Un fouet a claqué et la voiture est allée brusquement plus vite.

— Regarde, Marisol, l'homme du quai nous suit à cheval, s'est exclamé Sanchia en sortant la tête. C'est celui qui te faisait les yeux doux. Il fait de grands signes avec son chapeau. Mais je ne crois pas qu'il pourra nous rattraper, vu la vitesse à laquelle on va.

— Si jamais tu lui réponds, je te flanque une gifle ! a protesté Marisol en l'attirant à l'intérieur.

Elle a voulu vérifier que nous l'avions distancé et s'est penchée à la fenêtre jusqu'à en avoir la certitude.

Le cinquième jour, nous avons atteint une gorge et il a fallu faire halte pour laisser le chariot à bagages passer en premier. Trois gardes ont suivi, le dernier est resté avec nous. Mais soudain, le cocher a crié « *¡Banditos!* » et lorsque j'ai regardé dehors, j'ai vu un groupe de cavaliers qui fondaient sur nous au galop. Le garde a sorti son mousquet, mais les brigands étaient déjà là et l'ont jeté à terre en faisant se cabrer leurs montures. Tous avaient des foulards qui leur cachaient le visage. Leur chef a prestement ouvert la voiture, poussé Sanchia et Pia à terre et fait signe à Marisol de venir. Voyant qu'elle n'obéissait pas, il l'a empoignée sans ménagement et sortie de force. Elle a eu beau hurler, mordre et donner des coups, il l'a jetée aussi facilement qu'un sac de grains en travers de sa selle, et ils sont repartis d'où ils venaient. Mon Dieu, ces cris déchirants qui résonnent encore à mes oreilles ! Le garde les a visés mais n'a pas tiré de peur de toucher Marisol. « Ah, ces *banditos* ! Je les hais ! » a-t-il craché.

Tout s'était déroulé en quelques minutes à peine. La chaperonne s'est mise à supplier les saints un par un. Nous trois avons éclaté en sanglots, frappées devant l'horreur de ce que nous venions de vivre. Les gardes partis devant sont revenus voir ce qui nous retenait. Quand ils ont su ce qui s'était passé, ils ont poussé des jurons et parlé de prendre les brigands en chasse – mais ils étaient de toute évidence réticents, et les autres étaient déjà loin.

Les jours suivants, nous avons beaucoup prié pour Marisol et pour nous, car notre plus grande crainte était de les voir revenir. Nous faisions route depuis près d'une semaine et les montagnes semblaient toujours aussi loin. Enfin, Sanchia s'est exclamée :

— Je le vois !

Et le cocher a montré un grand portail orné d'une croix se dressant au-dessus des maisons, avec en arrière-plan des sommets enneigés et un ciel d'un bleu profond.

— Mesdames, vous voilà au couvent de Las Golondrinas !

23.

Extrait de la Chronique des Saintes-Sœurs de Jésus par la plume d'Esperanza, le Nouveau Monde, automne 1553

J'ai donné la lettre de l'abbesse à la sœur portière, qui a envoyé quelqu'un en informer la Mère supérieure. La chaperonne comptait repartir une fois les animaux nourris, mais une *beata* a insisté pour qu'elle prenne d'abord du repos. Une fillette qui allait pieds nus nous a conduites dans une immense cour, avec au milieu une grande fontaine ornée de carreaux en faïence colorée et entourée de fleurs orange et rose vif dans des pots en terre cuite. Ce couvent était bien plus animé que le précédent, où il y avait surtout des dames très convenables. Ici, une foule vivante et bruyante se côtoyait, les femmes se promenant, se hélant, s'arrêtant pour bavarder ou chercher querelle. Des enfants se faufilaient entre les jambes des adultes. Des servantes plaisantaient en frottant du linge à la fontaine. Des novices allaient et venaient, menant de petites filles remuantes à leur salle de classe.

Nous sommes entrées dans une salle agréablement fraîche après la moiteur du dehors. Les murs blancs étaient décorés de rectangles d'étoffe tissée, un peu comme des tapisseries mais avec des motifs très colorés. Il y avait de lourds chandeliers en argent, aussi grands que Sanchia et larges comme un bras d'homme, de grosses bougies en cire d'abeille et un crucifix doré au mur. Nous aurions dû être soulagées d'avoir atteint notre destination, mais étions vraiment trop abattues. Pauvre Marisol, qui savait où elle se trouvait à ce moment-là ? Une servante avec une tresse noire jusqu'au bas du dos nous a apporté un plateau de biscuits secs et d'eau parfumée à la fleur d'hibiscus. Nous nous sommes assises pour boire, nous sentant tristes et poussiéreuses.

— Écoutez, a dit Pia en reposant un biscuit à moitié mangé. Des hirondelles !

En prêtant l'oreille, nous avons entendu les piaillements familiers sur les poutres du plafond.

— Comme en Espagne.

J'aurais voulu égayer l'atmosphère en disant que c'était un bon présage, mais j'avais la gorge tellement serrée que je n'ai pas pu parler. Je ne pensais qu'à Marisol et à ce que ces vauriens lui faisaient subir alors que nous étions coincées au milieu de nulle part, incapables de l'aider.

Il y a eu du mouvement au *locutio* et nous nous sommes levées pour saluer la femme autoritaire qui arrivait avec une jeune nonne dans son sillage.

— Je suis la Mère supérieure, et voici sœur Anna, a-t-elle dit. J'ai lu la lettre de votre abbesse. Mes chères enfants, bienvenue à Las Golondrinas. Tout ce chemin depuis l'Espagne, quel périple vous avez fait !

Sœur Anna a placé un fauteuil derrière elle en murmurant :

— Je vous en prie, Mère, asseyez-vous, et nous avons approché des tabourets de la grille.

J'avais décidé de rester sur mes gardes tant que je n'aurais pas l'occasion de poser les questions stipulées par l'abbesse et sœur Beatriz. Elles avaient raison. Il y avait de nombreux couvents dans ce pays, et je devais m'assurer que c'était le bon avant de me séparer du médaillon et de la Chronique.

Après s'être enquise de notre santé, la Mère en est venue au sujet délicat du but de notre visite.

— Votre abbesse explique que vous êtes des orphelines de bonne famille et que vous venez chercher des maris. J'espère sincèrement que vous n'aurez pas fait ce long voyage pour rien. Mais pourquoi n'êtes-vous que trois ? Il est dit dans le courrier que vous êtes quatre. Où est Maria Isabella ?

Le cœur lourd, j'ai expliqué ce qui était arrivé à Marisol.

— Ah !

Mère était moins sidérée que je ne l'aurais pensé. L'air désolé, elle a répondu que l'abbesse avait bien fait de nous envoyer ici – ce peuple avait grand besoin de se civiliser, et des femmes telles que nous ne pouvaient qu'y aider. Elle a ajouté qu'elle allait prier pour Marisol.

— Une sœur Emmanuela est mentionnée également – où est-elle ?

— Hélas, elle est morte en mer. Étant la plus âgée, j'ai décidé de la remplacer.

— Vous êtes les bienvenues, naturellement, mais il existe d'autres couvents dans les environs et tous auraient pu vous aider dans votre quête. Je suis curieuse de savoir pourquoi vous avez choisi celui-ci.

J'ai alors demandé la permission à Mère de lui parler en privé, mais elle s'est levée en entendant une cloche sonner.

— Demain, peut-être. Sœur Anna, montrez-leur la chapelle. Je dois vous laisser.

Nous avons assisté aux vêpres, puis suivi les autres au réfectoire où nous avons dîné d'un plat simple, baignant de nouveau dans cette sauce pimentée. La nuit est tombée rapidement et les complies ont sonné, mais nous étions trop épuisées. Nous nous sommes écroulées dans nos lits et avons dormi à poings fermés.

Le lendemain, la servante à la longue tresse m'a reconduite au parloir. Mais à ma grande surprise, elle a inséré une clé dans la serrure du *locutio*, ouvert la grille, et m'a précédée dans un salon rempli de meubles en bois massif où Mère m'attendait.

Celle-ci m'a fait asseoir dans un fauteuil au cadre lourdement sculpté et n'a pas perdu de temps en politesses, cette fois.

— Eh bien, Esperanza, pourquoi vouliez-vous me voir en privé ?

— Pardonnez-moi, Mère, mais puis-je vous poser une ou deux questions ?

Elle a paru intriguée, mais a acquiescé.

— Quels sont les noms des sœurs qui ont fondé votre ordre ?

— Voyons, il y avait mère Maria Manuela, sœur Inez, sœur Fidelia, sœur Anselma, sœur Blanca, sœur Lucia, sœur Emilia et sœur Estephana.

Oh non, et Don Miguel qui était si sûr de lui ! Ces prénoms étaient corrects, mais aussi très communs pour des religieuses, et surtout il en manquait. Elles étaient douze à partir, non neuf. Pourquoi n'avait-elle pas cité sœur Salome ? Oh, Seigneur, c'était le mauvais couvent ! Mon cœur s'est serré à l'idée de devoir reprendre la route.

Et puis Mère a repris la parole.

— Ah, j'oubliais les dernières. Je ne me rappelle plus le nom des laïques qui ont péri quand leur canot a chaviré en traversant un fleuve, mais en revanche il y en a une qui a choisi de nous quitter pour se marier – la novice Salome.

Je me suis levée d'un bond.

— La novice Salome s'est *mariée* ?

— Elle n'avait pas encore prononcé ses vœux définitifs et je peux vous assurer qu'elle est partie avec la bénédiction du couvent. Elle avait de bonnes raisons de prendre cette décision.

— Et *lesquelles* ?

Je savais que je n'aurais pas dû la condamner – après tout, ma propre mère avait fait la même chose –, mais je ne pouvais m'empêcher d'être choquée.

Mère n'a pas relevé ma remarque impolie.

— Je pourrais vous expliquer, mais c'est une longue histoire et je préfère que Dona Salome Aguilar vous la raconte. C'est une grande bienfaitrice de notre couvent, elle s'est montrée généreuse dans ses dons à notre école pour filles indiennes. Elle porte le deuil de son mari, mort il y a quelque temps et quitte rarement son domaine. Celui-ci est géré par son fils aîné, Don Miguel. Elle a un autre fils, Don Matteo, qui est un homme d'Église, ainsi qu'une fille, Dona Beatris, qui s'est mariée et a déjà sept enfants. Quant à Don Miguel…

Don Miguel, qui était si gentiment venu à notre secours… Le fils de Salome ! Je l'ai interrompue pour dire que nous l'avions rencontré. Devant la surprise de Mère, je me suis empressée d'ajouter qu'il avait eu la bonté de nous aider à l'arrivée en nous menant au couvent où vivaient ses cousines. Un *cacique*, l'avait-on appelé là-bas. Qu'est-ce que cela signifiait ?

— Cela veut dire « noble » en langue inca. La noblesse locale est tout aussi fière de sa *limpieza sangre* qu'on l'est en Europe. En général, ne peuvent devenir nonnes que des Espagnoles de lignée pure, mais on fait une exception pour les filles de *caciques*. Les indigènes des classes inférieures peuvent entrer au couvent en tant que laïques seulement. C'est qu'on accorde une grande importance à l'honneur ici, ma chère. Une fille qui devient religieuse est la preuve d'une bonne éducation, ce qui rejaillit sur sa famille. Il me semble que c'est la même chose en Espagne, non ?

Je le lui ai confirmé.

— Son père était un descendant du dernier Sapa Inca, et Don Miguel a hérité de son sang et de sa superbe. Il exècre les exactions commises par les conquistadors, leur traitement cruel des Indiens.

D'aucuns prétendent que c'est un agitateur, et qu'il apporterait son soutien aux factions rebelles cachées dans les montagnes. Ce sont des accusations graves. Il y a déjà eu des révoltes contre les Espagnols, et Dieu sait qu'elles n'étaient pas sans fondement. Mais elles sont brutalement réprimées, et les propriétaires terriens vivent dans une peur constante.

Voyant que Mère avait fini, je lui ai donné le médaillon en cadeau de la part de l'abbesse. C'était une très grande responsabilité pour moi, et je suis soulagée de ne plus l'avoir. Mère a été très touchée, expliquant que bien sûr, elle avait entendu parler de ce médaillon, mais qu'elle n'aurait jamais cru en être la gardienne un jour. Je lui ai parlé de sœur Beatriz, ainsi que de la visite de l'Inquisition et elle m'a affirmé qu'un tribunal religieux avait aussi été établi ici, mais… Comme tant d'autres choses, c'est manifestement moins efficace qu'en Espagne.

Lorsque j'ai évoqué les courriers envoyés par le Saint-Office et combien ils agaçaient l'abbesse, Mère m'a avoué qu'elle aussi avait des problèmes avec l'Église. Mais celle-ci se repose sur les couvents pour beaucoup de choses, en particulier l'école et l'orphelinat qui absorbent une quantité embarrassante de métisses engendrées par des colons. Les autorités luttent en permanence pour empêcher les Espagnols de succomber au charme des indigènes, mais sans grand succès, et elles tiennent beaucoup à enseigner les valeurs chrétiennes à ces filles, dans l'espoir qu'elles deviennent de bonnes épouses et finissent par exercer une bonne influence.

J'avais encore des questions à poser, mais une novice est venue la chercher d'urgence. Mère a rarement l'occasion de souffler – ce couvent est comme une ruche, il se passe sans cesse quelque chose. Je n'ai pas évoqué la Chronique, puisqu'il n'y a pas de scribe ici. Pour l'heure, je conserve ce dernier lien avec sœur Beatriz. Je ne sais s'il est judicieux d'envoyer une lettre en Espagne pour tout raconter. Qui sait si les destinataires sont toujours en vie ?

24.

Extrait de la Chronique des Saintes-Sœurs de Jésus par la plume d'Esperanza, couvent de Las Golondrinas de Los Andes, Noël 1553

C'est bientôt Noël et jamais nous ne l'avons célébré ainsi en Espagne. Toutes les plantes sont en fleurs, et beaucoup de femmes sont venues passer quelques jours au couvent. Dans la cour, c'est le chaos : on se pousse et on se bouscule, cela grouille de marchandes de bonbons et de jouets, d'enfants qui courent et de religieuses en visite, de veuves, de parentes et de mendiantes, sans compter les mulâtres en tenues voyantes et la foule de femmes de la rue avec leur bébé dans le dos qui se transforment en « pénitentes » le temps des fêtes. Certaines vont rester jusqu'à la nouvelle année, mais la plupart reviennent tous les matins à l'aube et ne repartent que tard dans la nuit ! Toutes les cellules sont prises et les domestiques dorment où ils le peuvent.

Au milieu de cette belle pagaille a lieu le *santuranticuy*, ou « achat des saints », une sorte de marché où l'on vend des figurines de saints et de l'enfant Jésus, que les gens d'ici surnomment *El Niño*. Il faut faire attention à ne pas écraser les objets en terre cuite que les vendeuses empilent sur des couvertures traditionnelles, et ce n'est pas évident dans un espace aussi surpeuplé.

Une boisson chaude appelée *chocolate* est distribuée aux pauvres à la porte du couvent. Les cuisines, qui sont aussi bondées que la cour, font cuire fournée sur fournée du pain fourré aux fruits (le *paneton*) et de petites tourtes salées, grâce aux dons faits par les épouses de nobles et les prostituées les plus riches. Une quantité impressionnante d'alcool local est consommée en quelques jours. Les hommes titubent dans la rue, quand ils ne cuvent pas leur vin à même la chaussée. Cela explique peut-être pourquoi les femmes viennent là où leurs maris sont interdits d'entrée. À l'intérieur de ces murs, elles peuvent chanter et danser entre elles, et même les grandes dames se laissent entraîner.

La veille de Noël s'appelle la *Noche Buena*. Les cloches se mettent à sonner à minuit pile et la fête continue jusqu'à l'aube. Apparemment, il en sera ainsi jusqu'à l'arrivée des rois mages en janvier. Les chiens et les perroquets manquent de sommeil, comme tout le monde. Les premiers courent partout en aboyant et n'hésitent pas à vous faire tomber si vous n'y prenez pas garde, et les seconds crient dans leurs cages jusqu'à épuisement.

Fidèle à elle-même, Pia garde ses distances mais j'ai bien vu qu'elle appréciait les tourtes, car elle s'en léchait les doigts. Sanchia a disparu avec d'autres filles de son âge, je les ai aperçues caracolant derrière les danseuses. Quant à moi, faute de mieux, je me suis installée dans un coin pour noter ces observations. Marisol me manque. Elle aurait adoré tout cela. Mais que ne donnerais-je pas pour avoir un peu de paix et de calme !

25.

Extrait de la Chronique des Saintes-Sœurs de Jésus par la plume d'Esperanza, couvent de Las Golondrinas de Los Andes, mai 1554

Mère a écrit à Salome mais n'a pas encore eu de réponse. Je dois être patiente. Ici, la coutume exige que les veuves n'aient pas de visites pendant au moins un an, voire plus. Depuis Pâques, elle s'active pour nous chercher des prétendants, et je dois dire que cette perspective m'accable. En attendant, même si je déteste coudre, je m'occupe avec Pia et Sanchia de rapiécer les vêtements des orphelines, afin de nous acquitter du gîte et du couvert sans pour autant dépenser notre dot. La saison sèche ramène un air plus frais et nous prenons place dans notre coin préféré de la cour pour travailler. Sanchia râle, expliquant qu'on est là depuis plus de six mois et que si je ne me dépêche pas de trouver un mari à Pia, c'est elle qui finira par le faire.

La sage Pia lui rappelle qu'à douze ans, elle a bien le temps de s'inquiéter de tout cela ; mais Sanchia, qui a beaucoup grandi en taille, rejette ses boucles brunes d'un mouvement étudié et lui répond qu'ici, il est commun pour une fille de son âge d'être déjà fiancée. Zarita, qui est la nouvelle amie de Pia et ne la quitte plus, acquiesce.

Zarita fait elle-même partie de ces très jeunes épouses, et loge au couvent en ce moment. Toutes les candidates au divorce en font de même, par respect des convenances, jusqu'à ce que le tribunal examine leur demande. Cela prend du temps mais en général, elles obtiennent gain de cause et finissent par se remarier, avec un homme qui leur plaît davantage que le premier. Il arrive que ces derniers viennent au *locutio* pour les supplier de rentrer, mais c'est rare qu'ils aient du succès.

Au début, nous étions scandalisées. Mais nous avons fini par nous habituer au défilé continuel d'épouses mécontentes, accompagnées de leurs enfants, parents, servantes, animaux domestiques parfois. Les plus riches emportent tout ce qu'elles estiment indispensable à leur confort : candélabres, vaisselle en or, matelas en plume, ainsi qu'une quantité incroyable de robes, châles et éventails. De temps à autre une dispute éclate, lorsque l'une d'elles entend asseoir son rang dans la hiérarchie des épouses, veuves, prostituées repenties et indigentes qui occupent la cour. Tout ceci est très pittoresque et nous amuse beaucoup.

À seize ans, Zarita est aussi belle que Pia. Quand elles discutent et pouffent de rire entre elles, on dirait deux sœurs, l'une aussi foncée que l'autre est claire. Son père l'a mariée à neuf ans, mais il est mort à présent. Son frère insiste pour qu'elle divorce, car il souhaite la voir épouser son meilleur ami. Lorsque je lui demande si elle espère que sa requête aboutira, Zarita se contente de hausser les épaules d'un air morne. Elle n'aime pas plus le second soupirant que le premier et resterait volontiers au couvent. Pia lui est d'un grand réconfort, et *vice versa*. Mais le jour viendra où elle devra obéir à un homme ou à un autre, alors elle prie pour que le juge ne se presse pas trop.

Pia ne se soucie absolument pas de son statut de célibataire, et ne demande pas mieux que de passer tout son temps avec Zarita. Mère dit que, étant la plus âgée des trois, je dois me marier en premier. Mais les démarches qu'elle a faites en ma faveur n'ont pas abouti – selon elle, les manières rustres des colons ont tout pour me déplaire.

Et moi, est-ce que je leur plairais ?

Zarita possède un miroir, que j'ai emprunté en catimini. J'ai des yeux marron foncé, un long nez, de longs cils et des sourcils qui me donnent un air empreint de gravité. J'ai tenté de sourire. Mes dents paraissent très blanches, sans doute parce que je suis bronzée, et il ne m'en manque aucune. Je me suis mordu les lèvres pour leur donner un peu de couleur, puis pincé les joues. Un homme apprécierait-il ce genre de visage ? Je ne suis pas belle comme Pia, ni mignonne comme Sanchia. Je ressemble à ma mère, peut-être.

J'ai avoué à mon reflet que j'aimerais ne pas avoir à me marier du tout.

Soudain il y a eu de l'agitation dans la cour, et j'ai reposé le miroir pour voir qui en était la cause. C'était une dame bien habillée, voilée comme le veut la tradition chez les femmes mariées, accompagnée de trois novices et suivie de domestiques portant coussin, ombrelle et châle. C'était quelqu'un d'important pour avoir autant de personnes à son service. Le coussin a été disposé sur un banc, un tabouret placé à ses pieds, un verre d'eau apporté. Lorsqu'elle a été installée, une domestique à la mise soignée est venue nous voir. Après avoir fait la révérence, elle a demandé nos noms. Je lui ai répondu et elle a dit en souriant :

— Je vous en prie… Ma maîtresse veut vous voir.

J'ai échangé un regard surpris avec Pia et Sanchia, mais nous avons posé notre ouvrage, lissé notre habit et suivi la servante jusqu'à sa maîtresse. Quand celle-ci a ôté son voile, nous nous sommes exclamées en chœur :

— Marisol !

— C'est bien toi ! a renchéri Sanchia en se jetant dans ses bras.

J'en ai fait autant, Pia aussi, et toutes les quatre avons été prises d'une frénésie de rires, de pleurs et d'étreintes chaleureuses jusqu'à en perdre haleine. Comme toujours quand il y a de l'animation, tout le monde dans la cour s'est arrêté pour regarder. Zarita s'est approchée d'un pas nonchalant et assise comme nous autour de Marisol.

Cette dernière semblait aller bien. Merveilleusement bien, même. Ses cheveux lui retombaient sur les épaules, elle avait les joues roses et les yeux brillants. Elle portait plusieurs bagues aux doigts, et tous ces colliers ! Son visage s'était adouci, il ne dégageait plus la colère qui lui était si familière. Enfin, elle était indéniablement enceinte. De toute évidence, il s'était passé beaucoup de choses depuis ce jour funeste où elle s'était fait enlever.

Elle s'est mise à rougir.

— Ce n'était pas si horrible, finalement. En fait, c'était même très romantique.

— Oh, Marisol ! Raconte ! s'est exclamée Sanchia, qui peinait à contenir son impatience.

— Quand ils m'ont emmenée, j'étais terrifiée. Mais plus furieuse encore. Mon ravisseur était fort physiquement, mais j'étais déterminée à en découdre dès l'instant où il cesserait de galoper. C'était la seule façon de ne pas me laisser envahir par la peur.

Nous avons chevauché pendant un temps infini, jusqu'à ce qu'on atteigne un village abandonné, avec quelques maisons en ruines et une chapelle ornée d'une croix au sommet. Les cavaliers sont descendus de leur monture, et même si je savais que personne ne viendrait à mon secours, j'ai décidé de me battre. J'ai regardé droit dans les yeux le scélérat qui m'avait capturée, arraché le foulard qui lui cachait le visage… Et quelle n'a pas été ma surprise de découvrir l'insolent qui m'avait conté fleurette sur le quai, Don Tomas Beltran ! Il riait de bon cœur et semblait très fier de lui.

« Comment osez-vous traiter les femmes ainsi ! » lui ai-je dit avant de lui flanquer une bonne gifle. Il a paru surpris, mais m'a saisie par les poignets avant que je ne recommence et m'a obligée à l'écouter. « J'ai une proposition honorable à vous faire. J'ai besoin d'une épouse, et je préfère autant la choisir. À l'instant où je vous parle, ma mère arrange mes noces avec une Espagnole de bonne famille qui est plus âgée que moi, grosse, laide et une véritable grenouille de bénitier. Seulement, ma mère est persuadée qu'elle me ramènera dans le droit chemin. Vous, en revanche… Je ne pouvais tout de même pas laisser une fille aussi jolie et pleine de fougue dépérir dans un couvent »

Un discours scandaleux, naturellement – mais aussi flatteur, je dois bien l'avouer. Cependant, il a continué : « Depuis la mort de mon père, j'ai une quantité faramineuse de responsabilités sur les bras, comme celle d'engendrer des héritiers. Légitimes, je veux dire, pas mes autres… Peu importe. Ma mère m'a ordonné de rentrer pour mes fiançailles officielles, et comme mon parrain a juré de me ramener de force si je n'obéissais pas, il vaut mieux que je vous épouse maintenant et vous courtise plus tard. C'est le seul plan qui me soit venu à l'esprit mais je me flatte d'être un bon parti, et devenir ma femme aura ses avantages – je peux être un homme charmant, quand je veux. Vous serez la maîtresse d'un grand domaine et la reine de mon cœur. Vous aurez des tas de domestiques, de robes, de bijoux, tout ce que vous pourrez désirer. Vos enfants porteront le nom de la famille Beltran. Sans compter… » Quand il a passé la main sur mon corsage, j'ai frémi en l'imaginant aller plus loin. « À moins, bien sûr, que vous ne soyez trop pieuse pour vous laisser troubler par des pensées charnelles… Mais quelque chose me dit que ce n'est pas le cas. Et pour cela je vous aime déjà. Quelle chance, me direz-vous, a-t-il ajouté en montrant la chapelle délabrée. Il y a justement un prêtre ici. En gage de ma bonne foi, voici une bague. » Il l'a sortie en s'inclinant légèrement.

Là-dessus, un homme aux yeux hagards et à la soutane élimée est sorti, a poussé un cri de surprise, levé la tête au ciel et marmonné entre ses dents, puis il a couru en soulevant de la poussière, comme s'il était une poule qui cherchait des vers. Tout cela était ridicule – le rapt, la demande pompeuse, ce pauvre hère… Mais la bague était une très grosse émeraude flanquée de deux diamants. Et nous étions vraiment au milieu de nulle part.

Je lui ai dit : « Admettons que je refuse votre offre, Don Tomas, ce prêtre, cet ermite, ce vagabond, ce… poulet… nous mariera quand même ? » « Oh oui, a-t-il répondu avec un grand sourire. Je vais vous épouser que vous soyez d'accord ou pas, car c'est le seul moyen que j'ai pour contrecarrer les projets de ma mère. Une fois cela fait, vous devrez prêter serment devant le tribunal ecclésiastique et avouer qu'on vous a enlevée et mariée contre votre volonté. Ma redoutable mère, qui sera furieuse à n'en pas douter, vous soutiendra pleinement pour obtenir un divorce. Mais songez à cela – il est aussi possible qu'une fois devenue mienne, vous n'ayez aucune envie d'annuler. Comment le saurez-vous, sinon ? »

J'étais face à un homme arrogant, mais très séduisant. Riche. Et aux bras puissants, pour me soulever ainsi sur son cheval. En le regardant j'ai songé, pourquoi ne pas accepter ? La Mère supérieure m'aurait uniquement trouvé quelqu'un de plus vieux et plus ennuyeux. Alors j'ai tendu la main et il a glissé la bague à mon doigt en disant : « Jamais on n'aura connu fiançailles plus courtes. » Le prêtre nous a emmenés dans sa chapelle étouffante et a prononcé notre union. Une fois dehors, ses complices nous ont souhaité beaucoup de bonheur, ont laissé un cheval pour moi et sont repartis. Le prêtre n'en est pas revenu de recevoir une pièce d'or pour sa peine. Le soleil se couchait quand Tomas m'a emmenée par la main dans une maison vide. Là, il a sorti de quoi manger, déplié des couvertures et fait un feu qui n'a eu d'égal que notre passion cette nuit-là.

Le lendemain, il m'a annoncé que mon nom de femme mariée était Dona Maria Isabella Beltran de Vilar d'Ascencion, et que lorsqu'il me présenterait à ma belle-famille, ce serait en tant que Dona Maria, comme il se doit pour la maîtresse du domaine. Plus l'on paraîtrait honorables, mieux ce serait – je comprendrais en rencontrant sa mère.

Tomas tenait ma monture par la bride, car je n'avais jamais monté. C'était très excitant d'être aussi haut perchée, même si les premiers jours, j'ai eu mal au dos et aux jambes à force de chevaucher. Pendant le voyage nous avons eu tout le temps de faire connaissance, bavardant longuement, nous disputant parfois, riant souvent comme si nous n'allions jamais nous arrêter. Tomas m'a parlé de ses ancêtres, qui ont fait la traversée avec les conquistadors et reçu en échange des terres gigantesques, ainsi que les droits d'*encomienda* qui vont avec.

— Qu'est-ce que c'est ? a demandé Sanchia.

— C'est ce qui a rendu les Beltran riches. Les indigènes vivant sur nos terres doivent nous payer en donnant une part de leurs récoltes. C'est l'équivalent du système féodal en France, il me semble.

— Et qu'est-ce qu'ils cultivent ?

— Il y a cette noix qui pousse dans le sol et ressemble à nos amandes, des racines appelées « manioc », un beau fruit rouge avec une chair encore plus belle et sucrée, et aussi un fruit vert baptisé « avocat », qui est très bon à manger avec un peu de sel et de piment. Tomas m'a expliqué des tas de choses sur le pays et sa famille. Il a trois sœurs cadettes, mais comme leur mère a décrété que les deux plus jeunes entreraient au couvent, il ne doit trouver un mari que pour l'aînée. Cette femme gouverne son foyer d'une main de fer. Elle est aussi très, très pieuse.

Je lui ai parlé un peu de moi, en insistant sur les éléments qui importeraient à sa famille – que mon père avait été commandant de flotte et ma mère pupille royale, que tous deux étaient morts. Je n'ai rien dit de Consuela, ni de mes frères, ni des rumeurs concernant le prince héritier. Nous sommes bien loin de l'Espagne, mais ceux qui gèrent ce pays viennent de Madrid – qui sait ce que les autorités feraient de cette information ? Ma vie venait tout juste de prendre une tournure intéressante, je n'avais pas envie d'attirer l'attention.

Le huitième jour, Tomas m'a montré des bâtisses à l'horizon et annoncé que c'était « l'hacienda des Beltran ». Après la distance parcourue, je savais que je devais être sale, sans compter mon apparence débraillée à cause de Tomas, qui ne cessait de vouloir m'étendre sur la couverture avec lui. Je lui ai demandé de s'arrêter près d'une rivière afin de me débarbouiller et me recoiffer, et il s'est brossé comme il a pu. Avant de partir, il m'a demandé de boutonner mon corsage jusqu'en haut et de mettre mon châle de façon à couvrir mes épaules. Puis il m'a suppliée de ne rien dire du rapt, précisant que sa mère était aussi à cheval sur les convenances qu'une vieille duègne revêche. J'ai bien senti la pointe d'anxiété qui s'était glissée dans sa voix, et par la suite nous avons ralenti jusqu'à aller au pas. Tomas avait toujours une bonne excuse pour s'arrêter, me montrant des arbres comme si c'était la chose la plus fascinante au monde, ou m'annonçant qu'il avait repéré un serpent ici et un puma là, quand il était petit. Il m'a même juré avoir vu *La Llorana*, une créature sauvage qui aurait tué ses propres enfants ; elle est condamnée à errer sur Terre pour les rechercher, et vole ceux des autres dès qu'elle le peut. Il affirme qu'elle a tenté de l'emmener ce jour-là et qu'il s'en tiré de justesse.

Je lui ai répondu que si *La Llorana* avait réussi à l'enlever, il y a fort à parier qu'elle aurait fini par ramener un captif aussi bavard que lui. Enfin, nous avons vu plusieurs bâtiments avec des volets bleus, et un paysan a quitté son champ en courant pour ouvrir le portail menant à une grande maison.

Le temps d'arriver à l'entrée, nous attendait sur la véranda une femme imposante, aux sourcils broussailleux, toute vêtue de noir et prête à éclater comme un orage d'été. Derrière elle, trois filles brunes nous regardaient d'un air franchement intéressé. La douairière m'a montrée du doigt de façon impolie et a demandé à Tomas comment il osait parader sa catin devant ses sœurs innocentes. Lorsqu'il lui a annoncé qu'on était mariés, elle a paru affligée, puis a levé les mains au ciel en poussant un cri perçant. Elle s'est frappée la poitrine de manière théâtrale – une poitrine si large qu'elle pouvait encaisser bien des coups – et en a appelé à la Vierge et tous les saints pour que ses tourments cessent enfin, tandis que ses filles lui tapotaient mollement la main en disant « Allons, Maman, allons ». Quand elle s'est calmée, elle m'a observée comme si j'étais une carcasse en décomposition ramenée par un de leurs chiens, et s'est lancée dans une diatribe pour le moins insultante. À l'évidence, j'étais une traînée et Dieu sait quelles impuretés j'avais dans le sang. Cela ne suffisait pas à son fils d'engrosser les paysannes et de peupler la moitié de l'hacienda avec ses bâtards ; voilà qu'il s'était mis en tête d'importer les prostituées directement de la ville, dans l'unique but de faire mourir sa mère de chagrin. Mais le Seigneur le punirait ! Et ce prétendu mariage qu'il avait été trop bête d'accepter serait annulé sans délai.

Elle s'est indignée dans cette veine pendant une demi-heure, sans laisser Tomas en placer une, et a conclu en jurant de le déshériter s'il ne divorçait pas. Je me suis contentée de la dévisager, tout en songeant : *Alors comme ça, ce gros crapaud est mon ennemi ?* Pour sûr, elle connaît de bien vilains mots.

Je savais que les Beltran étaient trop riches pour se soucier de ma dot. Quand ma belle-mère a abordé le sujet, Tomas a enfin pu rétorquer qu'au contraire il avait cru lui plaire en ramenant une vraie Espagnole de *limpieza sangre*, car elle lui avait toujours dit que cela valait toutes les dots du monde. Il a ajouté que j'étais un modèle de piété, que j'avais été éduquée dans le couvent le plus vieux et le plus sacré d'Espagne. Que j'étais arrivée aux colonies avec des sœurs venues se retirer au couvent de Las Golondrinas. Que notre mariage avait été approuvé par l'Église, et que si elle ne l'acceptait pas, cela ferait scandale. Mieux, il était bien possible que je sois enceinte. Ces arguments l'ont satisfaite mais seulement en partie, et elle a continué à ruminer comme un volcan sur le point d'entrer en éruption.

Je savais que je devais revendiquer la place qui me revenait sans tarder, sinon le dragon allait faire de ma vie un cauchemar. Après tout, Tomas était le chef de la famille désormais, et en tant qu'épouse, mère de ses futurs enfants et maîtresse de l'hacienda, je ne devais pas me laisser intimider. J'ai pris un air aussi arrogant que j'ai pu et l'ai regardée droit dans les yeux – chose que ses filles et même Tomas évitent de faire. Ensuite j'ai observé autour de moi, froncé le nez comme si cela sentait mauvais et dit : « Le domaine est plus petit que je ne pensais. Bien plus petit. Et la famille est *beaucoup* moins bien élevée qu'on a voulu me le faire croire. Je suis déçue. » Reportant mon attention sur la mère, j'ai tendu une main dédaigneuse pour signifier à Tomas de m'aider à mettre pied à terre. Puis j'ai monté les marches qui menaient à la véranda en me tenant droite comme un piquet, et j'ai fait une révérence si nonchalante que c'était un affront. « Dona Maria Isabella *Beltran* de Vilar d'Ascencion, à votre service. » Enfin, je suis entrée dans la maison sans l'attendre, en gardant la tête haute comme si j'avais été une princesse de sang royal. Ce petit numéro a laissé les trois sœurs bouche bée et fait taire ma belle-mère. À mon avis, elle s'attendait à me voir éclater en sanglots et implorer son pardon. Depuis, la Señora Beltran et moi avons des mots presque tous les jours, mais en général, c'est moi qui ai le dessus. Tomas est en admiration devant nous deux.

— Pas question de t'appeler Dona Maria quand on est ensemble, Marisol. Et tu attends un bébé ! s'est exclamée Sanchia.

— Eh oui. Même la mère de Tomas se fait une joie d'avoir un petit-fils ou une petite-fille *légitime.*

En disant cela le visage de Marisol s'est assombri, et j'ai bien vu que cela la faisait souffrir. Je lui ai pris la main où brillait sa grosse bague de fiançailles, et nous nous sommes penchées pour l'admirer.

Marisol nous a alors dit qu'elle allait rester plusieurs jours avec nous, que Tomas avait à faire dans les environs. Elle a ensuite salué plusieurs femmes riches de sa connaissance qui logeaient au couvent – de toute évidence, elle avait pleinement endossé le rôle d'épouse de Don Tomas Beltran.

— J'ai une histoire à vous raconter, a-t-elle chuchoté en se tournant vers nous. Les dames que vous voyez là-bas ont fait construire à leurs propres frais une chapelle réservée aux femmes perdues repentantes. Comme vous le savez, il y a beaucoup de bordels en ville, mais…

Elle s'est mise à glousser.

— … Les hommes d'ici sont d'une générosité notoire et leurs concubines vivent souvent très bien. Donc…

Elle a gloussé plus fort, puis fait signe aux superbes créatures occupées à s'éventer dans un coin de la cour.

— … Même si *elles-mêmes* sont des femmes perdues, elles sont réticentes à l'idée d'abandonner leur vie pour toujours. Elles viennent quelque temps au couvent, pour passer les fêtes ou se reposer. Mais vous n'en verrez aucune aller dans leur chapelle, car pour rien au monde elles n'assumeraient leur immoralité en public. Du coup, la chapelle reste vide.

Nous avons été surprises de l'entendre parler si librement de bordels et de concubines – sauf Zarita.

— C'est comme ça, les hommes ont beaucoup de maîtresses métisses, ils vivent avec elles comme s'ils étaient mariés. Les femmes sont bien habillées, elles vont même à la messe, a commenté cette dernière en se penchant vers Pia pour caler une mèche derrière son oreille. Elles se sont souri tendrement.

Moi aussi j'avais bien des choses à raconter à Marisol, à commencer par le fait que sœur Beatriz avait eu une fille qui avait fondé cette mission avec d'autres quelque trente années plus tôt.

— Non ! Tu penses qu'elle l'a envoyée ici pour garder le secret sur son existence ? Je veux dire, une nonne mère d'un enfant ? Ça n'a pas dû être facile pour sœur Beatriz. Je me demande qui est le père.

Et c'est ainsi que nous avons passé les quelques jours suivants, bavardant dans la cour entre deux prières et les repas, avançant des hypothèses sur Salome et quel genre de personne elle était. J'ai raconté ce que je savais et dit que j'étais déterminée à la rencontrer. Enfin, Don Tomas a envoyé une servante annoncer qu'il était prêt à repartir. Marisol a insisté pour que nous partagions sa dot entre nous, car elle était bien assez riche à présent. Elle a également promis d'envoyer une voiture pour qu'on lui rende visite avant la naissance du bébé. Mère a été heureuse d'apprendre que son histoire s'était bien terminée, mais a vertement désapprouvé la conduite de Don Tomas.

26.

Extrait de la Chronique des Saintes-Sœurs de Jésus par la plume d'Esperanza, hacienda des Beltran, juillet 1554

Marisol a tenu promesse. Elle a fait porter une invitation pour venir la voir, et après inspection du contenu de nos malles, Mère a envoyé chercher une couturière qui a pour instruction de confectionner à chacune trois robes : une pour le matin, une pour les visites de l'après-midi, une pour le soir. Nous l'avons accompagnée au marché, où elle a marchandé âprement le tissu et la dentelle. Un cordonnier a pris des mesures afin de nous fabriquer des mules en cuir et Mère a fait acheter des éventails chinois pour nous, car d'après elle ils sont en vogue. Elle m'assure que la couturière demande un prix raisonnable, mais ces nouveaux atours ont fait fondre notre dot comme neige au soleil.

J'ai mieux compris son insistance en apprenant que les Beltran ont quantité de relations parmi les propriétaires terriens de la région, célibataires pour la plupart.

La voiture est arrivée, avec deux cavaliers armés et une servante à nos ordres. Les malles ont été solidement attachées sur le toit ; dans la mienne, j'avais glissé la Chronique. Je sais que je devrais m'en séparer mais je n'y suis pas encore résolue, et je n'ose la laisser de crainte qu'on la lise en mon absence, d'autant que nous ne savons pas combien de temps nous serons parties. La notion de visite paraît très floue, ici, et Mère ne s'attend pas à nous revoir avant des semaines. Pia était triste de se séparer de Zarita, mais son amie lui a assuré que les divorces prennent toujours un temps infini et qu'elle serait là à notre retour. Elles se sont dit au revoir avec une telle effusion que l'on aurait dit deux sœurs communiant dans la brise.

Il nous a fallu quatre jours de voyage pour atteindre l'hacienda des Beltran. Nous sommes là depuis deux semaines, et Mère ne s'était pas trompée : Marisol et Don Tomas ont déjà lancé plusieurs invitations sous un prétexte ou un autre. Dans la grande *sala*, lugubre avec son lourd mobilier, ses tableaux de saints et ses crucifix prenant tout l'espace, nous sommes exhibées chaque après-midi. Nous restons assises en silence, tête baissée en signe de modestie, et sirotons notre eau sucrée. L'horloge que le Señor Beltran a importée d'Espagne à grands frais nous distrait, même si elle sonne la mauvaise heure. Les hommes boivent un alcool fort à base de plante et discutent entre eux, allant et venant comme des coqs dans une basse-cour tout en nous toisant avec morgue, ce qui me donne la sensation d'être du bétail.

C'est proprement ignoble !

Pauvre Pia, lorsqu'ils la remarquent, ils fondent sur elle comme des abeilles sur une ruche. La belle-mère de Marisol nous surveille de près, et si jamais on ose parler à un homme, elle pince les lèvres et nous traite à haute voix d'effrontées. Elle dénigre tout particulièrement Pia, sans doute à cause de sa propre fille, Rita, qui a le même âge mais a le malheur d'être plus ordinaire. Dona Luisa s'arrange pour ne jamais les installer l'une à côté de l'autre.

Quant à Pia, elle reste indifférente à ses soupirants, quand bien même ils lui écrivent des poèmes, lui apportent des fleurs et se pâment devant elle. Marisol lui fait remarquer l'avantage qu'il y aurait à épouser untel ou untel, dans l'espoir d'éveiller son intérêt, mais c'est inutile. Pia ne pense qu'à Zarita et combien elle lui manque.

Sanchia est tout à coup devenue très jolie. Elle est grande pour son âge, gracieuse, et a des yeux pleins de malice. Du haut de ses treize ans, elle prend bien des libertés avec les prétendants de Pia. Nous n'aurions jamais dû lui donner cet éventail – elle a découvert qu'elle pouvait faire accourir n'importe qui simplement en se cachant derrière et en battant des cils. Je suis effarée de voir qu'elle n'est déjà plus considérée comme une enfant, et Don Tomas a été obligé de calmer les ardeurs d'un certain nombre de goujats qui souhaitaient savoir si elle était à marier. Cela met Sanchia très en colère. Elle adore être le centre de l'attention.

Marisol lui a proposé de rester vivre à l'hacienda. Mais Sanchia a beau lui être attachée, elle ne veut pas habiter dans un lieu où il y a si peu d'animation. Qui plus est, un lieu où règne la censure de Dona Luisa. Elle préfère rentrer avec nous et voir ce que l'avenir lui apportera – en d'autres termes, elle préfère attendre qu'on soit mariées pour se décider.

Nous sommes chez Marisol depuis un mois et aurions dû songer à repartir, mais le gouverneur donne un bal et tous les propriétaires terriens à des kilomètres à la ronde sont tenus d'y assister avec leur épouse et leurs filles. La grossesse de Marisol est déjà bien avancée, mais elle a passé outre les objections de sa belle-mère pour nous y emmener en qualité de chaperonne. Il n'était pas question non plus que les deux cadettes restent à la maison, comme le souhaitait leur mère. Elles sont ravies, les sorties sont si rares pour elles.

Le jour du bal, nous nous sommes levées tôt pour nous laver et nous habiller. Puis Marisol est arrivée avec ses coffrets à bijoux en cuir, les a ouverts et nous a dit de prendre ce qui nous plaisait. Don

Tomas lui en a offert une quantité fabuleuse, et nous avons passé la matinée à essayer des colliers et des boucles tous plus somptueux, débattant de ce qui irait le mieux avec la couleur de nos yeux.

Il y a un miroir en pied dans notre chambre, et une fois prêtes, nous nous y sommes observées à tour de rôle, stupéfaites de voir notre transformation. Je suis grande, comme mon père, mais la couturière a su habilement le dissimuler. Je trouve ma robe très belle : elle est en soie bleu roi, avec un jupon jaune bordé de dentelle. Mes cheveux sont coiffés en nattes enroulées autour de ma tête, dans lesquelles Pia a piqué des fleurs blanches qui sentent divinement bon, et ma parure en perles et saphirs est digne d'une princesse. Je me suis entraînée à plier et déplier mon éventail, puis à l'ouvrir à moitié devant mon visage, laissant seulement mes yeux visibles – c'est ainsi que Sanchia s'y prend. La jeune femme qui me regardait dans le miroir ne ressemblait plus du tout à une *beata*.

Le temps de monter en voiture, au début de l'après-midi, nous étions de si bonne humeur que même Dona Luisa n'a pas réussi à nous dégriser avec sa leçon sur la bienséance, qu'elle a pourtant débitée jusqu'à la maison du gouverneur.

Le voyage a paru interminable, mais nous avons tout oublié en découvrant une scène splendide à l'arrivée. Le jardin regorgeait de plantes odorantes et de torches, qu'on avait allumées par dizaines. Des musiciens jouaient devant la fontaine et des indigènes gracieuses enchaînaient des danses paysannes. Nous avons suivi Marisol et Dona Luisa qui allaient saluer l'épouse du gouverneur. Les bougies conféraient une ambiance féerique au hall. Des domestiques en livrée circulaient avec des plateaux chargés de boissons parmi des dames qui brillaient de mille feux avec leurs bijoux, et tout le monde semblait parler en même temps. Les yeux de Sanchia scintillaient par-dessus son éventail, qu'elle avait déplié en pensant que je ne regardais pas, et même Pia a ri en entendant ce qu'un jeune homme lui racontait.

Lorsque le bal a commencé, il y avait si peu de célibataires parmi les invitées que nous avons été sollicitées pour toutes les danses ou presque. Dona Luisa s'est postée à proximité, en compagnie de ses amies douairières, afin de garder un œil sur nous. Dès qu'elle le pouvait, elle saisissait ses filles par le bras pour leur faire la leçon.

Après un excellent dîner, servi à minuit, je m'étais assise en attendant le retour de Rita lorsqu'un gentilhomme est venu me dire bonsoir. J'ai levé la tête. Don Miguel Aguilar ! À présent que je savais qui était sa mère, j'ai cherché une ressemblance avec sœur Beatriz, en vain. Son sang indigène a façonné ses traits. Il a le sourcil volontaire, les yeux très noirs, et sa peau bronzée était mise en valeur par une collerette blanche. Il avait l'air très distingué dans son costume noir et toutes ses chaînes en or.

Je lui ai dit que si j'avais bien compris, je devais le remercier pour le mariage quelque peu inhabituel de Marisol. Car s'il n'avait pas juré de ramener Don Tomas à sa mère pour des fiançailles arrangées, celui-ci ne l'aurait pas enlevée. Don Miguel m'a souri et expliqué qu'ici les hommes ne courtisent pas comme en Espagne. « De toute évidence, ai-je répondu en pouffant. Mais peu importe, Marisol a l'air très heureuse. »

Don Miguel est un homme grave, au regard fier et d'une grande intensité. J'ai été surprise de le voir rester à mes côtés ; en même temps, il est galant. Et je préférais de loin sa compagnie, plutôt que de rester seule en attendant le retour de mes amies. Lorsque je lui ai demandé de m'en dire plus sur ce pays, il s'est enflammé. J'ai bien vu, ainsi que les deux dames l'avaient dit lors de notre première soirée dans le couvent près du port, qu'il est indigné par le traitement réservé aux indigènes. Il m'a parlé avec éloquence de ces pauvres gens que l'on force à trimer dans les mines d'argent, et des massacres perpétrés par les colons espagnols. Cela m'a bouleversée et il a dû le voir, car il a fini par se taire.

J'ai ensuite dit que j'avais sollicité sa mère, afin de lui présenter mes hommages lorsqu'elle aurait quitté son deuil, car j'avais des lettres pour elle de la part des sœurs en Espagne. Il a répondu qu'elle serait ravie de me recevoir, à n'en pas douter. Je me suis demandé s'il savait qu'il était le petit-fils de sœur Beatriz, et si Salome lui avait raconté les circonstances entourant sa propre naissance. La plupart des Espagnoles agissent avec un sens des convenances fort exagéré, ici, alors peut-être ne lui a-t-elle rien révélé.

Sur ces entrefaites, Dona Luisa a débarqué et poussé Rita vers Don Miguel, tout en m'obligeant à m'écarter. L'intéressé s'est levé et, après avoir salué poliment, s'est retiré. Dona Luisa était indignée.

— Il ferait bien de se remarier, a-t-elle pesté en lui lançant un regard en coin. Quand on est à moitié inca… Mais voilà, son père était un prince. Une bonne épouse espagnole mettrait un terme à tous ces rapprochements absurdes avec les indigènes. Tu aurais pu dire quelque chose pour qu'il te remarque, Rita ! Et ne reste pas plantée là comme une cruche ! Il n'avait aucun mal à boire les paroles d'Esperanza, pourtant.

La pauvre Rita est sous la coupe de sa mère, qui fait de sa vie un enfer, et je suis certaine qu'elle épouserait le diable lui-même si cela l'éloignait d'elle.

— Oui, mère, a-t-elle soupiré en se laissant entraîner sans ménagement.

Rita et Don Miguel formeraient un couple très mal assorti, à mon avis. La colère et cette puissance contenues que je discerne chez lui s'harmonisent curieusement bien avec son pays, les majestueuses montagnes, la lumière vive, les hauts plateaux. Il est farouchement fier d'être un descendant d'empereurs incas, qu'il appelle les dieux du soleil sur Terre – mais qui étaient aussi très cruels, aux dires de tous. Donner l'inoffensive Rita à un tel homme reviendrait à la sacrifier, comme ses ancêtres le faisaient avec les vierges autrefois.

Au moment où la musique a repris, Pia est arrivée en courant, suivie de plusieurs hommes qui lui lançaient des regards énamourés en espérant l'inviter à danser. Elle qui est si placide d'habitude avait l'air inquiète, et elle les a ignorés.

— Sanchia a disparu.

— Comment ça ?

— Elle s'est éclipsée dehors avec son partenaire pendant que je regardais ailleurs. Cela fait un moment, et je ne la trouve nulle part.

Nous nous sommes mises à sa recherche sans tarder. Peut-être avait-elle été enlevée à son tour – elle aurait constitué une victime plus que consentante. Que Dieu vienne en aide à ses ravisseurs ! Mais nous avons fini par la retrouver, derrière les écuries, en compagnie des musiciens. Elle avait remonté ses jupons et gigotait comme un beau diable. Elle nous a expliqué qu'elle apprenait les danses indigènes avec eux.

Elle est restée sous bonne garde entre Pia et moi jusqu'à la fin de la soirée.

Nous sommes en septembre et il est plus que temps de rentrer, mais une fâcheuse nouvelle est arrivée : une épidémie de petite vérole s'est déclarée en ville. Marisol est contente de nous avoir à ses côtés et nous interdit de retourner au couvent tant que le danger ne sera pas écarté. Elle est si grosse qu'elle arrive à peine à bouger, et nous avons toutes senti le bébé donner de vigoureux coups de pied. Don Tomas est aux petits soins pour elle, et même sa belle-mère râle en sourdine. Il est prévu que Rita soit la marraine et Don Miguel le parrain – une idée de Don Luisa. Elle espère que cela les rapprochera.

Marisol redoute l'épreuve de l'accouchement. Elle pense à sa mère. Je ne le lui dis pas mais moi aussi je songe à ma mère morte en me mettant au monde, et je prends peur pour mon amie. J'ai entrepris de faire une neuvaine pour elle avec Pia.

La vie tourne au ralenti à l'hacienda, car à chaque heure qui passe, on s'attend à ce que le bébé arrive. Les invités se font rares, et Sanchia a réussi à convaincre Don Tomas de faire venir les musiciens avec qui elle s'est liée d'amitié. Ils ont pris leurs quartiers avec les domestiques, au grand mécontentement de Dona Luisa – mais Marisol apprécie de les voir égayer nos soirées, et en apprenant que sa belle-mère leur avait demandé de partir, elle a annulé son ordre. On dirait que Sanchia fait partie de la troupe tant elle danse bien désormais, et elle ne rate jamais une occasion de nous le montrer.

Pia s'inquiète pour Zarita. Nous en savons peu sur l'épidémie, hormis qu'elle a été virulente et qu'il y a beaucoup de morts.

Cela fait deux jours que Marisol hurle dans sa chambre. Nous nous relayons à son chevet pour lui éponger le front et lui tenir la main, mais quelle angoisse ! Don Tomas, qui ne tient pas en place, fait des allers-retours continuels entre la maison et les écuries. Il a manifestement plusieurs enfants à lui, sur le domaine. Combien de fois a-t-il été responsable de telles souffrances ? Je commence à le haïr. Et tous les hommes avec lui. D'après Dona Luisa, les indigènes ont moins mal que les Espagnoles de bonne famille. Aux repas, elle nous inflige le récit de *ses* accouchements – et la douleur que ressent Marisol n'est rien en comparaison, naturellement.

Marisol a donné naissance à un fils *et* une fille, tous deux en bonne santé. *¡Deo gratias!* Elle, en revanche, était affreusement pâle et fiévreuse. Elle a perdu beaucoup de sang. J'ai concocté les remèdes dont je me souvenais mais aucun n'a fonctionné, et je commençais à désespérer lorsqu'une domestique, indigène, a débarqué avec un cataplasme et une boisson aux herbes qui empestait. Elle a refusé de partir tant que sa maîtresse n'en aurait pas bu, et s'est ensuite assurée qu'elle en prenait une gorgée à intervalles réguliers. Sans cela, j'ai la certitude que Marisol n'aurait pas survécu. Quant à Don Tomas, il a des cernes noirs sous les yeux et semble avoir vieilli d'un coup. Dona Luisa avait fait venir un prêtre pour administrer les derniers rites si nécessaire, et prononcer le baptême. Les bébés ont été appelés Marianna et Teo Jesus ; lorsqu'elle a annoncé à sa belle-fille qu'elle avait choisi pour elle, la pauvre a simplement fermé les yeux, trop faible pour protester.

Dona Luisa a trouvé une nourrice pour les jumeaux. Nous restons aux côtés de Marisol et lui donnons du bouillon à manger, et même si elle est encore d'une léthargie inquiétante, nous avons bon espoir de la voir guérir. Au détour d'un couloir, j'ai entendu les cadettes dire qu'elles étaient contentes de se faire nonnes et d'éviter ainsi le supplice de l'accouchement.

Un mois plus tard, Marisol est enfin capable de se lever pour venir s'asseoir dans la véranda. Les jumeaux sont de gros bébés joufflus, on peut dire que le lait de la nourrice leur réussit. Sanchia, Pia et Rita et moi nous relayons pour les bercer, et bien sûr Dona Luisa se plaint que nous les gâtons trop. Don Miguel est venu voir ses nouveaux filleuls et a apporté à chacun une coupe en or. Il a emmené Tomas chasser pour la journée, ce qui lui a fait le plus grand bien. Signe que Marisol va mieux, elle recommence à se disputer avec sa belle-mère et contredit ses ordres auprès de la femme de chambre, quand ce n'est pas la cuisinière.

Il est temps de rentrer au couvent.

27.

Extrait de la Chronique des Saintes-Sœurs de Jésus par la plume d'Esperanza, couvent de Las Golondrinas de Los Andes, octobre 1554

Nous avions entendu dire que l'épidémie était enrayée. Mais à notre arrivée, un cortège funèbre était rassemblé autour d'un cercueil dans la cour.

— La dernière victime, nous a expliqué la sœur portière. Elle faisait partie de celles qui attendent leur divorce.

— Qui est-ce ? a demandé Pia d'une voix chancelante.

— Une jeune. Nous n'avions pas eu de nouveaux cas depuis un moment et puis elle a contracté la maladie, et Dieu a décidé de la rappeler à Lui. Ni son frère ni son mari ne pourront l'avoir, maintenant.

— Oh, non ! Pas Zarita !

Pia a étouffé un cri et je n'ai pas eu le temps de l'arrêter qu'elle s'est mise à courir. Telle une démente, elle a poussé les sœurs interloquées et a déchiré le linceul en sanglotant :

— Qui est-ce ? Qui ?

Elle a poussé un hurlement.

— Zarita ! Zarita ! Non, non ! Je n'étais pas là… Je ne savais pas… Ne me laisse pas ! Reviens, Zarita, reviens à la vie ! Oh, non…

Sanchia et moi l'avons empoignée pour l'emmener, mais n'avons pu éviter de voir le cadavre allongé sur la bière. Pauvre Zarita qui était si belle, la mort l'avait fait gonfler hideusement, jusqu'à la défigurer. Encore plus monstrueux, son corps commençait à se putréfier.

Il a fallu toute notre force ainsi que celle de deux robustes *beatas* pour traîner Pia jusqu'à la cellule où elle a fait une violente crise de nerfs. Nous avons tenté de la réconforter un long moment mais elle n'a cessé de sangloter, de gémir et de crier le prénom de son amie comme si elle était possédée. Sanchia et moi avons fini par nous assoupir, épuisées par le voyage, le chagrin et l'inquiétude. Le lendemain matin, c'est un bruit de ciseaux qui nous a réveillées. En ouvrant les yeux, nous avons découvert Pia debout, nue, ses cheveux argentés à ses pieds. Elle les avait coupés si près du crâne qu'elle s'était blessée par endroits. Ses yeux étaient enfoncés dans leurs orbites et brillaient d'une étrange lueur.

— Toute chair finit par pourrir, toute beauté, même celle de Zarita. Seul l'esprit demeure, et les choses de l'esprit. Dieu m'a ouvert les yeux et la vocation m'a été révélée. Je dois voir Mère pour le lui dire.

J'ai échangé un regard effrayé avec Sanchia.

— Oui, faisons ça, a-t-elle répondu calmement, pendant que je cachais les ciseaux. Mais il faut d'abord s'habiller.

Mère a insisté pour qu'on la laisse seule avec Pia. Nous sommes restées derrière la porte, écoutant le ton mesuré de la première et la mélopée de la seconde, un son lugubre qui est devenu de plus en plus fort jusqu'à se transformer en un cri de forcenée. Sanchia est allée chercher de l'aide et quatre sœurs infirmières ont accouru. À elles toutes, elles ont fini par maîtriser Pia qui grognait, donnait des coups, se débattait. Elles l'ont emmenée. Ses cris d'angoisse nous ont suivies jusqu'à ce qu'on plaque nos mains sur les oreilles et qu'on retourne à la chambre, en larmes.

C'est seulement après que Mère nous l'a avoué : dans l'agitation, Pia lui a arraché le médaillon avec la *golondrina* et personne ne sait où il est. Sanchia et moi allons lui rendre visite tous les jours. Elle presse son visage contre la grille en murmurant d'une voix rauque qu'elle est une ermite et prie pour notre salut. Elle reste des heures à genoux et refuse de manger, se contentant de boire de l'eau. Dans ce couvent on ne porte pas le cilice – une pratique déconseillée car jugée excessive, mais Pia s'est débrouillée pour s'en procurer un et son habit est taché de sang. Elle prétend que lorsqu'elle le met, elle est visitée par des anges ressemblant à Zarita. À d'autres moments, ce sont les démons qui pénètrent dans sa cellule et n'en finissent plus de la tourmenter. Il lui arrive de hurler, et elle a déjà mordu une sœur.

Dans notre détresse, nous avons oublié Salome. Une lettre est arrivée, nous priant, Sanchia et moi, de lui rendre visite. Don Miguel lui en a touché un mot, manifestement. J'étais réticente à l'idée d'y aller, mais Mère dit que ce serait inconvenant de refuser après avoir tout fait pour être invitée. Je l'avoue, ce sera un soulagement de repartir. Le couvent respire la tristesse avec toutes ces femmes qui ont perdu des proches, sans compter les survivantes au visage grêlé – un rappel qu'il faut se garder d'être vaniteuse, d'après Mère.

Une voiture tirée par deux mules blanches arborant le blason des Aguilar est venue nous chercher, avec un cocher, deux valets, une servante, un garde armé et une veuve pour nous servir de chaperonne. Nous avons refait nos bagages, mais nous avions le cœur bien trop lourd pour y prendre le moindre plaisir.

28.

Extrait de la Chronique des Saintes-Sœurs de Jésus par la plume d'Esperanza, hacienda du Soleil et de la Lune, janvier 1555

L'hacienda du Soleil et de la Lune est située à trois jours de voyage. Comme Salome et son mari inca, c'est une maison où cohabitent deux mondes, espagnol et indigène. Elle a été bâtie sur les ruines d'un palais inca, l'un des nombreux appartenant à sa belle-famille, me dit Salome. Il a été détruit lors d'un tremblement de terre et les pierres ont été utilisées pour le rebâtir dans un style espagnol, autour d'une cour intérieure. Salome n'a rien d'une dame distinguée, comme les épouses de colons ; c'est une femme belle et intelligente, en harmonie avec le pays où elle vit.

À côté de l'entrée, elle a fait construire une chapelle qui contient un autel en pierre, un éblouissant retable doré et des statues en bois de saints avec des traits indigènes. La maison est immense, remplie de ces tapisseries en laine teintée de couleurs vives qui avaient attiré mon attention au couvent, de pots en terre cuite et d'autres objets artisanaux, ainsi que de chandeliers en argent et de meubles en bois sculpté, très répandus ici. C'est un endroit paisible, agréable et ordonné. Les domestiques vaquent à leurs tâches dans le calme, sans cette tension latente que j'ai pu observer ailleurs. Les pièces sont reliées entre elles et toutes donnent sur la cour carrelée joliment fleurie. Un jour où nous l'admirions, Salome m'a expliqué que jadis il y avait là un jardin fait d'or, d'argent et de pierres précieuses. Avec un sourire, elle a ajouté qu'elle préférait les vraies plantes, car elles sont vivantes. Elle s'en occupe elle-même, apparemment.

Le plus étonnant c'est qu'elle n'a plus rien, ou presque, d'une Espagnole. Elle porte une sorte de tunique indigène en fine laine par-dessus une simple robe de coton, qui lui va très bien. Ses cheveux commencent à grisonner, et ses yeux tristes sont d'une profonde beauté. Elle ressemble beaucoup à sœur Beatriz, tant au niveau du physique que de la personnalité. Lorsqu'elle parle, c'est de façon claire et réfléchie, comme sa mère.

L'une des pièces est une bibliothèque, avec une vue magnifique sur les montagnes. Elle y passe le plus clair de son temps à lire, prier et écrire à sa fille Beatris ainsi qu'à son fils, frère Matteo, afin de leur donner les dernières nouvelles de l'hacienda, les naissances, morts et mariages parmi les domestiques, paysans et esclaves du domaine, les récoltes et le cheptel, l'état du jardin. La bibliothèque a été aménagée pour elle par son mari. Elle supporte sa perte stoïquement et n'évoque pas son chagrin, mais elle n'en a pas besoin. Il rôde autour d'elle constamment.

Salome nous a accueillies avec grande gentillesse. Le lendemain de notre arrivée, Sanchia s'est ruée dehors en apprenant que les jardiniers organisaient une battue pour attraper un serpent venimeux. La maîtresse de maison a donné des ordres pour le ménage et les repas, puis elle s'est retirée avec moi dans sa bibliothèque jusqu'à l'heure du dîner, et nous avons discuté longuement tandis que Sanchia explorait le domaine à pied et à cheval. C'est ainsi que nous avons pris l'habitude de passer nos journées.

Je lui ai parlé de la stupéfaction qui avait été la mienne lorsque j'ai su que sœur Beatriz avait eu une fille, et lui ai donné des nouvelles de sa mère, expliquant combien elle avait été bonne pour moi et qu'elle avait fait de moi son assistante. « On dirait bien que tu as pris ma place, a répondu Salome. Je suis contente. Et l'Inquisition ? On en entend peu parler, ici. Est-ce aussi terrible qu'on le dit ? »

Je le lui ai confirmé, et cela l'a beaucoup inquiétée de savoir que les enquêteurs du Saint-Office avaient débarqué au couvent juste après notre départ. En revanche, je ne lui ai pas expliqué pourquoi l'abbesse souhaitait éviter à tout prix qu'ils nous trouvent.

Cela m'a pris du temps pour donner toutes les nouvelles du couvent. Salome n'avait pas eu la possibilité d'écrire en Espagne jusqu'à l'arrivée des conquistadors, et après cela elle avait envoyé de nombreuses lettres, restées sans réponse. Je lui ai certifié que nous n'en avions reçu aucune, et que jusqu'à l'arrivée de sœur Serafina et son récit des aventures de ses frères aux colonies, nous étions persuadées que la mission de Grande Canarie avait péri en mer. Un jour, elle m'a demandé : « Je suppose que ma mère ne t'a jamais parlé de mon père ? Non ? Même avec moi, elle ne voulait pas. Elle devait avoir de bonnes raisons pour garder le secret. »

Cela l'a rendue si songeuse que j'ai changé de sujet, lui décrivant avec force détails comment Don Tomas Beltran avait enlevé notre amie Marisol. Elle a ri de bon cœur. D'après elle c'est tout à fait son genre, car il a été gâté au point de vouloir imposer sa volonté en tout. Don Miguel l'a tiré d'affaire à maintes reprises auprès d'un mari ou d'un père furieux, et il espère que son filleul saura se contenter de son épouse désormais. Elle m'a rassurée en disant que Marisol semblait savoir ce qu'elle voulait, et que Dona Luisa prenait la naissance des jumeaux comme un compliment personnel, car c'est du côté de sa famille qu'il y en a. La pauvre Rita, qui est enfin mariée, a le devoir d'en mettre au monde aussi, à présent.

Un autre jour, je lui ai parlé du malheur qui a frappé Pia.

Chaque matin, je me réveillais en espérant voir Don Miguel arriver, en vain. À en croire Salome, il habite dans une autre aile de l'hacienda mais les affaires familiales l'obligent à s'absenter pendant de longues périodes. Elle était clairement gênée de l'évoquer avec moi, et j'ai compris ce qu'elle n'osait me dire. Son fils vit avec une maîtresse et sans doute leurs enfants, comme font les hommes d'ici. Je n'ai plus reparlé de lui. Il était temps que Salome me raconte son histoire. Il y avait tant de choses que je brûlais de savoir. Il nous a fallu près d'une semaine pour en venir à bout, et j'ai tout consigné sous sa dictée :

« J'ai quitté l'Espagne il y a plus de trente ans, croyant partir pour établir une mission sur l'île de Grande Canarie. L'abbesse avait obtenu la permission d'y envoyer douze sœurs, afin d'ériger un couvent et une école pour indigènes. L'Église avait accepté à cause des mosquées que les négociants musulmans commençaient à construire dans l'archipel : il était de son devoir d'enrayer la progression de l'islam sur une terre espagnole.

Je rêvais de voir le monde, et mes prières furent exaucées lorsque l'abbesse me choisit. Au moment du départ, je pleurai dans les bras de ma mère mais nous ne pensions pas être séparées longtemps, car elle devait faire partie du second voyage. Je me souviens encore du trajet jusqu'à Séville, combien c'était exaltant. Comme le monde était vaste ! Des montagnes et des vallées, des fermes et des paysans, des châteaux et des villages, des fleuves et des plaines – sans compter la grande ville ! Sœur Maria Manuela, qui était en charge de nous, répétait sans cesse de baisser nos voiles.

La traversée fut merveilleuse, au début. Nous ne nous lassions pas de voguer sur l'eau avec la brise marine dans nos cheveux, même si l'équipage montrait l'horizon en disant que là-bas commençait la mer de Brume et de Ténèbres, où les djinns s'attaquaient aux bateaux ayant le malheur d'y être poussés par le vent. Mais d'après eux, Grande Canarie était à moins de dix jours de navigation et il n'y avait rien à craindre. Seulement le lendemain matin, le ciel était devenu noir et une tempête inouïe s'abattit sur nous. On nous ordonna d'aller en cale.

Je garde un souvenir très net de notre calvaire. Il faisait sombre en bas et bientôt nous ne sûmes plus si c'était le jour ou la nuit. Le navire tremblait et craquait tant il était secoué. Nous étions atrocement malades, de l'eau avait pénétré dans la cabine et nous grelottions de froid. Pire encore, nous savions que les formidables bourrasques nous avaient poussés vers la fameuse mer de Brume et de Ténèbres. Voyant les heures passer, puis les jours, je pensai à ma mère et priai pour qu'elle ne se sente pas coupable d'avoir donné sa permission. Nous avions compris que nous ne reverrions jamais la terre ferme, et chacune de nous tentait d'encourager les autres à affronter la mort dignement. Et puis, aussi subitement qu'il était venu, l'orage partit, et le capitaine annonça par l'écoutille : « Grande Canarie droit devant, mes sœurs ! »

Nous criâmes au miracle en voyant le soleil entrer dans la cale et montâmes vite sur le pont. Quelle ne fut pas notre surprise de voir les marins se prosterner pour prier à la musulmane – après l'épreuve qu'ils venaient de traverser, ils en oubliaient de feindre d'être chrétiens. Cependant, plus on s'approchait du rivage, plus le capitaine se montrait perplexe. Il est vrai que nous étions loin du port animé qu'on nous avait décrit. Après avoir jeté l'ancre dans une crique déserte, son équipage entreprit d'évaluer les dégâts et de trouver de l'eau. Ce soir-là, nous nous régalâmes de poisson grillé, ainsi que de fruits qui poussaient en bordure de la plage, et en quelques jours nous avions retrouvé nos forces. Le capitaine avait beau consulter ses cartes, il ne parvenait pas à déterminer notre position, et avec deux matelots aguerris, il veillait tard dans la nuit pour s'aider des étoiles.

Un après-midi, des hommes au visage peinturluré surgirent de la forêt et nous attaquèrent à coups de flèches, blessant grièvement le capitaine. Nous remontâmes l'ancre à la hâte et entreprîmes de croiser au plus près des côtes, en faisant le guet constamment car le danger d'échouer sur un récif était trop grand.

Nous avions échappé à la mort en mer, semblait-il, juste pour périr non loin d'une terre que personne ne savait nommer. Certains disaient l'Inde, d'autres la Chine. Dès que nous tentions d'accoster, des tribus hostiles nous chassaient, et la plaie du capitaine finit par s'infecter. Il contracta la fièvre et se mit à délirer. Nous le traitâmes du mieux possible, mais le pauvre finit par succomber. Le lendemain, après avoir jeté son corps par-dessus bord, une dispute éclata : fallait-il persévérer ou repartir ? Le problème fut tranché à l'approche d'un isthme, car c'était pour tous le signe qu'il fallait reprendre la mer. Mais au moment de manœuvrer, nous vîmes une immense masse d'eau tournoyer sur elle-même à une cinquantaine de mètres de là. L'homme de guet sonna l'alarme – c'était un piège du diable, destiné à aspirer les navires directement en Enfer. Les matelots tirèrent de toutes leurs forces pour changer les voiles. Nous virâmes au dernier moment et prîmes une telle vitesse que l'isthme fut franchi en un rien de temps.

Nous commençâmes à remonter le long de la côte, jusqu'à être réveillés un matin à l'aube par un bruit déchirant. Nous avions touché l'écueil tant redouté et l'eau entrait à flots dans la carène. Nous écopâmes tant et plus, attendant une bonne partie de la journée avant d'aller à terre, afin de voir si notre présence attirait des indigènes. Cela faisait plusieurs jours que nous survivions avec du poisson cru ; nous étions assoiffés et épuisés.

Nous trouvâmes un ruisseau au bout de la plage, en nous enfonçant légèrement dans la forêt. Des lianes pendaient aux arbres immenses, tout était vert et le silence n'était brisé que par des cris d'oiseaux mystérieux et le bruit d'animaux rampant dans le sous-bois. Nous ne vîmes personne, mais nous sentions une présence et nous hâtâmes de remplir nos outres et de repartir. Les marins s'attelèrent à pêcher notre dîner, tout en discutant des voiles à rapiécer et du trou à boucher. Les dégâts étaient plus sérieux que prévu, il allait falloir des jours pour tout réparer. Ils descendirent nos bagages et nous étalâmes le contenu sur le sable pour le faire sécher. J'en profitai pour glisser la Chronique sous mon habit, préférant la garder avec moi, ainsi qu'une plume et un pain d'encre dans ma poche. Au loin, les montagnes se succédaient dans le ciel bleu vif. Si nous n'avions pas été si apeurées et affamées, nous aurions sans doute apprécié la vue, mais l'abattement nous guettait.

Avant la tombée de la nuit, je partis avec mes compagnes en lisière de forêt, afin de chercher du bois pour le feu. Nous ne vîmes pas les guerriers approcher. Le temps de comprendre, ils nous avaient encerclées.

C'étaient des hommes bien faits, grands et musculeux, avec des cheveux noirs mais imberbes. Ils portaient une sorte d'uniforme, ou de livrée. Leurs tuniques étaient identiques et ils avaient noué une bande de tissu autour de la tête, un peu comme les musulmans. Leur chef était le plus imposant du groupe. Il était beau, avec des traits dessinés, et son casque était une tête d'animal dont la gueule était retroussée en un rictus. La lueur de notre torche faisait briller leur peau cuivrée, leurs boucliers et leurs lances, ainsi que les disques dorés comme le soleil qui pendaient aux oreilles du chef. Ils étaient impressionnants, mais se contentèrent de converser entre eux et de nous observer avec une certaine réserve. Blotties les unes contre les autres, nous en fîmes de même. Le chef avait le regard profond, le torse large. Sœur Maria Manuela finit par me donner un coup de coude en disant sèchement : « Arrêtez de le fixer ainsi, Salome ! Et fermez la bouche ! »

Le chef nous fit emmener auprès des matelots qui, à grand renfort de gestes, tentèrent d'expliquer d'où l'on venait. Un premier nous montra du doigt, les autres secouèrent la tête pour signifier que nous n'étions pas leurs femmes, puis ils indiquèrent le ciel encore et encore. « Agenouillez-vous comme pour dire une prière, allez », nous enjoignit l'un d'eux.

Les indigènes pointèrent aussitôt le doigt vers le soleil couchant. Les marins acquiescèrent et nous désignèrent, avant d'en faire autant avec eux-mêmes et de secouer la tête. Ils firent un signe indiquant une personne petite – un enfant, supposai-je –, pointèrent le doigt vers nous et secouèrent la tête. Les indigènes semblaient déroutés, et tout ceci aurait été très amusant si nous n'avions pas été effrayées. Un matelot finit par montrer sa braguette, fit un grossier mouvement des hanches et secoua la tête. Le chef eut alors une expression de franche surprise et à notre soulagement, il ordonna à ses guerriers de partir.

Nous étions tirés d'affaire. Les marins firent un feu et installèrent nos couches à quelque distance des leurs. Au début, ils nous avaient paru autrement plus rustres que les hommes (prêtres, pèlerins et mendiants) côtoyés au couvent, et nous étions nerveuses à l'idée de rester avec eux ; mais avec le temps nous avions appris que la plupart venait de familles de *conversos*, et que leur honneur de musulmans les obligeait à nous considérer comme des sœurs.

Ce soir-là, nous les entendîmes parler de ce qu'ils comptaient faire une fois le bateau réparé : valait-il mieux continuer dans l'espoir d'atteindre un endroit connu ou braver de nouveau la mer de Brume et de Ténèbres ? Était-il plus prudent de partir sans nous et revenir nous chercher, ou de nous emmener ? Tous s'accordaient à dire qu'ils ne pouvaient nous laisser seules ici, et ils finirent par tirer à la courte paille les trois parmi eux qui nous serviraient de gardes.

Serrées pour nous tenir chaud, nous débattions aussi. Ils étaient déjà trop peu pour naviguer. Ce n'était pas bien de compromettre leurs chances de rentrer en Espagne en les séparant. Après mûre réflexion, nous décidâmes de rester. Sœur Maria Manuela dit très justement que les indigènes ne nous avaient pas touchées ; peut-être pourrions-nous trouver refuge auprès d'eux. Les trois autres religieuses approuvèrent, ajoutant qu'il fallait s'en remettre à Dieu. Les *beatas* promirent de respecter leur décision. Les novices, en revanche, se mirent à pleurer. Pour ma part, j'étais prête à me fier au chef.

Au bout d'un moment, nous fîmes silence et je tentai de penser à autre chose qu'à son beau visage, ses bras musclés, ses épaules larges. Les matelots finirent par s'endormir et nous montâmes la garde en nous mettant dos au feu. La faim nous faisait ressentir le froid plus âprement. Nous avions si peu mangé ces derniers temps que nos dents commençaient à se déchausser.

Tout à coup, sans un bruit, nous fûmes encerclées. Des indigènes vêtues de tuniques colorées nous scrutaient d'un air curieux. Comme les hommes un peu plus tôt, elles étaient belles et grandes, avec une peau qui luisait à la lueur des flammes, des cheveux noirs, un regard posé et des manières calmes. Elles n'étaient pas armées, et avaient apporté des capes qu'elles nous mirent sur les épaules après nous avoir fait lever. Ces capes étaient merveilleuses, faites dans une étoffe incroyablement douce et chaude.

Elles nous attirèrent ensuite à l'écart. Nous étions désorientées, et lorsque nous eûmes la présence d'esprit d'appeler à l'aide, il était trop tard. Elles nous avaient déjà emmenées dans la forêt, et bientôt nous arrivâmes à un bâtiment qui m'évoqua un palais. L'entrée était éclairée par de grandes torches, et l'intérieur était encombré d'objets en or et en argent. Les murs étaient recouverts de tentures tissées d'une multitude de couleurs et de motifs, et il y en avait même sur les longs sièges bas où elles nous prièrent de prendre place. La chaleur était telle que c'en était presque douloureux pour nos corps meurtris.

Elles nous apportèrent des bols de gruau avec des lamelles de viande séchée dedans – au début j'ai cru que c'était du cuir, mais il s'agissait de mouton. C'était curieusement bon, même si nous dûmes sucer au lieu de mâcher, à cause de nos dents. Ensuite nous eûmes droit à des fruits sucrés et à des coupes d'un liquide chaud et amer. Il nous étourdit et nous revigora en même temps. « *Chicha* », dirent-elles. Nous ne savions pas si c'était le nom de leur tribu ou leur manière de souhaiter la bienvenue – plus tard, nous apprîmes que c'était leur boisson préférée.

Nous nous demandions s'il fallait nous réjouir ou nous alarmer de toutes ces attentions. Finalement, elles nous emmenèrent dans une pièce où se trouvaient des couches recouvertes de la même étoffe que nos capes. Quelles splendeurs pour un peuple indigène ! Juste avant de tomber dans un sommeil profond, je me souviens avoir pensé combien j'avais été avisée de garder la Chronique sur moi.

Le lendemain, nous ne savions toujours pas si nous étions invitées ou prisonnières. Nous tentâmes de communiquer par signes, mais les femmes se contentèrent de désigner le ciel. Nous hochâmes la tête vigoureusement, dans l'espoir de leur faire comprendre que nous servions Dieu, qui vivait au Paradis. Elles acquiescèrent et discutèrent un certain temps dans leur langue. Pendant les jours qui suivirent, elles furent aux petits soins et nous dormîmes une grande partie du temps.

Au bout d'une semaine, nous étions tout à fait remises et avions hâte de retrouver l'équipage. Des litières arrivèrent, portées par des hommes qui détournèrent le regard craintivement lorsqu'on s'installa. Nous nous mîmes en route, mais au lieu de retourner à la plage ils nous emmenèrent vers la montagne ! Le voyage dura des jours, avec des arrêts le soir dans des sortes de *refugios*, et nos accompagnatrices partaient devant pour préparer le dîner et nos couches. Un matin, nous atteignîmes les contreforts de grands monts enneigés. Des vergers et des potagers étaient cultivés en terrasses, comme en Andalousie, et de curieuses bêtes au long cou nous observaient avec attention. À ce stade-là, nous étions inquiètes, pour ne pas dire apeurées.

Enfin, nous aperçûmes un grand nombre de bâtisses au loin. Cela semblait être une ville indigène, et lorsque nous fûmes toutes proches, une procession de femmes élégamment vêtues vint à notre rencontre. Les chants qui nous accueillaient s'intensifièrent quand on descendit des litières, et on nous guida jusqu'à un bâtiment qui donnait la curieuse impression d'avoir été construit à partir d'un seul bloc. En réalité, les pierres étaient si bien taillées qu'aucun raccord ne se voyait à l'œil nu. À l'intérieur, il y avait le même genre de tentures et objets précieux que précédemment. Bientôt arriva une très belle femme, flanquée de deux filles qui devaient avoir une dizaine d'années et lui ressemblaient. Toutes trois étaient superbement habillées et nous impressionnèrent grandement avec leurs bijoux et leurs plumes.

Nous en déduisîmes que nous étions les invitées d'honneur d'une dame de haut rang – une reine, ou une princesse peut-être. Elle parla longtemps, et même si nous ne comprenions pas, c'était à l'évidence bienveillant. Avec de grands gestes, elle nous montra le palais et son contenu. Puis ses filles et elle se retirèrent, et tous les esclaves se prosternèrent à leur passage. Nos révérences semblaient bien piètres en comparaison.

Après un véritable festin, nous allâmes dormir. La nuit fut très agitée – nous ressentions toutes un certain malaise ainsi qu'une inquiétude grandissante pour les pauvres marins.

Dieu choisit alors de nous envoyer un signe. Le lendemain matin, après nos prières, un cri familier retentit. Nous nous exclamâmes en chœur : « *Golondrinas* ! » En suivant le bruit, nous découvrîmes un jardin où nos chères hirondelles sautillaient entre des fleurs comme nous n'en avions jamais vues, luxuriantes et incroyablement brillantes. Une novice se pencha pour en cueillir une et se redressa vivement. Le jardin était fait d'or, d'argent et de pierres précieuses !

« Ce n'est pas ici que vous allez trouver à manger, mes pauvres, commenta sœur Maria Manuela. Mes sœurs, je pense que Dieu nous fait passer un message. Comme ces oiseaux ne peuvent survivre en avalant des bijoux, nous ne pouvons accomplir Son œuvre si nous cédons au confort. Je suis d'avis qu'Il nous a menées ici afin qu'on y établisse notre mission. Nous devons retourner à notre existence de religieuses, apprendre la langue locale et nous rendre utiles. »

Son discours exaltant nous rappela à notre devoir. Notre première tentative pour aider dans les tâches ménagères fut un échec, horrifiant servantes comme esclaves. Elles étaient visiblement là pour exaucer tous nos souhaits et cherchèrent à nous empêcher de mettre la main à la pâte. Cependant, voyant qu'on insistait, elles finirent par céder. Les jours suivants, en travaillant avec elles, nous en profitâmes pour demander le nom de tout ce qu'on voyait – femme, eau, nourriture, animal, tissu, laver, dormir, soleil, pluie, etc. Après nos prières du soir, nous partagions ce que nous avions appris dans la journée, et petit à petit nous fûmes capables de converser avec elles. Leur langue était le quechua, et le mot le plus important semblait être « *inca* ». Il voulait dire tout à la fois pays, peuple et roi, car ils ne font qu'un.

Nous avions laissé nos affaires sur la plage et désespérions de les revoir un jour, mais des esclaves les apportèrent un matin. Quelle ne fut pas notre joie de constater qu'habits, souliers, missels et chapelets, sans oublier le coffre à potions et l'ouvrage sur les herbes médicinales, étaient tous là. Sœur Maria Manuela accrocha aussitôt un crucifix au mur, ce qui nous donna l'impression d'être installées. Nous voulûmes dire aux indigènes combien nous étions soulagées que nos bagages n'aient pas été volés, mais elles ne comprenaient pas. Quand nous parvînmes enfin à expliquer, elles furent choquées, car dans l'empire des Quatre Quartiers de la Terre, ainsi qu'elles surnommaient cette contrée, personne ne prenait aux autres ce qui ne lui appartenait pas.

Notre ignorance n'avait de cesse d'émerveiller les femmes. Peu à peu, nous apprîmes que les Incas avaient plusieurs dieux (dont celui du soleil, qui est le plus important), et qu'ils appelaient leur roi Sapa

Inca. Ils croyaient que celui-ci était le fils du dieu soleil, et le vénéraient plus que tout. Les novices se moquèrent de cette superstition païenne, jusqu'à ce qu'une *beata* fasse remarquer : « Songez à quelle vitesse le froid descend à la tombée du jour, même lorsqu'il a fait très chaud. Cela n'a rien de surprenant que leur religion prête des pouvoirs au soleil et pense que sans lui le monde serait noir et glacial comme les nuits qu'on a passées sur la plage. »

Cependant, il nous fallut un certain temps avant de saisir l'accueil extraordinaire que ce peuple nous avait fait, et comment servir le Seigneur au mieux dans ce pays.

Nous apprîmes qu'ici aussi ils avaient des nonnes, les Vierges du Soleil, qui étaient choisies dès l'enfance parmi les gens de noble extraction. Elles vivaient une vie de recluses dans une grande maison située entre le palais royal et le temple, de la même manière que les couvents sont bâtis près d'une église. Chaque année une cérémonie était organisée pour honorer le dieu, avec une procession menée par le Sapa Inca lui-même, un banquet, des danses et des sacrifices. Les Vierges du Soleil consacraient leur temps à tisser les tenues royales et à concocter l'hydromel bu lors des célébrations ; elles vivaient parmi les femmes, avaient des servantes vierges et n'étaient pas autorisées à voir un homme. Jusqu'à leur mort, elles appartenaient au Sapa Inca, leur empereur et le dieu Soleil sur Terre. Lui seul pouvait les regarder en face, même si l'usage voulait qu'il n'exerce pas ce privilège.

Pour tous les autres, poser les yeux sur une vierge était considéré comme une offense faite au soleil et avait de terribles conséquences. La femme était brûlée vive et l'homme pendu, sa famille et ses voisins tués, ses animaux exterminés, ses champs labourés et son village rasé.

Cette règle a été assouplie dans les régions où les terres sont partagées. Là, les vierges restent isolées et travaillent pour la famille royale, mais elles ont une importance moindre et de temps à autre, le Sapa Inca se choisit une concubine parmi elles, ou bien en donne certaines comme épouses à ses alliés. En général, après quelques années, elles rentrent chez elles avec tous les honneurs et finissent bien souvent par se marier.

Nous semblions entrer dans une catégorie située entre les deux. Lors de notre confrontation avec le chef sur la plage, les gestes grossiers du marin leur avait fait non seulement savoir que nous étions des vierges du dieu Soleil, mais que c'était aussi lui qui nous avait envoyées à travers la vaste étendue d'eau, en compagnie de gardiens surhumains. Le chef avait ordonné aux femmes de nous accueillir comme il convenait à notre rang, et à ses guerriers de ne pas tuer les matelots. À la place, il leur avait fait envoyer de la nourriture et des esclaves pour réparer le navire, après quoi ils étaient repartis. En apprenant cela, nous priâmes pour qu'ils soient rentrés sains et saufs.

Nous étions donc des objets de révérence, et avions bon espoir de ne pas être prises comme concubines. La belle femme qui nous avait rendu visite avec ses filles n'était pas la reine, mais l'épouse du chef. Tous deux avaient du sang royal inca et la tradition voulait qu'elle entretienne des liens étroits avec les Vierges du Soleil, exactement comme la reine d'Espagne avec Las Golondrinas.

Mais malgré l'hospitalité de ce peuple, nous comprîmes vite qu'il pouvait se montrer cruel. Un grand nombre de gens étaient mis à mort lors des cérémonies, surtout les prisonniers de guerre, et lorsqu'il y avait une catastrophe, les prêtres choisissaient les plus beaux enfants des nobles et les emmenaient dans la montagne, où ils étaient bénis par l'onction puis sacrifiés, afin qu'ils interviennent auprès des dieux et mettent un terme aux souffrances des hommes ici-bas.

Sœur Maria Manuela en vint à croire que le but de Dieu, en nous amenant ici, était de faire cesser cette pratique brutale. Et avant de pouvoir exercer une influence quelconque, il était nécessaire d'être nous-mêmes des modèles de vertu. C'est ainsi qu'elle ordonna aux indigènes d'arrêter de nous servir des festins quotidiens – à compter de maintenant nous mangerions comme elles, de la bouillie de maïs, des légumes et des fruits. La vaisselle en or fut échangée contre de simples bols en terre cuite, même si nous gardâmes les tentures pour leur chaleur. Ensuite il n'y eut plus qu'à fabriquer de nouvelles guimpes et à rapiécer nos habits. Désormais, nos journées avaient une finalité.

Notre préférence pour une vie frugale fut largement approuvée. L'étape suivante fut de faire comprendre que chez nous, les vierges servaient Dieu autrement, en éduquant les enfants et en soignant les malades, en s'occupant des pauvres et des orphelins, en concevant des remèdes et en instruisant les jeunes filles afin qu'à leur tour, elles aident les autres. Nous devinions que ces demandes étaient tolérées car en tant qu'étrangères, le dieu Soleil nous conférait une certaine liberté.

Ce deuxième succès nous encouragea à franchir un autre pas, que nous jugions nécessaire si nous ne voulions pas rester cloîtrées contre notre volonté. Nous fîmes dire à l'épouse du chef que la tradition pour nos vierges était d'aller parmi les gens, car Dieu nous protégeait et le regard des hommes ne pouvait nous atteindre. Nous l'implorions d'intercéder en notre faveur. Elle répondit que nos traditions, quand bien même inconnues des Incas, seraient respectées car nous avions démontré notre vertu. Petit à petit, nous nous aventurâmes dehors, tout en faisant preuve de prudence.

Ensuite, nous fîmes de l'une des pièces du palais notre chapelle. Nous y accrochâmes les plus belles tentures, fabriquâmes un autel à partir d'un bloc de pierre pris dans le jardin et posâmes un crucifix dessus. Nous prîmes un bol en argent frappé comme bénitier et des torches pour les cierges. Sœur Maria Manuela entendait nos confessions depuis longtemps, et les indigènes avaient pris l'habitude de l'appeler *mamacunya*, la maîtresse des vierges. Nous décidâmes qu'elle serait la première Mère supérieure des Saintes-Sœurs de Jésus de l'empire des Quatre Quartiers sur Terre en l'an 1526 après Jésus-Christ. Une messe fut dite dans la petite chapelle, et les membres de la famille royale – dont l'épouse du chef et ses filles – furent priés d'y assister.

Les Incas étaient habillées comme pour une grande occasion, avec de magnifiques robes brodées aux traînes ornées de plumes, et elles écoutèrent attentivement, sans doute rassurées de savoir que les vierges étrangères avaient elles aussi des cérémonies. Vêtues de nos nouveaux habits, nous entonnâmes les psaumes, hymnes et prières marquant la consécration. Nos invitées parurent apprécier les chants, même si le manque d'instruments et de danses les rendait perplexes. Au moment venu, nous approchâmes de sœur Maria Manuela et posâmes l'une après l'autre une main sur sa tête. Par ce geste, elle devenait officiellement Mère.

La reine n'assista pas au repas simple que nous avions prévu ensuite. Néanmoins, nous étions profondément satisfaites à l'idée d'avoir officialisé notre présence. Deux autres pièces furent transformées en infirmerie, et bientôt elle se remplit de cas qui dépassaient les compétences des docteurs indigènes – le plus souvent des personnes défigurées et des attardés, quelques boiteux, et plusieurs femmes d'un certain âge se languissant d'enfanter. Dans un pays où chacun était responsable des autres, nos efforts furent applaudis.

Pour autant nous procédâmes avec précaution, n'omettant jamais de comparer nos actes à l'ordre des choses tel qu'il était ici, avant l'arrivée des colons. Les gens vivaient d'une façon qui nous rappelait celle des abeilles, avec leurs ouvrières et leur reine. Les paysans cultivaient les champs pour le Sapa Inca. En échange, les autorités s'assuraient que chaque famille recevait assez pour ses besoins et remplaçaient les malades le temps nécessaire. Le plus extraordinaire, c'est qu'elles étaient punies si leurs administrés n'avaient pas de quoi manger, se vêtir ou simplement vivre. Les couples qui décidaient de se marier recevaient une somme. Nos soins envers les personnes âgées et les infirmes contribuaient au bien de tous, même si nous devions prendre garde d'éviter toute initiative pouvant être interprétée comme une atteinte à l'autorité des prêtres.

Au bout de deux ans, nous avions fait bien des progrès. Nous avions planté avec succès des herbes médicinales et commencé à étudier les remèdes indigènes, ainsi que les maladies courantes, afin d'approfondir nos connaissances. Nous avions aussi une pièce où faire classe, des chèvres, des canards, et le jour où nous décidâmes d'aménager un potager, des servantes scandalisées insistèrent pour le faire à notre place, plantant des graines de courge, du maïs et des tubercules de ce légume qu'on appelle « *pomme de terre* », délicieux quand il est mangé à la braise. Les hirondelles qui nichaient sous le toit nous rappelaient l'Espagne.

Nous tentâmes de persuader les nobles d'amener leurs filles à l'école mais n'eûmes du succès qu'auprès du chef, qui souhaitait voir ses enfants lire et écrire notre langue. C'étaient deux élèves charmantes, de bonne composition et qui apprenaient vite. Elles étaient très fortes en calcul avec la ficelle aux nœuds élaborés qu'elles prenaient pour additionner, et nous leur enseignâmes l'espagnol en nous aidant de la vie des saints – elles aimaient particulièrement les histoires de martyrs, plus sanglantes que les autres.

Dans une niche étaient rangés nos six précieux ouvrages apportés d'Europe : trois missels ayant survécu à l'humidité hormis quelques pages, un livre de prières enluminé, un volume sur le traitement des maladies et le dernier sur les herbes médicinales, dont je me servais pour les leçons de latin.

Après la cérémonie pour mère Maria Manuela, il restait aux quatre novices parmi nous à prononcer les vœux définitifs. Mon cœur se serrait en songeant à ma mère, qui aurait dû être présente. Toutefois, nous avions commencé les préparatifs et attendions uniquement le retour de deux *beatas* qui s'étaient rendues dans un village lointain, où une affection avait fait de nombreux morts et affaibli la population au point de la rendre incapable de travailler aux champs.

Nous avions consulté nos livres et conclu que cela ressemblait à un mal déclenché par le froid et les pluies constantes à cette époque de l'année. À notre surprise, nous avions obtenu le droit d'essayer nos remèdes. C'était un signe de plus que les indigènes nous faisaient confiance, et les *beatas* s'étaient empressées de partir.

Mais le malheur frappa lorsque les malheureuses se noyèrent en traversant un fleuve sur le chemin du retour. C'était un coup dur pour nous, à tel point que nous en oubliâmes la cérémonie de vœux. Nous priâmes pour le repos de leur âme et pour qu'en temps voulu, de jeunes indigènes ayant la vocation viennent grossir nos rangs. Notre classe s'agrandit avec l'arrivée de cinq autres filles de nobles. Bien élevées ou pas, cela bavardait beaucoup pendant les leçons, et avec deux paires de mains en moins, nous étions encore plus occupées.

Bientôt une autre catastrophe s'abattit, une terrible famine. Il n'avait pas plu pendant une année entière, et les paysans regardaient avec horreur leur maïs dessécher sur pied. Les tubercules (qui font partie des denrées de base) attrapèrent une maladie et le gibier se fit rare. Les réserves baissaient de plus en plus et les gens commencèrent à souffrir. Ils partageaient le peu qu'ils trouvaient, mais beaucoup moururent. S'ensuivit une autre mauvaise année pour les récoltes. Les adultes étaient faméliques et sans énergie. Les bébés avaient le ventre gonflé. Les bêtes mouraient d'inanition sur la route.

Nous commençâmes à voir des cortèges de prêtres s'en aller dans la montagne. Nos servantes confirmèrent qu'ils emmenaient des filles pour les sacrifier, dans l'espoir que la famine s'arrêterait.

Depuis un certain temps, nous nous étions attelées à la délicate tâche de les convaincre de mettre un terme à cette pratique barbare, en faisant remarquer qu'au lieu d'offrir ces enfants aux dieux, il serait plus utile de nous les laisser, car nous étions en mesure d'intercéder avec le Paradis. En général les prêtres étaient bien disposés, mais cette fois ils s'emportèrent et nous avertirent qu'une telle insolence allait déplaire aux dieux. C'était affreux de ne rien pouvoir faire.

Et puis un jour, l'épouse du chef vint nous annoncer que ses filles avaient été élues pour le prochain sacrifice et que c'était un honneur. Elles étaient autorisées à nous rendre visite une dernière fois en chemin vers la montagne, et la mère nous demandait de leur donner du courage pour l'épreuve à suivre. Mais en voyant notre réaction, cette femme d'ordinaire si fière faillit s'effondrer. Le chef et elle n'avaient pas d'autres enfants.

Nous attendîmes tristement leur venue, qui arriva bien trop vite. Par une chaude journée nous étions au jardin, tentant d'éradiquer des charançons tout en surveillant la route. Un silence anormal régnait ; même les hirondelles s'étaient tues, et nous étions mal à l'aise. Soudain, le funeste roulement de tambour se fit entendre, et nous sûmes que les prêtres entamaient leur marche. La procession apparut au loin, avec les deux filles au milieu. Dans cette ambiance étrange, les chants nous parurent aussi cruels que s'ils avaient accueilli Satan lui-même.

Quand le cortège arriva devant chez nous, nos chères élèves s'en détachèrent pour nous rejoindre. En souriant, elles nous étreignirent une par une. Elles avaient les yeux brillants et semblaient être en état de transe. Nous savions qu'on leur avait donné à boire la boisson spéciale qui prépare les victimes. Nous étions bouleversées de leur dire adieu, mais tentâmes de faire bonne figure par respect pour leur mère. Les Incas adorent les fleurs, et malgré la sécheresse nous avions réussi à en cueillir quelques-unes pour elles, que mère Maria Manuela alla chercher.

Elle venait de les prendre dans une cruche lorsque celle-ci se mit à bouger toute seule. Elle recula d'un pas en criant, la cruche se brisa, et tout à coup la terre se mit à trembler. Le silence fut déchiré par un grondement qui s'amplifia jusqu'à devenir assourdissant. Puis le sol se souleva, si violemment que nous fûmes projetées à plusieurs mètres dans le jardin. La procession s'éparpilla, et tout le monde hurla lorsque des rochers se détachèrent de la montagne et dévalèrent vers nous.

Empoignant les filles droguées, nous courûmes à l'intérieur. Au même moment, le sol trembla de nouveau. S'ensuivit une pluie de cailloux, puis les rochers s'écrasèrent à proximité et un nuage de poussière nous enveloppa. Nos servantes terrifiées se ruèrent derrière nous dans la chapelle et nous nous agenouillâmes pour prier autour de mère Maria Manuela. Elle tenait son crucifix bien haut, afin que nous puissions le voir au moment de mourir. Dehors, les glissements de terrain se succédaient. Nous savions que des gens et des animaux étaient piégés, broyés, ensevelis. Nous nous attendions au même sort à chaque instant. La chapelle vibrait intensément. Une partie du toit s'effondra, des objets tombèrent à grand fracas. Puis, tout se calma. Au moment où nous commencions à nous regarder, émerveillées de cette délivrance, une autre secousse déclencha une coulée de boue.

Cela se répéta tout au long de cette épouvantable nuit, à tel point que nous n'osâmes pas sortir pour venir en aide. Nous demeurâmes serrées les unes contre les autres, les filles du chef entre nous, les servantes priant leurs dieux et nous le nôtre.

Lorsque nous nous aventurâmes dehors le lendemain matin, c'était un bien triste spectacle. Les maisons, les greniers à blé, les écuries, les champs – des villages entiers avaient disparu, engloutis sous une tonne de roche. Partout il y avait des corps, ou des bouts de corps, et ce qu'il restait des bannières portées par les prêtres la veille. Nous fîmes de notre mieux pour chercher des survivants, mais manquions cruellement de force physique. Le jour suivant, des soldats vinrent prendre le relais. Ils nous apprirent que même le temple et la maison des Vierges du Soleil avaient été endommagés, faisant de nombreux morts. Ils durent travailler lentement et parvinrent à extraire quelques personnes des décombres mais la plupart étaient mortes sur le coup. Nous accueillîmes les blessés à l'infirmerie.

Les servantes qui se trouvaient dans la chapelle racontèrent comment nous avions passé la nuit, et la nouvelle se répandit que notre dieu nous avait protégées par la force de la prière. Une semaine après le tremblement de terre, il se mit à pleuvoir et les rares cultures restées intactes furent sauvées. Pendant ce temps, nous avions gardé les filles du chef auprès de nous. Si personne ne revint les chercher, leur sort nous inquiétait grandement.

Quelques semaines plus tard, le chef lui-même arriva. Il était une sorte de vice-roi de la région, et venait évaluer l'étendue des dégâts. Nous allâmes le saluer, prêtes à nous battre pour ses filles.

Il appela Mère *mamacunya* et souligna la faveur que notre dieu nous avait faite en nous préservant de la destruction. Puis il parla de ses enfants, disant qu'elles avaient été choisies pour le sacrifice mais que les dieux en avaient décidé autrement. Sentant qu'on se détendait toutes d'un coup, je me risquai à lui lancer un regard furtif. Je me rendis alors compte que s'il était capable d'endurer les pires tourments sans montrer de faiblesse, ses filles n'en restaient pas moins précieuses à ses yeux. Seuls une discipline de fer et ce que l'on exigeait de lui pour protéger son royaume du chaos l'empêchaient de montrer l'immense soulagement qu'il ressentait.

Je fus touchée par cette vulnérabilité que j'entrevoyais derrière la façade de guerrier. À tel point que je dus m'arracher à son regard, en m'obligeant à baisser la tête. C'était un incrédule dont le peuple était capable des pires cruautés – mais sa présence m'éblouissait. Je regardai fixement le sol, comme si un miracle allait se produire. Malgré moi mes yeux s'égarèrent sur ses jambes, nues et musclées sous sa tunique. Je me forçai à me réjouir pour son épouse, dont les enfants avaient été épargnées.

Et voilà qu'il se mit à parler d'elle, en disant qu'elle et toutes ses concubines avaient péri dans le tremblement de terre ! Nous lui présentâmes nos sincères condoléances. Notre peine était réelle.

Ce qu'il dit ensuite me fit monter le sang à la tête et battre le cœur à tout rompre. Puisque notre dieu nous avait protégées quand tant d'autres avaient perdu la vie, il était venu prendre une concubine parmi nous, ainsi qu'il en avait le droit en tant que prince de sang royal. Je levai brusquement la tête et vis qu'il me dévisageait. Ses yeux noirs étaient comme une lance me transperçant le cœur. Une concubine ? Seulement il était veuf, à présent – et moi, j'avais une idée.

Mère Maria Manuela entreprit d'expliquer avec tact mais fermeté que les droits des Incas ne s'étendaient pas à nous.

— *Nos* vierges…, commença-t-elle, et je savais qu'elle allait dire « *…choisiraient la mort plutôt que de vous obéir* ».

Vite, avant qu'elle ne parle, je lui murmurai à l'oreille que je n'avais pas encore prononcé mes vœux et pouvais abandonner le noviciat si le chef me choisissait.

— Il n'en est pas question, Salome ! Seriez-vous aveuglée par la luxure ?

— Non, Mère, attendez, implorai-je. Dieu nous offre peut-être la chance d'accomplir ce qui serait impossible autrement. Je pense qu'il veut marchander l'une de nous en échange de ses filles. Vous, la *mamacunya*, devez marchander à votre tour, pour lui signifier la valeur de ce qu'il désire.

Mère semblait tellement choquée que je me hâtai de poursuivre.

— D'abord, vous pouvez sincèrement lui dire que les vierges chrétiennes ne pourront jamais être concubines. Notre Dieu nous autorise à prendre le statut d'épouse du moment que nos cérémonies sont respectées, et il ne peut en aucun cas y en avoir d'autres après. Celui qui entend se marier avec une de nos vierges doit se conformer à la coutume de nous accorder un souhait, sous peine... Euh, sous peine de s'attirer la colère de notre puissant Dieu.

— Mais tout cela est absurde !

— Écoutez-moi, Mère. Si le chef accepte de nous laisser ses filles, les prêtres en feront peut-être autant et cesseront de sacrifier ces pauvres enfants. Par ailleurs, une bonne épouse chrétienne arrivera à le convaincre que toutes ces concubines ne sont pas... nécessaires, conclus-je en piquant un fard.

Mère me regarda comme si j'étais le diable incarné, puis poussa un soupir résigné et se tourna vers le chef pour énoncer ses conditions. Il acquiesça mais ne s'embarrassa pas de convenances. Il me désigna aussitôt, puis s'enquit de mon souhait qu'il jura de m'accorder. Lorsque Mère évoqua l'idée de nous donner les victimes sacrificielles, ce fut à son tour d'être choqué, comme s'il se sentait pris au piège. Je retins mon souffle. Le pouvoir de sa religion et de ses obligations allait à l'encontre de ce qu'on lui demandait. Mais son sens de l'honneur l'obligeait à tenir promesse. Au bout d'un moment, il hocha la tête et me tendit la main. Je m'avançai et la serrai fermement.

Ce même jour, il se mit à pleuvoir à verse, comme si le Paradis lui-même approuvait cette union. Les récoltes n'auraient pas lieu avant des mois, cependant. Avec la famine qui perdurait, les sacrifices allaient-ils reprendre ? La réponse nous parvint quelques semaines après, lorsque trois filles d'âge différent nous furent amenées par des prêtres au visage impénétrable.

Je fus mariée un mois après le tremblement de terre, par Mère, naturellement – personne d'autre n'ayant le droit de célébrer des noces chrétiennes. Je portais une robe en lin que les sœurs m'avaient fabriquée, et par-dessus un cadeau du chef : une superbe tunique brodée de motifs indigènes, avec des fermoirs dorés en forme de tête de serpent aux yeux d'émeraude sur les épaules. J'ai brossé mes cheveux de façon à ce qu'ils reposent librement dans mon dos et j'ai calé une fleur rouge au-dessus de mon oreille en espérant que cela lui plairait. Je savais que la joie faisait rosir mes joues et briller mes yeux.

Tous ceux qui étaient en état de voyager y assistèrent. Lorsque les sœurs eurent chanté chaque psaume et hymne du répertoire – pour les Incas, les festivités ne peuvent être complètes s'il n'y a pas de musique, parfois pendant des jours – Mère pria longuement pour que le Seigneur nous donne Sa bénédiction, puis nous accorda la sienne. Il était temps de passer à la seconde partie de la cérémonie. Le chef avait insisté, disant qu'on ne m'accepterait pas dans la communauté, sinon. Il se pencha pour me mettre au pied des sandales en cuir de vigogne brodées d'or. Je pris une cape que j'avais confectionnée en laine fine et la plaçai sur ses épaules. Enfin, l'un des membres de la famille royale joignit nos mains pour signifier que nous ne faisions plus qu'un.

Il m'emmena dans cette hacienda, qui à l'époque se nommait le palais du Soleil et de la Lune et avait été sérieusement endommagée dans la catastrophe. J'avais emporté mes maigres possessions, dont un crucifix que mon mari souhaitait particulièrement mettre chez nous. Nous fîmes un repas sobre, à base de bière de maïs et de légumes à la sauce pimentée. Je ne pouvais rien avaler. J'étais nerveuse à l'idée de ce que j'avais fait et plus encore en songeant à ma nuit de noces, qui pourtant me combla de bonheur. Ma mère me manqua beaucoup, ce jour-là. »

Le visage de Salome s'est adouci en me racontant la scène – encore aujourd'hui, ce souvenir lui réchauffe le cœur. Elle a rapidement eu trois enfants, les garçons Miguel et Matteo, et une fille nommée Beatris en souvenir de sa mère. Elle s'est arrangée pour les faire baptiser immédiatement, organisant une grande cérémonie où l'on a beaucoup chanté, afin de montrer qu'ils appartenaient désormais au puissant Dieu chrétien. La petite Beatris avait déjà huit ans lorsque les tailleurs de pierre et les ouvriers ont terminé de reconstruire l'hacienda. Apparemment le chef avait insisté pour que les maisons des paysans et les routes soient réparées avant, ce dont Salome était très fière. Elle dit de lui que c'était un homme juste, dévoué à son peuple et au Sapa Inca, courageux et bon pour elle et leurs enfants. Il la traitait en égale et lui demandait souvent conseil, ainsi que son aide pour intercéder auprès du Dieu chrétien. Les filles du chef ont fait leur noviciat, et deux ans plus tard sont devenues les premières nonnes indigènes. Salome est venue avec son mari pour les voir prononcer leurs vœux, et elle a eu la satisfaction d'entendre mère Maria Manuela reconnaître en privé qu'elle avait eu raison de suivre son cœur.

Salome a suivi l'exemple de la première épouse du chef en aidant autant que possible l'école, l'infirmerie, mais aussi l'orphelinat qu'il a fallu ouvrir après le tremblement de terre. Si les garçons étaient élevés pour devenir soldats, il a rapidement été admis que les fillettes seraient religieuses. Les prêtres en laissaient encore au portail de temps à autre, dans l'espoir d'apaiser les dieux. Ces victimes sacrificielles n'avaient pas le choix – une fois élues, elles ne pouvaient plus rester parmi la population.

Salome a conclu son histoire en me relatant la nuit qui a changé leur vie pour toujours. Un messager arriva en disant que le chef et ses guerriers étaient appelés d'urgence à l'aide. Des hommes avec des carapaces de métal et des bêtes qui crachaient du feu avaient volé par-dessus la mer sur de grandes ailes, et de nombreux signes dans le ciel mettaient les Incas en garde contre ces inconnus qui s'étaient comportés comme des barbares en chemin vers la capitale. Lorsqu'il précisa que leur commandant s'appelait Francisco Pizarro, Salome prit peur. C'était un nom espagnol.

Le dégoût n'était que trop visible sur son visage lorsqu'elle m'a décrit les événements, comme si elle n'était plus espagnole mais bien inca. Atahualpa, le Sapa Inca, si puissant que personne n'osait le regarder dans les yeux, fut capturé par la ruse et condamné au garrot – une mesure de « clémence », car au dernier moment il avait abjuré sa foi et accepté d'être baptisé. Sinon, il aurait péri sur le bûcher. Sa mort sema la terreur parmi son peuple. Ils croyaient que le soleil allait se retirer, que le monde allait devenir sombre et froid, et que personne n'y survivrait. Lorsque l'astre continua à se lever jour après jour, la résistance s'effondra. Cette année-là, les récoltes furent abondantes, signe que les dieux favorisaient les envahisseurs.

Les colons revendiquèrent l'empire des Quatre Quartiers de la Terre au nom de la couronne d'Espagne, et entreprirent de piller et de tuer tout leur soûl. Les sœurs envoyèrent un mot à la maison des Vierges du Soleil pour leur offrir la protection d'un couvent chrétien. Mais à leur arrivée, les messagers découvrirent que les vierges avaient été capturées comme butin de guerre. Un évêque ordonna de construire un couvent à la place, et les Saintes-Sœurs de Jésus, qui se sentaient à l'étroit où elles étaient, saisirent l'occasion en investissant les lieux.

Salome était écœurée par l'attitude des conquistadors et effrayée pour son mari. Elle le persuada de se faire baptiser, et les conquérants virent un avantage à nommer un membre de la famille royale inca au poste de gouverneur. C'est dans l'exercice de ses fonctions qu'il était mort l'année précédente, dans une lointaine province. De toute évidence Salome le chérira toujours, ainsi que sa vie avant l'arrivée des Espagnols.

J'avais l'impression qu'elle était heureuse de me raconter son histoire, mais au bout de trois semaines, je voyais bien qu'elle fatiguait, et nous avons pensé qu'il valait mieux la quitter. En fait, elle semblait même avoir hâte que nous partions. À en croire une remarque qu'elle a laissée échapper, c'était en rapport avec le retour imminent de Don Miguel. J'ai fait de mon mieux pour oublier la déception que je ressentais à l'idée de le rater.

29.

Extrait de la Chronique des Saintes-Sœurs de Jésus par la plume d'Esperanza, couvent de Las Golondrinas de Los Andes, mars 1555

À notre retour, nous avons constaté que Pia était plus calme mais qu'elle refusait toujours de quitter sa cellule, même lorsque les *beatas* tentent de l'en sortir par des cajoleries. Elle ne dort plus à cause du combat engagé par les anges et les démons pour son âme. Elle est si maigre que sa peau est diaphane. Je ne peux retenir mes larmes quand je vais la voir, et Sanchia non plus.

Je tarde à écrire à l'abbesse et sœur Beatriz. C'est impossible de savoir si mon courrier arrivera à destination, s'il ne les mettra pas en danger ou si elles pourront y répondre. J'aimerais tant savoir si Luz va bien. Je garde précieusement le mouchoir qu'elle m'a offert.

Mais venons-en aux faits… Mère m'a fait appeler pour discuter de mon avenir. Après notre séjour chez Marisol, d'autres hommes se sont manifestés en vue d'un mariage avec Sanchia, moi et surtout Pia. Cette dernière n'est pas en état d'épouser quiconque, et de mon côté je suis réticente à l'idée que nous soyons séparées, alors j'ai évité le sujet.

Toutefois, Mère est revenue à la charge en ajoutant que quelqu'un s'était plus spécialement enquis de moi, et pendant un court instant, j'ai été assez bête pour espérer que ce soit Don Miguel.

— Il s'agit de Don Hector Santiago, a-t-elle dit. Il a soixante ans et ne s'est jamais marié, vous n'auriez donc pas à gérer d'enfants. C'est un cousin éloigné de la famille Beltran. Il a des idées arrêtées sur sa promise : du moment qu'elle est espagnole, il est prêt à passer sur l'absence de dot, mais en contrepartie elle doit être pieuse, modeste, soumise, calme, peu portée sur les toilettes et disposée à lui engendrer un fils. De préférence, une fille quelconque et simple, qui n'aurait pas été éduquée – au-delà du livre de prières, naturellement.

Dans ma tête, j'ai passé en revue les hommes arrogants qu'on m'avait présentés. Lorsque je me suis souvenue de lui, mon cœur s'est serré.

— Oh. En effet, je vois qui c'est. Un maigrichon à l'air pincé et au nez pointu qui a une haute opinion de lui-même et très mauvaise haleine, comme s'il avait les dents cariées.

— Il est immensément riche – les Santiago possèdent des mines d'argent, a rétorqué Mère d'un ton sévère.

Ceci le rend encore moins attirant. Je n'ai pas oublié ce que Don Miguel m'a dit sur les indigènes qui se tuaient à la tâche dans ces mines.

— Son grand-père était un général de Pizarro. Naturellement, il devra se renseigner sur vous avant de faire sa demande, mais j'ose croire qu'il ne trouvera rien de compromettant ?

C'était de pire en pire.

J'en avais révélé le moins possible sur mes parents, précisant simplement que ma mère était morte en me mettant au monde et que mon défunt père était un érudit. J'ai donc protesté énergiquement que je ne remplissais pas les conditions stipulées par Don Hector, ayant reçu une éducation complète à la maison.

Mère a balayé ce détail de la main. Elle tient beaucoup à assurer notre avenir, et je suis persuadée qu'elle présentera la chose sous le meilleur angle dans sa réponse à Don Hector. Avant de me congédier, elle m'a dit d'y réfléchir sérieusement. J'en frémis d'avance, même si cette union me permettrait de tenir une autre promesse – donner à Sanchia un foyer avant qu'elle ne s'attire des ennuis.

Cette dernière devient en effet difficile à contrôler. Il lui arrive de sortir en catimini du couvent pour aller rejoindre les saltimbanques qui se produisent sur la place et dans les théâtres tout neufs. C'est pour le moins alarmant. Il y a beaucoup trop d'aventuriers et d'ivrognes, qui pensent que les femmes sont là uniquement pour leur bon plaisir. En particulier les danseuses avec qui elle s'est liée d'amitié. Elle prétend que les spectacles sont de nature religieuse, des moralités destinées à évangéliser les indigènes, mais ils attirent toutes sortes de mauvais sujets.

Par ailleurs elle parle beaucoup de sa famille et raconte des souvenirs qui la font pleurer. Selon elle, maintenant qu'elle grandit, il est de son devoir de s'en souvenir, « ...sinon ils mourront une seconde fois, Esperanza. Je sais qu'ils ont péri dans d'atroces souffrances parce qu'ils étaient juifs, et je veux l'être aussi. » En entendant cela, je l'ai fait taire et incitée à penser ce qu'elle voulait mais à faire attention à ce qu'elle disait.

« Ne joue pas aux donneuses de leçons, Esperanza ! Toi aussi, tu as un secret, ça se voit sur ta tête. »

Je n'ai rien répondu puisqu'elle avait raison.

Sanchia m'a surprise en se trouvant un autre intérêt, cette fois pour les études – mais des études dangereuses. Lors d'une escapade elle a acheté l'Ancien Testament à une mulâtre qui, dit-on, vend toutes sortes d'ouvrages interdits. Il est en espagnol et très beau. Sanchia a dépensé la moitié de sa dot – à mon insu – et le lit assidûment. D'après elles, les auteurs sont des juifs italiens. Je l'ai mise en garde contre ces bibles en langues vulgaires interdites par l'Église, et obligée à cacher la sienne sous le matelas. Il n'y a pas moyen de la raisonner, et sous le coup de la colère, je lui ai asséné qu'elle ne se rendait pas compte de la gravité de ses actes. « Oh, mais si », a-t-elle rétorqué avant de lever son jupon et de baisser son bas gauche. Ses cicatrices violettes sont insoutenables à voir. « Elles sont là pour me rappeler que je dois redevenir la fille de mes parents. C'est pour ça que le Tout-Puissant m'a sauvée. Je ne sais pas comment, mais je trouverai le moyen. En attendant, j'apprendrai l'histoire de mon peuple. »

Don Hector ne cesse de presser Mère, et celle-ci s'agace de mon mutisme. J'aurais repoussé ma réponse jusqu'à la fin des temps si Sanchia n'avait pas failli se faire prendre hier soir par le gardien de nuit. C'est la mort dans l'âme que j'ai accepté ce matin, à condition que Don Hector veuille bien prendre ma sœur sous son toit. Il a dit qu'il y était disposé du moment que Sanchia était pieuse et obéissante. S'il la connaissait, il aurait refusé sur-le-champ. Je me demande bien comment je vais les faire cohabiter.

J'ai annoncé à Sanchia que j'avais décidé d'épouser Don Hector et qu'elle allait vivre avec nous. Elle m'a regardé avec une expression d'horreur. « Oh non, pas celui à l'haleine de poisson pourri ! En plus il est vieux, on dirait un insecte desséché. Imagine ses petites mains d'insecte desséché sur toi ! Même Dona Luisa n'a pas osé pousser Rita dans ses bras. Esperanza, tu ne peux pas faire ça ! »

Mais je le dois. Ma dot s'est considérablement réduite et je ne vois pas d'autre issue.

Il faut que je m'ôte Don Miguel de l'esprit, mais oh, comme j'aurais aimé qu'il soit présent lors de notre visite à Salome !

Les bans sont publiés et Sanchia a *encore* disparu, la coquine ! Je me donne un mal fou pour cacher ses absences, et ce n'est vraiment pas le moment. Le jour de mes noces approche bien trop vite. Je devrais préparer mon trousseau, mais j'ai le cœur lourd et mes mains refusent de travailler. Mère m'a rappelé de penser à la tenue adéquate pour ma nuit de noces. Oh, jamais je n'y survivrai !

Je suis allée annoncer mon mariage à Pia. Elle s'est contentée de me répondre d'une voix rêveuse qu'elle avait épousé le Christ. Les *beatas* qui s'occupent d'elle parviennent à la faire manger en lui disant que c'est la manne tombée du ciel, comme dans le livre de l'Exode. Elle m'a montré une cruche d'eau et murmuré que c'étaient les larmes de Dieu. Au moins, elle a trouvé la paix.

Je prie pour être forte et me dis qu'ainsi, j'exaucerai le vœu de mon père. Sanchia et moi n'avons pas le choix. Nous ne pouvons rester indéfiniment au couvent sans embrasser la religion sous une forme ou une autre. Et nous ne pouvons pas non plus devenir nonnes ; cela serait une trop grande trahison que de prétendre être des femmes que nous ne sommes pas.

J'espère seulement qu'elle rentrera à temps pour le mariage. J'aurai grand besoin d'une amie à mes côtés.

30.

Extrait de la Chronique des Saintes-Sœurs de Jésus par la plume d'Esperanza, hacienda du Soleil et de la Lune, fin octobre 1555

J'ai passé une nuit affreuse la veille de mon mariage, une nuit blanche. À l'aube, Sanchia n'était toujours pas rentrée et la calèche de Don Hector attendait. J'ai revêtu la robe et la couronne de fleurs que Mère m'avait offertes en cadeau, mais j'aurais préféré mille fois que ce soit mon linceul. Le cocher avait déjà emporté la malle avec mon trousseau et, au fond, mon amie et confidente – cette Chronique. Je me demandais si j'aurais le courage de la poursuivre un jour.

Tout à coup, j'ai entendu un grand tumulte dehors et la voiture de la famille Aguilar s'est arrêtée devant le couvent. Plusieurs religieuses et même Mère se sont pressées d'aller accueillir notre bienfaitrice qui, à la stupéfaction de toutes, a demandé à me parler. Quand je suis allée voir ce que Salome voulait, elle m'a implorée de rentrer avec elle à l'hacienda, sans tarder. Elle m'expliquerait en chemin.

Mère a objecté que j'étais sur le point de me marier et montré la malle qui attendait d'être chargée. Salome a feint la surprise, puis m'a lancé un regard perçant, comme pour demander si c'était réellement ce que je souhaitais. J'ai vivement secoué la tête. « Alors venez », m'a-t-elle suppliée. Son cocher m'a ouvert la portière et elle m'a hissée à l'intérieur, tout en ordonnant à ses cavaliers d'aller chercher mes bagages. Devant la chapelle, Don Hector en bafouillait d'indignation, et il a même brandi le poing en nous voyant partir à toute allure. J'étais tellement soulagée d'être libérée de cet homme que j'ai fondu en larmes.

Et puis j'ai entendu un gloussement, et en rouvrant les yeux je suis tombée nez à nez avec cette diablesse de Sanchia.

Heureuse de la retrouver saine et sauve, mais furieuse de tout le tracas qu'elle m'avait causé, je l'ai secouée par le bras en exigeant de savoir où elle était depuis tout ce temps.

C'est Sanchia qui m'avait sauvée ! Elle s'était mis en tête d'aller trouver Salome et avait fait une grande partie du trajet avec ses amis saltimbanques, le reste seule. Une si jeune fille sur une route où rôdent des brigands ? Je n'ose penser aux risques insensés qu'elle a pris. Mais en plus de trouver Don Hector répugnant et de refuser que je l'épouse, elle préférait « être enterrée vivante plutôt que de vivre sous son toit ». Elle est donc allée chercher de l'aide auprès de Salome.

— Je ne voulais pas t'inquiéter, Esperanza, et tu aurais tout fait pour m'arrêter. Et puis maintenant, il y a une bonne raison pour que tu reviennes avec nous.

Elles n'ont pas voulu m'en dire davantage mais cela m'était égal. L'essentiel, c'est qu'elles m'avaient tirée d'affaire.

Salome ne disait rien, mais je voyais bien qu'elle était tendue. Elle a ordonné au cocher de rouler toute la nuit et s'est impatientée lorsqu'il a fallu s'arrêter pour changer de chevaux. Nous avons mis moins de deux jours pour arriver à l'hacienda et elle avait de plus en plus de mal à cacher son angoisse. Un valet s'est hâté de la faire descendre et lui a murmuré quelque chose à l'oreille. Salome s'est tournée vers moi et m'a dit de but en blanc :

— Dieu merci, il est encore en vie ! Don Miguel a besoin de vous.

J'ai senti mon cœur s'emballer.

— Oui, bien sûr.

Elle nous a conduites à l'intérieur, puis dans les quartiers de Don Miguel.

— Par-là, a-t-elle indiqué par-dessus son épaule.

Nous sommes entrées dans une chambre où des bougies éclairaient un homme au visage défiguré qui gémissait faiblement. Le domestique assis à son chevet est sorti sans bruit.

— Sanchia dit que vous avez un don pour la médecine, et que vous saurez vous y prendre mieux que moi. Je vous en prie, aidez mon fils !

Je n'avais jamais vu personne aussi mal en point, et me suis demandé comment Don Miguel pouvait survivre à ses blessures – encore plus lorsque Salome a tiré les couvertures pour me montrer la plaie béante sur son flanc. Elle était d'une vilaine couleur. De toute évidence, il avait des côtes cassées. Certaines zones étaient gonflées et son corps tout entier était contusionné. J'ai regardé sa mère, horrifiée.

— Que s'est-il passé ?

— Miguel est le fils de son père, et les colons traitent si mal son peuple qu'il a décidé d'agir avec ses cousins, dont certains sont des princes incas. Ensemble, ils ont levé une armée dans la montagne et mené une révolte. Ils ont tué un gouverneur et quantité de soldats, mais ont fini par être écrasés, et dans la plus grande violence. Ceux qui ont été capturés vivants ont été poussés du haut d'un précipice, et c'est parce qu'il a été laissé pour mort que Miguel n'a pas connu ce triste sort. Un de ses cousins a attendu la nuit pour l'extraire.

Pendant tout ce temps, je fixais Don Miguel désespérément.

— Esperanza !

C'était au tour de Sanchia de me secouer.

— J'ai affirmé à Salome que tu connaissais les vieux traités de médecine. Tu m'as bien dit que ton père te les avait fait étudier ? Réfléchis, vite !

Alors, j'ai fermé les yeux et fait un immense effort pour penser… Les beaux textes maures qui avaient fini dans les flammes… Le *Canon de la médecine*, du Perse Avicenne. Dans ma tête je l'ai ouvert et j'ai vu les mots arabes flotter sur la page… La voix de mon père a lu à voix haute… Le lien entre le corps et l'esprit… La pharmacopée… Les soins à prodiguer… Je ne pouvais compter que sur ma mémoire. Quel traitement pour les lésions purulentes, la fièvre, les fractures ? Sans compter ce qui n'était peut-être pas visible de l'extérieur ?

J'ai envoyé Salome et Sanchia chercher de l'eau, des linges propres, des herbes médicinales, des cendres, des plaques de bois fines et lisses en guise d'attelles. J'ai dit tout haut « Dieu est grand », prié pour que l'âme de ma mère guide mes mains. Enfin, je me suis attelée à la lourde tâche de sauver l'homme que j'aimais.

Des attelles pour les os cassés, pas trop serrées afin de prévenir la gangrène. Des onguents sur les blessures, un bandage léger pour laisser passer l'air… Du thym frotté sur un linge et pressé sous le nez. Des compresses humides pour faire baisser la température.

Nous sommes restées à son chevet quatre longs jours et quatre longues nuits. La fièvre n'est pas tombée, mais elle n'a pas empiré non plus. Je vérifiais constamment les attelles pour m'assurer que ses membres n'avaient pas gonflé et lui épongeais le front. Je lui préparais des infusions pour soulager la douleur et lui écartais les lèvres pour le faire boire. Je m'agenouillais à ses côtés et lui parlais à l'oreille, le suppliant de guérir. Le cinquième jour, il est devenu calme et j'ai craint qu'il ne soit mourant. Le sixième jour, il a ouvert les yeux au moment où je changeais ses pansements. Le septième jour, sa fièvre a baissé un peu. Le neuvième jour, il a pris du bouillon et, d'épuisement, je me suis endormie à ses côtés.

Lorsque je me suis réveillée, Don Miguel m'observait. J'ai soutenu son regard et son expression a changé. Il m'a souri. J'ai tendu la main pour lui toucher la joue, qui avait cessé d'être brûlante. Au même moment, il a tourné la tête pour l'embrasser.

Nous nous sommes dévisagés et j'ai su que mon destin était scellé aussi sûrement que Salome lorsque le chef inca était venu la chercher.

Salome est satisfaite de la tournure des événements. Elle a la gentillesse de dire qu'étant la protégée de sa mère, je lui étais chère d'emblée. Notre mariage n'aura pas lieu avant quelques mois, le temps que Miguel se remette complètement. Personne ne doit savoir qu'il a été blessé. Mais il va mieux de jour en jour. Dieu est grand.

Frère Matteo, son frère cadet, célébrera nos noces, et sa sœur Beatris sera présente avec sa grande famille. En attendant, j'apprends à tisser. Je veux le surprendre en lui offrant le cadeau traditionnel que la mariée inca fait à son mari, une cape confectionnée de ses mains. Sanchia me taquine en disant que je vais de travers. Le pire, c'est qu'elle a raison.

Le jour béni est arrivé, et nous sommes enfin mariés. Frère Matteo est un homme cordial, et Dona Beatris une femme aussi ravissante et gracieuse que sa mère. À la fin de la messe, Don Miguel a célébré le rite traditionnel en me passant de nouvelles sandales aux pieds. Il était un peu raide en se baissant, mais ses mains sur moi m'ont fait frissonner et j'ai bien vu que ma réaction le ravissait. Il a été agréablement surpris lorsque je lui ai offert la cape, même si j'ai dit qu'il était bien bon de ne pas mépriser une épouse si peu adroite de ses mains. Frère Matteo nous a joint les mains pour symboliser notre union. Nous sommes restés silencieux un instant. Salome pensait à son cher mari, moi à mon père. Mais lorsque j'ai levé la tête, j'ai bien vu que Miguel ne pensait qu'à moi.

L'un des nombreux enfants de Beatris a réclamé à manger et nous avons fait un grand banquet, même si j'ai eu du mal à avaler quoi que ce soit tant je songeais à la nuit à venir. Je suis très heureuse, et j'aurais aimé que mon père le sache. Peut-être me regarde-t-il de là-haut. Dieu est grand.

31.

Extrait de la Chronique des Saintes-Sœurs de Jésus par la plume de Dona Esperanza Aguilar, hacienda du Soleil et de la Lune, mars 1556

J'attends un enfant, et je ne suis pas rassurée lorsque je pense à ma mère et à Marisol. Salome est aux petits soins pour moi, et Miguel refuse que je lève le petit doigt. Je lui trouvais un air sévère, quand je l'ai connu. Aujourd'hui, je ne vois plus en lui que dignité, et une féroce fierté qu'il tente de dompter. Je prie pour qu'il ne retourne pas dans la montagne, où à ce que l'on dit, la résistance envers les colons est tenace. Prendre une maîtresse serait moins dangereux – presque préférable, je l'avoue.

Un an jour pour jour après notre mariage, j'ai eu une fille. *Deo gratias*, l'accouchement a été plus facile que prévu, et nous allons bien toutes les deux. Elle a été baptisée Maria Caterina, en souvenir de ma mère. Miguel en est fou et lui raconte déjà des histoires – comme celle du dieu Viracocha qui est sorti d'un lac pour créer les étoiles et faire du peuple inca de grands hommes, ou celle du berger jouant de la flûte pour ses lamas, qui tombe amoureux de la fille du Soleil. Emmaillotée jusqu'au menton, Maria Caterina le regarde avec des yeux aussi noirs et calmes que les siens. Salome se moque de lui en disant que les Incas étaient bien plus durs avec leur progéniture. Miguel lui répond qu'il a bien le temps d'être strict avec sa fille. Il envisage de lui léguer une part du domaine, afin d'empêcher les colons de mettre la main sur des terres incas, comme on l'entend dire ailleurs.

Sanchia est très attachée au bébé, et ne cesse de le faire danser en lui fredonnant des chansons. Je suis obligée de le lui reprendre, elle va bien finir par le faire vomir. Elle semble être heureuse, ici. Salome et Marisol jouent les entremetteuses dans son dos, mais cela lui est égal.

L'hacienda du Soleil et de la Lune, décembre 1558

J'ai si peu de temps pour écrire dans ma chère Chronique ! Salome est souvent fatiguée désormais, alors j'ai endossé son rôle de bienfaitrice de l'école pour filles indiennes. J'ai écrit à Marisol pour lui enjoindre d'en établir une autre sur son domaine. Nous savons toutes deux que Don Tomas est le père de nombreux enfants là-bas, nés autant avant qu'après son mariage. Et quels que soient ses sentiments à ce sujet, Marisol a le devoir de veiller à ce qu'ils aient des vêtements sur le dos, de quoi manger, apprennent à lire et à réciter leurs prières. Entre le couvent et l'hacienda, les journées passent à la vitesse de l'éclair.

Sanchia est partie ! Elle avait accompagné Miguel en ville pour faire des courses et a disparu. Il était dans tous ses états, croyant qu'on l'avait enlevée, et a remué ciel et terre pour la retrouver. À son retour, je lui ai annoncé qu'elle avait laissé un mot sur son lit, dans lequel elle disait ne pas avoir oublié ce qu'elle devait à ses parents. Elle a emporté avec elle son Ancien Testament, son plus beau châle, des peignes en argent et mon éventail chinois. Je m'inquiète grandement pour elle. Et voilà que je suis de nouveau enceinte.

Cela fait près de trois ans que Sanchia nous a quittés. Miguel l'a cherchée partout et demande au couvent s'ils ont de ses nouvelles chaque fois qu'il se rend en ville. Il s'enquiert également de Pia, et ce n'est guère plus réjouissant. Elle ne quitte toujours pas sa cellule, prie continuellement, se mortifie la chair et mange très peu, un peu de pain seulement et des fruits. Mon petit José, qui commence à marcher, va bientôt avoir un frère ou une sœur. Mais cette fois, je suis atrocement malade.

Isabelita est née après Noël, bien plus tôt que prévu. L'accouchement a été long et difficile. Le bébé ne va pas bien, il ne profite pas comme il devrait. Il est faible, sans énergie et pleure peu, préférant m'observer de ses grands yeux dolents. J'aime d'autant plus ce petit être, mais ce n'est pas cela qui va l'aider. Je le prends constamment dans mes bras et l'encourage à téter. Cela me fend le cœur d'entendre ses geignements et de voir ses minuscules mains se fermer et s'ouvrir, comme si toute son énergie se concentrait là et qu'il s'accrochait à la vie. Je le tiens contre mon cœur, songeant que peut-être les battements lui donneront la force de lutter. L'épreuve a fait vieillir Miguel d'un coup, ses cheveux sont blancs par endroits. Salome dit qu'il ressemble de plus en plus à son père. Elle-même est au plus mal et la douleur lui tire les traits, même si elle tente de le cacher. Je fais ce que je peux pour elle mais cela devient une épreuve de manger, et même de quitter son lit.

Tant que je ne me laisse pas aller à pleurer, Isabelita et Salome vivront.

Et voilà qu'avec tout ce qui m'arrive, je dois à présent quitter l'hacienda. J'ai reçu un message du couvent disant que Pia était mourante et demandait à me voir. D'après Mère, un mal la ronge de l'intérieur et elle souffre terriblement en silence. Salome insiste pour que j'y aille. J'ai peur que ce long voyage n'ait raison d'Isabelita, mais je n'ose la laisser avec une nourrice. Et si je ne devais jamais la revoir ?

32.

Extrait de la Chronique des Saintes-Sœurs de Jésus par la plume de Dona Esperanza Aguilar, couvent de Las Golondrinas de Los Andes, avril 1562

Il y a eu un miracle. Je pourrais écrire ces mots encore et encore. Un miracle.

À mon arrivée, une novice m'a aussitôt emmenée voir Pia. J'avais oublié combien sa cellule était petite et sombre, avec seulement une fenêtre dotée de barreaux. C'était le matin mais une bougie était encore allumée près du lit. Le visage de Pia était aussi blanc que le drap qui la couvrait et elle serrait un chapelet entre ses doigts fins. Pendant une seconde j'ai cru qu'elle avait déjà expiré, mais soudain elle a fait signe aux sœurs qui la veillaient de nous laisser. À son regard, j'ai vu qu'elle me reconnaissait.

Je me suis penchée pour l'embrasser et elle s'est tournée vers Isabelita, que je serrais fort dans mes bras afin que la mort ne puisse me la ravir.

— Oh, Pia ! ai-je dit, incapable de retenir mes larmes.

Elle m'a touché la joue avec gentillesse. Puis elle a déroulé son chapelet lentement pour me le donner. C'est alors que j'ai vu la chaîne qu'elle y avait entrelacée et, au bout, le médaillon de l'abbesse !

— Mais tu l'avais pris le jour où… Zarita… Tu l'avais avec toi depuis tout ce temps ?

— Mère souhaite que je sois enterrée avec le médaillon, mais j'ai une bien meilleure idée.

L'ombre de son ancien sourire, serein et détaché, a éclairé son visage. Elle a passé le pendentif au cou d'Isabelita et lui a dit :

— Un cadeau pour toi, petite fille.

Le bébé a ouvert les yeux et regardé Pia avec curiosité. Elle lui a souri et ils se sont observés pendant un long moment. Mais ensuite… Isabelita a fait une chose inquiétante. Elle s'est cambrée violemment et a donné des coups de pied. Elle a agité les bras, rejeté la tête en arrière et s'est mise à hurler avec une force incroyable pour un si petit gabarit ! Effrayée à l'idée qu'elle fasse une crise, je l'ai bercée pour la faire taire. Ses joues pâles ont rosi, et bientôt c'est tout son visage qui a été rouge de colère. Si cela avait été José, j'aurais cru qu'elle était indignée car je ne la nourrissais pas assez vite.

— Donne-lui à manger, vite, m'a dit Pia. Tout ira bien, maintenant.

Elle a fermé les yeux, souriant toujours.

— Adieu. Les démons m'ont quittée. Je les ai vaincus. Donne-lui à manger.

J'ai mis le bébé au sein et à mon immense joie, il a tété goulûment, avant de s'endormir avec une expression béate. Lorsque je me suis tournée de nouveau vers Pia, elle était morte.

Cette nuit-là, le chagrin et l'émerveillement m'ont empêchée de dormir, même d'un œil comme je le faisais depuis des mois. C'était en partie la faute d'Isabelita. Elle s'est réveillée à plusieurs reprises, affamée. À la messe de requiem trois jours après, elle était calme mais alerte, tenant sa tête droite et regardant par-dessus mon épaule avec intérêt. Quand je l'ai penchée pour qu'elle voie le cercueil de Pia, l'encens l'a fait éternuer et elle a protesté vivement. Peu après, elle a redemandé le sein, et pour la première fois depuis sa naissance, elle et moi avons dormi profondément.

Si profondément, en fait, qu'à mon réveil j'ai eu très peur : je n'entendais pas sa respiration sifflante, ni ses geignements habituels. M'étais-je leurrée en la croyant guérie ? Avait-elle succombé dans la nuit ? Mais non, elle était simplement allongée à côté de moi et suçait son pouce d'un air satisfait, le médaillon autour du cou. Quand elle a vu que je la regardais, elle a gazouillé et s'est mise à agiter les bras et les pieds.

Maintenant que nous sommes de retour à la maison, elle continue à avoir de l'appétit et pousse des cris de joie dès qu'elle voit sa sœur et son frère. Elle mordille tout ce qui lui passe sous la main, éclate de rire pour un rien et devient espiègle. Miguel n'arrête pas de lui sourire et je vois combien les rides se sont creusées sur son visage, telles des crevasses dans la roche.

L'hacienda du Soleil et de la Lune, septembre 1564

Salome est morte. L'hacienda paraît triste et vide. Je n'ai plus le cœur à écrire.

33.

Extrait de la Chronique des Saintes-Sœurs de Jésus par la plume de Dona Isabelita Beltran de Aguilar, hacienda du Soleil et de la Lune, l'an 1598 après Jésus-Christ

J'espère que ma chère mère, Esperanza, serait heureuse de savoir que la dernière entrée dans cette Chronique est consignée par la même Isabelita dont la vie a été sauvée par le médaillon de Pia, il y a si longtemps de cela. Ma mère n'a plus écrit après cet événement, mais à présent que la Chronique va quitter l'hacienda pour toujours, je me dois d'expliquer où elle part, et pourquoi.

Je commencerai par la lettre qu'Esperanza a reçue de La Flor, il y a six mois. Tout le monde a entendu parler de cette tentatrice légendaire, qui danse et chante en Nouvelle Espagne depuis des années, laissant derrière elle une quantité alarmante de cœurs brisés. Sa carrière s'est terminée par un grand scandale dans la ville de Mexico, lorsque deux de ses admirateurs se sont battus en duel devant l'opéra où elle se produisait et ont fini estropiés. Mais jusqu'à cette lettre, personne ne savait que La Flor et Sanchia, dont ma mère parlait toujours avec tendresse, n'étaient qu'une seule et même personne. Sanchia/La Flor disait qu'elle devait des excuses à mes parents, qu'elle espérait les revoir afin de les faire en personne, et que s'ils le voulaient bien, elle aimerait leur rendre visite.

Elle demandait également si Esperanza alimentait toujours cette Chronique, car elle aurait aimé la lire afin de se rafraîchir la mémoire avant de rentrer « à la maison ». À en croire ma mère, Sanchia n'avait jamais tenu en place. Par « maison » elle voulait dire l'Espagne, où elle entend retourner à bord d'un des bateaux de son mari négociant.

Afin d'éviter d'être jetée en prison pour mœurs dissolues, La Flor avait épousé un soupirant, un riche veuf du nom de Vaez Sobremonte, qui est mort depuis. Il faisait partie de ces « Nouveaux chrétiens » – en d'autres termes, il était juif. On raconte qu'au-delà de Mexico, il y a des villages entiers où ces chrétiens suspects pratiquent leur religion en secret, et c'est là où les Sobremonte s'étaient installés. Esperanza a répondu qu'elle accueillerait Sanchia avec grand plaisir, qu'elle n'avait pas rouvert la Chronique depuis des années et serait ravie de le faire à cette occasion.

Tenant à m'en dire davantage, elle est allée au coffre en cuir qu'elle conserve dans sa chambre et que j'ai toujours vu fermé. Elle en a sorti le contenu, un sachet en soie à l'intérieur duquel il y en avait un autre, en laine huilée, contenant ce livre ainsi qu'un pendentif enveloppé dans un mouchoir brodé qui semblait très vieux. Elle l'a tenu contre sa joue en murmurant « Ma chère Luz ». Ensuite elle a pris la chaîne en or et l'a passée à mon cou.

« Isabelita, tu es le miracle accompli par Pia. Quand Salome est morte, j'ai perdu pied. Je l'avais soignée pendant si longtemps, tout en m'occupant des enfants, et du couvent… J'étais tellement accaparée qu'à un moment donné, j'ai cru avoir perdu ce médaillon. À force de chercher je l'ai retrouvé, et pour plus de sécurité je l'ai rangé avec la Chronique. »

Cela ne me surprenait guère. Dans cette maison toutes sortes d'objets disparaissaient, et refaisaient surface pour se volatiliser une fois de plus. Ma mère a eu dix enfants dont neuf qui ont vécu, et l'hacienda débordait toujours de bébés, de cousins, de nourrices, de chiens, de domestiques, et d'un flot constant de visiteurs. Elle était stricte concernant notre éducation et refusait de la confier à des précepteurs, préférant nous faire classe elle-même. Cela lui laissait peu de temps pour le reste, et je comprends parfaitement qu'elle ait préféré ranger ces précieux objets.

En tapotant le médaillon, elle a dit : « Il était censé revenir au couvent, et je l'ai donné à Mère peu après notre arrivée. Mais Pia le lui a pris, et te l'a donné sur son lit de mort en disant que tu devais le garder. Qui sait, peut-être sauvera-t-il un autre enfant. » Ensuite, elle m'a fait asseoir et lu à voix haute les anecdotes qu'elle m'avait tant de fois racontées : l'histoire de mon arrière-grand-mère en Espagne, qui a commencé l'écriture de cette Chronique ; le récit du périple de ma mère jusqu'en Amérique hispanique ; les aventures extravagantes de ma grand-mère Salome.

Ces réminiscences l'ont laissée songeuse. « Hélas, j'ai négligé mon devoir. Je n'ai jamais honoré la promesse que j'avais faite à l'ahbbesse. Je dois m'en acquitter avant qu'il ne soit trop tard. » Elle m'a confié cette Chronique et fait promettre de veiller à ce que Sanchia la remette à la Mère supérieure de Las Golondrinas de Los Andes. Lorsque je lui ai dit qu'elle pourrait bientôt le lui demander de vive voix, elle a secoué la tête tristement.

Avec le recul, je pense qu'elle a eu une prémonition, car quelques jours avant l'arrivée de notre invitée, elle est morte dans son sommeil. Sanchia a passé ses premières heures ici à se recueillir sur la tombe de ma mère. Elle en est revenue avec les yeux rouges, et m'a fait lire les passages qui la concernaient elle et ses compagnes, avant d'insister pour que j'écrive cette entrée. Ensuite, selon les souhaits d'Esperanza, elle donnerait la Chronique au couvent.

Sanchia a évoqué son intention d'aller visiter la cellule où Pia a intercédé en ma faveur auprès de Dieu. Elle est restée vide depuis sa mort et on dit que les nonnes y entendent des voix parfois, qu'elle est hantée par des esprits – une femme dans une cape sombre et deux belles jeunes filles, l'une avec les cheveux argentés, l'autre noirs. L'évêque ne sait trop qu'en penser, mais ne dit rien par crainte de braquer les gens, qui prennent Pia pour une sainte.

Sanchia voulait en savoir davantage sur nous. Je lui ai expliqué que chacun avait fondé une famille. Ma sœur aînée, Maria Caterina, a épousé un cousin *cacique*. Moi-même j'ai été choisie par le fils de Marisol, Teo Jesus Beltran, et nos frères se sont épris de femmes éduquées à Las Golondrinas. Mes autres sœurs se sont mariées avec des Espagnols, et deux d'entre elles sont mortes en couches. À nous tous, nous avons beaucoup d'enfants et déjà quelques petits-enfants. Mon père voit cela avec une profonde satisfaction ; cela le réconforte de savoir qu'à travers sa descendance, le peuple inca demeurera dans ce pays jusqu'à ce que la terre rejoigne le soleil.

L'amie de ma mère s'est révélée être une distraction bienvenue pour lui, qui est très éprouvé par le deuil. Elle n'a plus rien de la tentatrice aujourd'hui, c'est simplement une femme âgée qui parle sans cesse du passé, de son défunt mari, des dons généreux qu'elle fait aux bonnes œuvres et de ce qu'elle va trouver en Espagne.

En tant que veuve de Vaez Sobremonte, Sanchia porte des bijoux en diamants qui viennent rehausser ses robes noires en soie bordées de dentelle de Belgique. Elle est arrivée à bord d'une voiture capitonnée avec des armoiries sur les portes, suivie d'un nombre incroyable de chariots remplis d'innombrables choses qu'elle ramène en Europe. Elle devra monter à bord d'un très grand navire si elle compte tout embarquer. Elle m'a montré plusieurs portraits qu'elle a fait peindre à grands frais, dont un de son mari, un homme aux traits taillés à la serpe et à l'air intelligent, qui porte une kippa et une sorte de châle à franges. Elle l'emporte partout où elle va. Plus étonnant, elle en avait un autre de Marisol, qu'elle a fait exécuter afin de marquer le vingt-cinquième anniversaire de l'ouverture de l'école pour filles indiennes sur le domaine des Beltran. Le pauvre

Don Tomas n'est plus le même depuis la mort de sa femme, et je me demande comment elle a réussi à le convaincre de s'en séparer.

Sanchia nous quitte demain à l'aube, et j'ai décidé de lui confier un objet à remettre au couvent de Las Golondrinas en Espagne. Ce soir, Teo Jesus m'a aidé à décrocher un portrait du mur de notre *sala*. C'est celui de notre fille cadette, Maria Salome, qui a entamé son noviciat par choix – un choix impératif, devrais-je dire – dès l'instant où elle a eu seize ans. Elle a du tempérament, et ressemble beaucoup en cela à sa grand-mère, Dona Luisa Beltran. Je trouve que c'est un joli tableau. Maria Salome y porte une tunique tissée spécialement pour nous, ainsi que l'ensemble de ses bijoux, plus quelques-uns de ses sœurs. Son expression veut tout dire. Elle a beau être à la fleur de l'âge, elle fait une nonne impressionnante. Nous avions l'intention de donner ce portrait au couvent d'ici, comme le veut la coutume, mais puisque Sanchia ne se soucie pas du poids de ses bagages Teo Jesus et moi souhaitons le renvoyer en Espagne, pour qu'il soit accroché là où nos deux mères ont trouvé refuge dans leur jeunesse.

Je vais à présent refermer cette Chronique pour toujours. Elle va enfin être là où est sa place, à Las Golondrinas de Los Andes. Je dédie cette entrée à la mémoire de ma mère, Esperanza, et conclus avec une prière que je l'ai maintes fois entendue dire : « Dieu est grand. »

34.

Couvent de Las Golondrinas, Espagne, avril 2000

Après avoir fait entrer Almira, Menina réussit tout juste à ôter ses chaussures avant de s'effondrer. Mais elle avait beau être exténuée, elle se réveilla à plusieurs reprises, car elle imaginait les hommes à la recherche de la jeune Albanaise en train de grimper le haut mur pour entrer. Dès les premières lueurs de l'aube, elle se leva pour vérifier. Almira dormait encore, blottie en chien de fusil.

Trop nerveuse pour se recoucher, Menina guetta des bruits de coups de feu, mais hormis les hirondelles tout était calme. Elle se lava les dents, puis alla intercepter sœur Teresa avant que celle-ci n'ouvre la chapelle. Lorsqu'elle lui fit passer le message d'Alejandro, à savoir que les portes devaient rester fermées jusqu'à nouvel ordre, la religieuse fut comme prévu indignée et se lança dans une longue tirade en espagnol. Menina aurait-elle oublié que c'était le Vendredi saint ?

— Je n'y suis pour rien, répliqua-t-elle dès qu'elle put en placer une. Alejandro dit qu'on doit lui faire confiance… Il y a une opération de police en cours. Et c'est très dangereux. Pour lui, et pour d'autres, si on ne fait pas ce qu'il demande. Les hommes qu'il cherche sont très méchants. S'il vous plaît.

Sœur Teresa finit par se calmer suffisamment pour comprendre ce que Menina insinuait.

— Dangereux pour Alejandro ?

— Oui, et pas seulement. Ce sont des criminels, ils sont armés. Alejandro aussi…

— Oh, non ! s'écria sœur Teresa, bouleversée. Les armes, c'est le diable ! Les gens en avaient pendant la guerre civile, c'était terrible !

Voyant que cela ne marchait pas, Menina tenta une autre approche.

— Si les portes sont verrouillées, il pourra se concentrer sur sa mission. Vous ne voulez quand même pas qu'il se fasse bêtement tirer dessus parce qu'il s'inquiète pour vous ?

— C'est pour la police, ce qu'il fait ? Pas pour autre chose, parce que ces criminels lui donnent de l'argent ?

Alors comme ça, elle le soupçonnait *vraiment* d'être corrompu !

— Non, ce n'est pas ça, pas du tout. Il vous expliquera plus tard. C'est une longue histoire, et je peux vous dire qu'Alejandro fait preuve de beaucoup de courage. Mais d'abord, il doit attraper les coupables.

— Quand pouvons-nous rouvrir ?

— Il nous dira quand le danger est écarté.

— Alejandro est un homme bien. Il nous aide au couvent, et maintenant vous. C'est pour ça que je n'aime pas trop penser à l'argent qu'il dépense, aux prostituées qu'il fréquente. Ou qu'il peut mourir à cause de son travail.

— Je n'aurais jamais cru dire ça, soupira Menina, mais je suis d'accord avec vous.

— Alejandro vous aime bien.

— Je n'en suis pas si sûre, et ça ne change pas grand…

— Si. Je vois avec mes oreilles, j'entends ce que les gens pensent quand ils parlent. J'entends Alejandro quand il demande à vous voir, il est nerveux, comme un petit garçon. Je me dis qu'il est en train de se peigner et d'ajuster sa cravate.

— Je ne crois pas qu'il…

— Il se sent seul, si seul. Depuis que son Américaine, sa *novia*, ne vient plus, il perd son temps avec ces filles de mauvaise vie.

Ce n'était pas le moment d'éclairer sœur Teresa sur les prétendues petites amies du commissaire.

— Vraiment, ça ne me regarde pas.

— Il devrait se marier. Se ranger. Avoir des enfants.

— J'imagine que vous le lui avez dit des centaines de fois, et je suis sûre qu'il le fera lorsqu'il aura rencontré la femme qu'il lui faut. Mais je n'ai pas à me mêler de ça.

— Et vous, vous n'êtes pas mariée !

— Non.

— Pourquoi ?

— Sœur Teresa, ce n'est…

— Il s'est passé quelque chose qui vous rend malheureuse. Il y a deux jours, vous pleurez.

— Ça suffit à la fin, je ne suis *pas* malheureuse !

Menina était consternée de s'entendre parler aussi sèchement à une religieuse. Elle se retint *in extremis* de lui dire que ce n'étaient pas ses oignons.

Sœur Teresa eut la bonne idée de ne pas insister.

— D'accord, je n'ouvre pas la porte aujourd'hui. Je vais le dire aux autres. Sœur Clara a un peu de fièvre ce matin. Avec tous les courants d'air dans la *sala grande*, elle a attrapé froid.

Et sur ce, elle laissa Menina seule avec sa culpabilité. C'était sa faute si sœur Clara était malade. Et si ça dégénérait en pneumonie ? Un médecin devrait au moins l'ausculter, peut-être lui fallait-il des antibiotiques… Mais depuis quand les sœurs étaient-elles devenues *sa* responsabilité ? Menina s'adossa contre le mur et se frotta les tempes à l'endroit où elle sentait poindre la migraine.

Toute la matinée elle attendit qu'il se passe quelque chose, mais rien. Elle dénicha une pomme en guise de petit-déjeuner et la mangea en se disant que de toute façon, Almira ne pourrait pas croquer dedans avec sa mâchoire cassée. Puis elle se rendit à la cuisine pour prendre les restes de pain. Les poules allaient devoir se contenter de vers de terre – s'occuper des tableaux aiderait peut-être à apaiser sa fébrilité.

Dans le parloir, elle tira sur le rideau-tapisserie et jeta un coup d'œil aux murs. Sur celui où elle avait trouvé le portrait de la jeune fille entrant au couvent, il y en avait deux autres : le premier d'une femme élégante d'un certain âge, le second d'un homme en noir avec une kippa sur la tête et un bijou autour du cou. Ils étaient regroupés au-dessus du coffre dans lequel elle s'était cogné le tibia, le premier jour.

Il y avait une plaque sous celui de la femme élégante – Menina souffla dessus et frotta jusqu'à faire apparaître le nom « *Dona Maria Isabella Beltran* », ainsi que la mention d'une école. Le tableau était un cadeau de… « *Dona Sanchia de Sobremonte* ». Tout comme sa première trouvaille, ce portrait était primitif dans son style, et pourtant saisissant : cette matrone avait le visage animé, avec des yeux noirs expressifs, et sous sa mantille, ses lourds cheveux grisonnant aux tempes s'échappaient des peignes dans lesquels on avait tenté de les contenir. Elle avait de nombreux bracelets, un collier de perles, des boucles d'oreilles en diamants. Sa robe noire avait un col haut très convenable, sans oublier une quantité impressionnante de dentelle. Elle tenait dans une main un beau mouchoir blanc, un livre et une cravache. Quelque chose dans sa façon de poser donnait l'impression qu'elle venait de cesser de bouger pour tourner son attention vers le peintre. La représentation d'une femme riche et occupée, impatiente de retourner à ses tâches.

Menina frotta ensuite la plaque disposée sous l'homme à la kippa. « *Vaez Sombremonte, don de sa veuve.* » Qui étaient ces gens, et comment avaient-ils fait pour atterrir ici ?

— Ah ah ! Je savais que vous êtes là, l'interrompit sœur Teresa.

Menina se tourna pour la supplier.

— Vous ne savez vraiment pas où est l'inventaire de sœur Clara ? Ça me serait tellement utile !

— Il est quelque part, c'est sûr… Comme tant de choses ici.

— Dans un bureau, peut-être ? insista Menina.

Mais la réponse de sœur Teresa fut étouffée par le grondement du tonnerre et elle se rendit compte qu'il faisait bien sombre, tout à coup.

— C'est l'orage, un gros orage dans la montagne. Le tonnerre se fit entendre de nouveau, puis il y eut un éclair, et Menina sut qu'elle devait retourner au plus vite voir Almira qui allait paniquer. Autant éviter d'expliquer pourquoi une étrangère errait seule dans les couloirs vides du couvent. Elle fut soulagée que sœur Teresa ne soit pas en mesure de la voir prendre au passage deux cierges et des allumettes.

Revenant en courant, elle trouva Almira qui faisait les cent pas devant la porte, en larmes et si effrayée qu'elle frôlait l'hystérie.

L'Albanaise lui saisit le bras en répétant sans cesse une phrase, mais impossible de savoir ce qu'elle disait. « Ça va aller, ne t'inquiète pas, la réconforta Menina en passant un bras autour de ses épaules tremblantes. Tout va bien se passer. Il faut tenir bon encore un peu. La police va les attraper et tu n'auras plus à avoir peur. » Elle l'espérait de tout son cœur.

Pour le déjeuner, il fallut se contenter d'une soupe aux lentilles terriblement claire. Menina partagea avec elle et glissa le traditionnel morceau de pain dans sa poche, tout en se demandant si elle allait réussir à le garder pour plus tard. La coutume voulait qu'on jeûne plus ou moins le vendredi et le samedi précédant Pâques. C'est sœur Teresa qui le lui avait dit, et d'une telle façon que Menina culpabilisait de penser à manger. Seulement, elle avait si faim que ça frôlait l'obsession.

Elle se sentit frustrée en voyant Almira insister pour qu'elle reste. Au moins, le soleil était revenu et elle l'emmena dans le jardin des pèlerins. Almira parut apprécier, mais c'était ennuyeux à mourir de l'écouter se ronger les ongles. Elle finit par retourner à sa chambre pour prendre son vieux livre relié en cuir. Maintenant qu'elle était dans le bain, elle allait peut-être mieux comprendre les parties en espagnol…

C'était bien écrit, quoique petit, et même si l'encre était délavée, cela restait lisible : *Je soussignée, sœur Beatriz des Saintes-Sœurs de Jésus, servante de Dieu et scribe du couvent de Las Golondrinas, déclare que ceci est ma dernière entrée dans une Chronique que j'ai alimentée pendant plus de quarante ans…*

Menina dut passer certains mots obscurs mais persévéra. Quand elle se rendit compte qu'elle n'y voyait plus clair, elle s'arracha à sa lecture en sursautant. En esprit elle était à des années-lumière de là, perdue dans les histoires d'Esperanza, Sanchia, Pia, Marisol et Luz. Si elle ne se trompait pas – c'était dur à croire, tant la coïncidence était étonnante –, toutes avaient vécu quatre siècles plus tôt au couvent espagnol de Las Golondrinas. Là où elle-même avait échoué, donc. Si c'était vrai, cela voulait dire que Tristan Mendoza avait peint un portrait des cinq filles ici même. Se pouvait-il qu'il soit accroché quelque part ? Et à elles, que leur était-il arrivé ?

Tout ceci était assez passionnant pour lui faire oublier le présent, mais elle fut bien obligée de revenir à la réalité lorsque Almira la secoua par la manche et se frotta le ventre pour lui signifier qu'elle avait faim. Elles mangèrent ce qu'Alejandro avait amené la veille au soir dans un filet à provisions. Le plat avait refroidi et ne donnait pas vraiment envie, mais Almira mangea avec appétit. Enfin, elle retourna dormir dans sa cellule ; quant à Menina, elle était bien trop tendue pour fermer l'œil. Elle se tourna et se retourna dans son lit, pensant à la Chronique, guettant des bruits d'hélicoptère, mais toujours rien. Et son estomac qui gargouillait sans arrêt. Le samedi à l'aube, elle eut une idée : peut-être le portrait de groupe se trouvait-il dans la *sala de las niñas.* Elle se leva et emprunta les couloirs silencieux jusqu'à la cuisine où elle prit tout le pain rassis qu'elle trouva, et même un *polvorón.*

Elle n'osa pas s'absenter longtemps. Après une rapide inspection de la *sala de las niñas*, elle en vint à la conclusion que ce qu'elle cherchait n'y était pas. Il commençait à faire jour et une toile ayant glissé à terre attira son attention. Elle la ramassa et passa le doigt délicatement dans le coin inférieur gauche. Des hirondelles, pas de doute. Ce tableau était en meilleur état que les autres, on devinait sa composition malgré la couche de poussière. Puis elle s'assit sur ses talons, déconcertée. Le cadre l'avait induite en erreur : c'était bien un portrait d'enfants, mais pas de cinq filles.

Il s'agissait de petits garçons jouant au bord d'un ruisseau. À première vue, on aurait dit le Christ, saint Jean-Baptiste et quelques chérubins. Mais plus elle observait, moins elle en était certaine. Aucun n'avait d'auréole. Ils semblaient… s'amuser sur les berges, tout simplement. Des enfants ordinaires, qui faisaient des pâtés de terre boueuse. À y réfléchir, les tableaux de Mendoza avaient tous cet élément insolite en commun – au début on leur prêtait un thème religieux, mais plus on regardait et moins on y croyait. Menina était incapable de repérer une seule référence biblique dans celui-ci. Il y en avait forcément une, pourtant, puisqu'il se trouvait dans le couvent.

Bientôt, elle décela plusieurs détails incongrus. Un pied pâle qui sortait de l'eau à un angle bizarre, comme si un garçon se noyait. Un autre qui tenait de la vase dans une main, tandis que devant lui était assise une petite fille, entourée d'un demi-cercle de… vase, justement. Et puis, il y avait les hirondelles qui batifolaient au-dessus de la scène. C'était peut-être le sixième Mendoza que sœur Clara avait mentionné ? Dans tous les cas, ça n'avait rien d'une scène chrétienne.

Menina regarda l'heure à sa montre et se pressa de retourner auprès d'Almira, afin de lui donner le *polvorón*. Une fois dans le jardin des pèlerins, elles mangèrent les derniers poissons en chocolat et burent à la source. Puis Almira recommença à se ronger les ongles, tout en fredonnant un air.

Menina reprit son vieux livre. Les quatre filles quittaient le couvent avec une toute petite longueur d'avance sur l'Inquisition, et l'auteur parlait d'un Évangile. Mais oui, la veille, elle avait lu que l'Évangile de l'ordre avait été recopié dans la Chronique. Ce devaient être les pages en latin au milieu. Quelque chose lui disait que c'était important, car si elle avait compris correctement, c'était cela qu'il fallait à tout prix cacher à l'Église. Elle alla prendre son petit dictionnaire et se reporta à la partie en latin, qui semblait être divisée en chapitres.

Elle retroussa ses manches, traduisant comme elle pouvait et recopiant sur un carnet. Les tournures n'étaient pas alambiquées comme un discours de Cicéron ou un passage de *L'Énéide*. C'était du latin d'église, avec des phrases élémentaires et un sens littéral. Elle se rendit compte qu'elle s'en sortait plutôt bien, elle qui pensait être rouillée. Peut-être était-ce l'intention de l'auteur. Les heures passèrent et ses yeux la piquaient, sans compter un mal de tête persistant. Elle s'obstina quand même à écrire, mais après s'être relue, songea qu'elle avait peut-être fait fausse route, finalement. Cela paraissait être une histoire abracadabrante à propos de l'enfant Jésus. Qui avait bien pu écrire ce truc ? Elle se demanda si le tableau de la *sala de las niñas* ne racontait pas la même histoire.

À la tombée de la nuit, elles rentrèrent. Almira apparut peu après avec son matelas et sa couverture, et une fois installée par terre, elle s'endormit rapidement. Aucun dîner ne vint, et le premier cierge finit par se consumer entièrement. Sachant qu'elle ne dormirait pas, Menina alluma l'autre et se remit au travail, faisant des pauses pour aller à la salle de bains s'asperger le visage d'eau glacée.

Elle était si concentrée qu'elle n'entendit pas les matines – ni la détonation lointaine qui réveilla Almira en sursaut. C'est alors qu'elle perçut une explosion, le crépitement des mitraillettes, un crissement de pneus, des hurlements et le vrombissement des pales d'hélicoptère. Almira poussa un cri perçant et vint se blottir dans ses bras alors que les coups de feu se rapprochaient, et Menina fut convaincue que les couloirs étaient remplis d'hommes armés qui s'étaient débrouillés pour escalader les murs. La cloche se mit à sonner éperdument, comme si quelqu'un tirait fort sur la corde.

Menina s'arracha à l'étreinte d'Almira et courut voir. Et si c'était le gang qui tentait d'entrer ? Il n'y avait aucun espoir de s'échapper ; tout ce qu'elle pouvait faire, c'était se barricader. Almira était sur ses talons, baragouinant dans sa langue et trébuchant sur les carreaux cassés. Elles arrivèrent à la porte où quelqu'un tapait violemment. Les coups de feu avaient repris.

— Qui est là ? s'écria Menina.

À son immense soulagement Alejandro répondit :

— Ouvre ! Vite !

Elle obéit sans tarder – et tomba sur un groupe de jeunes femmes désespérées qui en soutenaient deux couvertes de sang. Derrière, le commissaire faisait de grands signes à une policière avec une trousse médicale, tout en les poussant à l'intérieur.

— Le chauffeur du camion a tenté de les tuer. Il y en a trois qui sont mortes, mais on a réussi à sauver celles-ci. Prends soin d'elles jusqu'à mon retour.

La femme touchée à l'épaule s'écroula à terre et la policière se rua vers elle. Almira se mit à hurler et à tirer sur la veste d'Alejandro, mais celui-ci la repoussa et disparut.

Menina fit entrer tout le monde et referma à double tour. Toutes se mirent à pleurer, inquiètes pour leurs amies. La policière fit une piqûre à la première, puis tourna son attention vers la seconde qui était en état de choc et prise de tremblements incontrôlables.

Sur ce, une sœur Teresa furieuse débarqua, exigeant de savoir quel impie osait troubler ainsi la tranquillité de Pâques. Les sœurs plus âgées croyaient que les phalangistes étaient de retour. Menina se hâta de lui dire que c'était l'opération de police dont elle lui avait touché un mot la veille. Il y avait des blessées et dès qu'Alejandro le pourrait, il leur expliquerait. La pauvre sœur Teresa se tordait les mains d'angoisse. Menina passa un bras autour de ses frêles épaules et ajouta que la meilleure chose à faire, c'était de retourner auprès des sœurs pour les rassurer. Et peut-être dire une prière pour Alejandro.

Les quelques heures suivantes passèrent dans un chaos de gémissements et de sanglots bruyants. Lorsque la policière eut pansé les plaies et donné un sédatif aux filles exténuées, elle annonça à Menina qu'elle ne pouvait rien faire de plus pour l'instant. Quelqu'un viendrait les chercher dès que la route serait dégagée, pour les emmener à la planque. Quant aux blessées, elles iraient à l'hôpital sous bonne escorte.

— Le commissaire devra y aller aussi ? demanda Menina d'un air hésitant. Vous comprenez, il va devoir parler à sa tante.

— Oh, je pense qu'il va revenir ici dès qu'il pourra, répondit l'autre avec un sourire fatigué. Surtout, que nos malades ne bougent pas ! Et maintenant je vous laisse, le devoir m'appelle ailleurs.

Menina la raccompagna et referma derrière elle.

Avec l'aide d'Almira, elles partirent en quête de lits pour chacune. La vingtaine de filles tirèrent leur matelas dans les couloirs pour rester aussi près que possible les unes des autres. Elles ne voulaient pas être seules. À l'aube, la cloche de la chapelle se mit à sonner Pâques, et après cela, il ne fut plus question de dormir. Menina, qui venait de passer deux nuits plus que mouvementées, avait l'impression que sa tête allait exploser.

Sœur Teresa refit une apparition, cette fois pour presser tout le monde d'aller dans la cuisine où les attendaient des tasses fêlées de chocolat chaud épais, ainsi que de longs beignets sucrés qu'elle appela « *churros* » et qu'elles étaient censées tremper dedans. Les rescapées retrouvèrent des couleurs. Menina sentit les bonnes odeurs et remarqua toutes les victuailles qu'il y avait sur la table : le village avait donné aux sœurs de quoi fêter Pâques dignement.

Peu après, on sonna et des ambulanciers entrèrent avec des brancards pour les blessées, suivis de policiers armés qui emmenèrent les autres. Après avoir longuement étreint Almira et lui avoir dit que tout irait bien à présent, Menina retourna à sa cellule et s'écroula sur le lit, vidée de toute énergie. Elle n'arrivait même plus à se souvenir à quoi servaient les notes qu'elle avait prises, à côté de la Chronique restée ouverte. Elle ne se rappelait plus quel jour on était. À vrai dire, elle s'en fichait.

Elle tomba dans un sommeil profond, jusqu'à ce qu'un bruit insistant pénètre malgré elle dans son esprit embrumé. Elle l'ignora, mais c'était une cloche et elle faisait un vacarme de tous les diables. Elle sonna et sonna encore, si bien que Menina finit par ouvrir un œil à contrecœur. Elle le referma. Cela continua et elle eut l'impression que cela sonnait *entre* ses oreilles. Elle se rendit compte que la seule façon de stopper le bruit était d'aller répondre elle-même ; visiblement, les sœurs s'en lavaient les mains.

Elle se dirigea vers l'entrée en titubant, bien décidée à passer un savon au coupable. Il s'agissait d'Alejandro, si épuisé qu'il était livide. Elle se sentait énervée, mais pas assez pour ne pas être soulagée de le savoir sain et sauf.

— Alors, tu les as eus ?

— Oui, on les a tous attrapés vivants – sauf un imbécile qui se croyait plus malin que nous. Il est mort, et ce n'est pas moi qui vais le pleurer. Les autres vont tenter de conclure un marché en nous donnant des noms. Et toi, ça va ?

— Seulement fatiguée. Mais tu dois l'être encore plus.

— Ce n'est pas grave. Je vais aller me doucher, là, mais après tu veux bien venir au village avec moi ? C'est la fête de Pâques, le gérant du café fait rôtir l'agneau de lait au barbecue... Tout le monde sera là, tu verras, c'est chouette. Pour te remercier avant ton départ ?

— Oh ! J'adorerais, si sœur Teresa accepte de me laisser sortir. Je suis morte de faim ! J'avais presque oublié que je m'en allais demain. Le car sera là, n'est-ce pas ?

— Oui, oui, soupira-t-il. Je me charge de sœur Teresa. Le gérant du café lui envoie toujours à manger les jours fériés.

— Et je dois te parler des grandes découvertes que j'ai faites.

— Je reviens te chercher dans deux heures.

Il tourna les talons et elle le regarda traverser l'oliveraie – celle-là même où elle l'avait suivi avec méfiance, moins d'une semaine plus tôt. Ce n'était pas un rendez-vous qu'il proposait ; il se montrait simplement poli. Et puis elle souhaitait vraiment lui expliquer pour les tableaux et la Chronique. Non, ce n'était pas du tout un rendez-vous.

Cela ne l'empêchait pas de se refaire une beauté.

35.

Couvent de Las Golondrinas, Espagne, avril 2000

Armée d'un bout de savon et du reste de shampooing, Menina se frictionna avec l'eau glaciale jusqu'à être engourdie. Elle nettoya ses chaussures, défroissa comme elle put son sweat-shirt. Sans miroir, impossible de dire si elle avait meilleure allure. Probable que non. Du moment qu'elle sentait bon, c'était le principal.

Elle retrouva Alejandro à la porte du couvent, où il venait livrer une impressionnante panière de nourriture avec un homme. Menina porta en cuisine des plats tous plus alléchants les uns que les autres et lorsqu'elle la laissa, sœur Teresa se frottait les mains de satisfaction. Puis ils descendirent ensemble au village, guidés par un délicieux fumet de viande grillée. La place était bondée de gens assis à de grandes tables en bois, des familles entières qui se retrouvaient pour Pâques et parlaient tous en même temps. Les enfants couraient partout, et de temps en temps, une des vieilles femmes en noir qui cancanaient près de la fontaine s'interrompait pour en gronder un de sa voix suraiguë.

À mesure qu'ils passaient devant eux, beaucoup se levèrent pour donner une tape dans le dos d'Alejandro et lui serrer la main.

— Tu es un héros, constata Menina lorsqu'il s'arracha à un énième groupe d'admirateurs.

— Non, je fais juste mon travail.

— Moi je dis que tu es un héros pour ces filles, soutint-elle d'un ton ferme. Tu les as sauvées de l'enfer, et Dieu sait combien d'autres avant elles.

— Et tu m'as bien aidé. Almira dit que tu as beaucoup de courage ; elle ne t'oubliera jamais, répondit-il en l'invitant à s'asseoir.

— De nous deux, c'est surtout elle qui en a, murmura Menina, émue. Leurs voisins les saluèrent en la dévorant des yeux, mais à ce stade elle ne pensait plus qu'à manger. Un petit plat de friture apparut, suivi par de nombreux autres – amandes, olives, crevettes, poivrons farcis au fromage, jambon serrano, ainsi qu'une carafe de vin rouge. Menina s'efforça de mâcher lentement, comme une femme distinguée doit le faire, mais eut le plus grand mal. Avant même de s'en rendre compte elle avait avalé la dernière tranche de jambon, et tous les autres plats étaient vides. Quand elle vit qu'Alejandro l'observait d'un air amusé, elle piqua un fard.

— Euh, désolée si j'ai mangé ta part. C'était si bon que je me suis un peu emballée.

— Non, c'est bien. Je vois que tu aimes la cuisine espagnole, répondit-il avec un large sourire. Il n'avait cessé de dire bonjour aux gens qui s'arrêtaient pour le féliciter, demandant des nouvelles de ses frères et sœurs et soupirant lorsqu'il répondait qu'ils n'avaient pas pu venir pour Pâques. Alejandro dut expliquer à plusieurs reprises que c'était lui qui les avait priés de rester chez eux cette année, et ils firent d'un air entendu :

— Ah ! À cause de l'opération. *El Sting*.

Quelqu'un voulut même savoir si sa sœur lui envoyait toujours les poissons en chocolat.

Tous examinaient Menina avec une curiosité non dissimulée. Ils devaient se demander où Alejandro avait dégoté une fille avec une touche pareille, après avoir collectionné tant de copines sexy. Mais il la présenta comme une étudiante en histoire de l'art, venue au couvent pour aider les sœurs en leur trouvant des tableaux à vendre. Il y eut un murmure d'approbation lorsque cette information passa de table en table. Tout le monde paraissait savoir qu'elle logeait là-bas depuis près d'une semaine, et elle se rendit compte que la plupart avaient une anecdote à raconter sur Las Golondrinas et la guerre civile. Alejandro lui montra ceux qui coupaient du bois pour les sœurs en hiver, ceux qui leur apportaient souvent à manger, ceux qui leur achetaient des *polvorónes*.

Plusieurs personnes vinrent dire à Menina combien elles avaient été choquées d'apprendre que l'évêque envisageait de fermer le couvent. Il faisait partie intégrante de l'histoire de la région, depuis bien avant la *Reconquista*. Savait-elle que le village jouxtait autrefois un domaine qui s'étendait sur des kilomètres dans la vallée et appartenait à une riche famille musulmane ? Certains descendants vivaient encore ici, et quelques hommes et femmes furent désignés pour le lui prouver.

— Même Alejandro, du sang maure lui coule dans les veines.

Tout le monde reprit l'affirmation en chœur.

— C'est vrai, confirma-t-il. Du côté de ma mère.

Un vieillard se pencha depuis la table voisine. L'Américaine savait-elle ce qu'était la *Reconquista* ?

Ils en parlaient comme si cela s'était passé la veille. Exactement comme les personnes âgées en Géorgie avec la guerre de Sécession, que certains surnommaient encore les « *récents désagréments* », par euphémisme. Menina dit que oui, elle connaissait la *Reconquista* qui s'était terminée en 1492, n'est-ce pas ? De nouveau, sa réponse fit le tour des tables et les gens hochèrent la tête d'un air approbateur. Le vieillard posa sa fourchette et se tourna franchement pour lui dire qu'avec tous les problèmes dans le monde aujourd'hui entre juifs, musulmans et chrétiens, il était important de se souvenir de l'époque où ces trois religions cohabitaient en paix ici, en

Andalousie. Menina répondit qu'elle était justement en train de lire une vieille Chronique du couvent qui expliquait la même chose.

Une grand-mère renchérit en disant qu'on pouvait penser ce qu'on voulait de l'Église catholique, il y avait quelque chose de bon, peut-être même de saint, concernant le couvent des Hirondelles.

Ce qui expliquerait pourquoi le Vatican veut le fermer, rétorqua le vieillard, provoquant l'hilarité générale.

Menina rit de bon cœur – elle n'aurait pas cru s'amuser autant. Le plat de résistance arriva, de l'agneau succulent accompagné de riz et d'artichauts. Plus tard, on leur servit des pâtisseries. Quelqu'un se mit à jouer de la guitare et Alejandro tira la chaise de Menina pour qu'elle ait une meilleure vue.

— Je pense qu'il vaut mieux manger le dessert doucement, fit-il avec un clin d'œil.

— Je sais, je suis une grosse gourmande. Mais tout était si bon ! rétorqua Menina, dont le jean la serrait à la taille.

Un chat maigrichon vint se frotter contre ses jambes, elle lui donna un bout de viande. Alejandro avait déplacé sa chaise pour être à côté d'elle, et ensemble ils regardèrent les musiciens, les villageois entonnant des chants dont les paroles étaient visiblement très drôles et le vieillard, qui alla chercher la grand-mère pour danser le flamenco sous des applaudissements nourris.

La nuit tomba. Des guirlandes électriques furent accrochées dans les orangers, puis allumées, et quelqu'un fit un feu de joie. Du café circula, accompagné de petits verres d'alcool fort qui monta à la tête de Menina rien qu'en le sentant. L'air de rien, Alejandro avait posé le bras sur le dossier de sa chaise et était à deux doigts de lui frôler les épaules. *J'aimerais que cette soirée ne finisse jamais*, songea Menina. Elle se sentait bien. En paix, et en sécurité.

— Je pense à quelque chose et je vais le dire avant de me dégonfler, déclara soudain Alejandro, en regardant droit devant lui. Je suis content que tu aies raté ton car. Ne repars pas demain. Ton avion n'est pas avant deux semaines et je sais que tu vas rentrer en Amérique, mais reste encore un peu.

Menina s'écarta. Qu'entendait-il par là, exactement ? Il voulait qu'elle reste avec lui ?

Lisant de l'inquiétude dans ses yeux, il se pressa d'ajouter :

— Sœur Teresa dit que c'est bien d'avoir quelqu'un de jeune au couvent. Surtout une fille aussi bien élevée que toi. Tu pourras être chaperonnée, et ici aussi, renchérit-il en montrant d'un geste les gens en train de danser. Les villageois sont très traditionnels, tu sais. Ils ne se privent pas de surveiller ce que tu fais, comme ils le font avec moi, et tu seras leur principal sujet de conversation jusqu'à ton départ. Donc, tu n'as rien à craindre, conclut-il avec un sourire.

— J'imagine ! Seulement…

Il y a à peine quelques jours, elle rêvait de s'en aller d'ici. Entre-temps elle avait trouvé les tableaux, et ce qu'elle avait lu de la Chronique avait aiguisé son appétit. Elle avait envie de savoir si les éléments de l'histoire s'imbriquaient comme elle commençait à le croire. Et puis, elle aimerait vraiment être là le jour où Serafina Lennox viendrait. Ceci étant dit – car oui, c'était impossible de ne pas le voir – Alejandro semblait vouloir qu'elle reste pour une autre raison. Il n'était pas insistant, au contraire. On aurait dit qu'il tâtait le terrain. Menina avait bien cru ne plus jamais vouloir se remettre avec un homme. Et elle n'était pas sûre d'avoir changé d'avis. Pourtant… Voulait-elle passer sa vie à se demander si, à cause d'une mauvaise expérience, elle avait raté sa chance d'être heureuse ?

La balle était dans son camp. Menina décida de tâter le terrain à son tour.

— Peut-être que je devrais rester quelques jours de plus, si tu penses vraiment que cela n'embêtera pas sœur Teresa ?

— Oh non, crois-moi !

— En fait, s'empressa-t-elle d'expliquer, ce serait super à cause des tableaux que j'ai trouvés, et dont je dois encore te parler. Et puis tu te souviens, tu m'as parlé de « légendes » en lien avec le couvent ? Il y a ce vieux livre qu'on m'a donné avec le médaillon quand j'étais petite, c'est une sorte de chronique et je crois qu'on en parle dedans… Oh, c'est trop long à raconter. Sans compter que tu ne m'as toujours pas expliqué pour ce couple qui me recherchait… Mais ce n'est pas le moment, tu dois être fatigué. Donc oui, on a trop de choses à se dire pour que je reparte. Je pourrai toujours prendre le car suivant.

— Oui, on a encore des choses à se dire.

— Si je reste, par contre, je dois téléphoner à mes parents. À la première heure demain matin. OK ?

— Bien sûr, c'est possible maintenant. Il faut qu'on descende dans la vallée mais je t'emmène sans problème et on déjeunera quelque part. Allez, je te ramène. Tu as raison, je suis fatigué.

Alejandro tira sa chaise et ensemble ils remontèrent au couvent, main dans la main. Menina ne s'en rendit pas compte jusqu'à ce qu'il lâche la sienne devant la grande porte. Les sœurs l'avaient laissée entrouverte pour elle. Ils se dirent bonne nuit en bâillant et se séparèrent.

Le lendemain, il la conduisit – en allant très vite sur une route de montagne bourrée de virages – à un café où, d'après lui, ils auraient un téléphone en état de marche. Il parla avec la standardiste et s'écarta du combiné quand Mme Walker décrocha. Menina lui fit signe de rester à ses côtés.

Plus tard, après avoir commandé un thé et tout en se mouchant bruyamment, elle résuma sa discussion chargée en émotions. Ses parents étaient dans tous leurs états, mais les policiers leur avaient dit de ne pas bouger au cas où elle entrerait en contact avec eux. À présent qu'ils savaient où elle était, ils avaient décidé de venir par le prochain vol. Menina répéta plusieurs fois qu'elle allait bien, mais ils n'y croiraient réellement qu'en la voyant en vrai.

Elle était sur le point de raccrocher lorsque Sarah-Lynn ajouta qu'ils allaient annoncer la bonne nouvelle à Theo. Apparemment, il était mort d'inquiétude – les médias s'étaient emparés de l'histoire, et les journalistes le rendaient dingue à tenter de savoir si sa fiancée avait été kidnappée et à combien était fixée la rançon.

Eh merde ! pensa Menina. D'un ton ferme, elle ordonna à sa mère de ne pas parler aux journaux, ni d'appeler Theo ; elle ne voulait plus jamais le revoir. À partir de maintenant, ce qu'elle faisait ne le regardait pas. Lorsque Sarah-Lynn la supplia d'y réfléchir à deux fois, Menina éclata : « Mais Maman, c'est tout réfléchi ! Si tu savais ce qui m'est arrivé depuis une semaine… Des choses passionnantes ! J'ai trouvé plusieurs très vieux tableaux, c'est même une grosse découverte. Il me tarde de voir à quoi ça va mener. Et si j'avais épousé Theo, je ne pourrais pas le faire. Je vivrais sa vie, pas la mienne. Et puis de toute façon, je ne l'aime pas. Correction, c'est lui qui ne m'aime pas, pas du tout même. Vraiment, Maman, je me fiche de ce que les gens vont dire ! Ça va les occuper cinq minutes et ils passeront à autre chose. Je suis désolée de te contrarier, mais ma décision est prise. » Quand elle eut terminé, Menina tremblait. C'était la première fois de sa vie qu'elle allait à ce point contre l'avis de sa mère.

Voyant ce qui se passait, Alejandro lui prit le combiné et se présenta comme le chef de la police locale. Il assura à Mme Walker que sa fille allait bien et qu'il viendrait les chercher à l'aéroport dans deux jours. Il espérait qu'ils feraient un agréable voyage, et surtout qu'ils n'oublient pas de leur communiquer une heure d'arrivée. Ensuite il raccrocha. Menina était en larmes, sa belle assurance envolée. Elle alla aux toilettes pour se passer de l'eau sur le visage. En se rasseyant, elle dit à Alejandro :

— J'ai l'impression d'avoir douze ans et de m'être fourrée dans le pétrin.

— Sauf que tu n'as pas douze ans – tu es une adulte. Quelque chose d'affreux t'est arrivé mais tu trouves quand même la force d'aider des filles qui sont passées par là. Tu te démènes pour rendre service aux sœurs parce que tu as bon cœur. Et au lieu de penser « Je suis quelqu'un de fort, de bien et d'intelligent, qui est capable de plein de choses », tu laisses les autres décider pour toi par peur de déplaire. Dans la vie, on est toujours responsable de ses actes. Si tu as changé d'avis sur ton fiancé, si tu n'es plus certaine de vouloir le quitter… Alors tu dois rentrer en Géorgie.

Ça, il n'en était pas question ! Menina le regarda d'un air de défi et répondit d'une voix catégorique :

— Je pensais ce que j'ai dit. C'est terminé avec Theo. Et même si tu dis que je ne dois pas me reprocher ce que… ce qui…, je me suis laissée aveugler par qui il était, par ma mère et par ce que les autres pensaient de lui. Ça m'a empêchée de voir que sa famille voulait surtout une épouse latino présentable dans le but de décrocher les votes hispaniques. Quelqu'un qu'ils pourraient contrôler. J'ai été stupide, c'est tout. Non, en fait, j'espérais… Que tout irait bien, comme tout le monde me l'assurait.

Elle prit une profonde inspiration, puis continua.

— Si je m'étais mariée avec Theo, ça se serait mal terminé de toute façon, et ça aurait été encore plus compliqué à gérer, surtout avec des enfants au milieu. Ce qu'il m'a fait prouve simplement quel être abject il est. Mais quand j'étais au fond du trou, ce qui m'a aidée le plus c'est que tu dises que ce n'était pas ma faute, et que c'était une bonne chose d'être en colère. J'enrageais tellement contre lui, ce jour-là. Tu m'as assez entendue ! Et puis tu m'as raconté ce qui était arrivé à ces pauvres filles, et demandé d'aider Almira. J'ai bien vu que tu savais ce que tu disais en évoquant l'importance de diriger sa colère vers la bonne personne. Et j'ai commencé à penser que *peut-être*, comme tu l'affirmais, ce n'était pas moi qui avais provoqué ce viol. Ça a changé ma manière de voir les choses.

Menina se força à sourire, même si c'était pénible.

— Et tu sais ce qui m'a aidée, aussi ? Le fait que tu ne m'aimais pas au départ, que tu me trouvais idiote de m'être fait voler mon sac, que tu te demandais si je n'étais pas une prostituée. Si tu avais une si piètre opinion de moi et que tu persistais quand même à croire que ce n'était pas ma faute, c'est qu'il y avait peut-être du vrai.

— Ah, je suis désolé. Je m'en suis pris à toi, mais c'est parce que je m'inquiétais pour Almira et l'opération. Je ne pouvais laisser personne la compromettre, tu comprends ? J'aurais dû avoir plus de tact.

Alejandro tendit la main et, après un instant d'hésitation, Menina la prit. Ils restèrent ainsi à se regarder, comme s'ils voulaient retenir l'instant présent. Ils se turent, car ils savaient que ce qu'ils diraient ensuite serait tout sauf des paroles en l'air.

Un homme rompit le charme en se raclant la gorge.

— Alejandro ? Désolé de vous interrompre, tu m'as bien demandé de venir te… Ah, c'est la jeune femme en question ? *Encantado, señorita* ! Vous êtes encore plus belle que sur l'avis de recherche.

— Ernesto ! Je te présente Menina.

Alejandro se leva pour embrasser un petit homme aux cheveux grisonnants, qui avait une pipe à la main et le journal sous le bras. Ils s'installèrent et bavardèrent pendant qu'Alejandro lui commandait un café. Puis il demanda à Menina de tout leur raconter depuis le début. Ernesto alluma sa pipe et se carra dans sa chaise, prêt à entendre son histoire.

— Je ferais mieux de commencer par ça, dit-elle en posant le sac en velours sur la table et en en sortant la Chronique et deux carnets. Je crois, Ernesto, qu'Alejandro vous a parlé du médaillon et comment il est arrivé en ma possession. Eh bien, dans le couvent où j'ai été adoptée, on m'a aussi donné ce vieux livre. Vous voyez, une hirondelle sur le pendentif, une hirondelle sur la couverture du livre. On la distingue à peine, mais elle est là. Bien sûr, j'y avais déjà jeté un coup d'œil, mais je n'avais jamais tenté de le lire vraiment. Il m'a été remis le jour de mes seize ans et je m'en fichais pas mal, pour être honnête. Je l'ai emmené pour le montrer aux gens du Prado ; j'espérais qu'en échange, ils me renseigneraient sur l'origine du médaillon. Mais puisque j'étais coincée ici, j'ai fini par me plonger dedans. Et le plus curieux, c'est que Chronique et médaillon viennent en fait de Las Golondrinas, et qu'ils ont été envoyés au couvent qui m'a recueillie en Amérique du Sud à l'époque de l'Inquisition, pour éviter que l'Église ne mette la main dessus. Les trois quarts de la Chronique sont en espagnol avec des tournures vieillottes, alors c'est bien possible que j'aie mal interprété certaines phrases, mais en gros c'est l'idée. Il se trouve que les auteurs n'arrêtent pas de mentionner un Évangile, et je me demandais où il était. Et puis je me suis penchée sur la partie en latin au milieu, et j'ai commencé à me dire, hé, mais ça doit être ça, leur Évangile ! Il retrace l'histoire du médaillon et je pense que les sœurs ne voulaient pas que je m'en sépare pour cette raison.

Ernesto lui fit le baisemain.

— ¡ *Hermosa e inteligente* ! la flatta-t-il.

— Quel charmeur tu fais, marmonna Alejandro.

— Écoutez-moi, au lieu de vous chamailler ! Je n'ai pas fini. J'ai la nette impression que cet Évangile remonte au tout début de la chrétienté, même si dans la Chronique, il est dit qu'il a été recopié, alors le latin a peut-être été simplifié. Je n'ai pas arrêté de le lire et le relire, parce qu'il raconte une histoire tellement bizarre, je voulais être sûre de comprendre correctement. Donc, si je ne me trompe pas, Jésus avait une sœur appelée Salome qui est venue en Espagne et a fondé l'ordre à l'origine du couvent de Las Golondrinas. D'après des témoins oculaires, elle ressemblait à Jésus et agissait même comme lui. Et ce médaillon, ajouta-t-elle en levant le bijou à la lumière, était à elle. C'est Jésus qui le lui a donné. Dans mon interprétation de l'Évangile, les femmes sont aussi proches de Dieu que Jésus l'était. Ce qui signifierait aussi que Marie n'a jamais été vierge, comme on a bien voulu nous le faire croire.

L'expression d'Ernesto avait changé et il mit une main protectrice sur celle de Menina.

— Ma chère, vous avez fait du bon travail, mais vous ne saisissez pas l'importance de votre découverte. Pour les chrétiens, Marie est le lien manquant entre l'homme et Dieu… La doctrine de la vierge éternelle remonte au IVe siècle, bon sang ! Elle a été décidée au Concile de Nicée, si ma mémoire ne me joue pas des tours. En faisant de cela une question de foi, plus personne ne pouvait le contredire, sous peine d'être accusé d'hérésie. Mais si Jésus a vraiment eu une sœur, l'Église s'est sérieusement fourvoyée.

Ernesto prit un air consterné.

— Je suis un républicain dans l'âme et je ne crois pas en Dieu, mais ce que vous dites est grave. Le couple qui vous recherche… Tout s'éclaire ! Ils veulent récupérer l'Évangile, et ils seront prêts à tout pour que personne ne sache ce qui est écrit dedans. Ce que je ne saisis pas, en revanche, c'est comment ils ont su que c'était vous qui l'aviez.

— Je peux vous le dire. Il y a eu un article sur moi dans le journal quand je me suis fiancée, avec une photo de la Chronique et du médaillon, et un résumé de ce qui m'est arrivé quand j'étais petite.

Tous deux étaient inquiets, à présent. Affolée, Menina observa Alejandro. Il avait risqué sa vie pour les jeunes Albanaises, et à voir sa mine sombre, elle sut qu'il en ferait autant pour elle.

— Je suis armé, annonça-t-il. Mais il vaut mieux demander une protection de la police…

Oh là là, qu'est-ce que j'ai fait ? L'espace d'un instant, l'ancienne Menina, la fille bien élevée, trembla à l'idée d'avoir déclenché une telle pagaille – mais la nouvelle Menina lui dit de la fermer et de cogiter un peu. Et la réponse vint d'elle-même. Elle allait appeler Becky.

Menina repoussa sa chaise et dit d'un air décidé :

— Messieurs, je pense que ce ne sera pas nécessaire. La dernière chose à faire, c'est de cacher cette histoire ; au contraire, il faut en parler le plus possible. Alejandro, tu vas m'aider à passer un autre coup de fil. Ma meilleure amie est… journaliste et elle ferait tout pour avoir un scoop aussi gros que celui-ci. Je lui dois bien ça, c'est grâce à elle si je suis en Espagne. Pendant ce temps, si Ernesto veut bien appeler Mme Lennox, ajouta-t-elle en sortant la carte de visite de sa poche. C'est une spécialiste de l'art espagnol du XVIe siècle, et c'est elle qui a organisé mon voyage. Je ne lui ai pas fait une très bonne impression, mais je suis sûre que vous saurez la convaincre de venir jeter un coup d'œil aux tableaux du couvent. C'est une femme très séduisante, en plus.

Ernesto répondit qu'il serait ravi de s'en charger.

— Quant à moi, je vais terminer de traduire l'Évangile. Ce qui serait vraiment bien, c'est de pouvoir le faire à un bureau.

— Pas de problème, répondit aussitôt Alejandro.

Pendant les deux jours suivants, avant l'arrivée de tout le monde, Menina descendit de bon matin au poste, avec la Chronique, les dictionnaires et ses carnets sous le bras. Après avoir eu mal aux fesses sur le banc en marbre et s'être abîmé les yeux à cause des bougies, c'était un luxe de travailler dans d'aussi bonnes conditions. Elle vérifia et affina sa traduction, recopiant différentes versions à la main tandis qu'Alejandro terminait son rapport sur l'opération du week-end. Quand des techniciens vinrent réparer la ligne téléphonique, Alejandro appela Interpol, et Menina parla longuement à ses parents et à Becky.

Le second soir, Ernesto vint dîner et tout en prenant l'apéritif, Menina leur lut ce qu'elle avait fait dans la journée :

Première histoire de l'Évangile de notre Fondatrice Salome, dictée par elle à notre scribe.

Par une chaude journée en Judée, Jésus, fils de Joseph le charpentier et de son épouse, Maryam, emmena sa sœur cadette Salome à un ruisseau où des garçons étaient venus se rafraîchir. Les garçons se turent en voyant Jésus asseoir Salome sur la berge et entrer dans l'eau. Personne n'osa l'asperger, ni le pousser. Au temple, les rabbins disaient de lui qu'il était un étrange prodige, qu'il connaissait l'alphabet sans l'avoir appris, ainsi que la loi, et qu'il n'hésitait pas à leur faire la leçon au lieu du contraire. Les enfants qu'on envoyait au puits racontaient que lorsque Jésus venait, il ne ramenait pas de l'eau à sa mère dans une jarre, comme eux, mais dans un linge. Des accidents arrivaient à ses camarades quand ils le mettaient en colère – il avait maudit un garçon qui l'avait bousculé, et la main du garçon s'était atrophiée. Un autre qui l'avait moqué par méchanceté, comme le font les enfants, était tombé raide mort. On racontait que le jour où un voisin s'était malencontreusement coupé le pied avec sa hache, Jésus avait ramassé le membre sanguinolent et l'avait recollé à sa jambe sous les yeux ahuris du voisin. Certains disaient qu'il avait ramené à la vie un homme tombé du toit, même si d'autres contestaient cette version, disant que l'homme était simplement inconscient. Mais les témoins affirmaient que le toit était très haut, que l'homme avait eu le cou brisé et que du sang lui coulait des oreilles avant que Jésus s'approche. Ensuite, il s'était relevé et avait marché en ôtant la poussière de ses habits. Questionné sur ces phénomènes, Jésus se contentait de répondre, « C'est par la volonté de Dieu que ceci est advenu. »

Derrière son dos, on disait de lui que c'était un sorcier ou un démon, et les parents intimaient à leurs enfants de l'éviter. Ainsi, ce jour-là, les garçons ne proposèrent pas à Jésus de jouer, et au bout d'un moment Jésus s'éloigna dans l'eau, en quête de fretin.

Salome voulut le suivre, mais le ruisseau était profond à cet endroit et elle décida de rester là où elle avait pied.

— Qu'est-ce que vous construisez ? demanda-t-elle à l'un des garçons, qui faisait un tas avec de la glaise.

— La place des filles est à la maison. Rentre chez toi !

— Un fort, répondit un autre en modelant la boue pour faire un mur d'enceinte. Un fort qui tiendra les Romains en échec.

Il regarda par-dessus son épaule en disant cela.

— Judas Macchabée et son armée attendent patiemment à l'intérieur, et lorsque les ennemis d'Israël seront là, ils sortiront et tueront jusqu'au dernier. La terre sera inondée de leur sang.

En disant le mot « sang », il donna un coup si violent dans la vase que Salome fut éclaboussée. Elle s'essuya le visage avec son avant-bras, mais se garda de protester.

— Mort aux Romains. Qu'ils enterrent tous leurs rejetons, conclut-il en crachant avec dédain.

Alors, Jésus se redressa et le regarda. Les garçons retinrent leur souffle, mais au bout d'un instant, Jésus retourna à ses poissons.

Deux adolescents arrivèrent en courant pour sommer leurs amis de se taire. Le premier glissa et tomba, détruisant le fort et provoquant la colère des plus jeunes, qui se disputèrent pour savoir qui était le fautif dans cette affaire. Ils en vinrent aux mains, se bousculant sur la berge boueuse, piétinant les derniers vestiges du fort et au final faisant tomber Salome dans le ruisseau. Elle s'écarta comme elle put ; ils la poussèrent encore, et elle se retrouva la tête sous l'eau. Effrayée, elle lutta pour trouver une prise, mais c'était glissant et elle ne parvenait pas à se relever. Un garçon lui donna un coup de pied dans le ventre, elle sentit un poids sur elle et tenta de le repousser, en vain. Elle était piégée. Quand elle voulut appeler son frère à l'aide, de l'eau lui entra dans la bouche et elle commença à s'étouffer… Les cris des garçons s'estompèrent. Il n'y avait plus aucun bruit, hormis celui du courant.

Lorsque Salome rouvrit les yeux, elle était étendue sur la berge et n'arrivait toujours pas à respirer. Sa poitrine lui faisait mal et Jésus la secouait. Enfin, elle tourna la tête et vomit de l'eau sale. Les garçons se tenaient à distance, terrifiés, et seule les empêchait de fuir la peur de ce qui pourrait survenir s'ils ne calmaient pas d'abord Jésus.

— Ne pleure pas, dit Jésus à Salome, avant de la faire asseoir gentiment.

— Est-ce que Salome va bien ? demanda un garçon d'une voix angoissée. On ne l'avait pas vue.

— On est désolés ! renchérit un autre de mauvaise grâce. Dites que vous êtes désolés, pressa-t-il ses camarades.

— Désolés, désolés. C'était un accident, Salome, marmonnèrent-ils en chœur tout en gardant un œil sur Jésus. Les filles devraient rester avec leur mère et leurs sœurs, ajouta le plus téméraire d'entre eux, même s'il parla à voix basse. C'est là où est leur place. Et cela leur éviterait de tomber à l'eau…

— Petite sotte ! ajouta un autre.

Jésus les ignora. Salome se frotta les yeux de ses petits poings et toussa encore un peu.

— Regarde, dit Jésus en prenant de la vase, qu'il façonna. Oh, une hirondelle !

Salome était perplexe. C'était juste une boule de glaise.

Jésus la posa à ses pieds.

— Attends, je vais t'en faire d'autres.

Il en ramassa jusqu'à former un cercle autour de Salome, et lui en donna une dernière à tenir précieusement.

— Et maintenant, regarde !

Jésus tapa dans ses mains et Salome sentit la boue froide se réchauffer et devenir douce comme la plume, puis se mettre à pépier et à bouger des ailes. Elle poussa un cri de surprise.

— Tu m'as fait un oiseau ! s'exclama-t-elle, ravie.

— Non, j'ai simplement façonné de l'argile ; c'est par la volonté de Jéhovah qu'un oiseau est né, répondit Jésus, et l'hirondelle s'envola.

Jésus tapa de nouveau dans ses mains et les boules de glaise se mirent à gazouiller autour d'elle, avant de s'élancer vers le ciel.

— Tout ce qui advient, advient par la volonté de Jéhovah, Salome.

Les garçons étaient pétrifiés sur place et la conscience de leur acte les remplissait enfin de terreur. Salome était restée longtemps sous l'eau, les yeux ouverts, avant qu'ils remarquent sa présence. Lorsqu'ils avaient traîné son corps sur la berge ils savaient qu'elle était morte, et à voir l'expression de Jésus lorsqu'il s'était précipité pour les écarter d'elle, son châtiment promettait d'être terrible. Et voilà que la noyée était bien en vie et qu'elle riait en voyant des hirondelles d'argile tournoyer autour d'elle. Comme un seul homme ils se mirent à courir et rentrèrent chez eux en hurlant que le petit Jésus avait une sœur atteinte de sorcellerie, elle aussi.

Quand Menina finit de lire, ils attendaient toujours leur dîner.

— Il y a un tableau qui représente cette scène, dans la *sala de las niñas*, précisa-t-elle.

— Serafina Lennox ne va pas en revenir, commenta Ernesto en voyant les plats arriver.

— Et ce n'est pas tout.

— Qu'est-ce que tu attends, dans ce cas ?

— Laissez-moi au moins le temps de manger !

Deuxième histoire de l'Évangile de notre Fondatrice Salome, dictée à notre scribe par notre première abbesse, d'heureuse mémoire, qui a été témoin des événements.

La côte d'Hispanie, en 37 après Jésus-Christ

Dans une taverne en bordure de la mer Méditerranée, deux centurions romains observaient un navire entrer dans le port en longeant les bateaux de pêche. Il appartenait à un négociant palestinien, nommé Joseph d'Arimathie, qui venait plusieurs fois par an s'approvisionner, puis repartait pour Britannia où il échangeait épices et vin contre de l'étain et du plomb extraits des mines.

Il arrivait aux centurions de lui acheter un ruban ou un bracelet en argent pour l'offrir à Flavia, la plus jeune des catins du port. Elle adorait les colifichets. À quatorze ans, elle montrait une préférence pour les soldats qui se disputaient ses faveurs, mais lorsqu'un homme plus âgé lui faisait un cadeau, elle savait se montrer reconnaissante.

Le navire jeta l'ancre. Un groupe de femmes chargées de ballots fut poussé sur la passerelle et dut marcher dans l'eau pour atteindre le rivage. « De nouvelles catins, commentèrent les centurions en se regardant, un sourire aux lèvres. S'il y en a une qui est plus belle que Flavia, elle lui arrachera les yeux. »

L'équipage les suivit et traîna celles qui n'avançaient pas assez vite, entravées comme elles l'étaient par leurs robes et leurs capes gorgées d'eau. Certaines criaient et trébuchaient, d'autres suppliaient. Sur le pont, des hommes barbus observaient la scène, bras croisés et visage fermé. Seule la dernière femme du groupe, qui était escortée fermement par deux marins, ne montrait aucune faiblesse. Au contraire, elle crachait et se débattait.

Lorsqu'ils la poussèrent sur le sable, elle leur donna des coups de pied. Elle avait un beau visage, hâlé par le soleil des Levantins, avec des yeux noirs et des sourcils épais qui se rejoignaient au-dessus d'un long nez. Elle rejeta la tête en arrière et sa coiffe tomba, révélant une cascade de cheveux jusqu'à la taille. Soudain elle brandit le poing en direction des hommes restés sur le navire, et d'une voix claire cria : « Honte à toi, Joseph ! Honte à vous tous, de traiter des femmes ainsi ! Nous avons voyagé avec vous et enduré les mêmes épreuves. Nous avons adouci les cœurs de ceux qui auraient aimé vous rosser pour votre arrogance et vos chamailleries. Et en retour, vous nous attirez ici par la ruse… Vous nous mentez en disant qu'on a besoin de nous en Britannia… Imposteurs, misérables charognes ! Que vos voiles se déchirent, que votre cargaison s'avarie, et que le vent vous emporte loin des terres jusqu'au jour de votre repentance. » Elle ignora le marin qui lança une petite bourse à ses pieds et battit prudemment en retraite.

Joseph s'appuya au bastingage et cria en retour : « Prenez garde à vous, femmes ! Nous vous aurons prévenues, méfiez-vous de Salome ! Elle vous a détournées du droit chemin et du devoir d'une bonne juive envers son foyer. Moïse était-il une femme ? Les prophètes étaient-ils des femmes ? Les femmes peuvent-elles étudier la Torah ? Il est écrit en toutes lettres que la synagogue et l'étude sont le domaine de l'homme. La voix d'une femme au Temple est aussi harmonieuse que le braiment d'un âne. Vous entendez bâtir une communauté d'érudites, peuh ! Pour votre peine, vous resterez là tant que vous ne serez pas revenues à la raison ! »

Une brise agita la chevelure de Salome lorsqu'elle lui répondit vertement. Sa grande cape ondula derrière elle, et elle continua à menacer de son poing tandis que le navire levait l'ancre et reprenait la mer. « Une vraie mégère ! commenta le premier centurion. Ou plutôt une sorcière. On dirait que sa malédiction est portée par le vent… Tu vois ce nuage à l'horizon ? A-t-elle vraiment engendré une tempête capable de les couler à pic ? »

Mais le nuage était en réalité des oiseaux qui revenaient d'Afrique après la fin de l'hiver. Ils se dirigeaient droit vers l'Hispanie, en volant bas. Et en passant au-dessus du navire, ils réussirent à le soustraire à la vue l'espace d'un instant.

Sur la plage, Salome ramassa la bourse et sa coiffe, qu'elle remit sommairement. Puis elle se tourna vers ses sœurs d'infortune.

— Reprenez courage ! C'est la volonté de Dieu. Allons retrouver notre frère Titus et notre sœur Octavia. Tout de même, c'est agréable d'être de retour sur la terre ferme. Pensez que nous n'aurons plus à subir la compagnie de ces imbéciles bas du front. Venez.

Et elle entreprit de les relever.

Une jeune fille au visage peinturluré et aux poignets chargés de bracelets arriva d'un pas nonchalant, et toisa les femmes de la tête aux pieds. Les montrant du doigt, elle déclara d'une voix moqueuse qu'elle n'aurait besoin d'arracher les yeux de personne, finalement.

— Mon enfant, lui dit Salome.

— Flavia, corrigea la fille. C'est joli, ajouta-t-elle en donnant une chiquenaude au médaillon que Salome portait. Vends-le à un de ces messieurs à la taverne – ils me l'offriront en cadeau.

Elle repartit d'où elle était venue en se déhanchant ouvertement, et les deux centurions n'en perdirent pas une miette.

Un an après, ces mêmes centurions assistèrent à l'arrivée de Joseph et de son équipage. Ils furent accueillis sur la plage par Titus, époux d'Octavia, la diaconesse.

— Bienvenue, dit-il avec aigreur, au milieu d'un attroupement de curieux.

— Salutations, Titus ! Alors, nos femmes ont compris la leçon ? Elles restent à la maison maintenant ? Ah ah !

Titus regarda Joseph d'un air consterné.

— Imbécile ! À cause de toi, toutes ou presque sont parties. Elles ont fondé… une communauté, sans aucun homme… Et je te tiens personnellement pour responsable, car c'est toi qui as amené cette femme, ma prétendue… sœur…

Titus avait de plus en plus de mal à contenir sa fureur.

— Tu veux parler de Salome ?

— Qui d'autre aurait pu créer autant de problèmes ? À peine deux jours après leur arrivée, elle s'est mise à prêcher, tout cela à cause de la prostituée Flavia. Salome l'a trouvée en train de pleurer parce qu'un centurion l'avait malmenée – rien qui sorte de l'ordinaire, après tout ces filles sont là pour ça. Mais Salome était en colère, et l'a été encore

plus quand Flavia a avoué être enceinte. Elle a prétendu que c'était mal de traiter les femmes ainsi, mal de commercer leurs charmes. Au lieu de travailler, les prostituées se sont rassemblées pour l'écouter. Et quand Salome a eu terminé, elle a insisté pour que Flavia vienne prendre le repas de sabbat chez nous ! Pire, Octavia m'a désobéi en lui ouvrant notre porte !

— Pourquoi as-tu laissé une catin souiller ce dîner sacré ? Ne commandes-tu pas ta femme ? N'es-tu pas maître en ta maison ? s'étonna Joseph.

Titus regarda ses pieds d'un air penaud.

— Tu ne peux pas savoir comment elles sont quand elles ont une idée en tête. S'il s'agit d'une ou de deux on peut toujours leur donner des coups de trique, mais là elles sont trop nombreuses… Et ce n'est pas tout… Quelqu'un a eu la bonne idée de demander à Salome si elle avait les pouvoirs de son frère Jésus. Elle a répondu que c'était simplement un prophète, qu'il n'avait pas de pouvoirs particuliers. Lui comme elle étaient des Juifs ordinaires, des serviteurs de Dieu cherchant à accomplir la volonté du Tout-Puissant sur Terre. Une femme s'est mise à crier qu'elle voulait en faire autant, et les autres ont suivi. Imaginez-vous ! Même les putains ! Elles ont dit qu'à compter de maintenant, elles ne serviraient plus les hommes, mais Dieu.

Au bout de quelques jours, le commandant du camp romain avait menacé de châtier tout le monde si Salome n'était pas réduite au silence. Les prostituées exigeaient d'être baptisées, et leur souteneur n'avait plus assez d'énergie pour toutes les fouetter.

Joseph le regarda d'un air atterré.

— Où sont-elles, maintenant ?

— Là-haut, répondit Titus en désignant la montagne. Elles sont quasiment toutes parties – nos épouses, nos filles, nos sœurs, en plus des prostituées. Elles prétendent vivre comme les esséniens, sans maris ni enfants. Fonder une communauté religieuse. De femmes !

— Dans la montagne ? Mais les esséniens vivaient dans le désert !

— Là n'est pas la question, idiot ! Où qu'elles soient, c'est contre la loi et la nature. Même Octavia m'a quitté, sous prétexte qu'elles allaient avoir besoin de femmes éduquées, comme elle. En quoi ses parents avaient-ils besoin de lui apprendre à lire et à écrire ? Je te le demande. Des soldats sont allés les chercher, avec pour ordre de mettre Salome aux fers.

— Et ils sont revenus ?

— Pas encore. Car entre-temps, il s'est passé autre chose.

À ce stade, Menina, Alejandro et Ernesto en étaient au dessert. Le gérant du café leur avait apporté des pâtisseries qui restaient de la fête de Pâques, et la table était jonchée de miettes que Menina ramassait une par une avec les doigts, tout en parlant. « Il me tarde vraiment de vous montrer les tableaux. Sur l'un d'eux, on voit les femmes sur la plage – et le plus curieux, c'est le nuage dans un coin. Au début on se dit que ce n'est rien, peut-être des moisissures. C'est à peine si on le remarque, mais plus on l'observe plus l'œil est attiré par lui, jusqu'à ce qu'il prenne toute la place. Il y a aussi un portrait de Flavia – enfin, telle que Mendoza l'a imaginée. À mon avis, c'était sa dernière chance de peindre une femme sexy et il l'a saisie. Et puis il y a aussi une scène qui représente le dîner de sabbat où Flavia a été invitée. Et maintenant, je vous lis la dernière partie… »

Troisième histoire de l'Évangile de notre Fondatrice Salome, dictée à notre scribe Octavia par notre première abbesse, d'heureuse mémoire, qui a été témoin de ces événements.

Je soussignée, Flavia, déclare avoir quitté la ville dès que j'ai pu m'échapper. J'avais été enfermée par le commandant du camp romain pour m'empêcher de partir avec les autres prostituées, et puisque j'étais la seule à rester, les soldats ont abusé de moi sans pitié, à tel point que j'ai cru mourir. Pourtant, lorsque Dieu m'a montré la voie, j'ai trouvé la force de fuir en pensant à mon futur enfant. Et dans Sa miséricorde,

Il m'a permis de retrouver mes compagnes. Nous avions toutes peur de voir arriver maris, pères, soldats, ainsi que le souteneur.

Chaque soir, Salome nous rassemblait pour révéler ce que son frère lui avait enseigné sur la vie et comment la mener en servant Dieu, en faisant preuve de générosité et de gentillesse entre nous. Y avait-il vraiment un espoir de trouver autre chose que la cruauté des hommes ici-bas ? Ses paroles nous réchauffaient comme un rayon de soleil en hiver. Quand on pense à ce que nous avons fait ! Des femmes, parties vivre loin des hommes ! Mon cœur se sentait plus léger, même si je savais que cela serait difficile et qu'on mourrait peut-être. En suivant les hirondelles, nous avons trouvé une route indiquée par des pierres blanches. Des villageois nous ont parlé d'une montagne où on pourrait trouver des grottes jadis habitées par des Carthaginoises, et Salome s'est servie de sa bourse de pièces romaines pour acheter du pain et du gruau, des paniers à attraper les poissons, et même quelques chèvres. Dans les hameaux qu'on a traversés, des hommes à la recherche d'une épouse ont réussi à en persuader quelques-unes qui commençaient à fatiguer de rester, mais la plupart ont persévéré.

Après des semaines à marcher et à se nourrir de baies sauvages, nous avons enfin atteint les grottes. Elles étaient désertées, mais à proximité il y avait des oliveraies à l'abandon gorgées de fruits, un pressoir cassé, et des cultures en terrasses où les raisins et les haricots se plaisaient. Un enclos avec les restes d'une cahute indiquait qu'il avait dû y avoir des chèvres, et autour de nous de nombreuses sources fourniraient une eau pure et fraîche. Ici et là nous avons trouvé de vieux peignes, des jarres ébréchées, des outils en os encore aiguisés, des couvertures mangées aux mites et, enfin, un petit autel en pierre avec la statue d'une déesse et une inscription que même Octavia n'a su déchiffrer. Nous avons mené les chèvres dans l'enclos, barricadé le tout contre les loups, et entrepris de nous installer dans les grottes. Il a fallu travailler dur en prévision de l'hiver : aller chercher du bois, sécher fruits, poissons et haricots (qu'on a concassés pour obtenir une sorte de pâte et faire du pain), réparer le pressoir et nous harnacher chacune à notre tour en l'absence de bêtes pour trimer à notre place. Nous avons fait des réserves d'huile, fabriqué du fromage avec le lait des chèvres, ramassé des herbes aromatiques, et même récolté du miel quand une camarade a trouvé par hasard des essaims d'abeilles. Nous avions toutes envie de sel, mais il n'y en avait pas. Hormis cela, notre campement sommaire était habitable. Si d'autres femmes avaient survécu ici, nous réussirions peut-être aussi. Salome nous guidait dans la prière matin et soir.

Puis, à la fin de l'été, alors que les nuits fraîchissaient et que l'on se hâtait de faire des fagots, un garçon d'un village environnant vint nous prévenir : une troupe de centurions arrivait pour nous ramener. Certaines ont pleuré mais j'ai juré de ne pas me rendre – plutôt me jeter du haut d'une falaise. Salome a dit qu'il fallait avoir foi en Dieu et ne pas se laisser distraire de nos tâches.

Nous nous attendions à les voir débarquer à chaque instant, mais ils ne venaient pas et nous avons fini par croire qu'ils avaient rebroussé chemin. Un jour, Salome était restée dans les grottes pendant que nous montions plus haut que d'habitude afin de ramasser des branches cassées après un orage. Soudain, nous avons entendu des cris et sommes redescendues prestement. La terreur s'est emparée de nous en apercevant des soldats romains qui couraient vers le campement, les premiers étant déjà sur Salome. L'un d'eux a saisi sa robe et l'a déchirée à l'épaule. L'autre lui a arraché sa chemise. Elle se tortillait en tous sens pour tenter de leur échapper, mais bientôt s'est retrouvée nue hormis le médaillon qu'elle avait autour du cou. Les centurions lui bloquaient le passage et la tourmentaient dans l'unique but de lui faire peur. J'en ai entendu un crier « On va d'abord donner une leçon à la sorcière, et après on s'occupera des autres », et ils se sont encore approchés d'elle. Nous avons hurlé « Non ! » et vu Salome regarder derrière nous dans le ciel. C'étaient les hirondelles qui arrivaient, avec leurs cris perçants, de plus en plus forts, et cette masse noire a fondu sur les centurions pour les attaquer, donnant des coups de bec à leurs casques et leurs yeux. Ils ont tiré leurs épées et fait de grands gestes pour les chasser, tuant de nombreux oiseaux mais se blessant aussi entre eux.

À ce moment-là, la montagne a tremblé sous nos pieds et un bruit terrifiant, comme si Dieu rugissait, nous a tous envoyés à terre. La roche derrière Salome s'est fendue en deux. Des pierres se sont détachées, et pour se protéger, elle s'est glissée dans la crevasse ainsi formée. La terre a tremblé de nouveau et la crevasse s'est refermée sur elle. Les soldats encore vivants ont hurlé de terreur, disant que cette montagne était le royaume d'une déesse, et ont pris leurs jambes à leur cou en traînant les estropiés derrière eux.

Nous sommes allées à l'endroit où Salome avait disparu. Le sol était jonché de cadavres d'hommes et d'oiseaux, et parmi eux quelque chose brillait. Je l'ai ramassé. C'était le médaillon de Salome, que j'ai passé autour du cou avant de jurer : « Nous ne retournerons jamais là-bas. Salome est ici… Et ici, nous resterons. » Les hirondelles sont reparties le lendemain. Et là où Salome est entrée dans la montagne, une source est apparue.

Le gérant du café était parti se coucher. Il était plus de minuit et il leur avait laissé ses clés, ainsi qu'une bouteille de vin, en demandant de fermer et de mettre le trousseau dans la boîte aux lettres.

— Il y a aussi un tableau de cette scène, conclut Menina. Si on met les six Mendoza côte à côte, on obtient un cycle religieux. Et c'est tellement extraordinaire que j'ai peur de me tromper sur toute la ligne – je serai vraiment soulagée quand quelqu'un d'autre les aura vus.

Le plus délirant, c'est de savoir que j'ai exaucé les prières des sœurs en ramenant la Chronique et le médaillon au couvent, mais aussi en reconstituant le puzzle. La seule chose qui reste encore à déterminer, c'est si Mendoza a bien peint ce cycle après le départ des filles pour le Nouveau Monde. Et si le portrait de groupe dans lequel il s'est lancé à son arrivée est encore au couvent.

Elle se tut et le silence se fit dans le café. Ernesto ôta ses lunettes pour se frotter les yeux.

— C'est une sacrée découverte que cette Chronique, pas de doute. Les tableaux, la clé pour les comprendre, l'histoire du couvent…

— Et aussi un peu de mon histoire. Je me dis que ce médaillon devait être dans ma famille biologique depuis longtemps, et qui sait s'il n'a pas été à l'origine d'un autre miracle. J'ai cette curieuse sensation, qu'à cause de ce lien, j'étais destinée à venir ici et à trouver tout ça.

— Tu es… Je ne trouve pas les mots pour dire ce que tu es, ni ce que tu as fait, murmura Alejandro. Cette fois, il lui prit la main sans se soucier de la présence d'Ernesto.

— J'ai l'impression que ça ne fait que commencer, répondit Menina en lui souriant. Comme Robert Browning le dit dans un poème… « *Le meilleur est à venir* ».

36.

Couvent de Las Golondrinas, site inscrit au patrimoine mondial de l'UNESCO, fondation et musée « Tristan Mendoza » administrés par Menina Walker Fernández et Alejandro Fernández Galán, juin 2013

Becky avait été la première à sentir que les choses ne faisaient en effet « *que commencer* ». Ce que Menina avait découvert était un projet titanesque qui ne demandait qu'à sortir de terre. Quand elle était arrivée en Espagne, après que sa meilleure amie lui avait dit de venir séance tenante si elle voulait écrire la meilleure histoire de sa carrière, elle avait été autorisée à loger au couvent. Sœur Teresa avait accepté à contrecœur d'entrouvrir la porte, afin de laisser les deux jeunes femmes prendre leurs repas au village. « Mais pas d'hommes », s'était entendu dire Becky à son tour. Elle était excitée comme une puce à l'idée du scoop qu'elle venait d'obtenir. Elle envisageait une série d'articles grand format et même un livre.

— Oh, Enfant de la lumière ! Imagine si des collègues masculins ont vent de cette histoire. Dommage, ils n'auront pas le droit d'entrer au couvent ! avait-elle jubilé, et en vingt-quatre heures elle avait décroché une exclusivité avec le *New York Times*.

Pendant la visite des lieux, Menina lui avait dit :

— Non mais tu as vu cet endroit ! À mon arrivée, je pensais simplement aider les sœurs, mais j'en viens à me dire qu'il y a beaucoup plus à faire.

— Il y a du potentiel, c'est sûr, mais il faut pas mal d'imagination. Rien que cette salle de bains, beurk. Heureusement qu'Alejandro a proposé d'héberger tes parents – sa maison est géniale. Et hyperconfortable, avec tous les travaux qu'il a faits. Pour un homme, je dois dire qu'il a bon goût. Et c'est très sympa de nous avoir proposé de prendre les douches chez lui.

Elle avait lancé un regard en coin, histoire d'évaluer l'opinion de Menina sur le beau commissaire. Son opinion à elle, c'est qu'à part une propension au machisme, il était parfait. Surtout, il donnait à Menina l'espace dont elle avait besoin. Le petit doigt de Becky lui disait même qu'il y avait déjà quelque chose entre eux.

Quand Serafina Lennox avait posé les yeux pour la première fois sur les tableaux du couvent, elle était restée sans voix et avait même fait de l'hyperventilation. Elle avait dû s'asseoir pour boire un verre d'eau, et Menina lui avait conseillé de se remettre, car les choses ne faisaient que commencer.

Pour Menina et Alejandro, cette phrase devint un mantra. Dans les années qui suivirent, elle fut associée à bien d'autres, de « *Et si on transformait le couvent en musée* », à « *Comment va-t-on faire pour trouver autant d'argent ?* », en passant par « *Allez, on tente* » et « *Mais à quoi on pensait !* »

C'est ce qu'ils dirent quand un groupe d'experts vint analyser la Chronique et le médaillon. Ou quand Menina eut l'idée d'ouvrir une galerie pour les exposer avec l'œuvre de Mendoza, ainsi qu'une boutique où ils vendraient des reproductions des trois. Ils le répétèrent pour se porter bonheur lorsque architectes et conservateurs du patrimoine commencèrent à défiler au couvent – et à reculer devant l'impossible tâche de restaurer une bâtisse aussi grande et chargée d'histoire. Ils le dirent aux banques, aux musées, aux associations caritatives, et à s'en casser la voix dans toutes sortes de discours à des galas de bienfaisance et des réunions publiques. Puis, quand ils avertirent sœur Teresa que leur priorité serait de rénover les quartiers des sœurs et de recruter des laïques à demeure. Voyant que cette nouvelle déclenchait un flot de mises en garde et de conseils énervés, Menina laissa à Alejandro le soin d'expliquer à sa tante qu'elle allait devoir s'y habituer, car en réalité « *les choses ne faisaient que commencer* ».

Ils le dirent quand leur première levée de fonds porta ses fruits, et en voyant le remue-ménage permanent dans lequel ils vivaient – entre travaux, extensions, visites de dignitaires et de mécènes potentiels. Alejandro le dit lorsqu'il demanda Menina en mariage. En revanche, quand celle-ci – qui semblait immunisée contre toutes les méthodes de contraception – annonça qu'elle attendait un cinquième enfant, il s'exclama : « Surtout, ne me dis pas que les choses ne font que commencer ! » Mais lorsque sa femme s'arrachait les cheveux à cause d'une énième crise, Alejandro la prenait dans ses bras et lui rappelait que le meilleur était à venir.

Le jour où on lui proposa, à lui, le héros local, de se présenter aux élections du *Cortes generales* (le parlement espagnol), ils en parlèrent jusque tard dans la nuit. Menina voyait bien que son mari était tenté. « Je suppose que les choses ne font que commencer – encore, soupira-t-elle. Mais c'est intéressant ! Et tu es parfait pour ce travail. » Sur ce, elle en profita pour glisser qu'elle aussi avait une nouvelle : elle attendait le bébé numéro six.

Ce jour-là était l'une des rares occasions où Menina avait le temps de se poser pendant plus de cinq minutes d'affilée, et en repensant à cette discussion elle sourit. Ils étaient sans doute fous de ne pas penser que leur vie était assez remplie comme ça, mais le plus curieux, c'est que cela fonctionnait. Menina était devenue experte dans l'art d'être zen au milieu du chaos, de gérer l'essentiel et tant pis pour le reste. Elle avait eu le temps de s'entraîner, avec toutes ses grossesses. Et l'un des avantages d'être enceinte, c'est qu'on a le droit de s'asseoir de temps en temps.

Ce jour-là, Menina était assise avec un jus d'orange à l'ombre d'un grand parasol et faisait le bilan de sa vie. Elle était vêtue d'une robe légère et d'espadrilles, la tenue idéale par ce temps caniculaire. Elle regardait ses parents jouer à cache-cache dans le jardin des pèlerins avec quatre de ses filles – Pia, Esperanza, Marisol et Luz. La petite Sanchia, un an, faisait la sieste dans sa poussette.

Ce jour-là, sa maison était remplie de gens qu'elle aimait, et le dernier, son mari, serait rentré à temps pour ce qui promettait d'être un déjeuner animé – à l'espagnole. La table était mise sous la tonnelle, elle avait repoussé deux réunions urgentes au lendemain, ses parents s'occupaient des enfants et son assistante, Almira, du repas. Cela lui laissait le temps de se concentrer sur le problème du moment : Becky, qu'elle n'avait pas revue depuis des années.

Lorsque cette dernière avait passé la porte la veille au soir, Menina avait dû masquer ce qu'elle ressentait. Sarah-Lynn avait eu moins de scrupules. « Mon Dieu, qu'est-il arrivé à cette enfant ? » avait-elle dit à l'oreille de sa fille dès qu'elles avaient été seules. De loin, Becky ne semblait pas avoir changé. Mais de près, son visage était ridé à cause du soleil brûlant qu'elle avait connu en Irak. Elle avait des cernes noirs sous les yeux, les joues saillantes, les ongles rongés jusqu'au sang. Et la fâcheuse tendance à donner des coups avec ses béquilles quand elle était énervée. Cela donnait à Menina l'envie de pleurer sur son épaule, mais elle savait que ce serait une erreur. Alors, tout en souriant et en faisant la conversation, elle s'était creusé les méninges pour trouver le moyen d'apaiser son amie tourmentée. Il y avait treize ans, le couvent l'avait aidée à se remettre d'un viol. Peut-être qu'il aiderait Becky aussi. Elle devait faire preuve de patience, lui donner le temps. Si sa meilleure amie n'explosait pas avant.

Becky avait écrit une série de brillants articles sur le couvent, les tableaux de Mendoza et le projet de galerie, ouvrant la voie à Menina et Alejandro pour concrétiser leur projet. Mais pour quelqu'un qui avait la bougeotte, ce n'était pas ce qui allait étancher sa soif d'aventure, et après avoir obtenu son diplôme, elle s'était autoproclamée reporter de guerre. Littéralement, puisqu'elle s'était débrouillée pour piquer l'affectation d'un collègue et se faire envoyer en Afghanistan, puis en Irak. À force d'écrire des articles depuis l'enfer, elle était devenue accro à la décharge d'adrénaline et à l'euphorie d'être en permanence face au danger, qui lui faisait tout vivre plus intensément, des liaisons avec les hommes aux beuveries dans les bars.

Quand Menina lui avait demandé comment elle allait, Becky avait rétorqué sèchement que les séances de psy imposées par le journal n'avaient pas marché et qu'elle ne voulait plus en parler. OK ?

Assise sur un transat, Becky en était à son troisième verre de vin et remuait le pied droit malgré elle. Sa jambe gauche reposait sur une chaise et ses béquilles étaient à portée de main. « C'est tellement calme, ici », grommela-t-elle, juste avant de faire un bond d'un mètre lorsqu'il y eut un éclat de voix quelque part dans les entrailles du couvent. C'étaient les ouvriers sur leur échafaudage. Ils aimaient travailler avec la radio à tue-tête, ce qui les obligeait ensuite à crier.

Menina se mordit la langue pour ne pas dire le fond de sa pensée, à savoir que Dieu merci, son journal avait eu le bon sens de refuser lorsque Becky avait demandé à être renvoyée. Les Irakiennes avaient des histoires atroces à raconter, des choses qu'elles ne voulaient dire qu'à une femme, et Becky s'en était fait une spécialité. C'est d'ailleurs ce à quoi elle était occupée lorsqu'une bombe avait explosé dans un café, tuant les veuves qu'elle était venue interviewer. Becky s'en était sortie vivante, et cela la rongeait.

Menina se demandait encore si elle devait dire qu'Hendrik venait, ou bien si elle lui faisait la surprise. Non, il était plus sage de la prévenir.

— Tu te souviens d'Hendrik, l'architecte de l'UNESCO ? Un Suédois avec des lunettes rondes comme les yeux d'une chouette ? Un homme super gentil, tu l'aimais bien.

Becky acquiesça en faisant un bruit qui signifiait « *grumpf* » ou « *le type marié* », selon que l'on prêtait l'oreille ou pas.

— Eh bien, il déjeune avec nous, et je voulais te dire qu'il est divo…

— À propos de déjeuner, ça sent trop bon. Il me tarde de manger, je meurs de faim.

Ayant sciemment changé de sujet, Becky engloutit les olives et s'attaqua aux autres tapas, un plat de cœurs d'artichauts.

— C'est Almira qui a cuisiné. De l'agneau farci au thym et au laurier, qu'elle laisse mijoter pendant douze heures.

— Ça fait trop longtemps qu'on ne s'est pas vues, enchaîna Becky, dont le pied gigotait comme s'il avait sa propre vie. J'aurais bien aimé qu'on se retrouve à Paris ou à Venise pour une semaine, comme au début de ton mariage. Ça me manque.

— Moi aussi, mais ce n'est pas évident de prendre l'avion quand on ressemble à un pachyderme, répondit Menina en se caressant le ventre. Merci d'être venue jusque dans ma montagne, pour une fois. Au fait, comment va ta mère ? fit-elle pour parler d'autre chose.

Becky prit une inspiration, un faible sourire aux lèvres.

— Elle s'entête à me dire que ça aurait été « tellement plus distingué » si j'étais devenue maîtresse d'école – t'imagines, quoi. Elle était folle de joie quand je lui ai annoncé que je venais ici pour faire un article sur toi et la fondation. Elle a toujours pensé que tu étais une bonne influence. La seule, d'ailleurs.

— À ce propos, je n'ai pas tout saisi quand tu as appelé il y a deux jours. Les liaisons téléphoniques sont toujours aussi mauvaises, et ces temps-ci j'ai un petit pois à la place du cerveau.

— Officiellement, c'est un article sur le phénomène fascinant des femmes modernes qui réussissent à jongler entre leur carrière, celle de leur mari et une vie de famille. Je sais, ça donne envie de vomir, dit comme ça ! J'ai dû le présenter sous cet angle pour que le rédac' chef accepte. Mon vrai sujet, c'est les conférences que tu proposes. J'aimerais faire un parallèle avec les tensions religieuses qui se sont exacerbées depuis le 11-Septembre. Je sais que tu n'aimes pas parler politique, Enfant de la lumière, mais s'il y a une chose que j'ai apprise en couvrant des conflits, c'est que politique et religion sont toujours liées. Et j'ai pensé que ce serait bien d'écrire sur quelqu'un qui, à son modeste niveau, tente de promouvoir la paix.

— Du moment que je peux rester assise, tout me va.

— On peut s'y mettre, dans ce cas ?

Becky fouilla dans son sac à la recherche d'un enregistreur. Elle poussa un juron, donna un coup dans la table, fulmina longuement. Menina fit la grimace.

Un point rouge s'alluma. Elle aboya « *Un-deux, un-deux* », vérifia que ça fonctionnait en appuyant sur le bouton lecture.

— C'est pas trop tôt ! Commençons par ce qui t'a donné l'idée de faire ces conférences. On coupera après si nécessaire.

Elle posa l'appareil entre elles, et Menina répéta ce qu'elle avait déjà dit à de nombreuses reprises.

— Eh bien, en 2001 déjà, des gens de diverses confessions avaient eu l'idée de se réunir au couvent, à cause de son histoire particulière. Mais c'est après le 11-Septembre que c'est vraiment devenu concret. Il y a tellement de pièces inoccupées ici, on s'est dit que si on arrivait à trouver les financements, on pourrait ouvrir un centre interreligieux. Ça paraît logique quand on commence à comparer l'intolérance d'aujourd'hui et celle du XVIe siècle. Finalement, les gens sont toujours aussi antimusulmans, antisémites, anticatholiques et antiprotestants. Entre-temps le couvent a été classé au patrimoine de l'UNESCO et on a organisé la première conférence au moment où tu es partie en Irak. Ça a si bien marché que de plus en plus de gens entrent en contact avec nous. Ils ont l'impression d'être en terrain neutre, ici.

D'ailleurs, je suis contente que tu parles de « promouvoir la paix » – c'est exactement ce qu'on essaie de faire, et on a besoin d'argent pour y arriver. Au début, tout a été englouti dans les travaux de base : consolider les murs, refaire la plomberie et l'électricité, rénover la partie réservée aux sœurs. Il arrive encore que des choses s'écroulent et qu'on retrouve un objet. L'autre jour, c'était un peigne de femme datant de l'époque romaine. Mais on a enfin inauguré la salle où le médaillon est exposé. Il faudrait quasiment une bombe nucléaire pour briser la vitrine. Devant on a mis du verre grossissant et derrière des miroirs, pour que les visiteurs puissent l'admirer. Pareil pour la Chronique. Le problème, c'est qu'il nous faut une sécurité digne du Pentagone, et ça coûte cher. La boutique a déjà vendu des milliers de Chroniques et d'Évangiles en plusieurs langues, de médaillons et de toiles de Mendoza. Grâce à cela, on peut prendre soin des sœurs qui sont encore en vie. On a aussi des infirmières, plus un médecin à demeure, qui sont tous prêts à rester jusqu'à leur mort.

Becky se pencha pour arrêter son enregistreur.

— Et sœur Teresa ?

— Elle paraît frêle mais elle est indestructible. Encore maintenant, elle insiste pour se lever aux aurores et faire des *polvorónes*. Elle a refusé l'opération de la cataracte. D'après elle, c'est la volonté de Dieu si elle est devenue aveugle ; mais en retour, on dirait qu'elle a trouvé un second souffle. Les petites croient qu'elle a des pouvoirs magiques parce qu'elle est capable de « voir avec ses oreilles », comme elle dit. Elle a beau être toujours aussi bougonne, elles l'adorent, alors je les emmène la voir tous les jours. Si tu savais la quantité de conseils qu'elle a à donner sur l'éducation des enfants…

— Tu m'étonnes ! J'irai lui dire bonjour tout à l'heure. Bon, et maintenant il va falloir me parler de la femme qui se cache derrière ce joli minois, susurra Becky en rallumant son appareil. Les gens se demandent toujours comment s'en sort l'épouse d'un homme politique qui a un travail et une famille à charge, avec tout ce que ce statut exige d'elle, comme bien présenter, rester informée, tout en soutenant son mari. L'entreprise que vous dirigez est un job à plein temps, Menina Walker – dites-moi, comment arrivez-vous à tout gérer ?

Menina poussa un grognement.

— Sincèrement, je ne sais pas quoi répondre. Disons que j'établis sans cesse des priorités. Tous les jours il y a une dispute à régler entre ouvriers, des plans à valider, ou des architectes qui sèment la pagaille juste au moment où il faut faire bonne impression parce qu'une importante délégation va arriver. Je vais voir les sœurs, au cas où elles auraient besoin de quelque chose. Et puis j'ai cinq enfants à élever, plus un autre qui va arriver d'une minute à l'autre. Hormis cela il y a les e-mails à écrire, les gens à contacter, les intervenants à trouver pour les conférences. Si la Terre ne s'arrêtait pas de tourner à l'heure de la sieste, je crois que je m'écroulerais. Et si Almira n'était pas mon assistante, je ne tiendrais pas. C'est elle qui est efficace.

— Mais tout de même, tu écris les discours, c'est toi le visage de l'institut. Et tu as toujours aussi bonne mine. Comment tu fais ?

— Les gens sont plus indulgents avec une femme enceinte, je crois. Je suis régulièrement dépassée par les événements, Alejandro aussi. Ça le fait rire, il dit que c'est normal dans une grande famille. Moi, c'est ce que j'ai toujours voulu – le syndrome de l'orpheline –, mais il a promis de faire une vasectomie après l'accouchement. On est loin de l'Espagnol macho, n'est-ce pas… Oh mon Dieu, pourquoi j'ai dit ça ! s'écria Menina en stoppant vite l'appareil. La vérité, Becky, c'est que sans Sarah-Lynn, j'aurais une tête de déterrée.

— Je vais prendre des photos de tes adorables mioches, tiens.

— Elles ont assez pris le soleil, de toute façon. Les filles, venez faire un câlin à Maman et boire du jus, appela-t-elle.

Quatre fillettes de sept, six, cinq et trois ans et demi foncèrent dans sa direction, suivies de leur grand-mère. Elles avaient de grands yeux noirs et des robes à smocks identiques.

Becky les visa avec son objectif.

— Eh ben, t'as du pain sur la planche, commenta-t-elle en faisant une grimace, pour que ses modèles la regardent le temps d'appuyer sur le déclencheur.

— C'est vrai. Quelle chanceuse je fais.

Une voiture remonta l'allée de gravier qu'ils avaient récemment aménagée. Menina eut un sourire épanoui en imaginant l'homme au regard ténébreux, qui avait conduit bien trop vite, ouvrir la portière avec un gros bouquet pour sa femme.

Au pied des marches menant au vieux jardin des pèlerins, qui était le leur désormais, Alejandro sourit aussi en entendant ses filles s'amuser sur la terrasse où Menina, Becky et sa belle-mère l'attendaient. Son beau-père sommait l'une d'elles de « *se tenir bien* ». Ces temps-ci, il quittait rarement le banc en marbre, affirmant qu'il était réservé aux maris. Alejandro sentait la bonne odeur de viande, et il savait que cet agréable déjeuner à l'ombre de la tonnelle serait suivi d'une non moins agréable sieste. Les grossesses aiguisaient toujours la libido de Menina, et après elle s'endormirait dans ses bras, pendant que le bébé donnait des coups entre eux. Ensuite, ils iraient voir les religieuses et écouteraient sagement le conseil du jour de cette chère sœur Teresa. Il n'aurait échangé sa vie pour rien au monde.

Un grand « *Boum !* » se fit entendre à l'intérieur du couvent, suivi d'un bruit de pierres qui s'écroulaient. Alejandro lâcha le bouquet et grimpa les dernières marches en criant, « Menina ! »

Il faillit entrer en collision avec Becky qui clopinait en direction de l'explosion. Le visage blême, hurlant des paroles incompréhensibles, elle avait l'air bouleversée. Dangereuse, même. Alejandro compta ses filles pour s'assurer qu'elles étaient toutes là puis aida sa femme, qui avait du mal à se lever.

— Dieu merci, vous allez bien !

— Oui, mon chéri. C'est juste Hendrik, il m'avait prévenue que les ouvriers allaient abattre un mur dans l'ancien dortoir des pèlerins et que ce serait bruyant. C'est plutôt Becky qui m'inquiète – je ne me rendais pas compte à quel point elle était secouée. Seigneur, pourvu qu'elle ne l'assomme pas avec une béquille… Tu sais, je crois qu'elle souffre de stress post-traumatique. Elle a gardé trop de choses en elle pendant trop longtemps. Elle a grand besoin de tranquillité. J'étais contente qu'elle vienne, je me disais que ça l'aiderait d'être ici, mais écoute-la se déchaîner sur le pauvre Hendrik ! Et moi qui lui avais demandé de se joindre à nous parce qu'il avait plu à Becky, la dernière fois. Je n'ai même pas pu placer le fait qu'il était divorcé. J'espérais qu'en le revoyant, elle se dirait qu'il existe encore des hommes bien… C'était stupide comme idée.

En la serrant fort contre lui, Alejandro marmonna :

— Moi-même, j'ai cru que c'était une bombe. Pas étonnant qu'elle aussi. Mais Hendrik et Becky, vraiment ? C'est le jour et la nuit.

La voix de Becky frôlait l'hystérie à présent, et ils se dirigèrent vers elle en faisant de grands gestes pour dissiper le nuage de poussière qui s'élevait. Tout à coup, le silence se fit.

— Tu crois qu'Hendrik est encore en vie ?

Alejandro jeta un coup d'œil par le mur cassé, et donna un coup de coude à Menina.

— Tu avais peut-être raison, finalement.

À l'intérieur, un grand blond avait passé un bras protecteur autour d'une femme menue, aux cheveux si décolorés par le soleil qu'ils semblaient blancs dans la pénombre. Elle avait la joue contre son épaule et il lui murmurait des paroles apaisantes tout en la berçant.

— Laissons-les tranquilles.

— Oh ! s'exclama Menina en se figeant, le souffle soudain court. Alejandro, je crois bien que c'était une contraction.

— Heureusement que je suis rentré ! Le bébé est censé arriver dans deux semaines seulement.

— Tu sais bien qu'ils font ce qui leur plaît. Mais c'est vrai que c'est un peu tôt. Fausse alerte, sans doute.

— Papa ! appela leur cadette depuis la terrasse.

— Ne viens pas ici, Marisol, tu pourrais te blesser. On arrive.

Marisol tapa du pied, impatiente.

— Dépêchez-vous, parce que je veux vous dire ! J'ai vu une dame dans le jardin. Elle est arrivée après le grand boum et m'a dit de ne pas avoir peur. Elle avait une grande robe qui bougeait comme quand il y a du vent, et je lui ai montré mon nouveau tricycle et alors elle a souri et m'a fait chut. Alors j'ai fait chut aussi. Après, elle m'a montré un nid d'hirondelles caché dans le lierre. Il y avait des tout petits œufs dedans. Elle m'a demandé si je voulais connaître un secret. Et devine quoi ? Tata Becky va se marier et venir vivre ici. La dame a dit qu'elle vit ici aussi, qu'elle était partie mais qu'elle est revenue. J'ai tout raconté à Mamie, mais elle dit que la dame n'était pas là en vrai. Je l'ai vraiment vue, Maman, je te *jure* !

Menina regarda sa fille intensément.

— Oh, Marisol ! Mon cœur… Salome ? articula-t-elle à Alejandro en silence.

Il eut un haussement d'épaules incertain.

Sur ces entrefaites, Hendrik arriva avec Becky qui avait les joues baignées de larmes et l'air épuisé.

— Fais attention où tu marches, dit-il en la contemplant d'un air solennel à travers ses lunettes à monture en écaille.

Il portait un objet rectangulaire, enveloppé dans ce qui semblait être un tissu très ancien.

— Je disais à Becky qu'on a trouvé quelque chose derrière le mur qu'on a abattu. Quelque chose de très intéressant, je crois. Venez, on va regarder ensemble.

Dans la cuisine, Almira se dépêcha de débarrasser la grande table pour qu'Hendrik puisse y poser l'objet.

— On dirait un tableau, mais tu dis qu'il était derrière le mur, comme si on l'avait caché ? l'interrogea Menina, avant de ressentir une autre pointe de douleur caractéristique.

La maternité n'était pas à côté, mais avant de partir, elle devait percer ce mystère. Elle écarta l'étoffe qui se désagrégea quasiment dans ses mains. C'était bien une toile, et elle distinguait de vagues silhouettes.

— Mais qu'est-ce que… Vite, du pain.

Almira lui passa la corbeille qu'elle avait préparée pour le déjeuner. Tout le monde s'approcha, curieux de savoir ce que Menina allait révéler sous la poussière. Elle tamponna à un endroit. Puis à un autre. Même Becky se prit au jeu.

Bientôt, cinq têtes apparurent.

— Oh !

Était-ce une contraction ? Menina l'ignora et continua à tamponner. Elle devait savoir si c'était réellement ce qu'elle croyait – la pièce manquante du puzzle.

— Esperanza a eu le droit de s'asseoir sur les épaules de Papi. Je veux voir, moi aussi. Prends-moi dans tes bras, Papa ! ordonna Marisol, et Alejandro obéit de bonne grâce.

Elle poussa un cri en montrant du doigt le personnage à la droite du portrait.

— Maman ! C'est toi !

— Elle a raison ! renchérit Becky, qui se tenait tout contre Hendrik.

— En effet, confirma Virgil.

Almira écarquilla les yeux et se signa. La ressemblance était frappante.

— Il s'agit d'Esperanza, expliqua Menina. Et… Les autres.

Elle les reconnaissait facilement : Sanchia, Marisol, Pia avec ses cheveux argentés comme la lune, la naine Luz.

— Mais c'est mon prénom ! protesta la petite Esperanza.

— Eh oui, comme la dame du tableau, qui doit être ton arrière, arrière, arrière, arrière… grand-mère. Tu lui ressembleras peut-être quand tu seras grande. Et ce jour-là, je vous raconterai à toutes leur histoire. L'histoire de ces cinq jeunes filles, d'Isabella devenue sœur Beatriz, de Salome et du chef inca, d'Esperanza qui avait épousé leur fils Miguel…

Tout ce qu'elle savait de ses ancêtres, mais qui n'en faisait pas moins d'elle la fille des Walker.

Elle fut tirée de sa rêverie par une autre contraction. Plus forte, cette fois. Il était sans doute temps d'y aller.

— J'aurais bien aimé manger avant, mais ce bébé va naître ici si on ne se dépêche pas, Alejandro !

Ce fut le branle-bas de combat. Almira courut téléphoner à la maternité, Virgil alla chercher le sac de Menina. Les enfants sautaient partout. Alejandro cherchait ses clés de voiture, et Sarah-Lynn donnait des ordres à tout le monde.

Menina informa calmement son mari que ses clés étaient sur la table de la cuisine, le prit par le bras et dit :

— Je sais comment on va appeler notre future fille. Ou disons plutôt que son prénom a été choisi pour nous il y a quelques instants, quand Marisol était dans le jardin.

Elle haussa les sourcils en direction d'Alejandro, pour voir s'il était d'accord. Il confirma d'un hochement de tête.

Tout le monde répliqua en chœur :

— Alors, qu'est-ce que c'est ? Tu ne peux pas partir sans nous le dire !

— Ce sera Salome, bien sûr, fit Menina en tapotant doucement son ventre. Salome rentre enfin à la maison.

Remerciements

L'écriture peut être un processus difficile, gratifiant, compulsif, frustrant, agréable ou épuisant, mais avant tout, c'est une occupation solitaire. En revanche, transformer un manuscrit en livre prêt à être publié exige des efforts de la part de bien d'autres personnes. Je suis redevable à tant de gens de s'être penchés avec bienveillance sur le berceau des *Femmes de l'ombre*. Tous ont fait don à ce roman de leur expertise et de leur impressionnant sens du détail.

Je voudrais d'abord remercier mon agent, Jane Dystel, de chez Dystel & Goderich, qui a été d'un soutien constant, généreuse de son temps, et dont l'expérience et le professionnalisme ont facilité le travail de toutes les personnes concernées. Au vu de ma vision légèrement optimiste des délais, heureusement que Jane était là pour attirer mon attention sur le temps que cela prend, en réalité, de livrer un manuscrit en bonne et due forme. Je lui suis reconnaissante, ainsi qu'à son associée, Miriam Goderich, pour les longues heures qu'elles ont passées à me relire et à me donner des conseils. Dans l'immense majorité, ils étaient perspicaces, et je les ai suivis avec joie.

L'éditeur doué comprend bien souvent le livre encore mieux que son auteur, et possède une sorte de sixième sens lui permettant de visualiser quelles corrections donneront la meilleure version possible. C'est sans aucun doute le cas de mon éditrice, Charlotte

Herscher. Hormis le fait que cela a été un plaisir d'échanger avec elle, son efficacité de tous les instants et sa lucidité ont fait des merveilles sur ce roman long et complexe. Dès ses premiers commentaires, j'ai su que je pourrais me fier à son avis. La publication des *Femmes de l'ombre* était un gros morceau pour elle comme pour moi, et je la remercie chaleureusement pour son travail.

Pour l'auteur que je suis, cela a été comme toujours une joie de collaborer avec une machine aussi bien huilée qu'Amazon Publishing. Terry Goodman a fait preuve d'un talent considérable pour me charmer, s'arranger pour rester dans les temps et s'assurer que tout se passe comme prévu. Jessica Poore et Nikki Sprinkle, de l'équipe des auteurs, ont été d'une aide précieuse, et toujours disponibles en cas de problème. Je tiens aussi à remercier Katie Parker qui, grâce à ses relectures, a rendu la version finale plus fluide et réglé les dernières questions encore en suspens.

Enfin, je remercie ma merveilleuse famille, Cass, Michelle, Niels, Bo et Poppy, qui, à tort ou à raison, se disent ébahis par tant d'efforts. Mais plus encore mon mari, Roger Low, qui comprend le besoin que j'ai, lorsque j'écris, de m'isoler. Selon lui, cela s'apparente moins à une « chambre à moi », comme celle de Virginia Woolf, qu'à un « confinement ». C'est envisageable uniquement parce qu'en plus de ses nombreux talents, Roger est capable de gérer toutes les crises domestiques, même les pires. Et c'est la cerise sur le gâteau pour moi, car le soir venu, je peux quitter mes personnages de fiction et retrouver un monde réel plein d'amour et de vitalité.

À propos de l'auteur

Helen Bryan est née en Virginie et vit depuis longtemps à Londres.

Avocate de formation, elle se consacre aujourd'hui à l'écriture. Auteur d'une biographie sur Martha Washington, elle est également l'auteur de *Les Mariées du Blitz*, publié en France en 2016.

11077944R00265

Printed in Germany
by Amazon Distribution
GmbH, Leipzig